In der Tetralogie »Frauenmärchen« von Heli E. Hartleb außerdem:

»Katja« (Juli 2012)
»Meine Annette« (Dezember 2012)
»Elf Jahreszeiten« (Februar 2013)

Heli E. Hartleb, geboren 1958 in der Steiermark, studierte Medizin und ist seit Jahren als Arzt in Wien tätig. Er lebt in ländlicher Umgebung unweit von Wien. »Wem die Liebe begegnet« ist sein zweiter Roman, der, wie auch sein Erstlingswerk »Katja«, Teil einer Tetralogie mit »Frauenmärchen« ist.

Über Anmerkungen jedweder Art an heli.e.hartleb@live.at würde sich der Autor sehr freuen. Weitere Informationen zur Person und zu den Titeln sind über Facebook (heli e. hartleb) und über die Homepage des Autors (www.heli-e-hartleb.at) zu erhalten.

Heli E. Hartleb

Wem die Liebe begegnet

Roman

Frauenmärchen Band 2

buch & media

Weitere Informationen über den Verlag und sein Programm unter
www.buchmedia.de

November 2012
© 2012 Buch&media GmbH, München
Umschlaggestaltung: Ulla Arnold, Freiburg
Printed in Germany · ISBN 978-3-86520-463-9

Für Clemens

Erstes Kapitel

Anreise nach Neumarkt in der Steiermark   *Sonntag, 7. April*

Ssssss …
Das singende und quietschende Geräusch war ohrenbetäubend, durchdrang Fenster, Türen und Wände.
Helene, eben dabei, sich ihrer Schuhe zu entledigen, wurde nach vorne geschleudert und an den gegenüberliegenden Sitz gepresst. Der Aufprall war durch die Polsterung abgefedert worden, dennoch schmerzte die Schulter.
Ssssss …
Noch immer bohrte sich das Geräusch durch Mark und Bein.
Der aufwallende Ärger, der Helene erfasst hatte, als sie so hilflos zu Boden geworfen worden war, wich blanker Angst.
Die verstärkte sich drastisch, als der schwere Koffer Zentimeter neben ihrem Kopf mit einem Knall aufprallte.
Doch die Angst währte nur wenige Sekunden. Plötzlich war sie verschwunden. Und auch, wenn das Quietschen und Surren noch immer andauerte, es drang nun nicht mehr zu ihr durch. Helene war plötzlich erfüllt von Gedanken, die klarer nicht sein konnten. *Dass ich jemals bei einem Zugunglück sterben werde, das hätte ich mir nicht gedacht. – Man soll nicht im ersten Waggon nach der Lokomotive sitzen. Hat doch schon meine Großmutter gesagt. Nicht im ersten und nicht im letzten. Hm, so viele Jahre habe ich den Ratschlag befolgt. Heute nicht. Das nenne ich Pech. – Wann wird der Waggon endlich aus den Schienen springen?*
Die hinteren Waggons drücken schon … drücken stark. Immer stärker.
Ssssss …
Nochmals schien sich der Druck zu verstärken. *Das war's dann also …*

Doch es geschah nichts. Stattdessen kam der Zug mit einem seltsamen Geräusch zum Stehen. Und entgleiste nicht.

Für einige Minuten herrschte Totenstille.

»Meine Damen und Herrn, hier spricht Ihr Zugbegleiter. Wir möchten uns bei Ihnen für die Unannehmlichkeiten entschuldigen, die im Rahmen der Notbremsung für Sie entstanden sind. Ein Lkw hat Ladegut, es handelt sich um gefrorene Schweinehälften, am Bahnübergang verloren, und der Lokomotivführer konnte dies noch rechtzeitig erkennen und mit der Notbremsung eine Kollision verhindern. Meine Kollegin und ich werden sofort durch den Zug gehen, um nach eventuellen Verletzten zu sehen. Wir haben auch schon einen Arzt gefunden, der uns dabei begleiten wird. Die Weiterfahrt wird sich noch um etwa zehn Minuten verzögern. Zu einer wesentlichen Verspätung sollte es nicht kommen. Vielen Dank für Ihr Verständnis.«

Helene schüttelte den Kopf, ein schwaches Lächeln stahl sich auf ihr Gesicht. *Gefrorene Schweinehälften hätten mich beinahe das Leben gekostet. Unglaublich.*

Sie hatte sich bereits wieder aufgerichtet und kurz im Waggon umgesehen, doch außer ihr war da niemand, und so hatte sie wieder Platz genommen. Ihren Koffer hatte sie nun schräg vor sich abgestellt. Nochmals wollte sie den nicht in die Höhe hieven. Sein Gewicht und die Angst, er könnte sich nochmals selbstständig machen, hielten sie davon ab.

Helene atmete einmal kräftig durch, und dann war der Spuk für sie vorbei.

Ihr Blick wanderte durch den, wie es schien, fabrikneuen Waggon und blieb schließlich an ihrem alten, verschlissenen Koffer hängen. Die Kanten waren ausgefranst, das Schwarz hatte sich über die vielen Jahre in ein hässliches, schmutziges Grau verwandelt. Eine tiefe Traurigkeit erfasste Helene. Der Koffer war eine der ersten Anschaffungen, die sie gemeinsam mit Florian, ihrem nun schon vor zehn Jahren verstorbenen Mann, getätigt hatte. Für ihren ersten großen gemeinsamen Urlaub in Schweden. Eigentlich war dies Florians Koffer, ihr eigener war ein wenig kleiner gewesen und schon vor langer Zeit im Müll gelandet. Die Zippverschlüsse hatten den Geist aufgegeben, das war sein Ende gewesen. Wunderschöne Erinnerungen waren mit dem Koffer verbunden. An schöne Reisen, kurze und lange Urlaube, an

Kongresse und Fortbildungsveranstaltungen, ähnlich derjenigen, zu der sie gerade unterwegs war.

Helene fühlte eine unheimliche Leere in sich. Ausgehöhlt, dass es schmerzte, so saß sie auf ihrem Platz. *Stillstand. Mein Leben ist zum Stillstand gekommen.*

Die Trauerphase hatte Helene schon längst abgeschlossen, ja, der Tod ihres Mannes war überwunden – auch dank ihrer Kinder, Martin und seiner Zwillingsschwester Maria, die sie in der schlimmen Zeit unterstützt hatten.

Unterstützt war vielleicht nicht der richtige Ausdruck. Vielmehr hatten sie Helene von ihrer Trauer abgelenkt, als sie – beide noch in den Anfängen ihrer Schulzeit – den Vater verloren hatten und in dieser Zeit sehr viel Liebe und Zuwendung brauchten. Und die schulischen Leistungen der beiden im Gymnasium waren nicht berauschend gewesen, aber sie hatten es geschafft, und jetzt, im Alter von zwanzig Jahren, studierten beide in Wien. Mit Freude und auch mit Erfolg, wie es schien.

Die Traurigkeit und das Gefühl der Leere hatten andere Gründe. Seit dem Tod ihres Mannes war der Schwung in Helenes eigenem Leben erlahmt. Langsam, unmerklich über die vielen Jahre. Es war ihr nicht gelungen, wieder Tritt zu fassen, eine neue Beziehung aufzubauen, sich auf etwas einzulassen. Ja, im Beruf war sie gut etabliert, vielleicht ein Nebenprodukt dieser Ermangelung einer festen Beziehung. Lange hatte sie sich voll auf die Arbeit konzentriert und war dadurch zu einer gefragten Spezialistin auf dem Gebiet der Pathologie geworden.

Ursprünglich hatte sie lange mit ihrer Berufswahl gehadert. Pathologin wollte sie nach dem rasch abgeschlossenen Studium nicht wirklich werden. Sie hatte andere Vorstellungen, doch eine adäquate Ausbildungsstelle hatte sie nicht bekommen. Und mit zwei Kindern am Arm ist man ohnehin nicht in der Position, große Forderungen zu stellen.

Florian hatte sich für eine Ausbildung zum Allgemeinmediziner entschieden. Anschließend war er sehr schnell in der Selbstständigkeit gelandet, brachte eine heruntergekommene Praxis zum Laufen, die er einem greisen Kollegen abgekauft hatte. Hier offenbarte sich dann bald der große Vorteil, dass ein Elternteil keine Nachtdienste zu verrichten hatte. Helene hatte das anfänglich gar nicht bedacht. Und nach dem völlig unerwarteten Tod ihres Mannes war die geregelte Arbeitszeit einer Pathologin noch von viel größerem Nutzen.

Über die Jahre hinweg hatte sie ihren Beruf als Pathologin allerdings wirklich lieben gelernt, es war aber eben keine Liebe auf den ersten Blick gewesen. An so etwas glaubte Helene ohnehin nicht.

Dass sie ihre Zwillinge freilich bereits am Ende des ersten Studienjahres bekommen hatte, war vielleicht doch auf so eine Art Liebe auf den ersten oder zumindest auf den zweiten Blick zurückzuführen. Sie war aus dem Waldviertel nach Wien zum Studium gekommen, und Florian aus Oberösterreich. Bei einer Party ihrer ehemaligen Schulkollegin Vera, die auch nach Wien und in eine Wohngemeinschaft gezogen war, hatte sie Florian das erste Mal gesehen. Er war ihr nicht besonders aufgefallen, weder positiv noch negativ. Zwei Tage später hatte er sie dann bei Übungen angesprochen und ihr angeboten, doch gemeinsam zu lernen. Wenn man als Studentin mehr oder minder allein in Wien lebt, schlägt man so ein Angebot nicht aus. Florian schaffte es nicht nur, ihr Studium in positive Bahnen zu lenken, er hofierte Helene auch auf eine bezaubernde Art. So war sie seiner Zuneigung erlegen, obgleich sie nie eine feurige erotische oder sexuelle Anziehung in sich spürte.

Knapp zwei Monate später war sie schwanger gewesen. Eine Katastrophe für sie, nicht aber für Florian, der auch mit diesem Problem umzugehen wusste und vor allem die manchmal hämischen und sarkastischen Kommentare und Bemerkungen aus allen Ecken von der entfernten Verwandtschaft bis zum engsten Freundeskreis abwehrte und Helene auf Händen trug. Besonders schmerzten die Vorhaltungen ihrer und Florians Eltern, allesamt Ärzte, dass es doch eine kleine Schande sei, dass eine Medizinstudentin nicht zu verhüten wüsste. Florian, der ja auch an der Sache beteiligt gewesen sein musste, bekam selbst nie so etwas zu hören.

Florian war auch gleich einverstanden gewesen, als Helene ihm dezidiert mitteilte, dass ein Schwangerschaftsabbruch für sie nicht infrage käme und sie das Kind unbedingt bekommen wollte. Er hatte sich bald mehrere Szenarien zurechtgelegt, wie er Helene, das Kind und sich selbst über die Runden bringen konnte, auch wenn Unterstützung aus dem Elternhaus ausbleiben würde.

Für die Psyche war aber vor allem auch ein Telefonat gut gewesen, das etwa eine Woche nach dem Bekanntwerden der Schwangerschaft geführt worden war. Florian erhielt einen Anruf von seinem Onkel Karl, eigentlich gar kein richtiger Onkel, sondern eher ein entfernter Verwandter.

Onkel Karl hatte sich Florians Situation schildern lassen und ihm dann seine volle Unterstützung zugesagt, sollte die junge Familie irgendetwas benötigen. Er würde für alles aufkommen, lediglich zwei Bedingungen hätte er. Erstens müsste völliges Stillschweigen darüber bewahrt werden, er hätte keine Lust, mit irgendjemandem über seine Entscheidung zu diskutieren, und zweitens würde er irgendwann in den nächsten Jahren, wenn es schon leichter möglich wäre, einen Besuch der drei bei ihm in Schweden erwarten.

Helene und Florian waren aber bald so weit, alleine mit dem Problem fertigzuwerden. Sie blieben dennoch laufend mit Onkel Karl in Verbindung, der ihnen interessiert zuhörte und der so etwas wie ein Kummerkasten für sie wurde.

Die Situation mit den Eltern und auch mit Freunden und Bekannten änderte sich dann jedoch schlagartig, als klar wurde, dass da nicht ein Kind heranreifte, sondern dass Zwillinge zu erwarten waren. Von Vorwürfen war nichts mehr zu hören. Unterstützung kam von allen Seiten, und plötzlich war eine Freude bei allen zu verspüren, die Helene ein wenig verwunderte. Sie selbst hatte sich auch auf ein Kind schon positiv eingestellt, Zwillinge ließen nur die Schwangerschaft ein wenig ungewisser erscheinen. Die Vorfreude war für sie aber die gleiche geblieben.

Die Schwangerschaft war dann ohne jegliche Komplikation verlaufen. Sie hatte noch einiges im Studium erledigen können, und bei ein paar Prüfungen war ihr durch die Zwillinge hervorgerufener großer Bauch gar nicht von Nachteil gewesen. Die Professoren waren einfach milder gestimmt.

Mit der Entbindung mittels Kaiserschnitt ging es dann richtig los. Die ersten fünf Monate waren sehr hart gewesen, und Helene befand sich öfters am Rande der Erschöpfung. Doch Florian und vor allem ihre Mutter, mit der sie eigentlich erst seit dieser Zeit ein wunderbares Verhältnis hatte, wussten sie stets zu entlasten. Im Alter von fünf Monaten wurden die Säuglinge abgestillt, eine Brustdrüsenentzündung zwang Helene dazu. Sie bedauerte das aber nur kurz, bedeutete dies für sie doch einen ungemeinen Zugewinn an Freiheit. Das war dann der Zeitpunkt, an dem sie das Studium intensiv fortsetzte und eine Prüfung nach der anderen ablegte. Letztlich benötigte sie bis zu ihrer Promotion nur zwei Semester mehr als die vorgeschriebene Mindeststudiendauer. Florians Promotion zum Doktor der gesamten Heilkunde fand lediglich vier Monate früher statt.

All dies war für Helene in eine ferne und auf seltsame Weise verklärte Vergangenheit gerückt. Die Erinnerungen waren zwar immer noch ganz scharf vorhanden, doch sie schienen Helene in den vergangenen Jahren unwirklich zu sein.

Ihr Blick schweifte weiter durch den Waggon, und Helene betrachtete einige Zeit die nebelverhangene Landschaft des Mürztals, durch das der Zug nun wieder gemächlich dahinfuhr – eine ihr fast völlig unbekannte und auch nicht gerade beeindruckende Landschaft von der Warte der Eisenbahn aus. Ihr Koffer kam ihr wieder in den Sinn, diesmal allerdings der Inhalt. Sie schüttelte den Kopf, als ihr einfiel, was sie alles für die vierzehn Tage mitgenommen hatte. Sie hatte zwei leichte Kostüme und mehrere Kleider eingepackt, dazu bequeme Röcke, Tops und Blusen. Warum sie aber ihre schönste Unterwäsche und neben einigen Strumpfhosen sogar elegante Strümpfe mitgenommen hatte, war ihr nun nicht mehr klar. Wann und wozu sollte sie diese Dinge tragen? Darauf hatte sie keine Antwort. Sportbekleidung, Bikinis und ihr geliebtes Hauskleid mussten auch noch mit. Das hatte in ihrem Koffer gar nicht alles Platz gefunden, weshalb sie auch noch die große Reisetasche ihres Sohnes Martin in Anspruch genommen und mehr oder minder prall gefüllt hatte.

Helene hatte sich schon am Bahnhof in Wien darüber geärgert, dass sie nicht doch das Auto gewählt hatte. Die Schlepperei mit dem vielen Gepäck war mühselig gewesen, und sie war bereits geschlaucht und ein wenig übellaunig bei ihrem Sitzplatz eingelangt. Erst in diesem Augenblick war ihr dann auch in den Sinn gekommen, dass sie in dem Seminarhotel eigentlich gefangen war. Gefangen war zwar übertrieben, doch ein spontanes Wegkommen war sicher nicht ganz einfach. Sie hatte schon überlegt, ein Leihauto zu nehmen oder doch noch Maria damit zu beauftragen, ihr das Auto nachzubringen, ein, wie ihr selbst schien, etwas absurder Gedanke, doch Besseres fiel ihr so schnell nicht ein.

Ursprünglich hatte sie den Vorschlag oder besser gesagt die Bitte, bei den geplanten Seminarwochen in der Nähe von Neumarkt in der Steiermark Vorträge zu halten, rundweg abgelehnt. Sie konnte für sich nur Arbeit, Arbeit und nochmals Arbeit sehen und keinerlei Möglichkeit, selbst irgendwie davon zu profitieren. Noch dazu gab es lediglich ein minimales Honorar und die Aussicht auf einen Gratisaufenthalt in einem neuen, fantastisch ausgestatteten Wellness- und Seminarhotel unweit der Kärntner Grenze. Das Schlimmste indes war, dass es sich um eine Doppelveranstaltung über vierzehn Tage handeln würde. Sie sollte also in der ersten und der zweiten Woche das Gleiche vortragen – eine Zumutung, wie sie selbst empfand. Noch dazu die weite Reise aus Wien, waren es doch an die zweihundertfünfzig Kilometer in einer Richtung, und das Ganze dann viermal, wenn sie am Wochenende nach Hause wollte. Nein danke!

Doch Frau Dr. Fischer von jener deutschen Privatuniversität, die die Fäden in der Hand hielt, war nicht so leicht abzuschütteln. Helene war sich am Anfang auch gar nicht im Klaren darüber, warum gerade sie als Pathologin aus einem gewöhnlichen Peripheriespital in Wien dazu auserkoren sein sollte, vor den Studenten dieser Eliteuniversität und weiteren ausgewählten Teilnehmern zu referieren. Sie hätte bei zwei Vorträgen in Salzburg und in Hamburg einen so guten Eindruck hinterlassen, dass man sie nun einfach haben wolle, so erklärte es ihr Frau Dr. Fischer, eine ungemein sympathische Frau, die sicher noch keine dreißig Jahre alt war. Sie hatte alle Register gezogen, das Hotel in den höchsten Tönen gelobt, die wunderbar unzerstörte Natur der Neumarkter Gegend gepriesen und auch die Nähe zu Klagenfurt hervorgehoben, wenn das Ländliche einmal zu viel sein sollte. Mit St. Veit an der Glan und mit Friesach gäbe es zwei kleine Städte in der Nähe, die unbedingt einen Besuch wert wären, und überhaupt, Mitte April würde dort der Frühling in wunderbarer Art Einzug halten. Sie war es auch, die Helene empfohlen hatte, mit dem Zug anzureisen. Man würde sie aus Unzmarkt, der nächsten Bahnstation, abholen und sie ins Hotel bringen, wo sie dann Frau Dr. Laska in Empfang nehmen und die gesamten vierzehn Tage betreuen würde.

Die Idee, dass diese Veranstaltung für sie eigentlich ein schöner Urlaub sein könnte, war nicht ihr selbst, sondern einem Kollegen gekommen. Der Gedanke hatte sich in ihr immer mehr festgesetzt, wusste sie in den vergangenen Jahren doch immer weniger mit Urlauben etwas anzufangen, zumal die Zwillinge kaum noch Lust verspürten, mit der Mutter etwas zu unternehmen. Sie verbrachten lieber mit Freunden abenteuerliche Tramperurlaube, als mit Helene am Strand zu liegen oder durch Museen zu wandern.

Die Fahrt schien Helene nun schon ewig zu dauern, der Zug war an Leoben gerade vorbei, und Knittelfeld sollte der nächste Halt sein. Leoben war ihr noch geläufig, die Montanuniversität war weltberühmt und das dort gebraute Gösser Bier bei Biertrinkern bekannt. Helene liebte es, ab und zu ein Glas kühles Bier zu trinken. Knittelfeld sagte ihr hingegen gar nichts. Irgendetwas Politisches war dort einmal gelaufen, sie konnte sich aber nicht mehr daran erinnern, sonst fiel ihr zu der Stadt nichts ein. Die Landschaft im Murtal, das sie bei Bruck erreicht hatten, unterschied sich von der des Mürztals nicht sonderlich, zumindest wieder von der Warte des Zuges aus. Die Stimmung konnte die Aussicht jedenfalls nicht heben, und so entschloss sie sich, ihr Buch aus der Laptoptasche zu holen und ein wenig weiterzulesen.

Das Buch, das sie gerade zum zweiten Mal las, war ursprünglich auch nicht das gewesen, was sie erwartet hatte. »Bergauf talwärts« hieß es, und sie hatte es im Internet bestellt, weil es einen seltsamen Titel hatte, der sie irgendwie angesprochen hatte, und weil eine ungewöhnliche Liebesgeschichte versprochen wurde. Dass es sich um ein Lesbenbuch handelte, war ihr entgangen, und sie hätte es beinahe weggelegt, hätte sie der Stil der Autorin nicht angesprochen. Und die Liebesgeschichte, das musste sie zugeben, war wirklich schön, zwei Frauen hin oder her. Das Buch hatte sie gefangen, und daher las sie es nochmals und entdeckte tatsächlich Neues, das ihr beim ersten Mal offenbar entgangen war. Und noch etwas konnte das Buch: sie aus einer schlechten Stimmung befreien. Das war Helene aufgefallen.

So stieg sie in Unzmarkt gar nicht so übel gelaunt aus dem Zug. Der Regen hatte bereits in Knittelfeld aufgehört, und nun blinzelte gar die Sonne ein wenig durch die Wolken und tauchte alles in ein freundliches Licht. Der Frühling war hier auch eingezogen, die Luft aber war frisch und scharf. Helene atmete kräftig durch. Das tat gut.

Und sie musste an diesem Tag das erste Mal lächeln. Ein älteres Ehepaar und sie waren die einzigen Fahrgäste, die in Unzmarkt ausgestiegen waren. Von daher wirkte es ein wenig skurril, dass am Bahnsteig ein Mann stand und wartete, ein Schild mit ihrem Namen, Dr. Helene Blaha, in der Hand, wie auf einem der riesengroßen Flughäfen dieser Welt. Natürlich war das besser, als selbst warten zu müssen; die Bahnhofsatmosphäre war eher trostlos, und die nahen Berghänge in dem hier engen Tal ließen Helene einen unangenehmen Druck spüren, dem sie möglichst bald entkommen wollte.

Der Chauffeur des hoteleigenen Taxis begrüßte sie mit einem freundlichen Lächeln, erkundigte sich kurz nach ihrem Befinden und versprach, sie sogleich ins Hotel zu bringen. Die Fahrt im luxuriösen Taxibus verging wie im Flug, und nachdem sie den Perchauer Sattel überquert hatten, waren sie in die Neumarkter Gegend gelangt, die im Sonnenlicht gleich viel einladender wirkte als das Murtal, das sie hinter sich gelassen hatten.

Neumarkt in der Steiermark lag in einem weit offenen Becken, das zu großen Teilen von eher niedrigen Bergen, an seinem Ostrand aber von den Seetaler Alpen begrenzt wurde. Das gesamte Umland wurde dominiert vom Zirbitzkogel, einem mächtigen Berg, obgleich nicht einmal zweitausendvierhundert Meter hoch. Er beherrschte die Landschaft, aber er erdrückte sie nicht. Helene war gleich begeistert, und das warme Leuchten der noch mit Schnee bedeckten Abhänge brachte auch ein wenig Wärme in ihr Herz.

Die Hotelanlage lag etwas außerhalb von Neumarkt in Richtung der Kärntner Grenze. Helene hatte die Homepage in den letzten Tagen beinahe auswendig gelernt. Sie war schon viel herumgekommen in Hotels in ganz Europa, doch was da auf sie wartete, stand weit über dem, was sie bis zu diesem Zeitpunkt je gesehen hatte. Das Modernste vom Modernen wartete hier auf sie. Alles war äußerst großzügig gestaltet, dennoch schien alles in der Landschaft zu verschwinden. Man hatte beim Bau auf bestmögliche Umweltverträglichkeit geachtet, hatte versucht, alles von außen unscheinbar und harmonisch in die Umgebung zu integrieren.

Das Taxi war nun schon einige Zeit, so schien es zumindest Helene, innerhalb des Hotelkomplexes unterwegs gewesen, ehe sie vor dem Haupteingang hielten. Der Chauffeur teilte ihr nur mit, dass ihr Gepäck in ihre Suite gebracht würde. Er würde sie noch zum Empfang der Privatuniversität bringen, dort würde sie sicher gleich von Frau Dr. Laska, einer ganz besonders netten Dame, in Empfang genommen werden.

Hatte sie richtig gehört? Suite? Das klang bei so einem Hotel ja wirklich vielversprechend.

Sie waren in das Foyer gelangt und schon am perfekt gestalteten Empfang der Privatuni angekommen; improvisiert war hier nichts, alles war aus einem Guss. Hinter dem edlen Tisch stand, nein, kniete zu diesem Zeitpunkt eine Frau und telefonierte. Sie suchte offenbar etwas in einem Karton, und so konnte Helene nur den Rücken, lange zu einem Zopf gebändigte rote Haare und wenige Sommersprossen auf der sonst milchweißen Haut sehen. Und sie vernahm eine glockenhelle Stimme. Die Dame scherzte offensichtlich mit ihrem Gesprächspartner und lachte. *Welch ein wunderbares Lachen*, kam es Helene in den Sinn. Sie lächelte selbst und wartete geduldig, bis die Frau sich wieder erhob.

Das tat sie dann auch sogleich, und als sie sich aufgerichtet hatte, fingen zwei wasserblaue Augen mit einem atemberaubenden Glanz Helenes Blick ein.

»Oh! Entschuldigung. Ich habe Sie nicht bemerkt. Sie müssen Frau Dr. Blaha sein. Meine Name ist Dr. Friederike Laska oder einfacher Rikki Laska, wie die meisten sagen.« Sie streckte Helene die Hand entgegen.

Sie erledigten rasch ein paar administrative Angelegenheiten, ehe Frau Dr. Laskas Assistentin auftauchte. Sie wurde Helene kurz vorgestellt, und dann führte Frau Dr. Laska Helene auf eine Erkundungstour, wie sie es nannte. Sie war mit Eifer und sichtlicher Freude bei der Sache. Man konnte sich zwar nicht wirklich verirren, doch es war nicht schlecht, so eine Führung zu bekommen. Sie waren schon eine ganze Zeit unterwegs gewesen, Helene hatte die Restaurants, die Seminarräume und auch den Wellnessbereich bereits kurz betrachten können, als Frau Dr. Laska Helene in einen Lift zog und mit ihr in ein oberes Stockwerk fuhr. Sie holte einen Schlüssel, zumindest sah es so aus, in Wirklichkeit war es eine Spezialkarte, aus ihrer kleinen Handtasche und hielt ihn an eine Tür. Diese gab ein kurzes Signal von sich und ließ sich öffnen. Sie traten ein, und dann war Helene kurz völlig überrumpelt. Sie hatte sich die Suite schon irgendwie luxuriös vorgestellt, so jedoch nicht. Wohnzimmer, Schlafzimmer, Küchenecke, Badelandschaft und ein kleines Extrazimmer – das war es aber noch nicht, schloss sich doch nach draußen noch eine wunderbare Terrasse an, die teilweise überdacht war.

»Hier lässt es sich aushalten, Frau Dr. Laska.«

»Ich hoffe wirklich, es gefällt Ihnen hier. Ich habe die Suite persönlich für Sie ausgesucht. Es gibt mehrere Typen davon, die schien mir aber für Sie die beste zu sein«, sie zeigte nach draußen, »vor allem auch wegen der völlig uneinsehbaren Terrasse.«

»Ehrlich, Frau Dr. Laska, ich wohne in Wien zwar alleine in einer großen Wohnung, doch hier im Hotel komme ich mir trotzdem fast ein wenig verloren vor bei so viel Platz, der mir hier geboten wird.«

»Ich bin mir sicher, dass Sie sich ganz schnell daran gewöhnen. Erkunden Sie doch erst einmal die Ausstattung der Räumlichkeiten, von der Stereoanlage zum kleinen Heimkino bis hin zur kleinen Küche mit Ausstattung, wie ich gleich vorwegnehmen kann. Und jetzt lasse sich Sie erst einmal alleine, damit Sie sich einrichten können.«

Nachdem Frau Dr. Laska die Suite verlassen hatte, sah sich Helene genau um. Die Küche war wirklich sehr gut ausgestattet. Doch der Hunger meldete sich noch nicht bei Helene. Ihr Magen knurrte zwar ein wenig, und sie freute sich auf ein gutes Abendessen, aber das konnte noch warten. Die Küche des Hauses war von Frau Dr. Laska bereits in den höchsten Tönen gelobt worden, und sie hatte nachgefragt, ob es Helene angenehm wäre, mit ihr gemeinsam zu essen. An diesem Abend seien noch keine weiteren Vortragenden angekommen, lediglich einige Kursteilnehmer, ihre Assistentin sei außer Haus, es würde sich also anbieten. Sie hatte dies mit einem freundlichen Lächeln und leuchtenden Augen vorgeschlagen. Helene war gleich angetan von der Aussicht, den Abend nicht ganz allein verbringen zu müssen. Allerdings wollte sie vorher unbedingt noch eine Runde laufen. An der Rezeption hatte man ihr eine Karte mit den empfohlenen Laufrouten überreicht und ihr alles genau erläutert, sodass sie bald genau wusste, wie sie es für den ersten Tag angehen lassen wollte. Elf Kilometer hatte sie sich vorgenommen, jedoch in einem langsamen Tempo. Sie musste sich erst einmal akklimatisieren. Im Laufe ihres Aufenthalts konnte sie die Geschwindigkeit ja noch steigern. Und wenn noch Zeit blieb nach dem Lauf, so würde auch nichts gegen einen ersten Schnupperbesuch im Wellnessbereich sprechen.

Genau so war es dann auch gewesen. Die ausgesuchte Laufstrecke hatte sich als traumhaft schöner Kurs herausgestellt, den sie sicherlich noch öfter laufen würde. Dann, nach einem auflockernden Besuch im Dampfbad, hatte sie sich etwas ausgeruht und war fast bereit zum Abendessen. Sie musste sich nur mehr ankleiden. Neue Blue Jeans lagen bereit, ein Poloshirt und ein dünner Pullover. BH, String und Socken hatte sie bereits an. Helene zog die Jeans hoch und wollte sie schließen, als sie es sich dann doch anders überlegte. Überlegt war zu viel gesagt, sie tat es automatisch. Blue Jeans wieder runter, raus aus den Socken. Sie holte einen wadenlangen dunkelblauen Rock aus dem Schrank, eine passende Bluse und einen Blazer. Zu guter Letzt rollte sie sich noch hauchzarte halterlose Strümpfe über die Beine und war auch schon unterwegs ins Restaurant. Was diesen Sinneswandel in ihr hervorgerufen hatte, konnte sie sich nicht erklären, aber als sie sich in dem großen Spiegel im Lift betrachtete, war sie zufrieden mit dem Ergebnis. Sie gefiel sich.

Im Restaurant wurde sie freundlich vom Chef des Abends empfangen und sogleich zu ihrem Tisch geleitet, wo Frau Dr. Laska bereits auf sie wartete. Sie erhob sich, kam Helene ein paar Schritte entgegen und begrüßte sie aufs Herzlichste. Helene entging nicht das Strahlen in Frau Dr. Laskas Augen. *Dieses wunderbare Blau, einfach wunderbar.* Diese Gedanken schossen ihr einfach so durch den Kopf, und sie achtete nicht weiter darauf. Frau Dr. Laska hatte wieder Platz genommen, und auch Helene saß nun bequem auf ihrem Stuhl. Sie hatten einen wunderschönen ruhigen Tisch zugeteilt bekommen, nahezu uneinsehbar, dennoch nicht ganz abgeschlossen, einfach ein Platz zum Verweilen. Der junge Kellner, der just bei ihnen erschienen war, offerierte als Erstes einen Aperitif, den sich die beiden Damen gerne bringen ließen.

Das Abendessen verlief äußerst kurzweilig, die Speisen schmeckten hervorragend, lediglich die Portionen hätten ein wenig kleiner sein können – es schien, als wären sie für ausgehungerte Leistungssportler dimensioniert. Frau Dr. Laska erzählte enthusiastisch von ihren Erlebnissen in ihrer Kindheit und Jugendzeit in der Neumarkter Gegend. Sie sei zwar in St. Veit an der Glan aufgewachsen, ihre Großmutter bewohnte jedoch ein kleines Häuschen am Rande von Neumarkt. Ihren Großvater hatte sie nicht mehr gekannt, der sei gestorben, als sie drei Jahre alt gewesen sei, aber ihre Großmutter habe sie heute noch vor Augen, wie sie gewesen war, unverändert in all den Jahren, wie es ihr schien. Mit dieser Großmutter, die ihre Schneiderei geschlossen hatte, als sie sechzig Jahre alt geworden war, streifte sie in den Ferien durch Wiesen und Felder. Schon damals als Kind sei ihr diese unaufdringliche Schönheit der Landschaft aufgefallen, und ihre Großmutter hatte sie früh gelehrt, auf Kleinigkeiten zu achten und nicht immer das Spektakuläre zu suchen. Helene lauschte gebannt ihren Schilderungen. Sie hätte ewig zuhören können. Frau Dr. Laska verlor sich in Details, ohne dabei langweilig zu werden. Während Helene so zuhörte, nur ab und zu einmal nachfragte, wenn sie nicht mehr ganz folgen konnte, hatte sie auch ausreichend Gelegenheit, Frau Dr. Laska ausgiebig zu betrachten. Die wunderbaren blauen Augen, das rote, an diesem Abend elegant zu einem Knoten hochgebundene Haar und die zahlreichen Sommersprossen auf heller Haut, das alles war ihr schon früher aufgefallen, doch jetzt konnte sie auch Stirn, Nase, Mund, Kinn und Hals betrachten, und es schien Helene einfach alles harmonisch zueinander zu passen. Frau Dr. Laska hatte kein Allerweltsgesicht, war auch keine klassische Schönheit aus einer Modezeitschrift, nein, ihr Gesicht hatte Charakter, wunderschöne ebenmäßige Züge und … noch etwas. Helene konnte es nicht sofort ausmachen, doch dann wurde es ihr bewusst. Es strahlte Wärme aus, eine Wärme, der sich Helene nicht entziehen konnte und auch nicht wollte.

Frau Dr. Laska war mit ihren Erzählungen jetzt wieder in ihrer Heimat Kärnten angelangt, und Helene hoffte, dass ihr der Stoff nicht ausgehen würde …

»Ich hoffe, ich langweile Sie nicht, Frau Dr. Blaha.«

»Nein, nein, gar nicht. Es interessiert mich sehr, was Sie da alles zu erzählen haben.« Sie machte eine ganz kurze Pause und lächelte Frau Dr. Laska kurz an. »Und außerdem, es gibt kaum jemanden, der schöner erzählen kann als Sie.«

»Na, jetzt übertreiben Sie aber.« Frau Dr. Laska erwiderte nun Helenes Lächeln, und für einen kurzen Augenblick trat Stille ein. Helenes Blick war in den blauen Augen ihres Gegenübers gefangen.

Der junge Kellner war an den Tisch getreten und fragte, ob er noch etwas für sie tun könne. Sie verneinten, und es entspann sich wieder ein Gespräch. Helene machte den Vorschlag, dass man doch ein wenig den alten Spazierwegen aus Frau Dr. Laskas Kindheit folgen und vielleicht gemeinsam den einen oder anderen Spaziergang in den kommenden Tagen unternehmen könnte.

Später ließen sie sich noch eine Flasche Rotwein bringen und leerten diese mit Genuss. Hätte Helene nicht irgendwann auf die Uhr gesehen und entsetzt festgestellt, dass es bereits weit nach Mitternacht war, sie hätten es beide noch eine Weile miteinander ausgehalten. Doch so wünschten sie sich kurz darauf vor ihren Zimmertüren eine gute Nacht.

Helene schlüpfte zügig aus ihrer Kleidung, ließ alles achtlos auf dem Boden liegen und warf sich aufs Bett. Es war der schönste Abend seit langer, ja, sehr langer Zeit gewesen. In keiner Weise erwartet, aber doch so gekommen. Entspannt lag sie auf dem Rücken. Langsam fuhr sie mit ihren Händen über ihren Körper, den sie nun spürte wie schon lange nicht. *Schön, dass ich dieses Seminar nicht abgesagt habe …* Dies waren ihre letzten Gedanken an diesem Tag, und mit dem Bild einer lächelnden Frau Dr. Laska vor Augen schlief sie ein.

Neumarkt *Montag, 8. April*

Die Suite war wirklich wundervoll. Helene hatte herrlich geschlafen und wäre gerne noch einige Zeit in dem großen, bequemen Bett liegen geblieben. Das liebte sie über alle Maßen. Zu Hause verweilte sie, wenn sie nicht zur Arbeit musste, so lange wie möglich im Bett. Sie hatte es sich in den vergangenen Jahren und im Besonderen, seit ihre Kinder aus der Wohnung draußen und zwei Stockwerke tiefer in ihre eigenen vier Wände gezogen waren, zur Gewohnheit gemacht, freie Vormittage im Bett zu verbringen. »Kulturruhe« lautete das Kunstwort, das sie selbst dafür kreiert hatte. Der Ablauf war fast immer identisch: erst einmal ein Kaffee oder vielleicht gleich ein zweiter, je nach Laune, dann wählte sie Musik aus. Ihre Vorliebe galt in den letzten Monaten Violinkonzerten. Sie hatte sich eine große Sammlung an CDs zugelegt und hörte gerne an einem Vormittag ein Violinkonzert oder Ausschnitte davon in Interpretationen mehrerer Künstler. Und sie war immer besser in der Lage, die Eigenheiten der Solisten zu unterscheiden, wie sie auch langsam gelernt hatte, Dirigenten an ihren Eigenheiten zu erkennen.

Doch nicht immer war Musik die bestimmende Bettbeschäftigung, oft waren es Bücher, die sie verschlang, oder es waren ihre Lernunterlagen für den Tschechischunterricht, den sie seit etwa zwei Jahren genoss. Aus einer Laune heraus hatte sie einem Kollegen zugesagt und sich wie er in der Volkshochschule zu einem Tschechischkurs eingeschrieben. Besagter Kollege wollte diesen Kurs unbedingt machen, wusste aber, dass mindestens vier Anmeldungen notwendig waren, damit er auch wirklich zustande kommen konnte. Seine Frau und eine ihrer Freundinnen hatte er mehr oder minder zwangsverpflichtet, Helene war die vierte gewesen, dazu kamen dann doch noch fünf weitere Leute, sodass am Anfang neun Teilnehmer im Unterricht waren. Nach drei Monaten waren sie nur mehr zu viert, und nach einem Jahr musste Helene mit ihrer Lehrerin Privatunterricht vereinbaren, da bereits alle anderen die Segel gestrichen hatten. Český jazýk není lehký. Die tschechische Sprache ist nicht leicht. Das war eine Tatsache, die alle anderen aufgeben hatte lassen. Nur Helene nicht. Sie liebte diese wunderschöne Sprache, nicht unbedingt vom Klang her, doch in Anbetracht der Systematik. Sie mochte den Reichtum an Ausdrucksweisen und die Möglichkeit, mit wenigen Worten ganz klare Aussagen zu treffen, die in der deutschen Sprache häufig umständliche Erklärungen und Einfügungen erforderten, um den gleichen sprachlichen Inhalt aufzuweisen. Und Tatiana, ihre Lehrerin, war ein richtiger Schatz. Der Unterricht bei ihr war zwar harte Arbeit, und nach einer Stunde war Helene einigermaßen fertig und müde, doch im Endeffekt war es einfach Genuss pur.

Und all diese Aktivitäten der »Kulturruhe« fanden nackt statt – Helene liebte es, nackt zu sein. Bereits als Jugendliche hatte sie ein Faible für das Nacktsein entwickelt, hatte auch keinerlei Scheu, sich vor jedermann nackt auszuziehen, ohne einen Funken Exhibitionismus. Nackt war sie gerne für sich, nicht für andere. So konnte es gut sein, dass sie an so manchem freien Tag erst um die späte Mittagszeit in die Dusche sprang, sich wusch und pflegte und danach erst Aktivitäten außerhalb des Schlafzimmers startete.

Nun, heute stand so ein Vormittag im Bett nicht zur Debatte. Ihr erster Vortrag würde um neun Uhr beginnen und sich um Impulsreferate handeln. Die Kursteilnehmer sollten erst einmal eingestimmt werden und die Basis für die Übungen erhalten, die dann in Kleingruppen ab dem nächsten Tag beginnen sollten, immer wieder unterbrochen durch Kurzvorträge. Ihren zweiten Vortrag musste sie etwa um die

Mittagszeit halten, und der letzte sollte um siebzehn Uhr stattfinden, schon im Mikroskopiersaal, wo die Teilnehmer eine Einführung in den Ablauf der praktischen Übungen erhalten würden. Diesen Vortrag sollte sie gemeinsam mit einem Zytologen halten, der wie auch sie selbst in einem Krankenhaus der Stadt Wien arbeitete, den sie aber bisher nur vom Sehen her kannte. Alle Kollegen hatten ihr aber bereits versichert, dass die Arbeit mit ihm sicher ein Vergnügen sein würde.

Aufstehen musste sie nun zwar doch, das war immer ein kleines Problem für Helene, aber eigentlich freute sie sich auf den Tag. Frau Dr. Laska hatte ihr am Vortag bereits erzählt, dass die meisten Kursteilnehmer sehr, sehr jung sein würden, aber dafür umso wissbegieriger und auch kritischer, als dies bei Veranstaltungen dieser Art sonst üblich wäre. Nichts hasste Helene mehr, als wenn sich die Zuhörer zäh wie ein Teig verhielten, da war ihr eine aufmüpfige, wache Schar schon lieber. Man musste dann zwar auf ein gutes Zeitmanagement achten, denn bei einer heißen Diskussion war die eine oder andere Minute sehr schnell aufgebraucht, doch sonst lief so etwas quasi wie von selbst.

So stand sie nun in ihrer riesigen Badelandschaft vor dem Spiegel, frisch geduscht, die Haare gewaschen, vom Hals abwärts von jedem Härchen befreit, und föhnte sich ihre Naturlocken. Die waren fast nicht zu bändigen, und Helene beneidete wieder einmal die Frauen, die ganz glatte Haare hatten, ganz genau wissend, dass sie von solchen Frauen um ihre Locken beneidet wurde. Aber das war bei Haaren wie beim Busen. Hatte man große Brüste, sehnte man sich nach kleinen, und Damen mit kleinen führten häufig die verrücktesten Dinge auf, um diese vergrößern zu lassen. Mit ihrem Busen hatte Helene jedoch keine Probleme. Vielleicht auch deswegen, weil sie mit ihrer BH-Größe von 80B recht durchschnittlich war, passende Wäsche leicht finden konnte und genug Busen zu sehen war, dass ihre Weiblichkeit dadurch ausreichend unterstrichen wurde. Auch wenn Helenes Sexualleben seit Florians Tod gen null tendierte – für One-Night-Stands, kurze Techtelmechtel oder Ähnliches hatte sie nichts übrig, und sich selbst Lust zu verschaffen, war auch nicht ihre Sache –, so legte sie doch großen Wert auf ihre Weiblichkeit. Sie gab sich gerne feminin und unterstrich dies durch Kleidung, Make-up und Accessoires. Jetzt, beim Föhnen, konnte sie ihre einzelnen – na ja, einzelne waren es gar nicht – silbergrauen Haare deutlich erkennen. Helene beunruhigte dies allerdings in keiner Weise, im Gegenteil, sie trug diese silbernen Haare mit Stolz, und niemals würde sie einen Cent für eine Tönung oder gar für das Färben der Haare ausgeben. Das überließ sie gerne anderen Frauen, heutzutage immer mehr auch Männern, sie selbst war dafür nicht zu haben. Und die silbergrauen Haare standen ihr gut, da herrschte kein Handlungsbedarf.

Endlich war sie fertig und machte sich elegant in einem dunkelgrauen Kostüm, passenden Strümpfen und Schuhen sowie mit ihrer geliebten goldenen Halskette auf zum Frühstück, wo, wie sie hoffte, Frau Dr. Laska zu finden sein müsste. Diese Hoffnung war ihr zwar nicht ganz bewusst, doch ließ sie ihren Blick sogleich suchend durch den gesamten Frühstücksraum schweifen, um dann doch enttäuscht zu sein, dass außer ein paar jungen Leuten, vermutlich Kursteilnehmern, und einer Gruppe Asiaten sowie einer weiteren Gruppe, die aus recht agil wirkenden Pensionisten bestand, niemand anzutreffen war. Das Frühstück entschädigte sie indes vollständig. Es war Genuss pur, was da an kulinarischen Kostbarkeiten aufgetischt war.

Kurz vor ihrem ersten Vortrag tauchte Frau Dr. Laska bei Helene auf und begrüßte sie herzlich, wünschte ihr gutes Gelingen für die Veranstaltung und fragte nochmals kurz nach, ob Helene noch irgendetwas für ihre Auftritte benötigen würde. Als Helene verneinte, war Frau Dr. Laska auch schon wieder dahin und erschien erst wieder, als Helene ihren zweiten Vortrag hielt. Kurz nach dessen Beginn war sie in den Saal gekommen, hatte in der zweiten Reihe auf einem der wenigen freien Stühle Platz genommen und sich konzentriert den Ausführungen Helenes hingegeben. Erst bei der anschließenden Diskussion war sie wieder verschwunden und auch bis zum Abendessen nicht mehr zu sehen gewesen.

Beim Abendessen war sie nur kurz an Helenes Tisch getreten. Sie begrüßte alle um den Tisch versammelten Vortragenden, beglückwünschte aber nur Helene zur ihrem gelungenen Vortrag und hob nochmals kurz vor allen hervor, dass die Vorschusslorbeeren, die man Helene im Vorfeld der Veranstaltung verliehen hatte, sich als nicht übertrieben herausgestellt hätten. Sie bedachte Helene dabei mit einem herzlichen Lächeln und einem liebevollen Blick aus ihren blauen Augen, was Helene Gänsehaut verursachte. Wieder war Frau Dr. Laska rasch verschwunden und nahm am übernächsten Tisch Platz, offenbar beim Organisationsteam, doch wunderbar in Helenes Sicht, die sie dann auch während des restlichen Abendessens eigentlich ungeniert beobachten konnte. Frau Dr. Laska war mit einem eleganten, eng anliegenden Ensemble bekleidet, das die Vorzüge ihrer Gestalt stark betonte. Sie hatte ihr Haar aufgesteckt, und nur ein paar widerspenstige Strähnen hatten sich der Bändigung entzogen, ein äußerst neckischer Anblick, wie Helene fand. Der gerade Rücken fiel Helene noch auf, und der für die sonst eher schlanke Figur gar nicht so kleine Busen. Helene wunderte sich selbst darüber, dass sie das bemerkt hatte, achtete sie sonst kaum auf weibliche Reize anderer Frauen. Das Tischgespräch in ihrer Runde war locker, und es war ihm leicht zu folgen, auch wenn man seine Blicke auf die Nachbarschaft gerichtet hatte. Schließlich konnte sie sich aber wieder losreißen, wenn auch mit einem kleinen Bedauern, und war mit ihren Tischgenossen auf ein Glas Rotwein an die Bar gegangen. Helene genoss den herrlichen burgenländischen Roten, verabschiedete sich dann zügig und war auf dem Weg in ihre Suite. Sie verspürte nun große Lust auf Musik, und sie wusste ganz genau, was sie sich anhören würde: Edoard Lalo, Symphonie Espagnole, ein romantisches Werk für Violine und Orchester. Nicht nur einmal würde sie das Stück am verbleibenden Abend anhören. Sie tat dies ganz konzentriert, nackt auf dem Rücken liegend in ihrem Bett. Irgendwann viel, viel später war sie dann eingeschlafen, und erst das Gefühl der Kühle durch das regungslose Liegen hatte sie unbewusst unter die Decke schlüpfen lassen.

Neumarkt *Dienstag, 9. April*

Der Dienstag begann wie der Montag zuvor. Helene hätte es wieder gut in ihrer Suite aushalten können, war aber sogar noch ein wenig früher aufgestanden als am Vortag, da sie den frühen Morgen zu einem gemütlichen Lauf nutzen wollte. Acht Kilometer waren angesagt, und das ganz langsam. Anschließend hatte sie ein ausgiebiges Frühstück vorgesehen, denn das Mittagessen wollte sie auslassen. Nur am Vormittag und über die frühe Mittagszeit hatte sie heute Programm im Seminar. Praktische Übungen waren für sie eher eine einfache Sache, noch dazu, weil die Kursteilnehmer außerordentlich interessiert waren und intensiv mitarbeiteten. Die Zeit würde folglich schnell vergehen und der Nachmittag für sie übrig bleiben, den sie wieder mit Sport verplant hatte. Im Spa-Bereich war ihr aufgefallen, dass neben einem weitläufigen Erlebnispool auch ein Fünfundzwanzig-Meter-Sportbecken vorhanden war, das praktisch kaum jemand nutzte. Eineinhalb Stunden zu schwimmen und sich dabei so richtig auszupowern, das würde sie sich gönnen. Anschließend bis zum Abendessen ausruhen, in die Dampfbäder, die zahlreichen und sehr unterschiedlich gestalteten Saunakammern gehen, eventuell eine Massage genießen und im Ruheraum lesen. Das war der Plan. Vielleicht könnte sie gemeinsam mit Frau Dr. Laska das Abendessen einnehmen, das wäre dann das Tüpfelchen auf dem i.

Als sie im Frühstücksraum wie auch am Vortag vergeblich nach Frau Dr. Laska Ausschau hielt, war sie tief enttäuscht und unverzüglich über sich selbst erstaunt. Was sollte diese Reaktion? Sie riss sich am Riemen, machte sich auf zum Buffet und konnte dann das Frühstück doch noch zu einem Genuss machen, luden sie zwei der Studentinnen doch gleich ein, sich zu ihnen zu setzen. Es entspann sich sofort ein lebhaftes Gespräch, aber nicht über fachliche Belange, sondern über die unglaubliche Schönheit der Landschaft, die nichts Aufdringliches hatte und eigentlich nur Bescheidenheit ausstrahlte.

Gemeinsam beendeten sie später auch das Frühstück und trafen einander gleich wieder im Praktikum, das, da hatte Helene völlig recht gehabt, sehr kurzweilig verlief. Die Zeit verging wie im Flug, und schon war die Mittagszeit um, Helene hatte ihre Pflicht für den Tag getan und konnte sich aufs Genießen der Freizeit verlegen.

Schnell schlüpfte sie in ihren Sportbadeanzug, schnappte sich den iPod, ihr Buch und ein paar andere Utensilien und war schon auf dem Weg zum Pool.

Schade. Gerade heute war sie nicht allein im Becken. Vom Eingang her konnte sie bereits erkennen, dass dort offenbar ein Könner seine Bahnen zog. Er zog regelmäßig eine Länge nach der anderen, in einem wunderschönen Kraulstil, und es war ein Genuss, dabei zusehen zu können. Beim Näherkommen wurde Helene allerdings rasch klar, dass es sich nicht um einen Könner, sondern um eine Könnerin handelte, was an der Figur und am Badeanzug leicht zu erkennen war. Und sie erkannte die Könnerin auch gleich. Nicht am roten Haar, das war gut unter einer Badehaube versteckt, nein, es waren die weiße Haut und die Sommersprossen, gepaart mit der nun schon ein wenig vertrauten Figur.

Helene konnte es sich nicht verkneifen, sich, unmittelbar bevor Frau Dr. Laska zu einer Wende ansetzte, vor ihr ins Wasser gleiten zu lassen. Friederike Laska war mit einem Mal aus ihrem Rhythmus geworfen, machte Halt und nahm ihre Schwimmbrille von den Augen. Glaubte Helene zu Beginn, noch ein wenig Ärger in Friederikes Gesichtsausdruck zu erkennen, so war der spätestens in dem Augenblick weggeblasen, als sie Helene erkannte. Freudig begrüßten sie einander, und Friederike gestand sofort, dass sie gehofft hätte, dass sie sich hier im Pool oder im Saunabereich treffen würden. Und ihre Hoffnungen waren offenbar erhört worden.

»Sie schwimmen ja fantastisch, Frau Dr. Laska. Ehrlich, als ich von der Ferne ins Schwimmbecken gesehen habe, dachte ich erst, ein Mann zieht da seine Längen, beim Näherkommen waren aber Ihre tolle Figur und die helle Haut mit den Sommersprossen die klaren Indizien, dass Sie das sind. Wieso können Sie so ausgezeichnet schwimmen?«

»Schule, Frau Dr. Blaha, ich habe in der Schule Schwimmen als Unterrichtsgegenstand gehabt, fast so wie Englisch und Mathematik, da bleibt etwas hängen.« Sie lächelte Helene warmherzig an. »Als Studentin habe ich das Schwimmen sogar wettkampfmäßig betrieben, bin aber nie besonders erfolgreich gewesen. Nur ein dritter Platz bei den Landesmeisterschaften in der Juniorinnenklasse und in der allgemeinen Klasse. Mehr war nicht drin.«

»Ich bin auch bis zu den Landesmeisterschaften gekommen, doch bei mir blieb es bei ›dabei sein ist alles‹, zu einem Platz auf dem Siegespodest hat es nie gereicht. Die Zwillinge haben ein richtiges Training nie ermöglicht. Nichtsdestotrotz liebe ich es noch immer, durch das Wasser zu gleiten und einmal kräftig Gas zu geben.«

»Und ich dachte, Sie seien durch und durch eine Laufsportlerin.«

»Laufen ist etwas anderes, das kann man mit Schwimmen nicht vergleichen. Es ist einfach leichter, eine schöne Laufstrecke zu finden als ein wunderbares Schwimmbecken wie dieses hier. Aber wenn wir jetzt vielleicht noch gemeinsam ein paar Längen schwimmen könnten, wäre das schon eine tolle Sache. Wie wär's?«

»Ja gerne, ich habe gerade erst begonnen, von mir aus können wir eine ordentliche Schwimmsession hinlegen. Was war oder, besser gesagt, was ist Ihre Lieblingsdisziplin?«

»Delfin, keine Frage, aber auch Kraulen und Brustschwimmen habe ich geliebt, nur das Rückenschwimmen war nie so meine Sache. Das war auch mein Problem beim Lagenschwimmen, da musste ich mich auf der Delfinstrecke schon so bemühen, einen Vorsprung herauszuholen, damit ich nach der Rückenstrecke nicht schon weit hinten lag, und oft ist mir dann die Kraft ausgegangen auf der Kraulstrecke.«

»Lagenschwimmen habe ich überhaupt gehasst.« Friederike schüttelte den Kopf. »Bei mir war es aber nicht nur das Rückenschwimmen, das ich gehasst habe, sondern auch das Brustschwimmen. Brustschwimmen ist auch heute nur etwas zum Herumbaden und Plaudern, aber nicht etwas, das ich eine Länge wettkampfmäßig oder auch nur trainingsmäßig durchziehen würde.«

»Dann könnten wir ja fünfzig Meter Delfin und die nächsten fünfzig Meter im Kraulstil schwimmen. Erst mal ganz gemütlich achthundert Meter, dann können wir ja weitersehen.«

»Aber Sie dürfen mich nicht hetzen.« Friederike hatte ihre Schwimmbrille auf die Stirn geschoben und blickte Helene tief in die Augen.

»Und Sie dürfen *mich* nicht hetzen.« Helene spürte eine immense Vorfreude in sich aufkommen. Wie lange war sie nicht mehr in so einer Art Schwimmtraining mit jemand anderem gemeinsam in einem Becken gewesen. Sie erwiderte Friederikes tiefen Blick mit einem ganz besonders liebevollen Lächeln. »Los geht's!«

Sie absolvierten ein ausgiebiges Schwimmtraining. Nach den ersten achthundert Metern hatten beide noch lange nicht genug, und so kam es, dass sie erst nach eineinhalb Stunden völlig erschöpft aus dem Wasser kletterten. Ein junger Mann, der die ganze Zeit über am Beckenrand im Liegestuhl gelegen war und gelesen hatte, applaudierte den beiden und lobte die außerordentliche Ästhetik der Performance, als sie an ihm vorübergingen. Der Statur nach dürfte es sich auch bei ihm um einen Schwimmer gehandelt haben, wie sie es sich gleich gegenseitig bestätigten.

Jetzt zog es sie aber in den Saunabereich, wo sie die Zeit bis zum Abendessen verbringen wollten. Viel war nicht los, und es war ein Leichtes, schöne Plätze im Ruheraum zu ergattern. Friederike hatte ihr Saunatuch und den Bademantel geschnappt und war auf dem Weg in die Brausenwelt, wie es so schön auf dem Schild stand. Helene folgte ihr, und kurz darauf schlüpften beide aus den Sportbadeanzügen. Helene war beeindruckt von Friederikes sportlichem und doch so elegantem Körper. Sie war nicht die Dünnste oder Zarteste, das war ihr schon aufgefallen, allerdings waren es Muskeln, welche die doch gut erkennbaren Formen hervorriefen, was natürlich besonders schön wirkte. Ein strafferer, nicht übergroßer, indes durchaus ansehnlicher Busen, ein flacher Bauch und ein wunderschön gewölbter Schamhügel, auf dem ein ganz schmaler Streifen feuerroter Haare knapp zwei Zentimeter über der Klitoris endete. Die Beine gut mit Muskeln bepackt, nicht allzu stark, aber doch so, dass sie nicht wie dünne Stangen wirkten. Alles in allem eine kräftige, muskulöse Gestalt, welcher der frühere Leistungssport unverkennbar seinen Stempel aufgedrückt hatte. Und die helle, milchweiße Haut war an den Stellen, die nicht so oft der Sonne ausgesetzt waren, nahezu frei von Sommersprossen, sonst aber waren diese nirgends zu übersehen, was einfach ungemein neckisch aussah.

Friederike musterte Helene nun auch in der Dusche, sie tat das ohne Scheu und kommentierte deren Aussehen ohne Hemmungen: »Sie haben eine tolle Figur, Frau Dr. Blaha. Man merkt Ihnen den Sport an. Ihre Zwillinge sieht man hingegen nicht.«

»Doch, die sieht man, wenn man genau schaut. Ein paar Schwangerschaftsstreifen sind geblieben, wenn man sie auch nicht wirklich gleich bemerkt, und ein klitzekleines Bäuchlein, das habe ich nie mehr wegbekommen.« Sie lächelte Friederike freundlich an und sah dann auf ihren Bauch hinunter, strich mit den Händen darüber und zog ihn demonstrativ ein. »Ich glaube, würde ich intensives Bauchmuskeltraining machen und zusätzlich regelmäßig ein echtes Schnürmieder tragen, könnte ich ihn wieder flach bekommen, aber dazu fehlt mir, ganz ehrlich gesagt, der Ehrgeiz, und so schlimm ist es ja auch wieder nicht. Was meinen Sie?«

»Niemand würde es in Betracht ziehen, dass Sie eine Zwillingsschwangerschaft hinter sich gebracht haben. Ich glaube überhaupt nicht, dass viele Menschen auf die Idee kämen, eine Mutter vor sich zu haben, wenn sie Sie sehen. Sie wirken so jung, Frau Dr. Blaha, so jung und sportlich.« Friederikes Blick blieb an Helenes blankem Venushügel hängen. »Mein roter Streifen wird morgen auch fallen, es sieht noch besser aus, wenn man komplett glatt ist, ehrlich.«

Helene entfuhr ein Lachen. »Na, ich finde Ihre Kreation auch nicht übel. Das hat schon was.« Sie lachte nochmals kurz auf und flüsterte dann: »So geben Sie den Beweis, dass Sie eine echte Rothaarige sind.«
»Glauben Sie das nicht!« Jetzt schmunzelte auch Friederike. »Nicht nur am Kopf wird gefärbt, da können Sie sich sicher sein!«

Gemütlich setzten sie sich in eine Biosauna, die mit sechzig Grad Celsius nicht allzu heiß war und in der es ganz dezente Lichtspiele gab, die die Kammer immer wieder in neue Farbkombinationen tauchten. Langsam entwickelte sich eine lockere Unterhaltung über dies und das, und Friederike erzählte wieder einmal die eine oder andere kurze Geschichte. Helene hing an ihren Lippen und animierte sie immer wieder dazu weiterzumachen. Doch auch sie selbst berichtete von ihrer Arbeit, von ihren Kindern, die, so schien es Friederike, der Mutter ganz besonders ans Herz gewachsen waren, aber war das nicht selbstverständlich?

»Wie ist das für Ihre Kinder, so eine junge Mutter zu haben? Noch dazu eine, die vielleicht nicht viel älter wirkt als die eine oder andere Studienkollegin?«

Helene blickte nachdenklich in die Ferne, tippte sich mit dem Zeigefinger an die Nase, eine Geste, die Friederike bereits aufgefallen war. »Wie das für die beiden ist, kann ich Ihnen eigentlich nicht sagen. Wissen Sie, diese Frage habe ich mir noch gar nicht gestellt. Ich denke aber, ich hätte das schon einmal tun sollen.« Sie schaute Friederike ins Gesicht. »Ich kann Ihnen aber sagen, wie es mir mit meinen erwachsenen Kindern geht: herrlich, einfach herrlich. Meine Freiheit habe ich wiedergewonnen, seit die beiden studieren, in ihren eigenen vier Wänden hausen, einfach selbstständig sind und doch gerne bei mir auftauchen.« Sie lächelte, erhob den Zeigefinger und fuhr bekräftigend fort: »Wir haben eine wunderbare Beziehung.« Dann aber schien sie zu zögern. »Das Einzige, was ich ein wenig bedaure, wenngleich ich denke, dass es gut so ist, wie es ist, ist, dass ich nicht mehr alles unter Kontrolle habe. Martin ist auch heute noch gut zu durchschauen, seine Schwester allerdings nicht mehr. Sie lebt ihr eigenes Leben, und da gehöre ich nicht mehr ganz dazu. Das ist nicht immer leicht für eine Mutter, das zu akzeptieren.« Sie machte eine Pause und sah in die Ferne. »Vielleicht ändert sich das aber auch wieder einmal.«

Friederike sah Helene an, Bewunderung sprach aus ihrem Blick.

»Frau Dr. Blaha, Sie sind bloß ein paar Jahre älter als ich, aber was Sie schon alles erlebt haben, da kann ich nur staunen. Wie haben Sie das alles nur unter einen Hut gebracht, als Witwe berufstätig zwei Kinder großzuziehen und noch dazu im Beruf als richtige Spezialistin zu gelten?«

»Ich hatte immer viel Unterstützung. Von allen Seiten. Ohne Hilfe geht da nichts. Und es ist für mich so traurig, von Zeit zu Zeit hören zu müssen, dass gerade alleinerziehende Frauen oft zu den armutsgefährdeten Gruppen der Gesellschaft gehören. Die Hoffnungslosigkeit, wenn man niemanden hat, der einem beisteht, das muss der wahre Horror sein. Ich war da immer eine Privilegierte. Meine Mutter war die größte Hilfe. Sie genießt übrigens auch die zurückgewonnene Freiheit, seit sie ihre Enkelkinder nicht mehr so oft brauchen.«

»Lebt Ihr Vater noch, oder ist Ihre Mutter auch bereits Witwe?«

Helene nickte und hatte ein Lächeln aufgesetzt. »Wir sind beide Witwen, mein Vater ist bald nach Florian gestorben. Ja, ja, wir sind Witwen, wenn auch meine Mutter meiner Einschätzung nach die lustigere Witwe ist als ich.«

»Wie meinen Sie das?« Friederike war jetzt neugierig geworden. Vielleicht würde sie ein wenig über den aktuellen Beziehungsstand von Frau Dr. Blaha erfahren. Warum sie das so genau wissen wollte, war ihr gar nicht klar, denn eigentlich war sie nach ihrem eigenen Dafürhalten nicht gerade eine der neugierigsten Frauen.

Helene antwortete ganz offen: »Also, meine Mutter lässt nicht wirklich etwas anbrennen. Da kommt und geht sicherlich der eine oder andere Mann, bestimmt hat sie sogar so manchen One-Night-Stand mit einem Jüngeren. Übrigens, sie sieht auch viel jünger aus, als sie ist. Auf Mitte sechzig würde sie niemand schätzen, eher auf Mitte vierzig.« Sie machte eine Pause, ehe sie fast tonlos fortfuhr: »Ich hatte seit dem Tod meines Mannes nicht eine einzige Beziehung. Man kann es kaum glauben, aber so ist es nun einmal.« Plötzlich legte sich ein trauriger Schleier über Helenes Gesicht, was Friederike kurz mit Schmerz erfüllte. Und auch Helene wurde sich ihrer Traurigkeit bewusst. Sicherlich war sie schon oft traurig darüber gewesen, keine Aussicht auf eine Beziehung zu haben, doch noch nie darüber, dass sie in den vergangenen Jahren keine gehabt hatte. Warum war das plötzlich so?

Friederike wusste erst nicht, was sie dazu sagen sollte, doch dann

entfuhr es ihr mehr unbewusst: »Das tut mir leid für Sie, Frau Dr. Blaha, Sie hätten sich das verdient. Ich finde, Sie sind eine unglaublich nette und sympathische Frau.«
»Danke, das kann ich von Ihnen auch sagen. Es freut mich, dass Sie mich so sehen«, kam es unumwunden von Helene zurück.

Friederike war nicht zum ersten Mal erstaunt über Helenes Offenheit, von ihrer Art, Gesagtes so zu nehmen, wie es gesagt war, und nicht zu versuchen, alles erst durch den Reißwolf zu drehen und dann neu zusammenzusetzen und ebenso neu zu interpretieren. Damit hatte Friederike so ihre Probleme, weshalb sie es besonders genoss, mit Helene zu plaudern.

Das Thema war dann für den Moment abgehakt, was allerdings nicht hieß, dass die beiden Frauen sich nichts mehr zu sagen gehabt hätten. Ganz im Gegenteil. Friederike fiel plötzlich ein, dass ihr Cousin aus St. Veit später zum Abendessen kommen würde. Sie fragte Helene, ob diese etwas dagegen hätte, das Abendessen zu dritt einzunehmen. Helene hatte überhaupt keine Einwände, sie war sogar neugierig auf Friederikes Cousin. Diese Neugier ließ sie gleich ein wenig nachfragen, und Friederike hatte sofort wieder reichlich Erzählstoff für beinahe den gesamten restlichen Aufenthalt im Saunabereich bis zum Abendessen. Helene war tatsächlich etwas traurig, als ihr Friederike mitteilte, dass es Zeit wäre, sich für das Abendessen herzurichten, sollten sie dieses wirklich mit Alois, ihrem Cousin, gemeinsam verbringen wollen. Die Aussicht aber, dass dieses Abendessen nicht in einer Viertelstunde beendet und sich bestimmt bis in den späten Abend hinziehen würde, ließ die Traurigkeit sogleich verschwinden und einem Gefühl der Vorfreude Platz machen.

Die Vorfreude war berechtigt gewesen. Viel kurzweiliger hätte der Abend nicht verlaufen können. Friederike und ihr Cousin lieferten eine Art Doppelconférence ab, beinahe kabarettistisch wurden Themen wie Kärntner Chorgesang, Sehenswürdigkeiten mittelalterlicher Kärntner Städte und so manche Eigenheit der Kärntner Bevölkerung abgehandelt. Alois war dabei der bei einer Doppelconférence typische Gescheite, und Friederike gab auf so liebenswerte Weise die Dumme, dass man hätte meinen können, die beiden wären ein professionell eingespieltes Team. In Wirklichkeit musste es aber so sein, dass sich die beiden offenbar dermaßen gut kannten und sich zudem sichtlich sehr mochten, dass sie das alles einfach hatten improvisieren können. Dies bestätigte Friederike später im Lift, als es in Richtung Bett ging. Alois und sie hätten sich immer eher wie Geschwister gefühlt, und das habe sich im Erwachsenenalter nicht geändert. Darüber sei sie sehr froh, richtige Geschwister habe sie nämlich keine.

So ging dann der Abend seinem Ende entgegen. Helene war hundemüde, als sie ins Bett fiel. Nackt lag sie auf dem Rücken und musste plötzlich laut lachen, als ihr nochmals Alois' und Friederikes Dialoge über das Chorsingen in Kärnten einfielen. Ja, ja, das Chorsingen würde sie am kommenden Abend dann auch live miterleben können. Alois hatte die Damen zu einem kleinen Chorkonzert mit anschließendem Abendessen in Guttaring, nicht sehr weit von St. Veit und eigentlich auch nicht so weit vom Hotel entfernt, eingeladen. Wäre die Chormusik nicht ganz nach ihrem Geschmack, das Essen in dem hervorragenden Restaurant wäre es dann sicher, so hatte er seine Einladung abgeschlossen. Helene freute sich darauf und schlief mit einem Lächeln im Gesicht ein.

Neumarkt *Mittwoch, 10. April*

Der Mittwoch war für Helene der arbeitsreichste Tag der Woche. Das war ihr sofort bewusst gewesen, als sie den Plan gesehen hatte. Zwei Kurzvorträge am Vormittag, zu Mittag eine Stunde »Meet the expert«, am Nachmittag zwei Durchgänge der Mikroskopierübungen. Das bedeutete eigentlich nur ganz kurze Pausen zwischendurch und keine Zeit für einen längeren Lauf, den würde sie auf den nächsten Tag verschieben müssen, da müssten dann aber gute zwanzig Kilometer drin sein. Eine Schleife von knapp zehn Kilometern und anschließend ein paar Längen im Pool sollten am Nachmittag aber trotzdem möglich sein. Leider ohne Frau Dr. Laska, das war bereits klar. Die würde sie erst am Abend von ihrer Suite abholen können, wenn sie zum Chorkonzert gehen würden. Vorher würde sie sicher von ihren Organisationspflichten nicht losgelassen werden.

Fünf Minuten nach neunzehn Uhr klopfte es an der Tür von Helenes Suite. Helene hatte sich schon bereitgemacht, ihr langes, dunkelgrünes Kleid angezogen und sich wieder wunderschöne Unterwäsche und Strümpfe dazu ausgesucht. Sicher hätten es Blue Jeans auch getan, war ihr durch den Kopf gegangen – ein Gedanke, den sie gleich wieder verworfen hatte und der nochmals hinweggefegt worden wäre bei Friederikes Anblick, als sie diese vor der Tür stehen sah: Sie trug ein wunderschönes Dirndl, das Friederike wie maßgeschneidert passte. Und maßgeschneidert war es auch, wie sie gleich erfuhr.

»Guten Abend, Frau Dr. Laska, das ist ja ein Bild für Götter. Meine Güte, passt Ihnen das Dirndl gut. So ein schönes Stück, und Sie haben auch die richtige Figur für so ein Art von Bekleidung.«

»Guten Abend, Frau Dr. Blaha, danke für die Komplimente. Mir gefällt mein Dirndl auch sehr gut, ich habe es aus der Weststeiermark, bitte verraten Sie mich nicht in Kärnten, dass ich als geborene Kärntnerin ein steirisches Maßdirndl trage.« Sie lachte übers ganze Gesicht. Ihr Blick blieb bald an Helenes Kleid mit dem tollen Dekolleté hängen, und das Lachen wandelte sich zu einem verwunderten Staunen. War Frau Dr. Blaha ohnehin schon eine schöne Frau, wie es ihr schien, so konnte diese den Eindruck immer noch steigern, heute mit dem wunderbaren Kleid, das mit dem Ausschnitt ganz schön viel von ihrem Busen erahnen ließ, und das Dekolleté war mit einer Perlenkette verziert, die es in sich hatte. »Sagten Sie nicht gerade etwas von Bild für Götter? Das gebe ich gerne an Sie zurück. Wow! Was für ein Kleid!«

Einen Augenblick standen sie sprachlos voreinander, lachten dann laut los und machten sich bestens gelaunt auf den Weg nach Guttaring.

Gleich beim Betreten des großen Gasthofs, in dem alles stattfinden sollte, nämlich Chorkonzert und Abendessen, wurden sie von Alois überschwänglich begrüßt und sofort mit ein paar Leuten bekannt gemacht, unter anderem mit den Leiterinnen der beiden Männerchöre, zwei Damen nicht mehr jüngsten Semesters, die nicht gegensätzlicher hätten sein können. Die eine groß und dick, völlig gelassen wirkend, die zweite klein und zart wie eine überalterte Elfe, nervös und fahrig.

Friederike flüsterte Helene leise zu: »Glauben Sie auch, dass die Chöre sich bei so verschiedenen Leiterinnen komplett unterschiedlich anhören werden?«

»Da können Sie drauf wetten! Ich bin schon neugierig, wie es wird.«

Alois führte sie in einen großen Saal mit einer zweigeteilten Bühne. Helene hätte so eine Räumlichkeit in einem Landgasthaus nicht erwartet. Der Saal war aber nicht nur groß, sondern auch wunderschön möbliert und dekoriert, hatte nichts Kaltes oder Unpersönliches an sich. Alois gab auch gleich die Erklärung dafür, als er erläuterte, dass dies der allerschönste und auch berühmteste Ballsaal im Bezirk St. Veit sei, fänden in diesem Gasthof doch die rauschendsten Ballnächte der ganzen Gegend statt, und in der Zeit ohne Ballveranstaltungen werde seit ein paar Jahren ein buntes Kulturprogramm vom Chorgesang wie heute bis hin zu Theateraufführungen und Kabarettveranstaltungen geboten. Doch übertroffen werde das alles von der feinen Küche, die das Restaurant biete, dafür sei man in Wirklichkeit im ganzen Land bekannt.

»Wie kann so etwas funktionieren in so einem Kaff? Entschuldigen Sie bitte den Ausdruck, ich meine, in so einem Dorf.« Helene konnte ihr Staunen nicht mehr verbergen.

»In diesem Dorf gibt es nicht nur einen Gasthof dieses Kalibers, es sind da noch zwei andere, vielleicht ein wenig anders gelagert in ihrem Angebot, aber durchaus konkurrenzfähig zu diesem, ob Sie es glauben oder nicht.« In Alois' Ausführungen schien ein wenig Stolz auf seine nähere Heimat mitzuschwingen.

Friederike runzelte die Stirn. »Wieso drei Gasthöfe? Es sind doch bloß zwei, oder ist mir da etwas entgangen?«

»In der Tat, liebes Cousinchen. Du kommst wohl doch zu selten nach Hause, seit du in Wien wohnst. Das alte heruntergekommene Gasthaus am Ortsende in Richtung Hüttenberg haben die jungen Besitzer auf Vordermann gebracht. Vorbilder gibt es ja im Ort, man muss also nicht in die Ferne schweifen, um sich gute Ideen zu holen. Und, wie du weißt, es sind alles Familienbetriebe, in denen mit Fleiß gewerkt wird.« Er wandte sich an Helene. »Wissen Sie, Frau Doktor, es klingt ein wenig seltsam, aber die drei Betriebe sind keine verdrängende Konkurrenz füreinander, sie ergänzen sich, und nicht selten kommt es vor, dass ein Betrieb dem anderen aushilft. Das ist auch überall bekannt, und Sie müssen sich nicht wundern, wenn Ihnen hier von der Chefin eines der anderen Gasthäuser für etwas Spezielles empfohlen wird. Das ist hier so, und ehrlich gesagt, es ist ein Glück für den verschlafenen Ort, dass es so läuft und nicht anders.«

Die drei waren sehr früh dran, hatte Friederike doch ein beträchtliches Zeitpolster eingeplant. So lud Helene Friederike und Alois noch vor dem Beginn der Veranstaltung auf ein Glas Prosecco mit

Aperol und Limette ein, wie sie es in der Hand einer Frau bereits beim Eingang gesehen und wonach sie gleich großes Verlangen entwickelt hatte.

Dazu hatten sie sich an die Bar des Restaurants begeben, wo etwas abseits von ihnen die beiden Chorleiterinnen in ein angeregtes Gespräch vertieft waren.

Alois deutete etwas verstohlen auf die beiden. »Wissen Sie, die beiden Damen sind seit Jahren die dicksten Freundinnen, man munkelt sogar, dass das noch weit über eine gewöhnliche Freundschaft hinausgeht. Wie auch immer. Sind die nicht wie Tag und Nacht?«

»Da hast du wohl recht, Alois, das ist uns schon aufgefallen, als du sie uns vorgestellt hast. Wir sind auch schon neugierig auf die unterschiedliche Chorführung, das werden wir ja bald zu sehen und zu hören bekommen.«

»Ich kenne die beiden jetzt schon seit einigen Jahren. Die gehen so lieb miteinander um, so höflich, so aufmerksam. Ist man aber mit einer der beiden einmal irgendwo alleine, so wird die andere immer nur in den höchsten Tönen gelobt, und wirklich kurios ist dabei, dass die eine jeweils die andere für ihre Art der Chorleitung beneidet. Ist das nicht köstlich?«

»Da gibt es also gar keine Rivalitäten zwischen den Chören?« Helene war, seit sie hier angekommen waren, nicht mehr so richtig aus dem Staunen herausgekommen.

»Zwischen den Chorleiterinnen nicht, zwischen den Chören aber schon.« Alois schmunzelte. »Die Männer lieben ihre Chefinnen, und da ist jeder mit so viel Eifer und Ehrgeiz bei der Sache, damit man auf alle Fälle besser ist als der andere Chor. Der Effekt davon ist, dass beide Chöre eine Qualität erreicht haben, die man sonst wo suchen muss in Kärnten, und das will was heißen.«

»Sind die beiden Frauen auch aus der Gegend?«, wollte Helene noch wissen.

»Nein. Sie sind, soweit ich weiß, beide aus Niederösterreich, genauer gesagt aus dem Waldviertel, aus der Gegend um Horn.«

»Aus meiner Heimat!« Über Helenes Gesicht huschte ein Leuchten. »Wie kommen sie dann hierher?«

»Das weiß keiner so genau, sie waren irgendwann einfach da. Früher haben beide im Wiener Staatsopernchor gesungen, dann angeblich einige Zeit in Graz und Klagenfurt, Genaueres weiß ich da auch nicht. Auf alle Fälle müssen sie eine Gesangslehrerausbildung haben. Das werden Sie auch merken, Frau Dr. Blaha, die Stimmbildung bei den Chorsängern ist ausgezeichnet.«

»Sie machen mich immer neugieriger.« Helene deutete auf den Eingang zum Saal: »Sollten wir uns jetzt nicht einen Platz suchen, es strömen immer mehr Leute hinein.«

Es war wirklich höchste Zeit gewesen, denn es waren nicht mehr sehr viele gute Plätze übrig geblieben. Es dauerte auch nicht mehr lange, und der letzte Platz war gefüllt. In den hinteren Teil des Saales wurden noch ein paar weitere Stühle hineingepfercht – die Feuerpolizei hätte das nicht sehen dürfen. Helene war erstaunt, dass trotz des überfüllten Raumes ein angenehmes Klima herrschte, es war weder zu kalt noch zu warm. Friederike saß knapp neben ihr, und Helene musterte verstohlen von der Seite her ihr Gesicht. Die Sommersprossen waren so neckisch verteilt, die Haut so frisch, und als sie auf eine Bemerkung ihres Cousins hin laut lachte, da blitzten strahlend weiße Zähne aus dem Mund hervor. Am Kinn konnte Helene auf einem kleinen Muttermal ein einzelnes kurzes festes Haar erkennen. *Du bist also eine Hexe, das hätte ich mir gleich denken können*, kam ihr in den Sinn, und sie musste schmunzeln.

Dieses Schmunzeln erregte wiederum Friederikes Aufmerksamkeit, die sich nun Helene zuwandte: »Geht es Ihnen gut, Frau Dr. Blaha? Sie sehen blendend aus.« Friederike strahlte Helene ganz offen an.

Und Helene strahlte Friederike ebenfalls ganz offen an. »Ich genieße es jetzt schon, hier zu sein, wenngleich wir noch keinen Ton von den Chören gehört haben.«

Friederike rückte ein wenig herum und richtete rasch den Rock ihres Dirndls, dabei stieß sie kurz mit Helene zusammen, und der stieg der wunderbare Duft ihrer Nachbarin in die Nase. Helene sog diesen Duft ganz unbewusst tief ein und genoss ihn einfach. Ein Gefühl des Glücks durchfuhr sie in diesem Augenblick, wie sie es seit Jahren nicht mehr gespürt hatte, und es hielt an, den ganzen Abend, während der Darbietung der Chöre, die waren wahrlich ein Erlebnis, später beim Essen, beim Nachhausefahren, sogar noch dann, als sie im Bett lag, sogar bis zum Einschlafen ...

Helene war wie berauscht, nicht wie gelähmt, nein, sie konnte alles genießen, lauschte mit Freuden den wunderschönen Liedern, die an diesem Abend durchwegs melancholischer Natur waren, doch die Melancholie drang nicht zu Helenes Herzen durch – dies war kein Tag der Traurigkeit.

Und immer wieder sog Helene den Duft Friederikes ein, die sich, um die verschiedenen Lieder ein wenig zu erläutern, immer ganz nah an sie heranschmiegte, als wäre es ein Geheimnis, was sie Helene hier anvertraute. So hätte sich das Konzert für Helene durchaus noch ein wenig in die Länge ziehen können, aber, wie immer bei besonders schönen Dingen im Leben, die Zeit verging dabei wie im Flug.

Später beim gemeinsamen Abendessen wurde Helene klar, dass Chormusik in Zukunft sicher einen besonderen Stellenwert in ihrem Leben haben würde.

»Danke an Sie beide«, hob sie dann auch bald an, »danke, dass Sie mich hierher mitgenommen haben. Ich glaube, ich werde versuchen, auch irgendwo in einem Chor unterzukommen. Ich habe schon immer gerne gesungen, nur irgendwie nie die Gelegenheit dafür gefunden, und an einen Chor habe ich bis dato noch nie gedacht.« Sie schüttelte ein wenig den Kopf. »Dass mir das nicht früher eingefallen ist, dabei ist es doch naheliegend, dass man in einen Chor geht, wenn man singen will und nicht gerade im Begriff ist, eine große Solokarriere zu starten.«

»Die Idee hat etwas an sich. Vielleicht sollte ich das mit dem Chor auch ins Auge fassen.« Friederike blickte an Helene und Alois vorbei in die Ferne, doch plötzlich wandte sie sich an Helene: »Könnten Sie sich vorstellen, dass wir das Chorprojekt gemeinsam angehen? Es wäre doch sicher viel netter, nicht alleine neu in einem Chor aufzutauchen.«

»Natürlich könnte ich mir das vorstellen. Ich werde mich darum kümmern, versprochen. Eine Idee habe ich dazu auch schon. Eine Kollegin von mir singt, so hat sie es mir zumindest einmal erzählt, seit Jahren in einem Chor. Die weiß sicher, wie man es am besten anstellt, irgendwo unterzukommen.« Die Aussicht, wenn auch noch nicht wirklich konkret, mit Frau Dr. Laska gemeinsam etwas unternehmen zu können, auch nach Abschluss des Seminars, trübte auch nicht gerade Helenes Hochgefühl, ganz im Gegenteil, es war wie ein weiterer Schub einer angenehmen Droge, auf deren Rausch sie glücklich dahinschwebte.

»Wenn das so ist, meine Damen«, Alois hob seine Hand und stieß mit dem Zeigefinger ein großes Loch in die Luft, »wie wäre es, wenn ich meine Beziehungen zu den beiden Chorleiterinnen spielen lassen könnte? Die haben sicher Bekannte oder Freunde mit Verbindungen zu Chören in Wien.«

»Gute Idee!«, kam es unisono aus Helenes und Friederikes Mund.

Neumarkt *Donnerstag, 11. April*

Eine unruhige Nacht ging langsam ihrem Ende entgegen. Helene war um drei Uhr in der Früh das erste Mal aufgewacht. Sie hatte einen wilden Traum gehabt, konnte sich zwar nicht erinnern, welchen Inhalt er hatte, doch er musste irgendwie aufregend und schön gewesen sein. Sie lag kurz wach und ärgerte sich, dass sie nicht wusste, was es gewesen war, das sie so aufgeregt hatte. Die Aufregung war aber eine schöne gewesen, diesbezüglich war sie sich sicher. Vielleicht sollte sie weiterschlafen und einfach weiterträumen. Früher, als sie noch viel mehr Träume hatte, an deren Inhalt sie sich erinnern konnte, vor allem zu Beginn ihres Studiums in Wien, da konnte sie das, weiterschlafen und den Traum fortsetzen. Doch diese Kunst war ihr irgendwann abhanden gekommen, wie sie vieles an Fähigkeiten und Eigenschaften verloren hatte, die sie in ihrer Jugend besaß. Das kam ihr in den Sinn, als sie wach in der Dunkelheit lag. Der Wecker an ihrer Seite war in der Zwischenzeit auf fünf Minuten nach drei Uhr gesprungen. *Schlaf doch weiter,* war der letzte Gedanke, ehe sie wieder einschlummerte.

Um fünf war sie erneut aufgewacht. Völlig aus dem Häuschen. Wieder war es ein Traum gewesen, der sie aufgeweckt hatte. Doch diesmal war er ganz klar in ihrer Erinnerung:

Ihr erster Auftritt als Chorsängerin stand an. Das Erlebnis des Vorabends schlug offenbar durch. Alois, Friederikes Cousin, war der Manager des Chors. Er lief nervös durch einen großen Saal mit Hunderten Stühlen, alle noch leer. Auf einer etwas erhöhten Bühne standen bereits Chorsängerinnen in wunderschönen Trachtenkostümen und warteten auf die beiden letzten Sängerinnen, die nicht zu sehen waren. Helene wusste, dass das sie und Frau Dr. Laska waren, doch sie waren einfach noch nicht fertig angezogen. Beide standen im Nebenzimmer und suchten nach ihren Kostümen. Immer wieder sahen sie in den Saal hinaus, wo alle schon ungeduldig warteten. Nirgends war die Kleidung zu finden. Frau Dr. Laska stand in wunderschöner Unterwäsche herum und überlegte, wo die Sachen sein könnten. Auch Helene selbst trug wunderschöne Unterwäsche, ähnlich der von Frau Dr. Laska.

»Wir werden wohl so auftreten müssen«, stellte Frau Dr. Laska fest, »aber so wie Sie aussehen, Frau Dr. Blaha, werden Sie der Star des Abends sein.«

»Der Star des Abends werden Sie sein, nicht ich. Sehen Sie sich doch an. So eine Schönheit ist hier doch noch nie aufgetreten, und Ihre wunderbare Stimme, der werden alle gebannt lauschen.«

»Denken Sie, dass das so sein wird?« Frau Dr. Laska hatte ein wunderbares Lächeln aufgesetzt. »Wir singen doch im Duett, da werden wir auch gemeinsam den Erfolg erheischen.«

»Unser Duett! Ich habe es ganz vergessen.« Helene hatte das Gefühl, nicht ganz genau zu wissen, was da gemeint war. »Ja, wir singen ein Duett.«

Frau Dr. Laska packte sie an der Hand und geleitete sie in den Saal, der nun zum Bersten mit Publikum gefüllt war. Sie führte Helene nach vorne auf die Bühne. Erst war sich Helene noch unsicher, was da nun passieren würde. Und unangenehm war ihr, dass sie doch mit Unterwäsche … nein, plötzlich trug sie, ebenfalls wie Frau Dr. Laska, ein wunderbares wallendes, weißes Kleid.

»Kommen Sie, Frau Dr. Blaha, das wird heute der Auftritt unseres Lebens!«

Beide nahmen Aufstellung vor den Chordamen, die enthusiastisch in die Hände klatschten. »Wir werden jetzt gemeinsam singen«, sagte Helene mit Überzeugung, von der sie nicht wusste, woher sie kam.

»Ja, das werden wir.« Frau Dr. Laska nahm beide Hände von Helene in die ihren und strahlte sie an. Helene wurde von einem unglaublichen Glücksgefühl durchflutet, sie beugte sich zu Frau Dr. Laska und … wachte auf.

Helene lag da und war aufgewühlt. Sie fühlte es bis in ihre Zehenspitzen, und auch ihre Mitte war nicht unberührt geblieben. Ihre Klitoris pochte, etwas, das seit Jahren nicht der Fall gewesen war. Helene strich sich über das Gesicht, fuhr sich über Brust und Bauch bis zu ihrer Vulva. Das Nachthemd war hochgerutscht, und sie konnte die heiße Nässe spüren, die sich dort ausgebreitet hatte. Helene schüttelte den Kopf, war doch keinerlei erotischer Hintergrund im ganz klar vor ihren Augen liegenden Traum gewesen. Warum hatte ihr Körper so seltsam reagiert? Weshalb?

Bei diesen Gedanken war sie wieder eingeschlafen, nicht das erste Mal in dieser Nacht.

Zwei Stunden später war es der Wecker, der Helenes Schlaf ein Ende bereitete. Kein Traum war in ihrer Erinnerung geblieben, außer dem noch immer ganz klar im Bewusstsein liegenden mit dem Chor und dem Singen und dem Publikum und der wunderbar lächelnden Frau Dr. Laska. Sonst war da nichts, und Helene war nun plötzlich enttäuscht. Enttäuscht? Warum enttäuscht? Die Frage drang gar nicht in ihr Bewusstsein, doch sie war da, wie auch das Gefühl der Enttäuschung selbst.

Helene schwang sich aus dem Bett. Sie war besser ausgeschlafen, als sie es für möglich gehalten hätte. Sie hüpfte nach dem Zähneputzen in die Dusche, ließ das heiße Wasser über ihren Körper rinnen, wusch sich die Haare mit dem wunderbar duftenden Shampoo, das sie von ihrer Tochter geschenkt bekommen hatte und das ihre Haare so wunderbar glänzen ließ. Das Rasiergel war bald über Körper und Beine verteilt, und die Klingen glitten flott dahin. Ihre Klitoris reagierte heute seltsam, als ihre Umgebung mit sanftem Druck, doch wie üblich, wie jeden Tag, von den Haaren befreit wurde. Sie sandte Gefühle aus, die Helene weit in der Vergangenheit zurückgelassen hatte und die ihr nie abgegangen waren.

Helene zollte dem nicht weiter Beachtung, sie spülte die Reste des Seifenschaums ab, frottierte sich trocken und setzte den Föhn in Gang. Sie suchte sich elegante Dessous und ein elegantes Kleid aus und stand wenige Minuten später vor dem Spiegel, wo sie mit einem leichten Kopfnicken feststellte, dass der Gesamteindruck gar nicht so schlecht war.

Das Frühstück wurde zu einer unerwartet lustigen Angelegenheit, da einer der Kursteilnehmer ein Album mit Bildern von der Veranstaltung herumgehen ließ, in dem er die Vortragenden, aber auch Kursteilnehmer in ganz typischen, indes auch in den seltsamsten Posen mit seiner Handykamera aufgenommen hatte. Niemandem war das aufgefallen, doch das in Papier gefasste und schön gestaltete Ergebnis sprach für sich. Helene saß mit ihrem Kollegen Dr. Robert Huber gemeinsam am Tisch, als ihnen das Album weitergereicht wurde. Bald hatten sie sich selbst gefunden. Die Bilder waren ganz außergewöhnlich, doch in keiner Weise kompromittierend. Der junge Mann hatte offenbar nicht nur ein Gefühl, im richtigen Augenblick auf den Auslöser zu drücken, sondern auch die Auswahl so zu treffen, dass sich niemand bloßgestellt vorkommen musste. Die Stimmung der Veranstaltung war aber besser eingefangen worden, als es mit irgendeinem Feedbackbogen hätte der Fall sein können. Natürlich war Helenes Blick auf den Fotos von ihr selbst hängen geblieben, doch auch die anderen waren es wert, betrachtet zu werden. Ihr Kollege hatte ihr das Album für kurze Zeit aus der Hand genommen, Helene nutzte dies, um sich ein Brötchen mit Salami herzurichten. Er schmunzelte und gab ihr das Buch wieder zurück.

Er hatte sich einen großen Bissen Lachs in den Mund gestopft, und mit vollem Mund gab er noch ein paar Kommentare ab: »Ich wusste nicht, dass meine Glatze so einen Glanz besitzt. Schöne Bilder, nicht wahr? Das schönste Bild ist aber das von dir und von Frau Dr. Laska beim Abendessen. Eure Gesichter strahlen so viel Sympathie füreinander aus, das ist sehr schön anzusehen. Ihr müsst wirklich in ein interessantes Gespräch vertieft gewesen sein.«

Helene blätterte das Album nochmals durch und gelangte bald wieder auf die Seite mit dem besagten Bild. Tatsächlich, er hatte recht, da war eine unglaubliche Sympathie zu spüren in dem Ausdruck, der in beiden Gesichtern zu erkennen war, vor allem in dem von Frau Dr. Laska. *Wie sie mich da anblickt! Meine Güte, das ist ja bezaubernd*, ging es Helene durch den Kopf, und plötzlich war der Traum wieder in ihre Erinnerung zurückgekehrt. Ein seltsames Gefühl beschlich sie. Ein Ziehen im Bauch, nicht unangenehm, aber irgendwie fremd, das sich nach oben zum Herzen und nach unten in ihre Mitte ausbreitete. »Schö…«

»Wie bitte? Entschuldigung, Helene, ich habe dich leider nicht verstanden.« Ihr Kollege legte seine Stirn in Falten, sah Helene fragend an. »Ich glaube, du wolltest eben etwas sagen.«

Helene konnte ihren Satz noch immer nicht fortsetzen, sie atmete lediglich kräftig durch. Warum, konnte sie nicht sagen, doch das

Bild von Frau Dr. Laska und der Traum, vor allem der Traum, hatten dieses unbeschreibliche Gefühl in ihr hervorgerufen, das immer noch anhielt, nicht enden sollte und ihr die Sprache nahm.

»Helene? Was ist mit dir? Geht es dir nicht gut?«

Helene sah jetzt auf und direkt in das nun sorgenvolle Gesicht ihres Kollegen. »Alles bestens. Wirklich. Alles in Ordnung.« Sie lächelte ihn an, und er schien sofort beruhigt zu sein.

Doch in Wahrheit beschlich Helene eine vage Unruhe, welche sich mit dem Ziehen in ihrem Bauch mischte. Sie nahm sich nochmals das Album und blätterte es, nun ganz unbewusst, auf der Suche nach Bildern von Dr. Laska durch. Schon wurde sie fündig. Rasch klappte sie das Album zu, war doch gleich das Ziehen im Bauch wieder stärker geworden. »So! Schluss!« Sie schob ihre Tasse und den Frühstücksteller beiseite.

Robert sah sie erstaunt an. »Wie Schluss? Bist du schon fertig? Viel hast du aber nicht gegessen.«

Helene erhob sich schnell. »Sei mir nicht böse, ich bin schon satt. Außerdem habe ich noch etwas zu erledigen, etwas ganz Dringendes. Lass dir dein Frühstück noch gut schmecken.« *Was habe ich denn zu erledigen?* Das war nicht die Unwahrheit, das mit dem »Erledigen«. Nur was war es denn wirklich, was sie so dringend von dem herrlichen Frühstücksbuffet aufgeschreckt hatte? Suchend schweifte ihr Blick durch den Raum. Ein paar bekannte Gesichter an dem einen und anderen Tisch, lockeres leises Gemurmel, mit Speisen aufgetürmte Teller, Klimpern von Besteck und Geschirr, flott umherhuschendes Servierpersonal. Nein, hier war nichts zu erledigen, hier sicherlich nicht.

Helene lief geradezu hinaus ins Foyer, wo sie unversehens mit Frau Dr. Laska zusammenstieß. Das Ziehen im Bauch war wieder da, so stark wie noch nie.

»Frau Dr. Blaha, gut, dass ich Sie hier finde. Sind Sie schon fertig mit dem Frühstück?« Das klang ein wenig besorgt. Doch die Erklärung folgte sofort: »Wir haben eine Programmänderung, da lässt sich leider nichts machen. Wäre es möglich, dass Sie schon in einer Viertelstunde anfangen?« Dr. Friederike Laska hatte ein unwiderstehliches Lächeln im Gesicht.

»Alles lässt sich machen, Frau Dr. Laska, alles. Guten Morgen!« Helene strahlte sie an, und wieder fiel ihr der Traum ein.

»Guten Morgen, Frau Dr. Blaha, entschuldigen Sie bitte, dass ich Sie so überfallen habe, aber es war nun einmal ganz dringend, dass ich das angesprochen habe. Danke, dass Sie zusagen können. Es hilft uns in der Organisation sehr weiter.« Wieder hatte sie Helene mit einem bezaubernden Lächeln eingefangen.

»Für Sie mache ich das wirklich gerne. Ehrlicherweise, es bedeutet für mich keine Mühe. Welche Umschichtungen soll es denn nun für den heutigen Tag geben?«

»Das wird Ihnen meine Kollegin erklären. Ich bringe Sie eben zu ihr, ich muss nämlich für ein paar Stunden weg nach Villach. Die Vorbereitung einer Veranstaltung dort ist mit großen Schwierigkeiten verbunden, da sollte ich heute selbst einmal ein Auge drauf werfen.«

Sie führte Helene in einen der Seminarräume, in dem die junge Kollegin von Frau Dr. Laska, eine hochgeschossene schlanke Blondine, hektisch an einem Laptop hantierte.

»Uschi, kannst du bitte Frau Dr. Blaha über unsere Planänderungen informieren, ich muss nach Villach.«

Die junge Dame schaute auf und lächelte Helene kurz an. »Guten Morgen, Frau Dr. Blaha. Das mache ich gerne. Einen Augenblick noch, bitte.« Sie sah zu Frau Dr. Laska. »Friederike, hast du noch irgendwo die Dateien mit den Präsentationen auf einem weiteren Stick gespeichert? Das würde mir wirklich helfen.«

Frau Dr. Laska griff in ihre Handtasche und holte einen USB-Stick heraus. »Da ist alles gespeichert. Ich habe noch zwei weitere davon. In Wahrheit kann man gar nicht genug von solchen Sicherungsmedien haben bei so einer Veranstaltung.« Sie reichte den Stick ihrer Kollegin. »So, ich muss nun los. Bis zum Abend bin ich wieder zurück. Wenn es etwas Außergewöhnliches oder irgendeine Katastrophe geben sollte, bin ich natürlich schon viel früher wieder da. Ruf mich einfach an, ich bin immer für dich zu erreichen.« Sie wandte sich an Helene: »Auf Wiedersehen, Frau Dr. Blaha, ich freue mich schon, Sie wiederzusehen. Vielleicht schaffen wir noch ein gemeinsames Abendessen.« Schon war sie aus dem Zimmer gestürmt, ihr Autoschlüssel baumelte an der Hand und gab seltsam klingelnde Töne von sich.

»Auf Wiedersehen, Frau Dr. Laska, ja, ein gemeinsames Abendessen, das wäre nett.« Helene hatte das alles mehr zu sich als zu Frau Dr. Laska gesagt, die konnte das alles sicher nicht mehr hören. Eine unglaubliche Enttäuschung machte sich in Helene breit, verdrängte alles andere an Gefühlen und ließ sie auch den Traum der vergangenen Nacht vergessen.

Die junge Assistentin erklärte Helene nun in Kürze, was sich am Tagesplan geändert hatte, und so ging es gleich los. Die intensive Arbeit bis in den Nachmittag ließ das Gefühl der Enttäuschung schnell verschwinden, und da das Wetter wunderschön war, schloss Helene diesen Nachmittag mit einem ausgedehnten Lauf ab, der sie erst in der hereinbrechenden Dunkelheit wieder zum Hotel zurückführte.

Allerlei Gedanken kreisten in ihrem Kopf: über ihre Kinder, bei denen sie sich dringend wieder melden sollte. Und auch über ihre Mutter, die ihr eine SMS aus Italien gesandt hatte. Sie war dort mit einem neuen Bekannten und einem befreundeten Paar auf einem Kurzurlaub in Bologna und ganz begeistert von der Stadt. Ihr neuer Freund, ein Chirurg aus Südtirol, hatte eine Zeit lang dort studiert und kannte die Stadt wie seine Westentasche. Der Zugang zu den Sehenswürdigkeiten und zu den Schätzen Bolognas war dadurch ein ganz anderer. Und Roland, so hieß ihr neuer Freund, wäre überdies ein sexy Typ, zwar ein Urtiroler, aber dennoch ungemein attraktiv. Helene fragte sich wieder einmal, wie schnell man jemanden kennenlernen konnte, wenn man der richtige Typ dafür war. Warum war ihr das so fremd? Warum waren Männer nicht auch hinter ihr her?

Die Gedanken richteten sich aber bald auf die Natur. Der Zirbitzkogel war in das rote Licht der Abendsonne getaucht. Rasch ziehende kleine Wölkchen warfen unglaubliche Schattenbilder auf die von Licht durchfluteten Weiten. Immer mehr hing ihr Blick auf diesem Naturschauspiel, und sie war froh, noch nicht so bald umkehren zu müssen, denn das wollte sie sich nicht entgehen lassen. Die Sonne senkte sich aber zusehends, und Helene wurde klar, dass sie irgendwann auch wieder kehrt machen sollte, wollte sie nicht im Dunklen das Hotel erreichen. Sie wusste nicht, wie viele Kilometer sie schon gelaufen war, in den Beinen spürte sie nichts davon, die trugen sie dahin wie auf Federn. Erst zu Hause in ihrer Suite konnte sie auf ihrer GPS-Laufuhr erkennen, dass sie mehr als zwanzig Kilometer unterwegs gewesen war, ein Laufpensum, zu dem sie sich sonst immer zwingen musste und das eher die Ausnahme bei ihr war.

Zum Entspannen legte sie sich in die große Badewanne, die sie mit heißem Wasser gefüllt hatte, das angenehm duftete. Reichlich Schaum hatte sich gebildet, und so schauten nur ihr Kopf und ihre Brüste hervor. Ein amüsanter Anblick. Zwei Berge mit dunklen Gipfeln, die aus einer unbekannten Seenlandschaft ragten. Sie zupfte an einer Brustwarze, die stellte sich rasch auf, und Helene spürte ein Ziehen im Bauch, nicht unähnlich dem, das sie beim Frühstück empfunden hatte. Der Traum war wieder präsent, und unwillkürlich führte Helene eine Hand in ihre Mitte. Das Läuten des Telefons unterbrach die Stille. Helene hatte das Telefon neben die Wanne auf den Boden gelegt. Sie erwartete zwar keinen Anruf, doch sollte Maria oder Martin sie erreichen wollen, so wäre sie für die beiden gerne erreichbar gewesen. Die Nummer am Display war ihr vollkommen unbekannt. Schon ärgerte sie sich, dass sie diese Störung zugelassen hatte. Da es immer noch läutete, nahm sie das Gespräch endlich doch an.

»Blaha.«

»Guten Abend, Frau Dr. Blaha, Friederike Laska am Apparat.« Helene spürte einen Stich im Herzen. »Es tut mir leid, aber ich kann heute nicht zum Abendessen im Hotel sein. Das ist terminlich nicht möglich. Es tut mir so leid.«

Helene, einerseits überrascht von diesem völlig unerwarteten Anruf, andererseits tief enttäuscht vom Inhalt der Mitteilung, musste erst einmal schlucken. »Äh, guten Abend, Frau Dr. Laska, es freut mich, Sie zu hören. Ja, es ist schade, dass Sie nicht hier sein können zum Abendessen. Hat man Sie so in Beschlag genommen in Villach?«

»Es ist die reinste Katastrophe hier. Ich muss froh sein, dass ich hergekommen bin, wenn es mich auch gar nicht freut. Könnte ich doch im Hotel sein bei Ihnen«, sie machte eine kurze Pause und fügte dann an: »Bei Ihnen und all den übrigen netten Leuten.«

»Ja, das wäre schön gewesen.« Helene spürte ein Gefühl tiefen Bedauerns in sich. Der Hunger, der sie nach dem Laufen erfasst hatte, war wie weggeblasen. »Frau Dr. Laska, ich wünsche Ihnen auf alle Fälle noch einen schönen Abend, fahren Sie vorsichtig, und kommen Sie sicher wieder ins Hotel.«

»Danke, Frau Dr. Blaha. Lassen Sie sich das Abendessen gut schmecken. Essen Sie ein gutes Stück Fleisch für mich, ich bekomme hier vermutlich eine Pizza aus dem Karton, mehr scheint nicht drin zu sein.«

Helene musste plötzlich lächeln, und das Ziehen im Bauch war wieder da, ganz schwach, aber es war da. »Was soll ich denn bestellen für Sie? Wonach steht Ihnen der Sinn? Was könnte ich für Sie genießen? Wollten Sie nicht neulich das Lamm probieren?«

»Erinnern Sie mich nicht daran«, Frau Dr. Laska lachte laut auf, »das Lamm hole ich noch nach, aber wenn Sie es für mich probieren, so können Sie mir in den nächsten Tagen einmal schildern, wie es denn so ist, bevor ich es selbst bestelle.« Friederike fühlte das erste Mal Freude in sich aufkommen, seit sie in Villach angekommen war. Eigentlich sollte sie schon wieder in der Besprechung zurück sein, doch das Telefonat mit Frau Dr. Blaha war so viel erfreulicher, da konnten die Leute schon einmal warten.

»Ich bin heute mehr als zwanzig Kilometer gelaufen, es hat mir richtig gut getan«, platzte Helene einfach heraus, »der Zirbitzkogel hat mich verzaubert mit seinem Licht am Abend.« Sie hielt kurz inne. »Vergangene Nacht habe ich von Ihnen geträumt. Es war ein schöner Traum. Wir wollten zusammen singen, wir hatten einen Auftritt vor großem Publikum.« Es war einfach aus ihr herausgesprudelt. Helene fühlte eine tiefe Röte in ihr Gesicht steigen. *Warum habe ich das jetzt gesagt?*

Friederikes Stimmung hob sich weiter, sie fühlte sich plötzlich wie beflügelt. »Gemeinsam singen, ja, darauf freue ich mich auch schon sehr. Das sollten wir wirklich durchziehen.« Ein kurzer Augenblick des Schweigens trat ein. »Sie haben von mir geträumt, das finde ich schön.« Friederike fuhr sich durchs Haar. »Gott sei Dank war es kein Albtraum.«

»Davon kann keine Rede sein.«

»Also dann, ich muss hier weitermachen. Bis morgen, liebe Frau Dr. Blaha. Auf Wiederhören.«

»Auf Wiederhören, Frau Dr. Laska.« Helene legte auf.

Träumen Sie schön von mir. Ich werde schön von Ihnen träumen. Die Gedanken kamen Friederike in den Sinn, als sie aufgelegt hatte. Sie saß eine Weile unbewegt da, das Bild des schönen, so oft ernsten Gesichts von Frau Dr. Blaha entstand vor ihrem inneren Auge. Sie schüttelte den Kopf. Es war wirklich Zeit, wieder in die Besprechung zurückzukehren, damit diese endlich ein Ende fand und sie ins Hotel fahren könnte. Eine gute Stunde Fahrt wartete da noch auf sie.

Ihre gehobene Stimmung nach dem Telefonat führte zu einer derart konstruktiven Arbeit, dass alles in der halben Zeit erledigt war. Zum Abendessen würde sie es zwar nicht mehr schaffen, aber ein paar Happen würde sie im Hotel schon bekommen. Vielleicht saß Frau Dr. Blaha noch mit jemandem an der Bar. Ein Glas Rotwein, gemeinsam genossen, könnte ein wunderbarer Abschluss des Tages sein.

Gar nicht so viel später stieg Friederike mit bester Laune aus dem Auto. Die Musik hatte das Ihre dazu beigetragen, der Verkehr auf dem Weg ins Hotel hatte sich sehr in Grenzen gehalten, und an alle Geschwindigkeitsbeschränkungen hatte sie sich nicht sklavisch gehalten. Sie flog ins Hotel und warf einen Blick in die Bar.

Helene winkte sie sofort erfreut zu sich, als sie sie bemerkte. »Ich habe das Lamm probiert, was heißt probiert, ich habe es genossen.«

»Sagen Sie nichts von einem Lamm, Frau Dr. Blaha, guten Abend. Wie geht es Ihnen?«

»Sie haben Hunger, stimmt's? Ich habe schon angefragt, ob Sie etwas bekommen können, wenn Sie erst spät nach Hause kommen. Wie es heißt, sollte das kein Problem sein. Eine kleine Karte steht auch hier an der Bar zur Verfügung. Möchten Sie gleich hier etwas, oder wollen Sie doch lieber noch ins Restaurant?«

»Sie haben schon angefragt, ob ich etwas zu essen bekomme?«

»Erstaunt Sie das?« Helene sah sie fragend an. »Wissen Sie, Frau Dr. Laska, in dem Augenblick, in dem Sie von der Pizza im Karton gesprochen haben, war mir klar, dass Sie lieber hier im Hotel eine Gulaschsuppe zu sich nehmen als eine lauwarme, weiche, geschmacklose Pizza von der Pizzeria ums Eck.«

»Und woher wissen Sie nun wieder so ganz genau, wie sich die Pizza präsentiert hatte, die wir geliefert bekommen haben? Wer ist Ihr Spitzel in der Villacher Gruppe?« Frau Dr. Laska setzte sich auf den Barhocker neben Helene. »Ich werde hier eine Kleinigkeit essen, hier an der Bar«, sie sah Helene verschmitzt an, »wenn Sie mir Gesellschaft leisten und wenn Sie sich von mir auf einen guten Rotwein einladen lassen.«

Frau Dr. Laska bekam einen kleinen, liebevoll zubereiteten Snack mit viel Gemüse, so wie es sie sich vorgestellt hatte. Helene und sie teilten sich eine Flasche Wein, einen schweren Rotwein aus dem Burgenland, der sie bald ein wenig betrunken machte. Dass der Tag so wunderbar ausklingen würde, damit hatten beide Frauen nicht mehr gerechnet, umso mehr genossen sie es.

Neumarkt *Freitag, 12. April*

Friederike klappte ihr Notebook zu. »Geschafft! Der letzte Student ist fort. Das Wochenende kann beginnen.« Sie blickte zum Fenster hinaus, immer noch war alles in freundliches Sonnenlicht getaucht. Sie wollte raus ins Freie. An die frische Luft. Nur ein wenig ausruhen. Ein Blick auf die Uhr ließ sie beinahe jauchzen. Nie hätte sie gedacht, dass die letzten Kursteilnehmer schon kurz nach Mittag das Weite gesucht haben würden. Sie kannte die Situation sonst ganz anders. Ein so wunderbares Hotel wurde üblicherweise so spät wie möglich verlassen. Zumindest von einigen, die meisten hetzten so schnell, wie es nur ging, nach Hause oder sonst wohin, Hauptsache weg. Die wenigen aber, die noch blieben, hielten ihre Feedbackbögen und Sonstiges, das sie wieder abgeben sollten, so lange zurück, bis sie endlich auch abfuhren. Und diese Leute erachteten es als selbstverständlich, dass Friederike auf sie wartete. War sie nicht genau dafür da?

Doch heute war es anders, und darüber war sie wirklich froh. Die Einzige aus dem Team, die am Wochenende gleich hier bleiben würde, außer Friederike selbst, war Frau Dr. Blaha. Dass es gerade Frau Dr. Blaha war, erfüllte Friederike mit großer Freude. Warum, war ihr selbst noch nicht ganz bewusst. Auf alle Fälle war da eine große Sympathie zu spüren, und dies war offenbar keine einseitige Sache. Wie sich das allerdings weiterentwickeln würde, wusste sie nicht. Sie hatte keine blasse Ahnung, doch das störte sie im Augenblick auch nicht. Sie hegte keine großen Erwartungen und freute sich einfach auf das, was da so kommen würde.

Friederikes letzte Beziehungen waren schon Geschichte, zumindest kam es ihr so vor. Lange war sie sich nicht im Klaren darüber gewesen, dass es Frauen waren, die sie anzogen, und als sie dann das erste Mal in den Armen einer Frau lag, war das wie der Urknall gewesen. Ein neues Leben hatte begonnen. Ein wunderbares. Clara weihte sie in alle Geheimnisse der lesbischen Liebe ein. Friederike schwebte für fünf Monate wie auf Wolke Nummer sieben. Der tiefe Fall in die Realität schmerzte umso mehr. Warum Clara sie abserviert hatte, und abserviert war genau der treffende Ausdruck, war ihr heute noch nicht klar, und es würde wohl für immer ein Geheimnis bleiben. Bald darauf fand sich Friederike in einer neuen Beziehung mit einer jungen Studentin.

Diese Beziehung war für sie im Endeffekt nicht zu bewältigen. Kathrins Gabe, aus allem ein Problem zu machen, das man stundenlang bereden musste, und ihre unbezähmbare Eifersucht waren einfach zu viel gewesen. Friederike war eines Tages einfach davongerannt. Es war das erste Mal in ihrem Leben, dass sie in Panik die Flucht ergriffen hatte. Und dieses Fluchterlebnis hatte sie vorsichtig werden lassen. Doch für Vorsicht war kaum ein Grund gegeben, war doch für sie nach Kathrin »der Markt geschlossen«, wie sie es selbst zu bezeichnen pflegte, wenn sie mit ihren wenigen wirklichen Freundinnen und Freunden über ihre Beziehungsprobleme sprach. Ihr größtes Problem war, dass sie es nicht erkennen konnte, wenn einmal eine passende Frau in ihrem Umkreis war. Oft hatte sie gehört oder gelesen, dass Lesben das sofort spüren würden, sollte eine geeignete Partnerin im Umfeld ihre Kreise ziehen. Friederike spürte da gar nichts, und vielleicht war ihre vorsichtige Grundhaltung ein Hindernis für andere, sich ihr anzunähern. Das vermutete sie zumindest selbst, und ihre Freunde konnten dem einiges abgewinnen.

Mit Frau Dr. Blaha ging es ihr nicht anders. Sie fühlte sich zu ihr hingezogen, spürte, dass sie ihr offenbar sympathisch war, sonst aber konnte sie keine Zeichen erkennen, dass es von Frau Dr. Blaha irgendwelche besonderen Gefühle ihr gegenüber gab. Noch dazu war sie eine Witwe mit zwei erwachsenen Kindern. Sie sah so jung aus, daher konnte man das gar nicht glauben. Dass sie erst neununddreißig war, passte Friederike dann ganz gut. Eine sehr, sehr gut erhaltene Neununddreißigjährige, so konnte man es nennen. Gut erhalten durch viel Sport, Laufen und Schwimmen, offenbar auch durch eine gesunde Lebensführung.

Die Zeit, die sie bis zu diesem Zeitpunkt miteinander verbracht hatten, war in jeder Hinsicht das reine Vergnügen gewesen. Seit Jahren hatte sich Friederike nicht mehr so gut unterhalten, war einfach aufgeblüht. War die Anregung beim ersten Mal, das Abendessen gemeinsam einzunehmen, noch aus einer professionellen Haltung heraus erfolgt, so waren alle anderen gemeinsamen Aktivitäten, vom gemeinsamen Schwimmen im Hallenbad bis zum Besuch des Chorkonzerts in Guttaring, aus purer Freude geschehen.

Was sie wohl gerade macht? Laufen. Sie ist sicher beim Laufen. Diese Gedanken gingen ihr durch den Kopf, als sie auch schon ein freundliches »Hallo!« vernahm.

»Guten Tag, liebe Frau Dr. Blaha.« Friederike musterte ihr Gegenüber kurz und stellte fest, dass heute keine Laufkleidung, sondern Blue Jeans, Sweatshirt und leichte Wanderschuhe das Outfit bildeten. »Heute kein Lauf? Was gibt es denn für ein Alternativprogramm?«

»Guten Tag, Frau Dr. Laska. Stimmt, heute wird nicht gelaufen. Lauffreier Tag sozusagen. Aber ein Spaziergang, oder auch eine kurze Wanderung, wie man es nennen will, steht an. Wollen Sie mich begleiten?« Helene hatte ein warmes Lächeln im Gesicht.

»Will ich!« Friederikes Herz machte einen Sprung. »Ich muss hier nur schnell fertig machen, brauche dafür aber nicht länger als fünf Minuten, und in meine Jeans muss ich springen. In zehn Minuten bin ich so weit. Passt das?«

»Nur keine Eile, der Tag ist noch lang. Ich habe auch noch keine Vorstellung, wohin wir gehen sollen. Die Auswahl der Route überlasse ich gerne Ihnen. Sie sind ja die Ortskundige.«

»Da hab ich eine gute Idee«, Friederike warf alles eher achtlos in zwei bereitgestellte Schachteln, ordnen würden sie das später auch noch können, »ich war vor zwei, drei Tagen schon einmal unterwegs, es war der Tag, an dem Sie die Schleife mit den zehn Kilometern gelaufen sind, da habe ich mir am Nachmittag freinehmen können, und bei der Gelegenheit habe ich einen Weg gefunden, wiedergefunden muss ich sagen, denn so eine ähnliche Strecke habe ich auch mit meiner Großmutter öfters durchwandert, ich habe Ihnen ja davon erzählt. Also, der Weg ist einfach bezaubernd.« Sie hatte alles verstaut und die Schachteln notdürftig mit Klebeband verschlossen. »Weg ist ein wenig übertrieben. Es geht quer durch den Wald, der größte Teil auf alten, teilweise kaum erkennbaren Forstwegen, und ein wenig werden wir auch auf Feldern unterwegs sein.«

»Klingt gut.«

»Es ist nicht spektakulär, nur was ist da schon spektakulär außer dem Zirbitzkogel, aber idyllisch und, wie ich schon sagte, einfach bezaubernd. Lassen Sie sich verführen.« Das war ihr jetzt einfach herausgerutscht, und eine zarte Röte zog sich über ihr Gesicht.

»Ich bin dabei. Ich freue mich schon. Nur, Frau Dr. Laska, lassen Sie sich bitte Zeit. Es gibt keinen Grund zur Eile.« Helene strahlte übers ganze Gesicht.

Die Zweideutigkeit in Friederikes letztem Satz hatte sie offenbar nicht

mitbekommen oder eben nicht so interpretiert, wie man sie auch hätte interpretieren können. Friederike atmete kräftig durch. »Ich bin gleich wieder da.« Schon war sie verschwunden, und im Nu stand sie wieder vor Helene, die in der Hotellobby auf sie gewartet hatte. »Es kann losgehen.«
»Brauchen wir ein Auto, um an den Ausgangspunkt zu gelangen?«
»Brauchen wir nicht. Das ist ja schon das Schöne gleich zu Beginn. Es geht zwar kurz steil bergauf, aber dann werden wir auf einem Höhenzug fast eben dahinwandern. Es wird so eine Art Bogen sein, den wir machen werden. Lassen Sie sich überraschen. Kommen Sie. Wir gehen.«

Helene war aus dem weichen Sofa etwas schnell aufgestanden, sodass sie beinahe mit Frau Dr. Laska zusammengestoßen wäre. Deren Duft stieg ihr dabei in die Nase. *Was für ein herrlicher Duft! Mhm!*

Sie verließen die Hotelanlage, bogen bald in einen kleinen Feldweg ein, der, wie es Frau Dr. Laska bereits angekündigt hatte, steil bergauf führte und in einem dichten Jungwald endete.

»So, Frau Doktor«, Friederike zeigte auf einen kleinen Überstieg am Zaun, den man ganz leicht auch hätte übersehen können, »da müssen wir drüber und kurz ab in den Jungwald, aber Sie können schon von hier den Forstweg erkennen, dem wir ein Stück lang folgen werden.«

»Wie haben Sie den denn entdeckt?«

»War reiner Zufall, ich habe neulich den Überstieg über den Zaun gesehen und mich gewundert, wo der wohl hinführen kann. Wahrscheinlich wurde der zu einer Zeit gebaut, als der Wald hier noch deutlich jünger und niedriger war.« Schwungvoll kletterte sie über den Zaun, und genauso voller Elan folgte ihr Helene. Sie mussten sich durch die dicht stehenden Fichten kämpfen, ehe sie am Weg anlangten.

»Geschafft.« Helene zog ein kleines Ästchen aus Friederikes Haar, das sich dort verfangen hatte. Dabei setzte sie ein unsicheres Lächeln auf, das Friederike nicht entging. »In welche Richtung geht es denn jetzt?«

»Hier lang.« Friederike deutete in eine Richtung, und schon ging es gemütlich weiter. Der Weg führte sie in einen dunklen Wald. Auch hier dominierten Fichten, doch die waren sicher alle über hundert Jahre alt. Der blaue Himmel war kaum zwischen den Baumkronen zu erkennen, und die Luft fühlte sich deutlich kühler an als noch vor wenigen Minuten. Ein frischer Waldgeruch erfüllte die Luft, und Helene atmete tief durch. Es tat so gut.

Nicht lange, und sie verließen den Wald wieder, der Weg verlor sich auf einer Wiese, von der aus der Zirbitzkogel wieder einmal in voller Pracht über ihnen aufragte. Sie querten einen Bach und kurz darauf eine schmale Straße, ehe sie wieder in einen Wald eintauchten. Es war alles schlagreifes Holz, das hier stand. Lärchen hauptsächlich, aber auch Fichten. Und ein Teil des Waldes war schon gefällt worden. Der Kahlschlag war sorgfältig aufgeräumt worden und wartete bereits auf die Neuaufforstung.

Sie befanden sich nun auf einem Hügel, an dessen Abhang ein Felsen wie ein breiter Liegestuhl ein wenig vorragte. Friederike ging schnurstracks darauf zu und stellte sich darauf. Sie zeigte nach unten auf einen kleinen Weiler, der idyllisch in der Sonne lag. Es war nicht sicher auszumachen, ob es sich um ein kleines Dorf oder um einen großen Haufenhof handelte, wie er für die Neumarkter Gegend ganz typisch war. Es herrschte Ruhe dort, bloß eine Frau kam gestikulierend über die Wiese in ihre Richtung. Neben ihr lief oder rollte, das war nicht so genau auszumachen, ein kleines schwarzes Bündel daher, mit der Frau über eine lange Laufleine verbunden.

»Sieht der süß aus. Der muss ja noch ein Baby sein.«

»Hängt wohl davon ab, welche Rasse oder welche Rassen da beteiligt sind.«

Frau und Hund waren näher gekommen, der Hund wurde nun von der Leine genommen und tollte wild umher, hielt aber einen Abstand, der nicht größer war, als wäre er noch immer angeleint. Immer wieder startete er los und ließ sich plötzlich ins Gras fallen, wo er sich völlig entspannt dahinrollen ließ.

»Ist das nicht unglaublich, was der da aufführt.« Helene und Friederike hatten sich auf den Felsen gesetzt und genossen das Schauspiel.

»Das ist eine französische Bulldogge. Sehen Sie sich die Fledermausohren an.« Helene hatte sich an Friederike angelehnt, und beide betrachteten unbemerkt Frau und Hund.

»Ja, ja, Sie haben sicher recht, das ist ein French Bully, unverkennbar. Das sind so liebenswerte Tiere.« Friederike flüsterte, sie war sich der Tatsache bewusst geworden, dass sie unbemerkt geblieben waren, und sie fühlte sich ein wenig unwohl dabei.

»So muss sich ein Voyeur fühlen, wenn er das Objekt seiner Begierde zu sehen bekommt, so, wie wir beide hier das Spektakel genießen können.« Helene sprach Friederikes Gedanken aus.

»Das hier hat aber nichts Anstößiges an sich. Finden Sie nicht?« Sie sah Helene nun tief in die Augen. »Können wir nicht Du zueinander sagen?« Friederike erschrak im ersten Augenblick selbst über sich. Einer Älteren das Du-Wort anzubieten, und noch dazu einer Person, die von ihr dienstlich betreut wurde, das war eigentlich undenkbar für sie, das hatte sie noch nie getan.

Helenes Reaktion war jedoch gänzlich anders, als es Friederike befürchtet hatte. Ihr ganzes Gesicht zerfloss in einem warmen Lächeln. »Natürlich können wir Du zueinander sagen. Ich bin die Helene.«

»Und ich bin die Friederike. Es ist so schön, dich kennengelernt zu haben.«

Helene war ein wenig erstaunt über den Nachsatz, doch im selben Augenblick kam es ihr in den Sinn, dass sie nicht anders fühlte. »Ja, ja, mir geht es auch so. Ich finde es auch schön, dass wir uns hier über den Weg gelaufen sind.«

Beide schwiegen und richteten den Blick wieder auf die kleine schwarze Bulldogge. Die ältere Dame versuchte nun, einige erzieherische Maßnahmen zu setzen, doch das Hundekind war nur mit einem halben Fledermausohr bei der Sache und machte das, was es offenbar am liebsten tat: um das Frauchen herumtollen. Plötzlich blieb der Hund aber stehen, stellte seine Ohren auf und blickte, oder sollte man sagen, hörte in die Ferne. Vom Bauernhof her war Rufen zu hören. Zwei Kinder, Buben, nicht älter als acht Jahre, kamen die Wiese hochgerannt. Noch hielt es den kleinen Hund bei seinem Frauchen. Doch seine Blicke rasten nun hin und her zwischen Kindern und Frau, und als sie ihm lautstark auftrug, loszulaufen, gab es kein Halten mehr.

Friederike war aufgestanden und zog Helene hoch. »Komm, wir lassen die Leute alleine. Ich zeige dir jetzt meinen Lieblingsplatz auf dieser Route.«

Gemütlich spazierten sie den Waldweg entlang. Helene fühlte sich so wohl wie schon lange nicht. Bis zu dem Zeitpunkt, als, völlig unvermittelt und ohne ersichtlichen Grund, Friederike Helenes Hand in die ihre nahm. Es war wie ein Stromschlag, Helene war wie gelähmt, doch gleichzeitig durchflutete sie ein Gefühl, das sie nicht kannte. Hundertmal stärker als das Gefühl vom Vortag, als sie beim Frühstückstisch das Bild im Album betrachtet hatte. Es durchströmte ihren ganzen Körper, zog durch den Bauch und traf ihre Mitte, Nässe schoss in ihren Schoß. So wohlig, niemals sollte das enden. Friederike nahm ihre Hand noch fester, das steigerte alles nur noch, Helene wusste nicht mehr ein noch aus. Würde sie die nächsten Meter überstehen oder nicht? Wenn nicht, was würde dann sein? So schritten sie weiter dahin, und Helene überstand alles, all die Gefühle, die sie so überwältigt hatten. Sie trug sie mit Lust und Freude. Und war sich gar nicht im Klaren, was da eben geschah.

»Hörst du den Specht? Er ruft nach seiner Geliebten.« Friederike zeigte nach oben in die Baumkronen und sah Helene ins Gesicht. »Geht es dir gut?« Sie schien ein wenig besorgt.

Jetzt erst löste sich Helenes seltsame Lähmung, und sie nahm Friederikes Hand noch ein wenig fester. »Schon lange ist es mir nicht besser gegangen. So ein wunderbarer Spaziergang. Danke, Friederike.«

»Na, habe ich nicht zu viel versprochen?«

»Hast du nicht.«

Sie waren nun schon ein Stück weit durch einen dichteren Wald gewandert, einen Wald mit vielen Facetten. Uralte Bestände wechselten mit Jungwald und ein wenig älteren Kulturen, da zeigte Friederike auf eine Holzbank neben dem Weg, auf einem kleinen Hügel, ganz am Rande des Waldes. »Schau, wir haben das Ziel für heute erreicht. Da setzen wir uns hin und genießen die Aussicht.«

»Welche Aussicht?« Helene konnte sich noch nicht vorstellen, was man von der Bank aus sehen können sollte.

»Lass dich überraschen, Helene.«

Und tatsächlich. Knapp bevor sie zur Holzbank gelangten, öffnete sich der Wald und gab eine Aussicht über das Neumarkter Becken frei, wie man sie anderswo kaum in solcher Schönheit bekommen konnte. Neumarkt selbst lag idyllisch unter ihnen, genauso wie St. Marein, wo der massive Turm der Kirche in der Sonne leuchtete. Und dahinter thronte majestätisch der Greim – ein Berg, nicht viel höher als der Zirbitzkogel, in den Niederen Tauern, der, aus anderer Warte nicht wirklich auffällig, von Neumarkt aus gesehen jedoch eine Schönheit ausstrahlte, die das passende Gegenstück zum Zirbitzkogel bildete.

»Friederike, das ist ja wie ein Gemälde. Eines, das man sich nicht kaufen würde, wäre es doch zu kitschig, würde man das Motiv auf der Leinwand betrachten.«

»So ging es mir neulich auch, als ich den Platz hier entdeckt habe.«

Sie ließen sich auf der Bank nieder, die Hände noch immer fest miteinander verbunden. Stille kehrte ein. Nur der Specht war manchmal zu hören mit seinem vibrierenden Klopfen auf der Suche nach einer Gefährtin.

Friederike Laska, was für ein schöner Name. Laska heißt ja Liebe auf Tschechisch. Die Gedanken hatten sich in Helenes Kopf geschlichen. »Láska je slepá, so sagt es der Tscheche oder die Tschechin, und nicht láska dělá slepá.« Helene war das so herausgerutscht, als sie so dasaßen auf der Holzbank mit Blick auf das wunderbare Gemälde der Natur.

»Was hast du gesagt?« Friederike war ein wenig verstört.

»Ja, es heißt ›láska je slepá‹. Das ist Tschechisch und bedeutet: Liebe macht blind, aber eigentlich heißt es: Liebe ist blind, wenn man es wörtlich übersetzt.«

»Du sprichst Tschechisch?«

»Ein wenig.«

»Wirklich?« Friederike hatte sich zu Helene gebeugt und sah ihr in die Augen.

Helene war jetzt von Friederikes Blick gefangen. »Láska je slepá«, hauchte sie, beugte sich weiter zu Friederike und legte sanft ihre Lippen auf die von Friederike. Die öffneten sich langsam, und zart, zurückhaltend, zögernd trafen sie sich zu einem Kuss. Die Wärme, der Duft, die zarte Haut, sie konnten nicht voneinander lassen. Dann aber drängte sich fordernd und forsch Helenes Zunge zwischen Friederikes Lippen. Und es war ihr, als wäre es ihr erster Kuss, der erste des Lebens, ihres Lebens. Wie süß umfing sie nun Friederikes Mund, wie tief drang sie ein. Wieder war das Gefühl im Bauch wie vorhin, und wieder die Nässe im Schoß, doch nun viel stärker, so stark, dass sie zu zerrinnen drohte ...

Plötzlich entzog sich Helene dem Kuss. Sie blickte Friederike verzweifelt an. »Friederike, ich ... Friederike, was ...«

Friederike legte sanft ihren Zeigefinger auf Helenes Lippen. »Helene, du musst jetzt nichts sagen. Nicht jetzt, meine Liebe.«

»Meine Liebe? Friederike, was sagst du da?« Helene klang verstört.

Doch Friederike schwieg, zog Helene wieder zu sich, zu einem weiteren Kuss, noch süßer als der erste, einem Kuss, dem sie sich nicht mehr entzogen, den keine der beiden enden lassen wollte, bis sie einander erschöpft in die Arme fielen.

»Wie geht's denn jetzt weiter?« Leise, tonlos und ein wenig verzweifelt ließ sich Helene nun vernehmen, noch immer fest von Friederikes Armen umfangen.

»So, wie wir es wollen, Helene.« Sie umarmte Helene noch fester.

»Wie du es willst, Helene.«

»Friederike, ich …« Sie unterbrach ihren Satz, ließ ihre Lippen wieder auf Friederikes Mund gleiten und küsste sie wieder und wieder.

»Wir wollen es, Helene, lassen wir es langsam wachsen.«

»Was ist denn das ›es‹«, Friederike? Ist es die …«, sie zögerte, »ist es die Liebe?« Helene begann zu weinen. Sie schluchzte hemmungslos an Friederikes Schulter. Eine Last war von ihr abgefallen, die sie seit Jahren trug, die sie gar nicht mehr wahrgenommen hatte, doch jetzt war das Gefühl schmerzlich und wunderschön zugleich. Friederike strich sanft über ihren Rücken, holte irgendwann später ein Päckchen Taschentücher aus ihren Jeans und trocknete Helenes Wangen ganz sanft und zärtlich, so zärtlich, wie man es mit einem eben gehobenen Schatz so tat.

»Kannst du dir das vorstellen?« Jetzt klang Friederike unsicher und ein wenig nervös. »Weißt du, ich mir schon, Helene. Ich mir schon.«

»Ich mir auch.« Nach einer Pause, ganz leise, gerade noch hörbar, kam es zurück.

Dann schwiegen sie und saßen noch lange auf der Bank, ihrer Bank, so empfanden sie es nun.

Sehr spät erst kehrten sie ins Hotel zurück. Es war beinahe finster geworden und langsam auch kühl, so waren sie froh, wieder angekommen zu sein. Ein Sprung in das Dampfbad oder die Sauna, um wieder Wärme zu tanken, das sollte sich noch ausgehen vor dem Abendessen, dem sie schon mit Freude entgegensahen.

Helene schlüpfte, in ihrer Suite angekommen, rasch aus Jeans, Sweater und Wäsche, hüllte sich in den flauschigen Bademantel und war bereits wieder dahin. Sie freute sich auf das Wiedersehen mit Friederike. Wie lange hatten sie sich nun nicht mehr gesehen? Waren es fünf Minuten, oder gar sechs? Sie schmunzelte bei dem Gedanken, und plötzlich war sie froh, dass sie schon gemeinsam in der Sauna gewesen waren. Nacktheit ganz neu, das wäre für sie doch ein wenig viel gewesen. Sie eilte zum Lift. Es war ausgemacht, dass sie sich gleich vor der Sauna im Ruheraum treffen sollten, da vernahm sie hinter sich schon Friederikes Stimme. Sie blickte sich um, und ein strahlendes Gesicht, umrahmt von langem roten, jetzt einmal offenen Haar, kam auf sie zu.

»Hallo, meine Venus, bist du auch schon da?«

»Helene, was sagst du denn da? So eine Schönheit bin ich nun auch wieder nicht.«

»Das diskutieren wir später.« Helene lachte und hakte sich bei Friederike ein, ehe sie in den Lift stiegen, der sie nach unten führte, in einen Lift, voll wie eine Sardinenbüchse. Eine koreanische oder japanische Reisegruppe reiste ab. Viel Platz blieb da nicht, und so fuhren sie die vier Stockwerke eng aneinander gepresst, Brust an Brust. *Ah, tut das gut ...*

Jede Liftfahrt hat einmal ihr Ende, und so fanden sie sich in der Sauna wieder, besser gesagt vor der Sauna, in der sich bereits drei junge Pärchen aufheizen ließen. Nach einer kräftigen Dusche gesellten sich die beiden Frauen dazu und genossen die Wärme. Es entspann sich ein nettes Gespräch mit den sechs Leuten um dies und das, und erst ein kräftiger Aufguss brachte alle wieder zum Schweigen. Die jungen Leute verließen danach gleich die Saunakammer, Helene blieb noch gemütlich sitzen, und zu ihren Füßen lag ausgestreckt Friederike, ganz nackt.

»Du bist so wunderschön, Friederike, hab ich dir das schon gesagt?«

»Hast du nicht, aber übertreib mal nicht. Du bist doch noch viel schöner.«

»Jetzt übertreibst du.« Helene setzte sich eine Stufe nach unten, gleich neben Friederike. »Darf ich dir einen Kuss geben?«

»Verfügen Sie doch über mich, Frau Dr. Blaha.« Friederike spitzte ihre Lippen und wartete auf Helenes Mund.

Helene beugte sich auch zu ihr nieder, berührte jedoch nicht ihre Lippen, sondern die linke Brust, für den Bruchteil einer Sekunde, bloß ein kleiner Hauch war es gewesen.

»Aahh!«, entfuhr es Friederike, ehe Helene nun doch ihre Lippen fand und sie zärtlich küsste. »Was machst du mit mir?« Sie schmunzelte, strich sich mit den Händen über die Brüste und blickte plötzlich neckisch zu Helene hinauf. »Ich habe übrigens zwei Brüste.«

Das ließ sich Helene nicht zweimal sagen und hauchte einen Kuss auf die rechte Brust, mehr wagte sie nicht zu tun, noch war sie unsicher, auch wenn sie nun plötzlich genau wusste, was sie am liebsten tun würde: sanft mit dem Mund Friederikes Brustwarzen umspielen, gar nicht mehr damit aufhören, keine der beiden würde sie benachteiligen, sicher nicht.

»Ich muss jetzt raus hier«, flüsterte Friederike mit einem Lächeln im Gesicht. Sie hielt Helenes Kopf mit beiden Händen umfangen und drückte ihr einen Kuss auf den Mund.

»Ja, raus hier.« Sie kicherten beide.

Bester Laune unterhielten sie sich den ganzen weiteren Abend. Immer weiter öffneten sie sich füreinander. Helene sah Friederike nun aus einem ganz anderen Blickwinkel. Friederike ging es nicht anders, und sie freute sich insgeheim darüber, dass es ihr diesmal offenbar nicht entgangen war, dass da eine wunderbare Frau in ihrer Umgebung aufgetaucht war, die sich, das schien ihr greifbar zu sein, nach Liebe sehnte. Erst vor dem Zubettgehen kehrte ein wenig Ernst ein. Wie würde es weitergehen?

So standen sie vor der Tür von Friederikes Zimmer, schräg gegenüber von Helenes Suite. Friederike wollte Helene gerade eine gute Nacht wünschen, als es aus Helene hervorbrach: »Ich will, dass du heute bei mir schläfst, du musst nicht mit mir schlafen, ich weiß auch nicht, ob ich das schon will und wie das geht, aber bei mir will ich dich haben. Bitte, sag Ja.« Die Worte waren nur so aus ihr hervorgesprudelt, und jetzt stand sie stumm mit erwartungsvollem Blick vor Friederike.

»Ich hole meine Zahnbürste.«

»Lass mich nicht warten.« Helene war in die Suite gestürzt. Musste sie noch etwas in Ordnung bringen? Ein Blick durch die Räume. Nichts außer den Jeans vom Spaziergang, die achtlos am Boden liegen geblieben waren. Schon klopfte es an der Tür. Helene riss sie gleich auf. »Komm herein. Willkommen in meinem Reich.«

Sie fielen sich in die Arme, wild und ungestüm, doch dann kehrte Zärtlichkeit ein. Sie küssten sich lange und sanft. Die Sanftheit ließ

Helene erstaunen. Da war nichts Forderndes, nichts Berechnendes, nein, da war nur ein Erfühlen, Erleben der anderen.

»Komm, gehen wir zu Bett. Wo soll ich denn schlafen?« Friederike flüsterte und sah sich suchend um.

»Bei mir natürlich.« Helene wirkte nun unsicher. Würde Friederike dem zustimmen?

»Was ist deine Seite?«

Helene fiel ein Stein vom Herzen. »Die rechte Seite, aber es ist mir egal, ich kann überall schlafen. Brauchst du ein Nachthemd?« Sie hatte die Frage ausgesprochen, doch schon war ihr klar, dass sich diese erübrigte. »Oh, natürlich nicht, du hättest sonst sicher eines mitgenommen.«

Friederikes Gesicht strahlte jetzt wieder in einem breiten Lächeln. »Gut kombiniert, Frau Doktor. Komm, mach mir bitte den Zippverschluss des Kleides auf.«

»Bin schon da.« Helene öffnete sorgsam den langen Zipp am Rücken, und da tat sich nun etwas auf, das sie in der Form noch nie wahrgenommen hatte. Die Intimität des Augenblicks war zum Greifen. Friederike ließ das Kleid einfach fallen und stand nun in einer wunderschönen Spitzenwäsche vor ihr. »Äh, das, also das steht dir ausgezeichnet.«

»Danke, es trägt sich auch wunderbar. Das habe ich mir neulich in Klagenfurt besorgt. Ich kenne dort eine Wäscheboutique, die ist außergewöhnlich sortiert.« Sie öffnete ihren BH und schlüpfte aus dem String.

Die Nacktheit war nun nicht mehr die der Saunalandschaft, der Stellenwert war ein anderer geworden. Helene betrachtete sie fasziniert. Die glatte, milchweiße Haut, wie schön die doch war.

»Du sollst nicht nur schauen, sondern dich auch ausziehen. Oder hast du heute noch etwas vor?« Verschmitzt sah sie zu Helene.

»Bin schon dabei.« In wenigen Sekunden war sie auch nackt, lediglich ihre halterlosen Strümpfe mit dem wunderschönen, bis an die Leiste reichenden breiten weißen Abschlussband umrahmten ihre wohlgeformte Weiblichkeit.

Helene wollte sich gerade daran machen, die Strümpfe nach unten zu rollen, als sie Friederike vernahm: »Bleib so! Bleib so noch einen Augenblick. Lass dich ansehen. Du bist eine Wucht.«

Helene posierte ein wenig, was sie beide zum Lachen brachte.

Kurz darauf lagen sie nebeneinander im Bett. Jede unter ihrer Decke, doch so nahe beieinander. Helene war glücklich. Sie plauderten noch ein wenig, löschten das Licht und suchten und fanden einander im Dunklen für einen Kuss. Helene war mehr als glücklich, sie war selig. *Was wird der morgige Tag wohl bringen?*

Zweites Kapitel

Neumarkt, Klagenfurt Samstag, 13. April

Es war das ruhige und regelmäßige Atmen, welches sie als Erstes wahrnahm. Helene war aufgewacht, Sonnenstrahlen leuchteten hell zwischen den nur halb zugezogenen Vorhängen und tauchten das Zimmer in ein freundliches Licht. Sie sah an ihre Seite, und da lag sie wirklich. Es war kein Traum gewesen. Friederike schlief noch tief und fest, wie es schien, und Helene betrachtete das entspannte Gesicht. Mit den Augen liebkoste sie jedes Detail, sie konnte sich nicht sattsehen. *Was ist nur mit mir? Noch nie habe ich eine Frau begehrt oder geliebt. Woher rührt das so plötzlich?* Viele Gedanken gingen ihr durch den Kopf, und die Erinnerung an ihre maßlose Erregung, als Friederike nur ihren Arm genommen hatte, überflutete ihren Körper mit einer Gänsehaut. Langsam ließ sie eine Hand in ihre Mitte gleiten und teilte ihre Schamlippen mit zwei Fingern. *Oh, tut das gut!* Sie streichelte sich ein wenig, bis wieder Nässe zu spüren war, und versank erneut in Gedanken. *Helene, kannst du noch sagen, wann du das letzte Mal so erregt warst? Warst du das überhaupt schon einmal? Erinnerst du dich an deinen letzten Orgasmus? Wie war das Gefühl? Hat dir das niemals gefehlt? Kann das überhaupt sein?* Sie dachte zurück an ihr Leben mit Florian. Es war nicht geprägt gewesen von ausufernder Lust. Sie hatten wohl regelmäßig miteinander geschlafen. Die Initiative kam dabei stets von ihm. Er war so ein herzensguter Mensch und hatte eine bezaubernde Art. Er vermochte den Geschlechtsakt zu etwas Besonderem zu formen, dem sich auch Helene hingeben konnte. Es war diese Nähe, die sie genoss, und die Lust, ja, auch die Lust. Niemals war es eine lästige Pflicht gewesen, das hätte Florian auch gleich gespürt und sicher nicht hingenommen. Aber er konnte in ihr kein leidenschaftliches Feuer entfachen, und außerhalb des Ehebettes hingen Helenes Gedanken und Fantasien immer woanders, niemals bei geschlechtlicher Lust oder triebhaftem Verlangen. Ihre Kinder, Florian, der Beruf, Urlaub, Sport, Kultur und vor allem Lesen, diese Dinge füllten sie aus. Sie war schon immer sehr gepflegt gewesen, achtete auf ihren Körper, auf ihre Kleidung, doch auf erotische Ausstrahlung war sie nicht aus. Zumindest nicht vordergründig, wie es ihr schien. Warum hatte sie dann aber überhaupt so schöne Unterwäsche, durchaus erotische? Und warum hatte sie gestern am Abend ihre schönsten Strümpfe getragen? Weshalb ihre Scham und die Beine nochmals vom letzten Härchen befreit vor dem Abendessen – hatte sie das doch bereits in der Früh in der Dusche erledigt, warum also? *Weil dieser Teil des Lebens nur in mir geschlummert hat. Weil man ihn wecken kann. Weil er geweckt worden ist. Durch diese wunderbare Frau mit ihrer offenen Art, der Herzlichkeit und der Erotik, die sie versprüht. Für mich. Sie versprüht sie für mich. Ich kann sie spüren.* Hatte sie das jetzt laut gesagt? Friederike hatte ihre Augen geöffnet.

»Seit wann siehst du mich so an, Helene?«

»Seit … seit … ich weiß nicht, aber ich kann dich noch lange betrachten.«

Ein Lächeln umspielte Friederikes Mund. »Guten Morgen, meine Liebe.«

Meine Liebe, meine Liebe, sie sagt wieder: meine Liebe! Der Gedanke raste durch Helenes Kopf. Sie streichelte sanft über Friederikes Wange. »Guten Morgen. Hast du gut geschlafen?«

Friederike rührte sich langsam und stützte sich auf ihren Ellenbogen, sah nun Helene tief in die Augen. »Wunderbar, einfach herrlich.« Sie ließ sich wieder auf den Rücken fallen und lag entspannt da. »Gehen Träume wirklich in Erfüllung, die man in der ersten Nacht in einem neuen Bett träumt, wie mir das meine Oma immer erzählt hat?«

»Sicher.«

»Na, dann ist es ja recht.« Sie sah zur Decke und schmunzelte. »Wir werden ja sehen.«

»Was werden wir sehen?«

»Sei nicht so neugierig. Es betrifft uns, und ich werde es dir sagen, wenn sich der Traum erfüllt hat.«

»Friederike, du machst mich neugierig. Sag schon, was war das für ein Traum?« Sie kniff Friederike sanft in die Seite, etwas, das diese aufschreien ließ, offenbar war sie unglaublich kitzlig. »Bist du so kitzlig?« Sie führte ihren Zeigefinger an Friederikes Rippen und zog sie unvermutet nach oben. Das ließ Friederike aus dem Bett springen.

»So etwas halte ich nicht aus.« Sie kicherte und stürmte davon ins Bad. Gleich war sie wieder da und landete mit einem Hechtsprung auf Helene. Die hatte damit nun gar nicht gerechnet und war plötzlich völlig gefangen, festgehalten in einem nicht zu überwindenden Griff. Sie versuchte, sich zu wehren, zu befreien, doch nichts half. Friederike senkte ihren Kopf auf den ihren, Helene wehrte sich noch immer, bis sich schließlich ihre Lippen trafen. In diesem Moment ließ sie locker, ließ Friederike gewähren. Zärtlich trafen sich ihre Lippen, verschmolzen, lösten sich, fanden sich erneut. Sie lagen nackt aufeinander, berührten sich, und Friederikes Hand ging auf Wanderschaft über Helenes Körper. Noch nie war sie so berührt worden, überall fühlte sie sie, die Hand schien an mehreren Stellen gleichzeitig zu sein, und Helene gab sich diesem Gefühl einfach hin. Hitze durchflutete sie, drang bis in ihre Mitte, und wieder zerfloss sie wie nie zuvor in ihrem Leben. Sie hatte ihre Beine nun weit und einladend geöffnet und ließ dieses unbeschreibliche Gefühl der Lust sie hinwegfegen, als Friederikes Finger in ihren Schoß glitten, tief eindrangen, dort, wo bei ihr noch nie eine Frau Lust hervorgerufen hatte. Sie stöhnte und schrie, gab sich wieder den küssenden Lippen und den kreisenden Fingern in ihr hin. Sie kam in einer gewaltigen Welle, wurde überrollt, doch das war nicht das Ende. Friederike ließ das nicht zu ...

Viel später lagen sie eng umschlungen und schwer atmend im Bett. Friederike streichelte sanft über Helenes Wangen, und Helene drückte sich fest an sie und hielt immer noch fest ihre Hand an Friederikes Geschlecht. Sie wollte niemals mehr loslassen, nachdem sie gelernt hatte, sie zu liebkosen, von Friederike, die sie sanft führte, ihr die Angst bald genommen hatte, die Unsicherheit. Und die, wie zum Beweis, explodiert war in einem Höhepunkt, wie es Helene nicht für möglich gehalten hatte. So lagen sie da. In einvernehmlichem Schweigen.

Helene ließ ihre Finger noch ein wenig tiefer in Friederike gleiten und streichelte sie sanft. »Hat sich dein Traum nun erfüllt?«

»Ein Traum hat sich erfüllt, nicht aber der von der heutigen Nacht.«

»Kannst du mir nicht davon erzählen?«

»Nein, kann ich nicht. Aber ich verspreche dir, dass ich es tue, wenn es so weit ist.«

»Spannst du gerne deine Lieben so auf die Folter?«

»Das ist so meine Art, Helene. Mit der Art von Folter wirst du umgehen lernen müssen, wenn wir zusammenbleiben.«

»Willst du das? Mit mir zusammenbleiben?«

»Helene, was für eine Frage!« Friederike machte eine kurze Pause. »Obwohl, ja, es ist wirklich eine Frage. Schließlich haben wir noch gar nichts geklärt.« Sie hörte auf, Helenes Wangen zu streicheln, und drückte dafür ihr Becken noch fester an Helenes Hand, wie um sie noch besser zu spüren. »Helene, ich sage dir, wie ich es empfinde. Ich möchte mit dir zusammenbleiben oder besser gesagt zusammenkommen, da gibt es noch so viel zu erforschen. Ich bin dafür jedenfalls bereit. Noch nie hat mich jemand so angezogen wie du.«

Über Helenes Wangen liefen Tränen. »Ich bin auch bereit, auch wenn ich noch gar nicht weiß, wie es mit uns weitergehen soll. Aber ich will es. Ich will, dass es weitergeht, dass es wird, dass es Zukunft hat.« Sie löste nun ihre Hand aus Friederikes Mitte und nahm ihre Geliebte fest in die Arme. Dicke Tränen flossen weiter aus ihren Augen, doch schon bald erhellte ein Lächeln ihr Gesicht.

Der Hunger hatte sie aus dem Bett getrieben, und mit Appetit machten sie sich über das Frühstücksbuffet her. Helene saß vor einem Teller mit gebratenem Speck, Spiegeleiern und gegrillten Tomaten. Das war nicht ihr Standardfrühstück, welches üblicherweise aus Schwarzbrot mit Butter, Käse oder Schinken, manchmal erweitert durch ein weiches Ei, bestand. Sie ließ es sich schmecken und sah Friederike dabei zu, wie sie ihr Müsli löffelte. Mit Müsli hatte sie nichts am Hut, doch wer weiß, vielleicht sollte sie einmal eines probieren, Friederike würde ihr sicher ein gutes empfehlen können. Bei diesem Gedanken musste sie schmunzeln, was wiederum Friederike nicht entging.

»Du schmunzelst, Helene. Aus welchem Grund?«

»Dein Müsli.«

»Was ist damit?« Friederike schaute ein wenig erstaunt in die Schüssel vor ihr.

»Nichts mit dem Müsli im Speziellen. Aber du hast es mit solch einem Genuss gelöffelt, dass ich mir dachte, auch einmal eines probieren zu müssen. Ich habe seit über zwanzig Jahren kein Müsli mehr angerührt, aber du kannst mir sicherlich ein gutes empfehlen.« Sie lachte leise. »Das bringt mich selbst zum Lachen. Ich und Müsli, wenn das meine Kinder wüssten.«

Friederike streckte ihren Arm aus und legte ihre Hand kurz auf die von Helene. »Wir müssen ja vorerst niemandem etwas sagen von deinem Sinneswandel in Sachen Müsli.«

»Tja, in Sachen Müsli nicht unbedingt, sonst aber schon, schätze ich. Da kommt ganz schön was auf mich zu.« Sie lächelte und warf Friederike einen verliebten Blick zu. »Wir haben noch einiges vor uns, was meinst du? Ich muss dir noch so viel von mir erzählen, und ich freue mich schon auf das, was du mir noch zu schildern hast aus deinem Leben.« Sie legte nun ihre zweite Hand auf die ihrer Lieben. »Niemand kann so schön erzählen wie du, Friederike. Dir kann ich stundenlang zuhören. Versprich mir, immer zu erzählen, von deinem Alltag, von deinen Sorgen, deinen Freuden und deinem Ärger, deinen Fantasien und Plänen, und ich verspreche dir, immer deinen Worten zu lauschen, ganz bei dir zu sein und alles mit dir zu teilen.«

Friederike war wie erstarrt. Wie konnte man auf so wunderschöne Weise seine Liebe erklären? Seine Zuneigung zeigen? So offen und herzlich sein? Sie fasste sich und blickte in Helenes dunkle Augen. »Das werde ich, Helene. Ich verspreche es dir. Nun iss aber weiter, sonst wird ja alles kalt. Lass es dir schmecken.«

Und sie ließen es sich beide schmecken, sodass es beinahe schon elf Uhr war, als sie sich satt und zufrieden zurücklehnten, beide noch mit einer Tasse frischen heißen Tees vor sich.

»Friederike, musst du heute eigentlich etwas arbeiten, oder hast du frei?«

»Leider muss ich den ganzen Tag arbeiten. Ich habe es versprochen, meiner Kollegin Dr. Fischer, du kennst sie ja. Von ihr habe ich einen Auftrag.«

»Schade.« Helene war enttäuscht, ein gemeinsamer Samstag wäre so schön gewesen. »Kann ich dir dabei helfen?«

»Leider nein, das geht wirklich nicht.«

»Was ist es denn, was du zu tun hast?«

»Die Neugier ist wohl dein größtes Laster, wie ich es so sehe. Nein, du kannst mir dabei wirklich nicht helfen.« Sie machte eine Pause und sah Helene mit ihren blauen Augen lächelnd an. »Ich habe den Auftrag von Frau Dr. Fischer, eine gewisse Frau Dr. Blaha zu betreuen, das ganze Wochenende über. ›Eine Pathologin, sehr nett und ungemein kompetent. Sie braucht nur ein wenig Betreuung, sie wirkt oft ein wenig verloren, und darum solltest du dich ein wenig um sie kümmern. Versprichst du mir das, Friederike?‹ So lautete der Auftrag, und den will ich erfüllen.«

»Ist das so?«

»So ist das. Verstehst du nun, warum du mir dabei nicht helfen kannst?« Sie zwinkerte Helene zu. »Aber du kannst mir die Arbeit natürlich erleichtern. Zum Beispiel, indem du mir sagst, was wir heute gemeinsam anstellen können. Eine Wanderung? Abtauchen im Wellnessbereich?«

»Nein, meine Liebe, heute geht es ab in die Zivilisation. Ich habe Lust auf eine urbane Umgebung. Wir fahren nach Klagenfurt und erforschen die Stadt. Besser gesagt, du wirst sie mir ein wenig zeigen, du kennst sie ja anscheinend. Mir ist sie fast unbekannt, ein paar Kongresse hab ich dort besucht, dabei aber nie viel gesehen. Bist du einverstanden?«

Friederike war einverstanden, und so machten sie sich auf den Weg.

Friederikes Auto und ihre Fahrweise führten dazu, dass sie kaum vierzig Minuten unterwegs waren, bis sie einen Parkplatz ansteuerten und sich zu Fuß auf Erkundung durch die Stadt machten. Klagenfurt wartete noch auf seine Saison, es herrschte eine angenehme Ruhe vor dem Ansturm der Sommertouristen. Handwerker waren zwar, trotz des Wochenendes, emsig dabei, alles wieder in Schuss zu bringen, doch sonst waren die Straßen fast leer.

Die Geschäfte hatten geöffnet, und die beiden verliebten Frauen begannen langsam, in Schaufenstern nach diesem und jenem Ausschau zu halten. Helene hatte wunderbare Schuhe entdeckt, hätte sie auch gleich erstanden, doch in ihrer Größe waren sie nicht mehr zu haben. Beim Probieren hatte sie mit dem Schuhlöffel, wie konnte das nur passieren, den linken Strumpf beleidigt, was dieser mit einer riesigen Laufmasche über die Wade quittierte. Sie hatte es erst selbst gar nicht gemerkt, doch Friederike war es nicht entgangen.

»Komm, wir sorgen für Ersatz.« Friederike tippte sich an die Stirn. »Hab ich nicht gestern schon erwähnt, dass ich hier in der Stadt eine Wäscheboutique kenne, meine Lieblingsboutique, was Wäsche angeht, in ganz Österreich? Dorthin, zu Frau Göbel und ihren wunderbaren Dessous und ihrer raffinierten Wäsche, gehen wir jetzt. Wir können eine kleine oder größere Dessousparty für uns zwei starten. Wäre das was für dich?«

Helene wiegte den Kopf. »Na ja.«

»Wir machen das nur, wenn du es auch willst. Das Ambiente ist einladend, die Beratung ausgezeichnet, das wirst du gleich merken. Was ist?«

»Was ich von gestern so in Erinnerung habe, war deine Wäsche ja vom Feinsten. Es wäre schon ganz nett, ein wenig herumzustöbern und zu probieren.« Sie sah Friederike ein wenig unsicher an. »Findest du es schlimm, wenn ich dir sage, dass ich gerne für dich schöne erotische Sachen probieren würde? Der Gedanke erregt mich ein wenig.« Helenes Blick war nun ein wenig sehnsüchtig geworden, und sie lächelte, als sie fortfuhr: »Noch mehr freue ich mich aber darauf, mich dir am Abend mit den neuen Sachen präsentieren zu dürfen.«

»Das, liebe Helene, beruht ganz auf Gegenseitigkeit. Es ist schön, dass du mein Faible für schöne Dessous zumindest ein wenig teilst. Für mich bist du eine Schönheit, Helene, egal, was du trägst, doch so schöne Dinge an dir, ja, die heben das alles noch besser hervor.«

Helene hatte ihren Kopf zur Seite geneigt und sah Friederike neckisch an: »Na, dann sollten wir gehen. Ist es weit bis zum Laden?«

»Weit? Fünf, sechs Gassen, und wir sind schon dort.« Sie fasste Helene an der Hand, was bei dieser wieder ein angenehmes Kribbeln auslöste, und führte sie schnurstracks in eine der nächsten Quergassen. Es war eine kleine Sackgasse, zu Beginn durch die hohen Häuser eher dunkel, nur ganz am Ende war sie ein wenig geöffnet zu einem kleinen Platz, und dort leuchtete die Sonne und tauchte die Auslage des Wäschegeschäfts in ein helles, freundliches Licht.

Sie betraten den Laden – eine Glocke ließ sich mit einem hellen Klang vernehmen – und landeten in einer Welt femininer Wäsche und Kleidung.

Der Klang der Glocke hatte sofort zwei Damen, eine ältere um die vierzig und eine deutlich jüngere Mitte zwanzig, auf den Plan gerufen, offenbar die Chefin, Frau Göbel, von der Friederike Helene auf den letzten Metern zum Geschäft erzählt hatte, und ihre Mitarbeiterin. Helene musste über Friederikes Schilderung schmunzeln. Sie hatte es genau auf den Punkt gebracht. Frau Göbel war eine wirklich feminine Erscheinung, die ihre Weiblichkeit durch ihre Kleidung noch deutlich unterstrich. Sie wusste einfach, ihre Rundungen, und von denen waren doch einige nicht zu übersehen, wunderbar in Szene zu setzen, noch dazu mit einem sichtbaren Selbstbewusstsein, das der Chefin des Hauses einfach gerecht wurde. Eine Wucht von Anblick, wie Helene gleich fand, doch das freundliche Gesicht und die wachen Augen übertrafen bei Weitem die äußerliche Erscheinung der Kleidung. Ihre Mitarbeiterin war ein völlig anderer Typ und auch völlig anders gekleidet als ihre Chefin. Eher der Typ Kleiderständer, aber keine Bohnenstange. Durch und durch sportlich und damit eher in der Figurkategorie wie Helene und Friederike. Sie wusste aber ebenfalls, ihre Reize zu zeigen, sogar recht plakativ. Helene fragte sich kurz, ob sie hier nicht doch falsch waren. Wenn diese beiden Frauen repräsentativ für das Warenangebot gekleidet waren, so konnte sie sich nicht vorstellen, hier fündig zu werden.

Eine überschwängliche Begrüßung folgte, als Frau Göbel Friederike gewahr wurde. Diese stellte Helene als ihre Freundin und als von ihr betreute Pathologin bei einer großen Veranstaltung vor und kam gleich auf ihren Wunsch zu sprechen, sich durch den Laden zu wühlen, zu probieren und zu gustieren. Einfach ohne Eile den Laden auf den Kopf zu stellen, das würde Helene und ihr jetzt richtig Spaß machen.

»Liebe Frau Dr. Laska, das mit dem Auf-den-Kopf-Stellen, das hat etwas heute.« Frau Göbel schüttelte Friederike nochmals kurz beide Hände. »Wir haben gestern massenhaft neue Ware bekommen. Von drei Firmen gleichzeitig. Karo und ich werden Sie gerne unterstützen und beraten. Meine Kollegin kann Ihnen auch gerne etwas vorführen, wenn Sie das wünschen. Wie ich das so sehe«, sie musterte Helene von Kopf bis Fuß und blieb an ihrem Busen hängen, »könnte Karo das passende Mannequin für Sie beide sein.«

»Dann wollen wir mal loslegen.« Karo hatte das Wort und auch die Initiative ergriffen. Sie sah die beiden Frauen erwartungsvoll an. »Wonach steht Ihnen denn eigentlich der Sinn?«

»Erstmals sollten die kaputten Strümpfe meiner Freundin ersetzt werden. Dann sehen wir weiter.« Friederike hatte bereits einige Dinge im Visier. »Vielleicht könnten wir mit diesen neckischen Korsagen beginnen.«

Karo hatte Helenes Beine fixiert. »Strümpfe oder Strumpfhosen?«
»Strümpfe«, kam es von Helene ein wenig zaghaft zurück.
»Halterlos oder mit Haltern zu tragen?«
»Na, ich weiß nicht, Strumpfhalter habe ich noch nie getragen, in meinem ganzen Leben noch nicht.«
»Na, dann halterlose Strümpfe. Sie sind die beste Basis, die jede Frau zu Hause haben sollte. Unkompliziert und dennoch elegant. Aber wenn Sie bis heute noch nie Strumpfhalter getragen haben, empfehle ich Ihnen, vielleicht doch mal welche zu probieren, es ist einfach ein ganz tolles Gefühl. Darf ich Ihnen da etwas zeigen?«
Helene, die sich immer noch angesprochen fühlte, nickte ein wenig unsicher. »Probieren kann ja nicht schaden.«
»Ich werde Ihnen etwas vorführen, werde sozusagen die Kleiderpuppe für Sie spielen. Keine Angst, für mich ist das Alltag. Verfügen Sie also über mich.« Rasch griff sie nach ein paar Dingen. »Wollen Sie das einmal an mir sehen?«
Friederike und Helene nickten bloß. Wenige Augenblicke später stand Karo schon wieder vor ihnen.
»Was sagen Sie? Gefällt Ihnen, was Sie sehen?«
»Wow, edle Stücke! Wie schön die ausgearbeitet sind, das sind ja kleine Kunstwerke. Die müssen ja ein Vermögen kosten.« Friederike machte eine kurze Pause. »*Sie* sehen fantastisch aus in den Sachen, Karo. Findest du nicht auch, Helene?«
»Und ob!« Helene war begeistert.
Kurz darauf begann dann die »Probierorgie«, wie es Helene später an der Kasse beim Bezahlen ausgedrückt hatte.
»Weißt du, Friederike«, sie sah sich und dann die neben ihr stehende Geliebte mit der wunderschönen milchweißen Haut an, »ich hätte mir niemals einen Strumpfhalter gekauft. Das wäre mir im Traum nicht eingefallen. In der Erinnerung an meine Großmutter, aber auch an meine Schwiegermutter – die beiden waren die einzigen Damen, die ich kenne, die ausschließlich Strümpfe und Strumpfhalter getragen haben, so lange ich denken kann –, da waren solche Dinge das letzte Etwas, das nur irgendwie mit Chic und Pep zu tun hatte.« Sie lächelte Friederike an, die sich nun auch einen Hüftgürtel mit wunderschöner Spitze an die Taille hielt. »Meine Schwiegermutter verteidigte ihre Liebe zu solcher Art von Wäsche immer mit absurden Argumenten.

Ich konnte mir immer wieder anhören, dass ich auch zu Strümpfen und Strumpfhaltern wechseln sollte, das würde mich vor Pilzerkrankungen im Geschlechtsbereich schützen.«

»Hah, das mit den Pilzen hat meine Großmutter auch erzählt«, fiel ihr Karo ins Wort, als sie gerade mit einem Stapel neuer Modelle wieder in den Raum kam. »Als sie dann mitbekommen hat, dass ich auch ähnliche, wenn auch völlig anders gestylte Wäsche trage, da hat sie sich richtig bestätigt gefühlt und mir zu meiner grundvernünftigen Einstellung gratuliert.« Sie schaute mit Kopfschütteln zu den beiden Damen vor dem Spiegel. »Ich kann Ihnen gar nicht sagen, wie perplex ich da war.« Sie lachte und legte die Sachen wunderbar drapiert auf eine der Kommoden im Raum.

»Na, dann kann es ja in die nächste Runde gehen!«, rief Helene und schnappte sich wieder ein paar Teile.

»Ja, die nächste Runde wird eingeläutet!«, schloss sich Friederike an.

»Das wird den Männern aber gefallen.« Karo nickte etwas gedankenverloren.

»Welchen Männern?« Friederike hatte nicht ganz verstanden.

»Na, Ihren Männern oder Freunden eben. Entschuldigen Sie, ich wollte Ihnen nicht zu nahe treten.«

Helene lachte laut auf. »Ach nein, Karo, das tun Sie nicht. Aber das ist alles nicht für Männeraugen bestimmt. Das ist nur für uns zwei.«

Karos Farbe im Gesicht wechselte von blässlich nach dunkelrot. »Oh, Verzeihung.«

»Wofür?« Friederike lachte jetzt, und Helene mit ihr. »Wir sind ein Paar, Karo. Noch nicht lange, aber wir sind eines.« Jetzt hatte sie den Blick auf Helene gerichtet und strahlte diese mit ihren wunderschönen blauen Augen an.

Helene wurde ganz heiß, Röte zog über ihr Dekolleté nach oben, und sie fühlte eine Zuneigung in sich einschießen, dass sie Friederike am liebsten auf der Stelle niedergeküsst hätte. Dann aber wandte sie sich auch an Karo und meinte mit stolzem Unterton: »Ja, wir sind ein Paar.«

Karo hatte sich gleich wieder gefasst und strahlte nun übers ganze Gesicht. »Sie sind wirklich ein Paar? Meine Güte! Ist das schön! Entschuldigen Sie mir meinen Gefühlsausbruch, aber Sie wissen ja gar nicht, wie oft hier Kundinnen sind, die eigentlich nur für ihre Männer, Freunde, Liebhaber oder wie auch immer einkaufen, aber nicht für sich selbst. Und das, denke ich, ist bei Ihnen sicher nicht der Fall.« Sie überlegte kurz: »Obwohl, es spricht ja nichts dagegen, dem oder der anderen zu gefallen. Was meinen Sie?«

Helene seufzte ein wenig gespielt: »Das kann heute dann wohl ein teurer Spaß werden, wie ich das einschätze.«

»Wollen Sie aufhören mit dem Probieren?«

»Wir machen weiter«, kam es unisono aus Helenes und Friederikes Mund.

Und so war es dann auch. Karo hatte aus den neuen Lieferungen noch einige schöne Ensembles ausgegraben, und so marschierten Helene und Friederike, es war schon bald Ladenschluss, mit einem Berg von wunderbaren Dessous zur Kasse.

Helene legte ihre Sachen kurz auf eine Glasvitrine, um die Kreditkarte aus der Handtasche zu holen. Dabei fiel ihr Blick auf die Dinge, die unter der dicken Glasplatte ausgestellt waren. Die hatten nichts mit hübscher Wäsche zu tun, anziehen konnte man sie gar nicht, aber spielen konnte man mit ihnen, das war ganz sicher. »Was haben Sie denn da, Frau Göbel?«

Die Chefin des Hauses, die gerade die Rechnung für Friederikes neue Schätze zusammenstellte, hob nur kurz den Blick und wusste gleich, was Helene da entdeckt hatte. »Das sind unsere besonderen Angebote. Wollen Sie sich das Sortiment einmal ansehen?«

Friederike beugte sich nun auch über die Vitrine. »Das sind ja richtige Kunstwerke, die Sie da haben.«

»Das sind sie wirklich. Jedes Stück ist eine Einzelanfertigung. Keines gleicht dem anderen.«

»Was sind das denn für Kugeln da? Diese bunten Kugeln, die an einem Bändchen hängen. Was macht man mit denen?«

»Findest du nicht, dass sich das irgendwie von selbst erklärt?« Friederike hatte Helene um die Taille gefasst, ließ langsam die Hand auf ihre Pobacke gleiten und kniff sie dort ganz sanft.

Helene stieg eine zarte Röte ins Gesicht. »Die Kugeln gehören also in die Vagina. Tja, da habe ich wohl wieder was gelernt.«

»Sie können die Sachen ruhig in die Hand nehmen und fühlen, es sind alles Ausstellungsstücke«, erklärte Frau Göbel.

Zielsicher griff sich Helene die Kugeln. »Meine Güte, die sind ja schwer, und die vibrieren, da muss in der Kugel noch eine zweite sein, die hin und her rollt. Puh, was die für einen Durchmesser haben. Das soll man in die Vagina einführen?«

»Wenn man richtig vorbereitet ist, sollte das kein Problem sein«, beteiligte sich Friederike nun auch am Gespräch.

»Woher willst du das wissen, Friederike? Hast du diesbezüglich etwa einschlägige Erfahrungen?«

»Einschlägige Erfahrungen, Helene, wie das klingt«, sie gluckste, »also einschlägige Erfahrungen habe ich keine, noch keine«, sie gluckste noch mehr, »aber ich habe das schon öfters irgendwo gesehen. Es hat mich immer schon ein wenig interessiert, was es da so am Markt gibt in Sachen Spielzeug.«

»Du hast also noch keine Erfahrungen, und ich auch noch nicht. Sollten wir das ändern?«

»Also, Helene, alles zu seiner Zeit, denke ich. Wir haben jetzt so schöne Dinge erstanden, uns so viel Zeit gelassen bei der Auswahl. Sollten wir das bei dieser Art von Spielzeug nicht ähnlich halten?«

»Da ist was dran. Aber ich sage dir, ich freue mich jetzt schon auf die kommende Shoppingtour.«

Kurze Zeit später waren die Rechnungen beglichen, Karo hatte jeder der Damen zwei große, vollgepackte Taschen in die Hand gedrückt. Das Gewicht war nicht ohne, aber in Anbetracht der Rechnungen war das klar. Helene hatte sich schon lange keinen Luxus mehr gegönnt, und bei Friederike war es auch schon eine Weile her. So erreichten die beiden Frauen das Auto, warfen alles in den Kofferraum und brachen auf in Richtung Steiermark. Das Abendessen hatten sie schon wieder im Hotel geplant. Die Vorstellung, nach dem Essen nicht mehr in ein Auto steigen zu müssen, und die ausgezeichnete Küche machten die Entscheidung ganz leicht.

Im Hotel angekommen, machten sie sich frisch, ehe sie sich den neuen Sachen zuwandten. Helene hatte sich schon entschieden, was sie gleich anziehen würde, und leerte die Tasche einfach auf das Bett. Ordnen konnte sie alles später. Das kleine Päckchen fiel ihr gleich ins Auge. Neugierig riss sie die Verpackung auf, und zum Vorschein kamen Kugeln, verbunden mit einem Bändchen.

»Schau, was mir Frau Göbel in die Einkaufstasche gesteckt hat!«

Friederike hatte auch gleich alles ausgeleert, und siehe da, so ein Päckchen fand sich auch in ihrer Tasche. »Da spricht ja nichts gegen ein wenig Spaß am späteren Abend.«

Sie lachten, fielen sich in die Arme und genossen es einfach, sich zu spüren. Nach dem Abendessen huschten sie in Helenes Suite, und an Schlafen war so bald nicht zu denken …

Neumarkt *Sonntag, 14. April*

Das schöne Wetter der vergangenen Tage hatte an diesem Sonntagvormittag Pause gemacht. Es war trüb und regnerisch. Bereits in der Nacht war eine Kaltfront über das Land gezogen, und Friederike war im frühen Morgengrauen durch ein paar Donner geweckt worden. Das störte sie jedoch nicht im Geringsten, konnte sie sich doch nur noch fester an Helene anschmiegen, ihren Duft genießen und ihren weichen, warmen Körper spüren. Helene selbst wurde durch das Gewitter in ihrem Schlaf nicht gestört, sie atmete ruhig und regelmäßig und drückte sich nur ein wenig fester an Friederike, als diese sich ihr weiter genähert hatte. Und in der Früh waren sie dann eng umschlungen aufgewacht. Helene hatte lächeln müssen, sie hatte sich nicht vorstellen können, je so zu schlafen. Niemals zuvor hatte sie in ihrem Leben solch eine Nähe zugelassen. Nicht einmal als Kind hatte sie sich gerne länger an ihre Mutter oder ihren Vater angeschmiegt, und auch Florian, der das immer sehr gerne gehabt hätte, wurde von ihr stets nach einiger Zeit des Kuschelns wieder auf seine eigene Bettseite verwiesen. Friederike wollte sie jedoch nicht loslassen – und diese spürbar nicht von ihr losgelassen werden. So blieben sie wortlos eine Zeit lang liegen, bis Helene begann, alles sanft zu küssen, was von Friederike für ihren Mund erreichbar war. Das wiederum ließ Friederikes Hände über Helenes Körper wandern, und alles endete in einem zarten Liebesspiel. Die Zärtlichkeit, die ihr Friederike zu geben vermochte, war für Helene eine völlig neue Erfahrung. Sie konnte es selbst nicht glauben, wie sehr sie sich dieser hingeben konnte, und noch nie in ihrem Leben zuvor war sie sexuell so erregt gewesen wie in Friederikes Armen. Man konnte danach regelrecht süchtig werden. Und auch, wenn Helene seit ihrer Jugendzeit eine Scheu oder gar Ängste vor Süchten aller Art hegte, dieser Art von Sucht würde sie sich hingeben. Langsam begann sie es sogar zu bedauern, nicht schon viel früher in diese Welt der Lust eingetaucht zu sein. Warum begann das bei ihr erst im Alter von neununddreißig Jahren? Doch dann schweiften ihre Gedanken zu Friederike, und sie war mit einem Mal froh, dass sie so lange hatte warten müssen, hatte sich das Warten doch wahrlich gelohnt.

Nun saßen sie beim Frühstück. Sie waren schon sehr routiniert, was das Frühstücksbuffet anging, auch wenn dieses jeden Tag Neues offerierte. Doch sie wussten beide ganz genau, wohin es sie zog. Friederike hatte wieder eine große Schüssel Müsli vor sich, und Helene genoss einen wunderbar zarten Räucherlachs.

»Morgen probiere ich auch ein Müsli. Hilfst du mir beim Aussuchen?«

»Gerne, Helene. Du wirst sehen, du bist bald süchtig danach.«

»Noch eine Sucht.«

»Wieso noch eine Sucht?« Friederike sah erstaunt auf.

Helene lächelte ihr nur ins Gesicht und richtete sich einen neuen Bissen Lachs auf ihrer Gabel zurecht. »Noch eine Sucht.«

Friederike hatte verstanden. »Du bist also suchtgefährdet? Ist das so?« Ein breites Lächeln erfüllte nun auch ihr Gesicht.

»Sieht so aus. Bei mir sind es offenbar nicht die bekannten gefährlichen Drogen wie Heroin oder Kokain. Bei mir ist es etwas anderes.«

»Und das wäre?«

»Du.«

»Ich?«

»Ja, du. Du.« Helene machte eine Pause, steckte sich die Lachsportion in den Mund und sprach mit vollem Mund und einem ein wenig übertrieben gelassenen wirkenden Ton weiter: »Nach dir bin ich süchtig. Das muss ich so hinnehmen, kann mich nicht wehren, dem bin ich ausgeliefert.«

»Helene, du bist mir nicht ausgeliefert. Und du kannst dich sicher wehren. Da habe ich keine Bedenken. Du bist eine starke Frau. Wenn ich nur daran denke, was du in den vergangenen Jahren alles erlebt hast …«

»Ja, schon. Aber ich will mich ja gar nicht wehren.« Sie sah Friederike tief in die Augen. »Und so viel hatte ich nicht zu tragen in meiner

Vergangenheit. Es ist schon richtig, dass ich eine Witwe bin und dass ich meine Kinder alleine aufziehen musste. Ich hatte dabei aber immer Unterstützung, und zwar in einem Maße, den sich andere in einer solchen Situation nur wünschen können.« Sie war ernst geworden und sah vorbei an Friederike in die Ferne. »Es ist alles schon so lange her. Mein Gott, wie die Zeit vergeht.« Sie richtete ihren Blick wieder auf Friederike. »Entschuldige, das war nur so eine Floskel. Ich will dich nicht langweilen mit dieser Geschichte.«

»Helene, nicht nur du kannst gut zuhören. Ich auch.« Sie hatte sich aufgesetzt, ihren Löffel in die halb volle Müslischüssel fallen lassen und sich zurückgelehnt. »Bitte, erzähl mir, warum du Witwe bist, ich möchte es von dir hören.«

»Das ist, du wirst es nicht glauben, eine ganz schnell erzählte Geschichte.« Auch sie hatte sich zurückgelehnt, sah wieder in die Ferne und begann mit tonloser Stimme zu erzählen. »Florians Großvater war sehr krank, eigentlich lag er seit einiger Zeit im Sterben, und es ging stetig bergab. Florians Vater hat uns immer auf dem Laufenden gehalten, und wir waren zu der Zeit auch regelmäßig in Oberösterreich zu Besuch, um nach Florians Opa zu sehen. Eines Tages kam dann ein Anruf für Florian, dass es nun endgültig dem Ende zugehen würde und er unbedingt noch nach Oberösterreich kommen solle. Florian hatte einige schwere Tage in der Praxis hinter sich und wollte überhaupt nicht fahren. Er diskutierte lange mit seinem Vater, der aber bestand darauf, und da Florian keinen Familienkrieg riskieren wollte, hat er sich ins Auto gesetzt, noch am Abend, und ist losgefahren. Weit ist er dann aber nicht gekommen. Eine Massenkarambolage im Nebel bei Amstetten hat ihn das Leben gekostet, mit ihm sind noch drei weitere Leute gestorben, übrigens alles Väter von kleinen Kindern. Es hat sich nie rekonstruieren lassen, wie alles abgelaufen war. Niemand konnte sagen, wer wirklich schuld war, wer alles ausgelöst hat.« Sie sah Friederike wieder in die Augen. »Bringt auch niemanden wieder zurück, wenn du weißt, wie es wirklich abgelaufen ist. Die Polizei ist bei mir aufgetaucht, und ich sage dir, in dem Moment, in dem ich es läuten hörte, wusste ich, dass etwas passiert ist. Tja, und so ist es gewesen.«

»Das muss ja der totale Horror gewesen sein.«

»Nur im ersten Augenblick, und dann erst viel später wieder, so nach einem halben Jahr. In der Zwischenzeit bin ich in eine Art Trance verfallen, habe funktioniert wie eine Maschine, nichts ist an mich herangekommen, nicht einmal meine Kinder, die völlig aus dem Häuschen waren. Dann aber, es war das erste Weihnachtsfest nach dem Unfall, da kamen der Schmerz und die Trauer über mich wie eine riesige Welle und haben mich hinweggeschwemmt.« Helene hatte ihren Teelöffel in die Hand genommen und zeichnete damit Muster auf die Tischdecke. »Meine Mutter hat mich da gerettet, ja wirklich gerettet. Sie hat mir geholfen, alles wieder auf die Reihe zu bringen. Mit den Kindern, mit dem Haushalt, sogar mit der Arbeit. Sie war mir einfach immer eine Stütze, und ich bin heute noch froh, wenn ich sie am Telefon habe, um mit ihr zu plaudern, sie ist ja noch so flott unterwegs mit ihren fünfundsechzig Jahren. Ich brauche sie heute nicht mehr in der Form wie früher, und ich glaube, sie ist auch froh darüber. Sie ist eine passionierte Golfspielerin – kein unaufwendiges Hobby.« Sie lächelte Friederike an. »Weißt du, dass ich ihr schon von dir erzählt habe? Dass wir miteinander geschlafen haben, dass du so wunderbar bist?«

»Das hast du deiner Mutter erzählt? Wirklich? Mütter erfahren so etwas doch üblicherweise als Letzte.«

»Mit meiner Mutter kann ich über all diese Dinge sprechen. Das rührt wahrscheinlich aus der Zeit, als ich Witwe wurde, vielleicht aber auch schon aus der Zeit meiner Schwangerschaft und knapp danach. Das kann ich gar nicht mehr so sagen. Vorher wäre es unmöglich gewesen, ihr überhaupt irgendetwas Privates oder Persönliches zu erzählen, da hätte ich eher den Papst ins Vertrauen gezogen.« Sie lachte und strahlte Friederike an.

»Und was hat deine Mutter zu mir, zu uns gesagt?«

»Sie hat sich ehrlich gefreut. Ich war selbst erstaunt, ich hatte es nicht ganz erwartet, sie ist sonst eher konservativ. Aber nein. Keine Ablehnung, keine Bedenken, nur Interesse und der Wunsch, auf dem Laufenden gehalten zu werden. Ich hab mich so gefreut, ich kann das gar nicht in Worte fassen.«

»Mich freut das auch, Helene. Du bist ein wunderbarer Mensch.«

Helene schaute sie verträumt an, und sie schwiegen.

Friederike löffelte wieder an ihrem Müsli. »Wie hat Florians Vater auf den Tod seines Sohnes reagiert?«

»Er war ein gebrochener Mann. Wirklich, Friederike, er war gebrochen, sein Leben war damit irgendwie vorbei. Mit mir konnte er nur schwer sprechen, er hat sich zwar bemüht, und ich habe ihm auch niemals Vorwürfe gemacht. Florians Mutter hat mir damals wirklich leid getan. Sie hat nicht nur ihren Sohn, sondern auch den Ehemann verloren, auch wenn der körperlich noch anwesend war. Ab dem Zeitpunkt gab es für Florians Vater nur noch unsere Kinder, seine Enkel. Alles hat er für sie gegeben. Sein ganzes Geld, und das war eine Menge, hat er für sie investiert. Hat in unserem Wohnhaus noch zwei weitere große Wohnungen mit Terrasse und allem Drum und Dran gekauft, dafür gesorgt, dass alle Kosten dafür für viele, viele Jahre abgedeckt sind, und hat ihnen auch sonst noch ein Vermögen hinterlassen. Vor zwei Jahren ist er gestorben. An gebrochenem Herzen, so haben wir es alle empfunden.«

»Du wohnst gar nicht mehr mit deinen Kindern in einer Wohnung? Hab ich das richtig verstanden?«

»Wir leben zwar im selben Haus, aber jeder hat seine eigene Wohnung. Das ist luxuriös, und am Anfang kam uns das auch etwas seltsam vor, jetzt aber, wo wir es gewohnt sind, könnten wir es uns nicht mehr anders vorstellen.«

»Warum hast du nicht wieder geheiratet?«

»Wen denn?«

»Wie, wen denn? Es ist doch bekannt, dass Witwen zu den beliebtesten Wunschpartnern gehören.«

Helene machte eine wegwerfende Handbewegung. »Ach wo! Das mag vielleicht bei älteren Semestern stimmen, aber wer will denn schon eine knapp neunundzwanzig Jahre alte Witwe mit Zwillingen an der Hand, die erst auf dem Weg ins Gymnasium sind?« Sie machte eine Pause, schüttelte den Kopf. »Und wo hätte ich jemanden kennenlernen sollen? Als Pathologin stehe ich nicht im Rampenlicht der Öffentlichkeit, und ins Wiener Nachtleben konnte ich mich auch nicht werfen mit den Zwillingen. Ehrlich, Friederike, auch als die beiden mich nicht mehr wirklich gebraucht haben, dachte ich nicht daran, auf Männerjagd zu gehen.«

»Auf Frauenjagd?«

»Auch nicht. Ich habe mich noch nie von Frauen angezogen gefühlt, bis zu dem Zeitpunkt, als du mich hier im Wald an der Hand genommen hast …« Sie beugte sich weit zu Friederike vor. »Meine Güte, bin ich froh, dass du das gemacht hast. Für mich war das so wie der Kuss für das Dornröschen.« Sie lachte leise und flüsterte: »Niemals zuvor habe ich so oft an Sex gedacht wie in den letzten Tagen. Gerade eben tu ich's schon wieder.«

»Ja, Frau Doktor, vielleicht lässt sich da doch etwas machen heute Vormittag oder zu Mittag oder am Nachmittag oder am Abend und in der Nacht sowieso.« Friederike lachte auch leise. »Vielleicht sollten wir uns jetzt gemütlich in den Wellnessbereich zurückziehen und uns richtig ausruhen für die kommende Woche. Die wird sicherlich anstrengend werden. Denkst du nicht auch?«

»Natürlich, Frau Dr. Laska, die wird anstrengend, und dazu kommen noch ein paar Vorträge und praktische Übungen, die wollen wir nicht vergessen.«

Die traurige Stimmung war mit einem Mal wie fortgeblasen, und die beiden Frauen ließen sich den Rest des Frühstücks schmecken.

Der Regen hatte um die Mittagszeit noch an Intensität zugenommen, ein kühler Nordwestwind mit kräftigen Böen schüttelte Sträucher und Bäume, nicht gerade einladend für Aktivitäten im Freien. Helene und Friederike war das aber gar nicht unrecht. Ein »fauler Sonntag«, so hatte es Helene genannt, danach stand ihnen der Sinn. Es war daher nicht lange nach dem Frühstück, dass es sich Helene und Friederike im Ruheraum der Sauna auf zwei Liegen bequem gemacht hatten. Eingehüllt in ihre flauschigen Bademäntel, lagen sie nebeneinander und plauderten miteinander. Helene, die ein Buch in der Hand hielt, das sie eigentlich lesen wollte, lobte die Architektur des Hotels. Friederike konnte ihr da nur beipflichten und wies auf die zahlreichen Details allein nur hier im Ruheraum hin. Die liebevolle Einrichtung ließ es einen bald vergessen, dass man sich in der Wellnesseinrichtung eines Hotels befand. Helene gestikulierte herum, zeigte auf dies und das, und dabei war ihr gar nicht aufgefallen, dass sich der Gürtel ihres Bademantels gelöst hatte und Friederike tiefe Einblicke auf ihren Busen gewährte. Und Friederike ließ ihren Blick von dieser Aussicht fangen, war nicht mehr bei der Sache, bis Helene dies dann bemerkte.

»Wo bist du mit deinen Gedanken, Friederike?«

»Bei dir, meine Liebe.« Sie lächelte, löste den Blick von Helenes Brust und strahlte sie an. »Du gewährst so wunderbare Einblicke«, sie deutete auf Helenes Bademantel, »das hat mich einfach abgelenkt. Verzeih.«

Nun erst war es Helene auch aufgefallen, wie sie sich präsentierte. Sie zog demonstrativ den Gürtel wieder fest und verhüllte damit ihre Reize. »Damit du nicht noch auf andere Gedanken kommst. Ich trau dir das doch glatt zu.« Sie lächelte Friederike zu und kontrollierte nochmals ihren Bademantel.

»Wollen wir nicht gleich einmal in die Sauna gehen?«

»Damit ich meinen Mantel wieder ablegen muss?«

»Na ja, mit Bademantel habe ich noch nie jemanden in der Sauna gesehen.«

»Also doch wegen des Mantels.«

»Wie, wegen des Mantels?«

Helene hatte sich jetzt aufgesetzt, hatte den Mantel wieder geöffnet und provozierend weit die Beine gespreizt. »Du willst in die Sauna gehen, damit ich meinen Mantel wieder ausziehen muss. Stimmt's, oder stimmt's nicht?« Sie ließ eine Hand über ihre Brüste gleiten und sie dann zwischen den Beinen in ihre Mitte sinken.

»Jetzt will ich gar nicht mehr in die Sauna.«

»Gut, dann gehen wir später.« Helene hatte schon wieder ihren Mantel geschlossen und verzurrt. »Wenn du erst später gehen willst, so soll mir das recht sein.«

Das war Friederike nun zu viel. Sie sprang auf, stürzte sich auf Helene, die den Angriff nicht erwartet hatte, öffnete geschickt den Mantel und fand blitzschnell Helenes Mitte. Tropische Verhältnisse erwarteten sie dort, und keinerlei Widerstand, sodass Friederikes Finger ihr Ziel ganz leicht erreichen konnten. »Ja, wir gehen ein wenig später in die Sauna«, flüsterte sie Helenes ins Ohr, »mir scheint, du bist nämlich ein wenig erhitzt. Oder sehe, besser gesagt, spüre ich das falsch?«

Helene entfuhr ein Stöhnen, gleichzeitig musste sie lachen. Der Überfall war wirklich gelungen. »Hilfe, Hilfe!«, konnte Helene nur leise flüstern.

»Wie kann ich dir denn helfen, meine Liebe?« Friederike führte einen weiteren Finger in Helenes Vagina ein, und ihr Daumen strich sanft, dann immer fordernder an ihrer Klitoris vorbei.

»Ja, so, genau so!« Helenes Flüstern war deutlich lauter geworden, und sie stöhnte hemmungslos in Friederikes Ohr. »Aah, nicht aufhören! Was ist, wenn jetzt Leute ... aah!« Sie kam mit einem unterdrückten Schrei und hätte Friederike beinahe in den Hals gebissen. Dann lehnte sie sich völlig entspannt, doch noch immer schwer atmend, an ihre Geliebte.

»Können wir jetzt ganz einfach in die Sauna gehen? Was meinst du?«

»O Gott, ich hatte noch nie Sex außerhalb des Schlafzimmers oder eines Hotelzimmers.«

»Dann war es aber auch wirklich Zeit. Da haben wir doch einiges nachzuholen.«

»Ja?«

»Ja.«

»Gleich wieder in der Saunakammer?«

»Wenn es dir nicht zu heiß ist.«

»Wir können ja auf der untersten Etage bleiben.«

»Gute Idee.« Friederike hatte sich hochgezogen, hielt Helene die Hand hin, und schon waren sie unterwegs in Richtung Duschen.

Helene war richtig enttäuscht, als sie bemerkte, dass sie nicht alleine in der Saunakammer waren. Das schlechte Wetter hatte also auch andere auf die Idee mit dem Wellnessbereich gebracht. Dennoch setzten sie sich auf die unterste der drei Etagen und gaben sich der Wärme hin.

Friederike döste ein wenig dahin, genoss die Atmosphäre und spürte plötzlich Helenes Hand über ihren Oberschenkel nach oben streichen. In ihr stieg ein wenig Panik auf. Sie schaute sich um, konnte beruhigt feststellen, dass niemand auf ihr Geschlecht sehen konnte, und gab sich den über ihre Haut gleitenden Fingern hin. Die suchten ihre Mitte. Ganz langsam öffnete sie sich, es war wie eine Einladung. Helene hatte nun auch eine unverfängliche Plauderei begonnen. Sie lobte den Zirbitzkogel, die ganze Gegend, schilderte das wunderbare Licht, das sich bei Sonnenschein am Morgen und dann wieder abends öfters ergab, doch gleichzeitig hatten die Finger ihr Werk in Friederikes Mitte begonnen. Sie liebkoste sie auf das Zärtlichste, wurde dann ein wenig forscher, um wieder das Sanfte in den Vordergrund rücken zu lassen.

Es waren noch zwei jüngere Pärchen in der Kammer, die lagen entspannt auf dem Rücken und sprachen ebenfalls über belanglose Dinge. Friederike, in der sich immer mehr die Lust aufstaute und die schon merkte, dass ein Orgasmus sie unvermeidlich überkommen würde, wenn Helene ihre Tätigkeiten nicht gleich einstellte, konnte den Gesprächen nun nicht mehr folgen. Helene machte aber keinerlei Anstalten aufzuhören, nachzulassen, nein, eher intensivierte sie ihre Liebkosungen. Friederike zerfloss unter den streichelnden Fingern, und es blieb ihr langsam der Atem weg, als … mit Krach die Tür aufgestoßen wurde, zwei alte Damen in die Saunakammer kamen, sich kurz umsahen, feststellten, dass es ihnen viel zu heiß hier drinnen wäre, wieder umkehrten und so rasch und mit so viel Getöse die Kammer verließen, wie sie diese betreten hatten.

Friederike war maßlos enttäuscht. Helene hatte natürlich völlig erschreckt die Hand aus ihrer Mitte gezogen, Sekundenbruchteile, bevor sie eine Welle der Lust hinweggespült hätte. Es wäre ihr so gleichgültig gewesen, wenn die beiden vertrockneten Alten, so hatte sie sie nun in Erinnerung, hereingeplatzt wären, wäre sie selbst gerade gekommen, ja, völlig egal. So aber war sie völlig aus dem Häuschen. Immer noch erregt, voller Sehnsucht nach Befriedigung, zornig auf die Damen …

»Warum mussten die alten Weiber fünf Sekunden zu früh hereinkommen?«, flüsterte sie Helene ins Ohr.

Die strahlte Friederike nur an. »Ich verspreche dir, dass wir das noch zu einem schönen Ende bringen werden, irgendwo hier in der nächsten Stunde. Wirklich, ich verspreche es dir. Komm, wir gehen.«

Sie standen gemeinsam lange eng umschlungen unter einer kühlen Nebeldusche und massierten sich gegenseitig den Rücken, bis sich Helene hinter Friederike stellte, sie sanft von hinten umfasste und ihre Finger über den Bauch gleiten ließ. Erst wanderten sie nur über den Bauch, fanden den Nabel, der ganz flach, rhythmisch umkreist wurde, alsbald wanderten sie ein wenig nach unten und nach oben, fanden den unteren Rand der Brüste, den sie zärtlich entlangfuhren.

Friederike war völlig außer sich. Erst die Berührungen in der Sauna, jetzt die unter der Dusche, ganz anders nun, aber berauschend, sie konnte sich nicht entsinnen, jemals so erregt gewesen zu sein. So wollte sie nicht wieder in den Ruheraum.

»Ich muss unter eine heiße Dusche, und dann will ich ins Dampfbad«, flüsterte sie Helene zu. »Kommst du mit? Bitte.«

Keine Minute später trat Helene in der nun dampfend heißen Brause bereits wieder hinter Friederike und setzte ihre Liebkosungen fort.

»Ah!!! Helene, was machst du mit mir? Das tut so gut.«

Helene lachte leise. »Das glaub ich dir, dein ganzer Körper ist ja gespannt wie eine Sehne. Ab ins dunkle, vernebelte Dampfbad. Dort bekommst du jetzt das, worauf du Arme schon bald eine halbe Stunde warten musst. Und das nur wegen zweier alter Damen, die vermutlich noch nie zuvor in der Sauna waren.« Hand in Hand waren sie bereits unterwegs.

»Sind schon wieder so viele Leute hier«, meinte Friederike bedauernd, als sie in die nicht ganz menschenleere, von dichten Nebelschwaden durchzogene Dampfkammer gelangten.

»Na und? Wenn wir zwei Plätze nebeneinander finden, wird uns nichts unseren Genuss nehmen.«

»Unseren Genuss nehmen. Wie du das sagst. Helene!«

Und sie kamen zu ihrem Genuss. Helene und Friederike fanden zwei Plätze in einem Eck und machten es sich bequem. Im Gegensatz zur Saunakammer herrschte hier Stille. Bald hatte Helene wieder die Initiative übernommen, ein Bein von Friederike auf die Sitzfläche gestellt, und setzte ihre Zärtlichkeiten von vorhin ungehindert fort. Friederike entlockte das ein wohliges Stöhnen. Dieses wurde aber offenbar nur von Helene richtig interpretiert, alle übrigen Gäste, die kaum erkennbar im heißen Nebel saßen, führten dies sicher auf die Hitze zurück. Helene, dadurch angeregt und durch eine zunehmende eigene Erregung angestachelt, wagte immer mehr. Friederikes Brustwarzen, durch die hohe Luftfeuchtigkeit ausreichend benetzt, boten sich nun für etwas forschere Berührungen an.

»So, liebe Friederike, jetzt bekomme ich einen kleinen Kuss, dann nimmst du deine Hand«, flüsterte Helene in ihr Ohr, »und legst sie in deine Mitte, damit es dort nicht zu heiß ist und du gut beschützt bist. Ich bin mir sicher, die Hand weiß, was sie zu tun hat. Und du hörst auch nicht auf damit, sollte die Tür aufgehen und ältere Damen hereinstürmen.« Sie lachte leise, und Friederike lachte leise mit, doch ihr Lachen erstarb alsbald, nämlich in dem Augenblick, als ihr eigener Zeigefinger das Ziel fand und die Berührung wie ein Stromschlag durch ihren Körper fuhr. Nun konnte die Welle der Lust nichts mehr aufhalten, und sie musste ihren Mund fest auf Helenes Unterarm pressen, damit sie ihr

Schreien unterdrücken konnte, das sonst von den übrigen Gästen sicher nicht mehr missverständlich aufgenommen worden wäre.

Eine halbe Stunde später lagen beide im Ruheraum, der sich gefüllt hatte. Das schlechte Wetter trieb die Gäste des Hotels zu Indoor-Aktivitäten. Es wurde leise, aber angeregt gesprochen, eigentlich war es ein Murmeln, das niemanden störte. Und genau in dieses Murmeln verfielen auch Helene und Friederike.

Spät am Abend stiegen sie die Treppen nach oben in ihr Zimmer, mit einem Gefühl der Vertrautheit, das andere Paare nach Jahren der Partnerschaft noch nicht erreicht haben. Der Hunger hatte sie getrieben. Helene freute sich schon auf das Abendessen. Doch nicht nur das köstliche Essen, das sie erwartete, war daran schuld, noch mehr war es die Vorfreude auf das weitere Kennenlernen ihrer Liebe, ihrer großen Liebe, wie sie es selbst immer mehr zu erkennen glaubte.

Das Abendessen war erwartungsgemäß köstlich gewesen. Zufrieden saßen Helene und Friederike vor ihren Desserttellern, auf denen nur einzelne Brösel und Schokoladestückchen übrig geblieben waren. Friederike schwieg, und ihre Miene schien ungewöhnlich ernst.

»Morgen beginnt wieder der Alltag. Ich weiß nicht, wie ich das schaffen soll, wenn ich dich nicht die ganze Zeit um mich habe.« Friederike hatte dies ganz tonlos gesagt, erst noch mit der Dessertgabel auf dem Teller gespielt, dann aber mit ernstem Gesicht in Helenes Augen geblickt.

Helene durchflutete ein Gefühl der Wärme und Liebe. »Aber Friederike, ich bin doch nicht weit weg. Ich bin ja jederzeit greifbar für dich.« Sie nahm Friederikes Hand fest in die ihre. »Friederike, ich liebe dich. Ich liebe dich so sehr. Du wächst mir von Stunde zu Stunde mehr ans Herz.« Kurz schwieg sie, streichelte Friederikes Hand und sah nun auch ganz ernst in Friederikes wunderbar blaue Augen. »Du hast mein Leben in den letzten Tagen umgekrempelt. Du hast Seiten in mir hervorgekehrt, von denen ich selbst nichts wusste, nicht in meinen kühnsten Träumen daran gedacht hätte. Ich bin selbst über mich erstaunt. Dass ich das Leben so genießen kann, nein, das hätte ich nicht gedacht.«

»Aber Helene …«

»Was ich in den letzten drei Tagen erlebt habe an Lust, Erotik, Spaß, ja, auch Spaß, das habe ich die letzten zwanzig Jahre nicht gehabt. Und du hast mir das gegeben. Dafür bin ich dir so dankbar.«

»Helene ...« Friederike kam nicht zu Wort, lächelte glücklich und ließ Helene weitersprechen.

»Ja, dankbar. Sehr dankbar. Ich kenne dich noch nicht einmal eine ganze Woche, und doch bist du mir so vertraut. Diese Vertrautheit wird sicher noch größer werden. Du wirst sehen, wir haben noch vieles zu besprechen und zu bereden. Ich will noch viel mehr über dich erfahren, und ich freue mich, dir noch viel von mir zu erzählen.« Plötzlich zerfloss ihr Gesicht in einem verschmitzten Lachen. Sie flüsterte jetzt: »Außerdem freue ich mich jetzt schon auf so verrückte Dinge, wie wir sie heute in der Sauna und im Dampfbad gemacht haben. War das nicht wunderbar? Ein wenig verrucht und ... und, ja was? Ein wenig ungezogen und unanständig, wie man es von zwei Akademikerinnen nicht erwarten würde.«

»Unanständig warst nur du, meine Liebe. Was du mit mir gemacht hast ...« Friederike lachte laut auf. »Also, was du mit mir angestellt hast, das war ...« Sie lachte nochmals laut und flüsterte dann ganz leise: »Das war fantastisch, unglaublich, ich könnte schon wieder ins Dampfbad.«

»Nimmersatt.«

»Kann man wohl so sagen.«

Sie hatten sich erhoben, Helene hatte sich bei Friederike eingehakt, und so schritten sie bestens gelaunt zum Lift, der sie bald nach oben zu Helenes Apartment brachte.

Im Gegensatz zu dem, was Friederike kurz am Ende des Abendessens vorschwebte, verliefen der Rest des Abends und eigentlich die ganze Nacht ohne einen Rausch der Wollust. Nein, sie schmiegten sich aneinander, liebkosten sich zärtlich, hielten sich stundenlang in den Armen. Flüsterten ein wenig, schwiegen, küssten einander, strichen sich liebevoll durch die Haare. Und schliefen dann zufrieden ein ...

Neumarkt *Montag, 15. April*

Der Wecker läutete um sechs Uhr dreißig. Friederike hatte ihn absichtlich so früh gestellt, nicht weil sie schon aufstehen musste oder wollte, sie wollte nur in Ruhe eine gute Stunde in Helenes Armen richtig munter werden können. Helene selbst hatte den Wecker beinahe überhört, sich dann aber doch gerührt, ganz leise ein wenig zu sich selbst gesprochen, wie es Friederike schien, und sich an sie geschmiegt. Jetzt wusste Friederike genau, dass es eine gute Idee gewesen war, den Wecker so früh zu stellen, konnte sie doch mit Freude den warmen, weichen Körper ihrer Geliebten spüren und deren Duft einatmen.

Helene war nun offenbar auch munter. Ihr Kopf ruhte auf Friederikes nackter Brust. »Ich höre dein Herz schlagen«, flüsterte sie.

»Und ich spüre deine Wärme. Du hast so eine weiche Haut.« Sie fuhr sanft über Helenes Wirbelsäule nach unten, was dieser einen wohligen Schauer durch den ganzen Körper jagte. Sanft massierte Friederike Helenes Po, ließ wie zufällig die Hand zwischen die Beine gleiten und fuhr dann mit den Fingern in Helenes Nacken, den sie nun gedankenverloren kraulte.

Helene war wie elektrisiert. Niemals hätte das aufhören müssen. Sie gab sich dem Genuss hin, spürte ihren Körper mit einer Intensität, die von Minute zu Minute zuzunehmen zu schien.

So lagen sie eine gute Stunde nahezu regungslos im Bett. Erst als Friederikes Handy einen Alarmton von sich gab, war es wirklich Zeit zum Aufstehen.

»Guten Morgen, meine Liebe«, flüsterte Friederike, »wenn du willst, kannst du ja noch länger im Bett bleiben. Es gibt ja noch keinen Grund für dich aufzustehen, dein Programm beginnt schließlich erst morgen.«

»Na und ob!« Helene hatte sich aufgesetzt. »Ich kann dich doch nicht allein zum Frühstück gehen lassen. Das machen wir natürlich gemeinsam, allein lassen muss ich dich heute noch lange genug. Außerdem habe ich schon ein wenig Hunger. Und du?«

»Ja, so ein schönes ruhiges Frühstück, das wäre schon eine gute Sache. Komm, raus aus den Federn!« Sie schwang sich aus dem Bett und zog Helene hoch. »Ab mit uns ins Bad.«

Nach dem Frühstück half Helene Friederike bei den Vorbereitungen für den Tag. Das war Friederike erst gar nicht recht, sie ließ sich aber bald dazu überreden und musste zugeben, dass die Arbeit zu zweit nicht einmal die Hälfte der Zeit in Anspruch nahm. Vier Hände konnten da einfach mehr ausrichten, und es machte viel mehr Spaß. Der

Tisch für die Registrierung der Seminarteilnehmer musste hergerichtet werden. Vieles war noch ungeordnet, das hatte Friederike eigentlich während des Wochenendes schon tun wollen, bloß da war ihr etwas »dazwischengekommen«, wie sie es ausdrückte.

Jedenfalls war alles in kurzer Zeit arrangiert.

Helene war bei Friederike geblieben, bis die ersten Teilnehmer im Hotel angekommen waren. Dann verabschiedeten sie sich mit einem zarten Kuss auf die Wange, und Helene machte sich bereit für einen langen, gemütlichen Lauf. Das Laufen war ein wenig zu kurz gekommen in den letzten Tagen, doch ihre Beine trugen sie federleicht durch die Gegend. Lediglich zu Anfang machte sie sich noch Gedanken darüber, ob es wohl eine gute Idee gewesen war, so eine lange Strecke gewählt zu haben.

Herrlich entspannt und wieder einmal angetan von der Schönheit der Natur, kam sie erst fast drei Stunden später wieder zurück ins Hotel. War sie noch bei dichter Bewölkung losgelaufen, hatte sich bald die Sonne durchgesetzt. Am Rande einer kleinen Ortschaft hatte sie am Wegrand eine sonnenbeschienene Holzbank gefunden, mit prachtvoller Aussicht auf den Zirbitzkogel. Da konnte sie nicht weiter. Sie machte eine Pause, es sollte eigentlich nur eine ganz kurze werden, doch dann blieb sie beinahe eine ganze Stunde. Helene ließ den wunderbaren Ausblick auf sich wirken, der sie derart ergriffen machte, dass bald Tränen in Strömen ihre Wangen herabflossen. Tausend Gedanken schwirrten ihr durch den Kopf, und langsam wurde sie sich ganz ihrer neuen Lebenssituation bewusst. Die Freude darüber und das Glücksgefühl trugen das Ihre dazu bei, dass der Tränenstrom nicht so bald versiegte. Als sie sich endlich wieder gefasst hatte, musste sie über sich selbst lächeln und horchte ungläubig in sich hinein. Konnte das wirklich die Realität sein? Oder war es ein Traum? Nun, es war ihr klar, dass es kein Traum war, doch traumhaft war es schon. Traumhaft schön, unglaublich berauschend, aufwühlend, erotisch, erfrischend, belebend – mit einem Wort: Die letzte Woche hatte alles umgestoßen, was in ihrem Leben an Starre, Trockenheit, Rost und Kälte so lange die Oberhand behalten hatte.

Wie würde es nun weitergehen? Sollte nach der Euphorie der tiefe Fall kommen? War das Ganze lediglich ein Strohfeuer? Rasch entfacht durch den Sturm und rasch erloschen im ersten Regen? Nein! Das würde sie nicht zulassen. Von ihrer Seite aus würde sie alles tun, um das zu verhindern.

Doch dann kamen von weit aus der Tiefe Gedanken hoch, die sich nicht so einfach verdrängen ließen. Der Alltag in Wien würde nicht einfach werden. Oder doch? *Ich bin eine Lesbe, eine Lesbe! Wie werden die Leute darauf reagieren? In der Arbeit? Meine Freunde und Bekannten? Ich selbst? Ich liebe eine Frau, eine wunderbare Frau. Dass ich so etwas denken kann, dagegen hätte ich vor zehn Tagen noch viel Geld verwettet.* Helene lachte laut und hell auf. Das Lachen durchbrach die Stille, und in diesem Augenblick wurde sie sich erst dieser Ruhe und Stille bewusst, die sie gemeinsam mit der wunderbaren Aussicht umgeben hatten. *Meine Güte, ist das ein wunderbarer Flecken Erde! Das ist ja einzigartig hier in seiner Schönheit der Bescheidenheit und Anmut.* Helene sah sich um. Niemand war zu sehen. In der Ferne bearbeitete ein Bauer mit dem Traktor ein Feld. Nicht einmal das Geräusch des Motors gelangte zu ihr. Sie ließ ihren Blick über den Zirbitzkogel schweifen, blieb an den Schneefeldern hängen, die in den letzten Tagen unverkennbar kleiner geworden waren.

Plötzlich erfasste sie eine ungeheure Sehnsucht. Sie musste los, schnell zurück zum Hotel, zu Friederike.

Als sie loslief, spürte sie in den ersten Minuten jede Muskelfaser in den Beinen. Nach einer guten Viertelstunde legte sich das, und sie flog beinahe nach Hause. Im Hotel angekommen, wollte sie erst gleich zu Friederike, überlegte es sich dann aber und nahm den Lift zu ihrer Suite. Dort duschte sie ausgiebig und dachte lange nach, was sie anziehen sollte. Ein wenig verführerisch wollte sie schon wirken, wenn sie Friederike entgegentrat. An neckischer Wäsche gab es ja keinen Mangel, und sie holte sogar einen Strumpfhalter aus der Lade. Es war das erste Mal, dass sie einen solchen außerhalb des Dessousladens trug. Die neue Wäsche fühlte sich hervorragend an, wurde ihr gleich bewusst. Ein schönes Kleid mit tiefem Ausschnitt vervollständigte die Garderobe für den Rest des Tages.

Helene stieg beschwingt in den Lift, betrachtete sich noch einmal im großen Spiegel und war durch und durch zufrieden mit ihrem Aussehen. Die vielen Aufenthalte an der frischen Luft und an der Sonne hatten eine leichte Bräune in ihr Gesicht gezaubert, die die Blässe der letzten Monate verdrängt hatte. Das Gefühl des Wohlbehagens und des Verliebtseins hatte das Seinige dazu beigetragen, dass sie Schönheit ausstrahlte und es sogar selbst so empfand – für Helene nicht unbedingt eine Selbstverständlichkeit.

Die Vorfreude auf Friederike ließ sie die wenigen Sekunden im Lift beinahe als Ewigkeit empfinden. War der Aufzug immer so langsam unterwegs? Als sich die Tür öffnete, stürmte sie hinaus und erreichte kurz darauf in freudiger Erwartung den Empfangstisch, hinter dem Friederike arbeitete.

Eben trug sich eine Dame in eine Liste ein, und Friederike drückte ihr eine dicke Mappe in die Hand, wie sie Helene eine Woche zuvor auch bekommen hatte, und reichte ihr dann noch einen Folder vom Hotel, der einen Plan der Anlage enthielt. In diesem Augenblick bemerkte sie Helene, entschuldigte sich kurz bei der Frau, kam um den Tisch herum, fiel Helene um den Hals und hauchte ihr einen zarten Kuss auf den Mund.

»Guten Tag, meine Liebe«, sie drückte ihr noch einen zarten Kuss auf den Mund, »du siehst wunderbar aus. Wie war dein Tag bis jetzt?«

»Hallo, Friederike. Mir geht es bestens, vor allem, weil ich wieder bei dir sein kann. Hast du heute noch viel zu tun?«

»Nicht mehr viel. Ich erwarte heute nur noch zwei Seminarteilnehmer. Eine neue Vortragende ist eben angekommen. Sie ersetzt den Kollegen Dr. Würmlauer, der krank geworden ist und eine seiner Kolleginnen geschickt hat, die ihn vertreten soll. Ich bin so froh, dass er das selbst organisiert hat, das hat mir viel Mühe und Arbeit erspart.«

Jetzt hatte sich die Dame am Empfangstisch umgedreht und stieß einen Schrei der Freude aus, als sie sah, mit wem Friederike da in ein Gespräch vertieft war. »Helene! Das ist ja nicht zu glauben! Du bist es wirklich. Und wie du aussiehst. Einfach fantastisch!«

»Laura! Du? Meine Güte, wie schön, dich hier zu sehen!« Helene stürmte auf Laura zu, umarmte sie und drehte sich mit ihr einmal im Kreis.

»Die Damen kennen einander also bereits«, stellte Friederike amüsiert fest, »da erübrigt sich also eine offizielle Vorstellung.«

»Und ob wir uns kennen, Friederike«, Helene hatte Laura um die Hüfte gefasst und stand nun eng an sie gepresst neben ihr, »die Frau

Kollegin Schell hat die Ausbildung bei mir im Institut gemacht und ist uns dann untreu geworden und in den Westen gezogen, sodass ich sie jetzt nur noch alle heiligen Zeiten sehe«, sie beugte sich zu Laura, »was ich sehr, sehr bedaure.«

»Und du kennst Frau Dr. Laska offenbar auch besser«, stellte Laura fest.

»Woher weißt du das?«

»Das sieht man irgendwie. Oder liege ich da falsch?«

Helene huschte nun ganz rasch und behände zu Friederike, umarmte sie und drückte ihr einen kurzen Kuss auf den Mund. »Laura, du wirst es ohnehin bald sehen, und ich will, oder vielleicht sollte ich sagen, wir wollen dir und sonst auch niemandem etwas vormachen, aber wir kennen uns wirklich besser, wie du das ausgedrückt hast. Sehr gut sogar, mehr als sehr gut, wie soll ich sagen, es hat uns erwischt.«

»Voll erwischt.« Friederike nickte und lächelte selig.

»Wie, erwischt?« Laura wirkte ein wenig verunsichert. »Was hat euch, was hat Sie erwischt?« Sie hatte sich an Friederike gewandt.

»Ich glaube, uns hat die große Liebe erwischt. Hier, vor wenigen Tagen. Es ist so.« Helene strahlte Friederike an und sah dann in Lauras verunsichertes Gesicht.

Die Verunsicherung wich aber bald blankem Staunen. »Ich glaube es nicht. Das sind ja Neuigkeiten. Die traurige Witwe ist am Weg, ein neues Glück zu finden. Das ist unglaublich, aber einfach wunderbar. Meine Güte, es war ja auch Zeit, wirklich Zeit.« Sie sah von Helene zu Friederike und meinte dann nonchalant: »Wo die Liebe überall hinfallen kann.«

Friederike, hingerissen von der Art, wie Helene die Situation sofort ganz offen dargelegt hatte, war wieder hinter ihren Tisch getreten und griff nach dem Telefon. Bevor sie die Nummer eintippte, sah sie kurz auf. »Ist es in Ordnung, dass ich einen Tisch für drei Personen für das Abendessen reservieren lasse? Helene, was meinst du, sollten wir ihn in dem ruhigen Eck nehmen, das sich so gut zum Plaudern eignet?«

»Genau so sollten wir es machen.«

»Da wirst du mir aber nicht auskommen, mir die ganze Geschichte zu erzählen, Helene. Ich bin ja so neugierig.« Laura rieb sich die Hände, eine Geste, die Helene so vertraut gewesen war während ihrer gemeinsamen Zeit im Institut. Auch damals hatte sie sich immer die

Hände gerieben, wenn sie daran gewesen war, irgendetwas Neues zu lernen oder zu erfahren, und Neugierde war Lauras größtes Laster.
»Dass du neugierig bist, Laura, daran kann ich mich noch gut erinnern.« Helene wandte sich an Friederike. »Ich weiß nicht, wie gut du Frau Dr. Schell, also Laura, kennst, aber eines kann ich dir jetzt schon verraten: Sie wird uns heute am Abend ausquetschen. Wir sollten also darauf achten, dass das Essen auf unseren Tellern nicht kalt wird.« Helene lachte und kniff Laura in den Arm. »Es ist einfach wunderbar, dich hier zu sehen.«

Friederike hatte gleich den Tisch reservieren lassen, an dem sie mit Helene nun schon einige Male gesessen war. Helene hatte sich angeboten, für Laura eine kleine Führung durch das Hotel zu veranstalten. Erst zeigte sie ihr das Zimmer, in dem bereits das Gepäck bereitgestellt worden war. Laura wollte sich gleich noch duschen und für den Abend chic machen. Aus der Dusche herausgekommen, begann sie, nur in ihr Badetuch eingehüllt, Helene mit Fragen zu löchern. Die verwies aber auf das kommende Abendessen, was, wie sie wusste, Laura beinahe auf die Palme treiben würde. Laura hatte sich rasch geschminkt, einen eleganten Hosenanzug gewählt, und stand schon bei der Tür.
»Wir können gehen, schöne Frau Doktor.«
»Selber schöne Frau Doktor.«
»Helene, du hast noch nie so gut ausgesehen wie heute. Ich kenne dich ja nun wirklich schon so lange, aber so entspannt, hübsch, glücklich und vor allem fröhlich, so habe ich dich noch nie gesehen. Es ist eine wahre Freude.«
»Sieht man mir das wirklich an?«
»Ich würde es nicht sagen, wenn es nicht so wäre. Du weißt das.«
»Ja, das weiß ich.« Helene erinnerte sich gut daran zurück, dass Laura ihre Meinung nicht hinter dem Berg gehalten hatte, wenn es darum ging, das Aussehen, die Stimmung und die Launen ihrer Kolleginnen und Kollegen zu kommentieren und zu bewerten.
Sie wanderten durch das Hotel, Helene war ja schon alles sehr vertraut, und Laura war begeistert von der Architektur und der Ausstattung. Am Ende der Führung kamen sie wieder in der Lobby an Friederikes Empfangstisch vorbei. Nur mehr ein Teilnehmer fehlte noch, dann wäre die Arbeit für heute erledigt. Friederike wollte sich noch

duschen und etwas Neues anziehen. Als Treffpunkt vereinbarten sie die Bar.

Als Friederike dann etwas später in einem wunderbaren smaragdgrünen Kleid und mit einer schönen Perlenkette um den Hals zu Helene und Laura stieß, erntete sie von beiden bewundernde Blicke.

»Tolles Kleid«, entfuhr es Laura.

»Wunderschöne Frau in tollem Kleid«, ergänzte Helene in stolzem Ton, der Friederike nicht entging.

»Guten Abend, meine Damen, bitte keine Übertreibungen, so toll sehe ich auch wieder nicht aus.«

»Darüber werden wir jetzt nicht diskutieren, wir finden aber, dass es so ist, oder, Helene?«

Helene konnte dem nur beipflichten.

Sie beschlossen, noch einen Aperitif an der Bar einzunehmen und sich danach zu Tisch zu begeben. Der Prosecco mit einem wunderbaren Cassis, der laut Barkeeper direkt aus Burgund importiert worden war, schmeckte allen dreien so gut, dass es nicht bei einem Glas blieb. Und nach zwei Gläsern war die Wirkung des Alkohols nicht mehr zu verleugnen. Doch es war eine gute Wirkung. War die Stimmung von vornherein schon gut, so steigerte sie sich nochmals deutlich, und das blieb so, bis sie sich nach dem Abendessen und einem weiteren Aufenthalt an der Bar spät in der Nacht im Lift verabschiedeten. Laura hatte ihre Neugier schon an der Bar nicht mehr im Zaum halten können, doch Helene und Friederike vertrösteten sie weiter bis zum Essen. Es machte den beiden anscheinend ein wenig Spaß, Laura noch zappeln zu lassen. Dann aber ging es los. Abwechselnd mussten Friederike und Helene berichten, was sich in der letzten Woche getan hatte. Laura hörte angespannt zu. Es war unglaublich, dass das, was sie da zu hören bekam, erst vor einer Woche, erst vor wenigen Tagen passiert sein sollte. Die Kulisse war noch immer dieselbe, und sie befand sich nun selbst mitten auf der Bühne des Geschehens. Das machte sie ganz aufgeregt. Immer wieder fragte sie nach, wollte sie wissen, was Helene, was Friederike sich in der einen oder anderen Situation so gedacht hatte.

Helene saß neben Friederike und lauschte wieder einmal mit Freude und großer Liebe der Erzählkunst ihrer Geliebten. Sie legte ihre Hand auf die von Friederike, dann auf deren Oberschenkel, was diese mit einem leichten Zucken quittierte. Dieses Zucken animierte Helene dazu, ein wenig weiter zu gehen in ihren Berührungen, das hatte sie ursprünglich gar nicht vor, jetzt aber hatte sie plötzlich große Lust darauf. Das vorne bis über die Knie geschlitzte Kleid war einladend ein wenig auseinandergefallen und gab die Knie und Teile der Oberschenkel frei. Rasch wanderte Helenes Hand unter den Saum des Kleides und schob ihn hoch. Was spürte sie denn da? Also war sie nicht die Einzige, die Strumpfhalter an diesem Abend trug. Keck zupfte sie an einem der locker sitzenden Bänder, was Friederike kurz zum Stottern brachte.

Helene legte ihre Hand wieder zurück auf den Tisch, so, als wäre gar nichts geschehen. Doch da wanderte plötzlich Friederikes Hand auf Helenes Oberschenkel herum und hatte ebenfalls sofort die Strumpfhalter ertastet. Gleich darauf wanderte die Hand in Helenes Mitte, wurde dort aber aufgehalten, das Kleid ließ einen weitergehenden Angriff nicht zu. Das alles tat Friederike, ohne ihre Schilderungen zu unterbrechen.

Als Friederike geendet hatte, hob Laura ihr Weinglas und prostete ihren Tischgenossinnen zu. »Friederike, du tust Helene wirklich gut, du bist die reinste Medizin für sie.« Sie blickte nun Helene mit großer Zuneigung an. »Weißt du, was ich damals im Institut, als wir noch zusammengearbeitet haben, alles versucht habe, sie aus ihrem starren Alltag zu holen. Nichts hat gefruchtet. Verkuppeln wollte ich sie. Mitgeschleppt auf Partys, auf die ich selbst kaum Lust hatte, habe ich sie. Gemeinsame Kurzurlaube mit Freunden habe ich organisiert, meist mit einem Singlemann. Es war zum Heulen, denn ich habe immer auf Granit gebissen.«

»Deine Versuche waren oft so durchsichtig, Laura, dass ich das eine oder andere Mal schon lachen musste, wenn du wieder einmal mit einer neuen Idee gekommen bist. Aber ich bin dir heute noch dankbar für deine nicht enden wollende Geduld.«

»Na, na, so groß waren meine Bemühungen auch wieder nicht.«

»Aber du warst die Einzige in der Zeit, die es wenigstens versucht hat.« Helene machte eine Pause und sah an Laura vorbei in eine unbestimmte Ferne. »Außer meiner Mutter. Wirklich, es ist so. Du warst die Einzige, die es versucht hat.« Jetzt sah sie erst zu Friederike und dann zu Laura. »Es ist so schön, dass gerade du die Erste bist, die das hier mitbekommt.«

»Und wie siehst du das, Friederike?«

»Ach Laura, für mich ist das alles noch gar nicht zu fassen. Ich habe zwar in den letzten Jahren nicht … nicht geschlechtslos oder lustfrei gelebt, aber es ist bei mir auch schon so lange her, dass ich wirklich verliebt war … so lange.« Sie umarmte Helene und drückte ihr einen zarten Kuss auf die Wange. Dann blickte sie zu Laura. »Ist sie nicht eine Traumfrau?«

Helene wurde das zweite Mal rot an diesem Abend. »Friederike …«

»Das habe ich ihr schon immer gesagt«, schlug Laura in dieselbe Kerbe, »sie ist eine Traumfrau. Ich wusste nur nicht, dass ich mich bei der Auswahl der Köder geirrt hatte.«

»Laura! Bitte!« Helene hatte einen gespielt entsetzten Ausdruck aufgesetzt, ehe sie lauthals lachen musste. »Du hast ja eine Ausdrucksweise, die, die … ich weiß nicht.«

»Die es trifft«, half Laura nach. »Aber ehrlich. Wenn ich damals geahnt hätte, dass du eine Lesbe bist, hätte ich schon gar nicht gewusst, wie ich dir hätte helfen können.« Sie runzelte die Stirn. »Ich kenne außer euch beiden keine Lesben. Ich meine, persönlich. Und sonst habe ich auch nur Klischees im Kopf. Kurzhaarige, maskuline Lederbräute. Dicke, unansehnliche Feministinnen, die sowieso bei keinem Mann landen würden. Lauter solchen Schwachsinn.« Sie machte eine Pause, trank einen großen Schluck Wein und fuhr wieder fort: »Ein richtiges Bild habe ich nicht. Aber gibt es das überhaupt? Vielleicht ist das wie mit der Ehe. Jeder, ich sollte besser sagen, jede und jeder hat die Vorstellung, dass Ehe etwas wohl Definiertes ist, doch das ist nicht so. Fragt man nämlich nach, wie sich Ehe definiert, wird man bald erfahren, dass die Zahl der Vorstellungen gleich der Zahl der Befragten ist.«

»Aber eines ist sicher«, warf Helene nun ein, »ich liebe eine Frau. Und das hätte ich mir selbst nicht vorstellen können.«

»Wieso nicht? Weil es die Liebe zwischen Frauen in deiner Gedankenwelt nicht gegeben hat?«

»Das kann sein, Laura«, warf Friederike nun ein, »ich selbst war bei meinem ersten Erlebnis mit einer Frau wie vom Donner gerührt. Es fiel mir wie Schuppen von den Augen. In dem Augenblick, als ich mich das erste Mal den weiblichen Reizen …«, sie rang nach Worten, »… also, wie soll ich es sagen, ja, einfach der Weiblichkeit hingegeben habe, da wusste ich plötzlich: Das ist es! Und nichts anderes!«

»Du machst mich noch neugierig«, Laura atmete kräftig durch, »vielleicht erliege ich auch der Weiblichkeit, wenn ich die Gelegenheit dazu bekomme, es zu probieren.«

»Wer weiß ...« Helene lächelte schelmisch.

»Ach Blödsinn, ich stehe auf Männer, besser gesagt auf meinen Mann. Punkt.«

Friederike drückte Lauras Hand, die auf dem Tisch lag. »Das ist auch gut so. Nicht jede Frau kann in unserem Regiment dienen.«

Helene gluckste. »Ist es der herrliche Wein, der uns heute zu dieser blumigen Ausdrucksweise bringt, oder war irgendetwas im Essen?«

Der Kellner schenkte Wein nach und fragte, ob er denn noch eine weitere Flasche öffnen sollte. Ohne zu zögern wurde ihm dafür der Auftrag erteilt, und schon war er wieder verschwunden. Die drei Frauen prosteten sich gegenseitig zu, und es wurde noch ein langer Abend mit einem Dessert, das so gut schmeckte, dass sie es sich später ein zweites Mal bringen ließen. Laura und Helene erlagen zeitweise Friederikes Erzählkunst und hingen gebannt an ihren Lippen. Sie erzählte blumig von ihrer ersten Beziehung zu einer Frau, schilderte Höhen und Tiefen und vor allem den unglaublich tiefen Fall, der alles für sie beendet hatte.

Dann machte sich langsam Müdigkeit breit, und Friederike mahnte zum Schlafengehen.

Eine Weile blieben sie dann doch noch sitzen, war es doch Friederike selbst, die wieder einmal eine kurze, liebevoll vorgebrachte Story zum Besten gab, ehe sie sich dann doch erhoben und ein wenig schwankend – der Wein hatte sie nicht unbeeinflusst gelassen – zu ihren Schlafstätten wanderten.

Endlich lagen Friederike und Helene im Bett. Eng umschlungen, still.

Plötzlich löste sich Friederike. »Du, eigentlich wollte ich dich heute verführerisch von Kleid und Wäsche befreien, und jetzt liegen wir schon ausgezogen hier.«

»Na, du hättest es ja doch nicht beim Entkleiden belassen, wie ich dich einschätze. Da wäre doch noch etwas gekommen. Stimmt's? Das könnten wir doch zumindest nachholen.«

Ein Lächeln erschien auf Friederikes Gesicht. »Dein Wunsch ist mir Befehl.« Sie beugte sich zu Helene und küsste sie erst zärtlich, dann immer stürmischer, und das war der Auftakt zu einem Liebesspiel, das erst endete, als beide erschöpft wieder eng umschlungen im Bett lagen, genau so, wie sie sich ursprünglich hingelegt hatten.

Neumarkt *Mittwoch, 17. April*

Friederike lag wie gelähmt im Bett. Der Wecker hatte unbarmherzig geläutet und sie nach einiger Zeit doch aus dem Schlaf reißen können. Es war knapp nach sieben Uhr, die Nacht also äußerst kurz gewesen. Helene war vom Läuten des Weckers offenbar völlig unbeeindruckt geblieben und schlief tief und fest. Sie lag abgedeckt auf ihrem Bauch, das Gesicht zu Friederike gewandt, und atmete ganz ruhig. Eine Strähne ihres Haares hing über einem Auge, und Friederike konnte nicht umhin, sie sanft hinter das Ohr zu streichen. Helene reagierte überhaupt nicht darauf. Friederike überlegte, ob sie sich nicht still und heimlich ins Bad begeben, gleich alles an Kleidung mitnehmen und sich dort fertig machen sollte, damit sie ihre Liebe nicht wecken müsste.

Doch da fiel ihr auch schon ein, dass Helene gleich sehr früh einiges an Arbeit zu verrichten hatte. Sie musste daher auch raus, es half alles nichts. Also strich ihr Friederike sanft über die Wange, dann über die Schulter, schüttelte sie dort ein wenig. Keine Reaktion. Sie ließ ihre Hände weiter nach unten auf den Po gleiten, knetete ihn zärtlich. Keine Reaktion.

»Helene«, flüsterte sie ihr nun ins Ohr, »Helene, es ist Zeit aufzustehen. Es ist schon nach sieben Uhr.«

Keine Reaktion. Nicht eine Bewegung.

Friederike schüttelte jetzt kräftiger an Helenes Schultern und wurde schon deutlich lauter: »Helene! Aufwachen! Es ist Zeit aufzustehen!«

Nichts. Keine Reaktion. Friederike wurde unruhig. *Was ist los? Schläft sie, oder ist sie bewusstlos?* Doch gerade als sie ein unbändiges Gefühl der Panik in sich aufsteigen fühlte, hörte sie neben sich die nun bereits so vertraute Stimme.

»Guten Morgen, Friederike, müssen wir wirklich schon aufstehen? Können wir nicht noch ein wenig liegen bleiben? Ich bin noch so müde.«

Friederike atmete beruhigt tief durch. Sie betrachtete Helene mit einem tiefen Gefühl der Liebe. Helene hatte sich nun auf den Rücken gedreht und das Polster über den Kopf gezogen. »Da wird leider nichts draus, wir müssen raus aus dem Bett.«

»Es ist aber noch finster«, kam es gedämpft unter dem Polster hervor, »mitten in der Nacht stehe ich nicht auf.«

»Mitten in der Nacht haben wir gar noch nicht geschlafen. Jetzt lacht schon wieder die Sonne.« Das stimmte so zwar nicht, denn es war trüb und regnerisch draußen, aber auch nicht mehr dunkel.

»Na, wenn du es sagst«, Helene gab ihre Haltung auf, stattdessen umarmte sie Friederike schwungvoll, »ich habe aber noch eine andere Idee als Aufstehen, eine viel bessere.«

Friederike erwiderte die Umarmung. »Das kann ich mir gut vorstellen, sehr gut sogar.« Sie küsste sie sanft auf die Wange. »Guten Morgen nochmals. Es ist wirklich an der Zeit aufzustehen.«

Helene drückte nun ihrerseits Friederike einen Kuss auf die Nasenspitze. »Guten Morgen nochmals. Wie kann man nur so schrecklich vernünftig sein?« Mit diesen Worten schwang sie sich aus dem Bett und verschwand im Bad.

Kurze Zeit später saßen beide beim Frühstück. Von den anderen Vortragenden war noch niemand erschienen, doch von den Kursteilnehmerinnen und Kursteilnehmern war schon eine große Zahl anwesend. Sie unterhielten sich angeregt und wirkten allesamt ausgeschlafen.

Helene war auch rechtzeitig zu ihrem Auftritt im Kurs richtig munter geworden, der kräftige Kaffee hatte seine Wirkung getan. Der Kurs verlief recht kurzweilig, und da die ursprünglich gleich im Anschluss an die Kaffeepause geplanten praktischen Übungen aus technischen Gründen von Friederike auf den nächsten Vormittag verschoben werden mussten, hatte Helene für den Rest des Tages frei. Das war ihr mehr als recht, überfiel sie nun doch wieder eine bleierne Müdigkeit. So wenig Schlaf war sie nicht gewohnt.

Das weiterhin trübe Wetter ließ keine Aktivitäten im Freien zu, weshalb Helene beschloss, die Saunalandschaft aufzusuchen. Dort könnte sie sich ein wenig ausschlafen, zudem noch ein wenig lesen und ab und zu das Dampfbad oder die Saunakammer genießen.

Als sie mit ihrer Tasche im Ruheraum ankam, ergatterte sie sich gleich einen schönen Platz und verschwand kurz zum Entspannen in der Dampfkammer. Nach einer ausgiebigen Dusche platzierte sie sich gemütlich auf einer Liege und schlief auf der Stelle ein.

Helene konnte nicht sagen, wie lange sie fest geschlafen hatte. Als sie aufwachte, war sie jedenfalls nicht mehr allein im Ruheraum. Sie hörte ein Tuscheln, offenbar hatten es sich zwei Frauen ebenfalls gemütlich gemacht. Das Tuscheln hörte nicht auf, und Helene überlegte, ob es nicht gerade die flüsternden Laute waren, die sie aufgeweckt hatten. Sie fühlte sich allerdings durch und durch ausgeschlafen, sodass sie keinen Groll gegen die Damen hegte. Entspannt blieb sie liegen und konnte nicht umhin, dem Gespräch zu folgen, das ganz sicher nicht für ihre Ohren bestimmt war.

»Karo, du musst dieses Buch unbedingt lesen. Es ist so romantisch. Urlieb sind die Personen, die da beschrieben sind. Und sie haben ein Schicksal, das mich an uns beide erinnert.«

»Ich freu mich schon drauf. Der Klappentext hat mir so zugesagt, dass ich mir gedacht habe, ich schenke es dir, wenn wir hierherfahren.«

»Karo?«

»Ja?«

»Karo, darf ich dich küssen?«

Helene war mit einem Mal hellwach.

»Hier und jetzt? Ich weiß nicht, Anni, wenn die Frau da drüben das sieht.«

»Die schläft doch tief und fest, sie hat ja nicht einmal gemerkt, dass wir gekommen sind, obwohl mir die Wasserflasche mit Getöse umgefallen ist.«

»Meinst du?«

»Ja, klar.«

Helene vernahm ein Rascheln, darauf folgte ein Augenblick der Stille.

»Du bist ja stürmisch.«

»Du doch auch. Karo, ich liebe dich so sehr.«

Helene ging das Herz auf, als sie die beiden so flüstern hörte. Das war ein lesbisches Pärchen.

Stille war nun eingetreten, die Helene die Gelegenheit gab, theatralisch aufzuwachen. Sie streckte sich, gähnte ein wenig zu laut und setzte sich auf. Ihr Blick fiel gleich auf die beiden jungen Frauen, die fest in ihre Bademäntel eingehüllt in einer halb sitzenden, halb liegenden Haltung ihre Bücher lasen.

»Guten Tag«, ließ sich Helene mit freundlichem Ton vernehmen.

»Guten Tag«, kam es unisono von den beiden zurück.

Dann herrschte Schweigen. Helene überlegte, ob sie nun auch ihr Buch zur Hand nehmen oder ob sie zuerst einen Aufguss in der Saunakammer genießen sollte. Die Idee mit dem Aufguss setzte sich durch, und schon war sie in der auf neunzig Grad Celsius aufgeheizten Kammer. Sie war ganz allein, die Luft ein wenig zu trocken, sodass sie den Aufgusskübel holte, um ein wenig mehr Feuchtigkeit in den Raum zu bringen. Gerade als sie wieder in der Kammer verschwinden wollte, bogen die beiden jungen Damen um die Ecke, jetzt in ihre Saunatücher gehüllt.

»Machen Sie einen Aufguss?«

»Das habe ich vor. Aber erst etwas später, es ist bloß so trocken in der Sauna, dass ich gleich einen Schöpfer Wasser aufgießen wollte. Möchten Sie hereinkommen?«

Die beiden schauten sich kurz an. »Komm, Karo, lass uns das mal probieren. Wir werden das schon aushalten.«

»Haben Sie noch nie einen Aufguss gemacht?«

»Ehrlich gesagt, nein«, kam es jetzt von Karo ein wenig verunsichert zurück.

»Dann, meine Damen, wird es mir eine Ehre sein, Sie in die Geheimnisse eines Aufgusses einzuführen.« Helene hielt die Tür weit auf und ließ die beiden eintreten. »Ich bin übrigens Helene«, stellte sie sich spontan vor, »von mir aus können wir gerne Du zueinander sagen.« Warum sie den beiden so rasch das Du angetragen hatte, war ihr selbst nicht ganz klar. Vielleicht deswegen, weil man, was die Liebe anlangte, im selben Boot saß?

Die beiden sahen sich auch einen Bruchteil einer Sekunde unsicher an, doch dann schienen sie erfreut darüber zu sein.

»Ja gerne, ich bin Anna, oder Anni, wie mich sonst alle nennen. Und das ist meine Freundin Karo.«

»Hallo!«, kam es nun von Karo zurück.

Helene hatte nun gegenüber von Karo und Anni Platz genommen. Beide saßen entspannt da und schauten einander von Zeit zu Zeit an. Anni warf Karo einen verstohlenen Kuss zu, der genauso verstohlen erwidert wurde.

»Gibt es beim Aufguss etwas zu beachten?«

»Ja, Karo, eines ist wichtig: Es muss euch guttun. Es darf keine Qual werden. Wenn es euch zu heiß ist, dann setzt euch auf die nächste tiefere Stufe, oder ihr geht einfach raus. Jederzeit. Bitte keine Mutproben, und bitte nicht die hartgesottenen Saunaprofis mimen, das ist überhaupt nicht gefragt.« Sie machte eine kurze Pause. »Sonst noch was?«

»Nein, alles klar«, kam es wieder unisono zurück. Beide warfen sich erneut einen verliebten Blick zu. Der war einfach nicht zu übersehen, fand Helene.

»Ihr seid ordentlich verliebt ineinander. Stimmt's?«

»Wie kommst du darauf?«, wollte Karo wissen.

»Woran siehst du das?«, setzte Anni noch nach.

»Woran man das sieht?« Helenes Gesicht schmolz in einem breiten Lächeln. »Woran man das sieht? Anni, das ist nicht zu übersehen, wenn man nicht mit Blindheit geschlagen ist.«

»Also, wir …« Karo hatte angehoben zu sprechen, dann aber gleich abgebrochen.

»Wir möchten das eigentlich niemandem offen zeigen, wir möchten niemanden damit … damit … wie soll ich es sagen?«

»… niemanden damit belästigen«, kam ihr Karo nun zu Hilfe.

»Was könnte einen denn da belästigen, wenn man ein so verliebtes Pärchen sehen kann?«

»Sag das nicht, Helene, wir haben da unsere Erfahrungen, nicht jeder oder jede reagiert so wie du. Du bist eher eine Ausnahme.«

Helene fühlte sich ein wenig betroffen. »Ich muss euch gestehen, ich liebe auch eine Frau. Ich bin selbst eine Lesbe, bin mir dessen aber erst seit Kurzem bewusst, habe also vermutlich nicht die Erfahrung, die ihr damit habt.«

Auf Annis und Karos Gesicht machte sich ein ungläubiges Staunen breit. Die zunehmende Hitze war plötzlich nur mehr nebensächlich.

»Du machst Scherze, oder?«, kam es von Karo halb fragend.

»Was sollte das denn für ein Scherz sein? Nein, absolut nicht. Ich bin unsterblich in eine Frau verliebt, wir lieben uns von ganzem Herzen, ich begehre sie und sie mich. Es ist wie der Himmel auf Erden.«

Anni und Karo sahen einander an. Ganz sicher schienen sie sich immer noch nicht zu sein.

»Und wo hast du sie gelassen?«

»Sie muss leider noch arbeiten, aber vielleicht kommt sie später vorbei, ich habe ihr auf alle Fälle eine Nachricht hinterlassen, dass sie mich hier in der Sauna finden kann. Es ist durchaus möglich, dass ihr sie bald kennenlernt.«

Das schien Karo und Anni zu überzeugen.

»Da würde ich mich aber darüber freuen.«

»Ich mich auch.«

»So, jetzt werde ich euch beiden Turteltäubchen einen ganz sanften Aufguss bereiten, den ihr als wunderbaren Einstieg in die Aufgusskunst in Erinnerung behalten solltet.« Helene war aufgestanden, entrollte das frische Handtuch, das sie extra dafür mitgenommen hatte, und leerte ganz langsam und behutsam Wasser auf die heißen Steine des Ofens, wo es unter Gezische verdampfte. Karo und Anni stöhnten wohlig, als sie die Welle heißer Luft erreichte.

Eine halbe Stunde später lagen alle drei entspannt im Ruheraum. Helene hatte ihre Liege gewechselt und sich nun neben Karo niedergelassen.

»Helene, du hast ja eine wahnsinnig tolle Figur. Sehr sexy. Wie machst du das?«

»Ich war früher Leistungssportlerin, Schwimmerin, wie man vielleicht noch an meinen breiten Schultern erkennen kann, und außerdem laufe ich regelmäßig. Es ist also der Sport, der mich mit knapp vierzig auch noch ganz adrett aussehen lässt.«

»Was? Du bist vierzig? Ich hätte gedacht, du seiest vielleicht so knapp über dreißig.«

»Danke für das Kompliment, aber ich habe zwei Kinder, Zwillinge, die sind schon zwanzig. Und ich bin seit Jahren Witwe.«

Anni hatte sich aufgesetzt. »Seit wir dich vor einer knappen Stunde kennengelernt haben, erzählst du die unglaublichsten Geschichten. Man weiß gar nicht so genau, was man davon halten soll.«

»Es ist aber so. Und ehrlicherweise, dann hat es sich bei mir auch schon mit den unglaublichen Dingen. Der Rest ist eher gewöhnlich.«

»Deine Kinder sind zwanzig Jahre alt. So alt wie wir. Karo und ich sind auch zwanzig. Unglaublich, du könntest unsere Mutter sein.« Anni schüttelte ungläubig den Kopf.

»Dann hätten wir es vielleicht ein wenig leichter im Leben«, merkte Karo ein wenig verzagt an.

»Ihr habt es also schwer?« Helene war echt interessiert. »Wieso?«
»Ach, das ewige Versteckspiel, es geht uns schon so auf die Nerven, und hätten wir nicht unsere Großväter, die uns so lieb unterstützen, ich weiß nicht, ob unsere Beziehung eine Zukunft haben würde.«
»Das stimmt, leider.« Karo seufzte und wandte sich an Helene: »Wir haben uns über unsere Großväter kennengelernt. Die beiden waren über viele Jahre Arbeitskollegen, sind beide Witwer, so wie du, Helene, bloß sehr viel älter, und sie haben sich nebeneinander am Rande von Wien ein Gartenhäuschen gebaut. Die Gärten sind zwar offiziell getrennt, einer Zusammenlegung wird von Amts wegen nicht zugestimmt, so haben die alten Herrn es uns jedenfalls erklärt, aber es gibt ein Tor, das immer offen ist, wirklich immer.« Sie sandte einen fragenden Blick an Anni. »Ist da überhaupt ein Schloss in dem Tor?«
»Sicher nicht.«
»Na also, es ist immer offen. Dort haben wir uns vor ein paar Jahren kennengelernt. Wir sind jeweils die einzigen Enkelkinder, die die beiden haben, und die Gärten sind so wunderschön und wirken so verwunschen. Wir haben dort zunächst nur Ruhe vor unseren Müttern gesucht, dann unsere Großväter richtig kennengelernt, und zuletzt, tja, zuletzt haben wir uns ineinander verliebt.«
»Das mit dem Verlieben«, fuhr Anni fort, »das ging nicht so von jetzt auf gleich. Ich habe Karo zwar von Anfang an für sehr süß gehalten und hübsch, mit ihrem offenen Lächeln, und wenn sie so im Sommer im Badeanzug herumspaziert ist, dann sah das natürlich hübsch aus. Doch Liebe oder Lust war da überhaupt noch nicht im Spiel.«
»Und wann ging das los?« Helenes Neugier wuchs.
»In der Adventszeit vor etwa einem halben Jahr. Es war der vierte Dezember des Vorjahres. Das weiß ich genau.«
»Ja, der vierte Dezember, unser Tag.«
»Was war da plötzlich so anders?«, hakte Helene nach.
»Unsere Großväter haben uns zu einem Adventspunsch eingeladen. Sie hatten es endlich geschafft, ihre Häuser winterfest zu machen, und da war so ein Wintertag gerade das Richtige, um das auch zu testen. Und was das für ein Wintertag wurde. Es schneite und schneite, hörte einfach nicht auf. Für die Wiener Gegend kamen Unmengen von Schnee zusammen. Die Straßen in den Vororten wurden nicht geräumt, und wir wussten nicht, ob wir wieder sicher nach Hause kommen würden.

Da wir am nächsten Tag aber ohnehin frei hatten, blieben wir vier, wo wir waren. Die Stimmung war gut, und Anni rutschte immer näher an mich heran, suchte immer mehr meine Nähe.«

»Wieso das?« Helene wollte alles erfahren.

Anni fuhr mit den Schilderungen fort. »Ganz genau kann ich das nicht mehr sagen, aber ich habe mich so wohlgefühlt, der Punsch – mein Opa hatte für reichlich Nachschub gesorgt – schmeckte herrlich, und die alten Herrn erzählten die lustigsten und skurrilsten Geschichten. Es war sicher der allerschönste Adventstag, den ich je erlebt habe.«

»Und irgendwann war es Zeit zum Schlafengehen. Aus dem warmen Haus mochte niemand mehr gehen, und Annis Großvater bot meinem die Couch zum Übernachten an, uns beiden das größere Zimmer mit dem Doppelbett, und er hat es sich auf der ausziehbaren Bank bequem gemacht. So lagen wir dann irgendwann unter den schweren Decken. Die neue Heizung funktionierte bestens, es war wohlig warm. Nachthemden hatten wir keine dabei, also legten wir uns nackt unter die Decken, schön brav getrennt.«

»Bis Anni das Bein zu mir herüberstreckte, da ging es los. Erst war es wirklich nur das Bein, dann rückten wir näher, immer näher, fassten uns an den Händen, es war ein Stromschlag, der mich durchfuhr.«

»Das kann ich bestätigen!«, unterbrach Helene, »wie ein Stromschlag, wie ein starker Stromschlag!«

»Genau«, fuhr Karo fort, »ich kann es noch spüren, wenn ich daran denke. Ja, also das war der Beginn unserer zärtlichen Begegnung, mehr will ich jetzt nicht erzählen, aber so ist es bei uns losgegangen.«

Anni schilderte dann ausführlich, wie sich alles weiterentwickelt hatte, und vor allem, dass die Großväter den Wandel in den beiden jungen Frauen durchaus erkannt und richtig interpretiert hätten. Sie wären zurzeit auch die Einzigen in der Familie, die von der Verbindung wüssten. Sie machten diese eigentlich auch erst möglich. Die Gartenhäuschen dienten als Refugien, sonst könnten sie sich zwar in der Öffentlichkeit oder an ihren Universitäten, nicht aber zu Hause in trauter Zweisamkeit zeigen. Die Eltern finanzierten die Ausbildung, und Karo und sie wären nicht sicher, ob das so bliebe, sollten die Väter, vor allem aber die Mütter, davon erfahren. Den Aufenthalt hier im Hotel, ein verlängertes Wochenende, hätten sie auch von ihren Großvätern geschenkt bekommen. Es sei ihr erster gemeinsamer Kurzurlaub – und das Schönste, das sie bis jetzt erlebt hätten.

»Wie hat deine Mutter reagiert, als sie erfahren hat, dass du lesbisch bist?«, wollte Karo nun von Helene wissen.

»Ich hab das gestern schon einem Freund erklären müssen. Meine Mutter ist nicht ganz typisch für eine Mutter. Sie ist, so wie ich, eine Witwe, aber völlig anders gestrickt als ich. Sie hat es mit Wohlwollen aufgenommen, wirklich mit Wohlwollen.«

»Und deine Kinder? Wie haben die darauf reagiert?«

»Die wissen noch nichts davon.« Helene schwieg plötzlich, und auch die beiden jungen Frauen sagten eine Weile nichts. Nach einem tiefen Seufzer fuhr Helene fort: »Ja, ehrlich, ich weiß auch nicht, wie ich es ihnen beibringen soll. Der Gedanke daran ist mir schon ein paarmal gekommen, ich habe ihn aber gleich wieder verdrängt.«

»Aber irgendwann wirst du es ihnen doch sagen müssen, das wird sich nicht vermeiden lassen. Oder habt ihr gar keinen Kontakt zueinander?«

»Ganz im Gegenteil, einen sehr engen Kontakt. Zu Martin, meinem Sohn, habe ich einen recht lockeren, da mache ich mir auch nicht solche Sorgen, aber bei Maria sieht das ganz anders aus. Früher waren wir ein Herz und eine Seele, doch seit einiger Zeit zieht sie sich immer mehr von mir zurück. Ich weiß nicht, wieso das so ist, aber es ist so.«

»Das ist doch völlig normal«, fiel Karo Helene ins Wort, »mit zwanzig kann man mit seiner Mutter über nichts mehr sprechen, das geht einfach nicht, später vielleicht wieder, das kann schon sein, aber doch nicht in diesem Alter.«

»Mag sein«, fuhr Helene fort, »aber sie ist so ernst geworden, so unglaublich ernst. Früher war sie ein Ausbund an Fröhlichkeit.« Helene dachte nach. »Das ist gar noch nicht so lange her, aber nun ... nun sieht das ganz anders aus. Auch ihr Bruder hat nicht mehr so einen guten Zugang zu ihr, und außerdem würde er mir nie von ihr erzählen oder sie gar bei mir verpetzen, wenn sie nicht gerade der Heroinsucht verfallen wäre und dringend Hilfe benötigte. Also, bei Maria kann ich es mir im Augenblick nicht vorstellen, vor sie hin zu treten und zu sagen: Schau her, deine Mutter ist eine Lesbe. Nein, nicht bei Maria. Unmöglich.«

»Das könnte aber auf Dauer zu Problemen führen.«

»Da hast wohl recht, Karo, aber dennoch. Es ist zurzeit nicht einmal vorstellbar. Wie gesagt, unmöglich.« Der Nachsatz hörte sich richtig verzagt an und bewirkte ein langes Schweigen.

Dieses Schweigen wurde von Friederike gebrochen, die ungestüm auf Helene zugelaufen kam, keinerlei Rücksicht nehmend auf den Umstand, dass sie sich in einem Ruheraum befanden, sich auf sie stürzte und sie erst sanft, dann leidenschaftlich küsste.

Als sie sich wieder von Helene gelöst hatte, war Karo von der Seite her zu vernehmen: »Das ist also deine Freundin, Helene. Das ist ja auch nicht zu übersehen.«

Friederike blickte sich verdutzt um und sah sich mit zwei freundlich lächelnden jungen Frauen, fast noch Mädchen, konfrontiert, die sie noch nie zuvor gesehen oder vielleicht nur nicht wahrgenommen hatte. »Guten Abend«, grüßte sie die zwei ein wenig erstaunt.

»Friederike, darf ich dir Karo und Anni vorstellen? Wir haben uns heute Nachmittag hier kennengelernt. Anni, Karo: Das ist meine allerliebste Friederike, von der ihr ja schon gehört habt.«

Karo und Anni schüttelten Friederike die Hand, legten sich wieder auf ihre Betten, und auch Friederike nahm die Liege neben Helene in Beschlag.

»Die beiden Frauen sitzen im selben Boot wie wir, wenn man das so sagen kann.«

»Was heißt das?« Friederike wusste nichts mit der Information anzufangen.

»Sie sind ein Liebespaar wie wir.«

Friederikes Miene erhellte sich. »So ein Zufall. Wie seid ihr auf das Thema gekommen? So etwas wird üblicherweise nicht in der Öffentlichkeit mit Fremden erörtert.«

»Es war nicht wirklich zu übersehen«, meinte Helene, »dann habe ich die beiden noch in die Kunst des Saunaaufgusses eingeweiht, und so sind wir zum Reden gekommen, haben uns ausgetauscht, und ich habe eine schöne, wirklich schöne, romantische Liebesgeschichte gehört.«

»Da habe ich also etwas versäumt.« Friederike spielte ein wenig die Beleidigte, und das animierte Karo, die ganze Geschichte nochmals zu erzählen, diesmal noch blumiger und ausführlicher, sodass auch Helene gerne ein zweites Mal zuhörte. Anni sagte diesmal gar nichts, hörte auch nur zu, sah bewundernd zu ihrer Freundin hin und wurde ab und zu ein wenig rot im Gesicht, wenn Karo die Situation doch zu explizit schilderte.

»Wirklich wahr! Eine wunderbare Geschichte. Schön, dass ich sie auch hören durfte.« Friederike strahlte übers ganze Gesicht. Sie betrachtete die beiden jungen, so offensichtlich verliebten Mädchen, und da kam ihr langsam in den Sinn, dass es für die meisten Menschen eine wahre Wohltat sein musste, sich und ihre Geschichten mitteilen zu können. Das verdoppelte das Glück und halbierte das Unglück. Ihr selbst ging es ja ebenso, und sie genoss es so, wenn Helene ihr gespannt zuhörte. Sie hätte sie da schon manches Mal auffressen können vor Liebe.

Helene schlug vor, für einen weiteren Aufguss wieder in die Sauna zu gehen. Der Vorschlag wurde gerne angenommen. Der Tratsch wollte dann beinahe kein Ende nehmen. Dann hatte Friederike die Idee, dass man doch das Abendessen auch gemeinsam einnehmen könnte. Sie rief in der Rezeption an, bestellte einen größeren Tisch für den Abend, sollten doch Laura, die beiden jungen Frauen, ihre geliebte Helene und sie Platz haben für ein genussvolles Zusammensein.

Am Abend genossen sie dann das wunderbare Abendessen, Langeweile kam nicht eine Minute lang auf, sodass es beinahe wieder so spät war wie am Vortag, als sie ins Bett huschten. Helene war jedenfalls heilfroh, dass sie den erholsamen Schlaf im Ruheraum um die Mittagszeit hatte genießen können.

Neumarkt *Freitag, 19. April*

Friederike schlug die Augen auf. Dämmerlicht drang durch das Fenster, es musste also noch sehr früh am Morgen sein. Noch nicht Zeit zum Aufstehen. Das war wunderbar. Die letzten beiden Tage brachen nun an. Die letzten beiden Tage, an denen sie hier im Hotel gemeinsam mit Helene aufwachen konnte. Sie sah zur Seite und war erstaunt, dass sie von Helene angeblickt wurde. Verliebt, lächelnd.

»Seit wann siehst du mich an, meine Liebe?«

»Erst seit wenigen Minuten. Irgendetwas hat mich geweckt. Ich wollte ... wollte nur sehen, ob es dir gut geht. Doch dann ... ich hätte dich noch lange beim Schlafen betrachten können. Ich kann nicht genug von dir bekommen.«

»Und ich nicht von dir.« Friederike nahm Helene sanft in den Arm. »Ich spüre dich so gerne, komm, schmieg dich an mich, schlafen wir noch ein wenig weiter.«

»Ja, gute Idee, wir haben noch so viel Zeit bis zum Aufstehen.« Helene legte ihren Kopf auf Friederikes Schulter, ließ die Hand unter ihre Decke gleiten und legte sie auf den warmen Bauch. So schlief sie ein, und auch Friederike fiel nochmals in einen ruhigen Schlaf.

Um die späte Mittagszeit besuchte Helene Friederike im Foyer. Alles war schon zusammengepackt, doch im Gegensatz zum vergangenen Freitag war von Schlussmachen noch keine Rede. Friederike wartete noch immer auf acht Seminarteilnehmer, die noch ihre Feedbackbögen und weitere Kursutensilien wieder abgeben, gleichzeitig aber auch ihre Teilnahmebestätigungen und ihre USB-Sticks mit den PowerPoint-Präsentationen der Vorträge abholen sollten. Vermutlich genossen sie noch die Hotelanlage, und es war ungewiss, wann sie auftauchen würden. Bis siebzehn Uhr hatten sie dafür Zeit.

Eine Stunde später war Helene wieder auf dem Weg ins Foyer. Sie hatte ihr Buch mitgenommen und wollte einfach in Friederikes Nähe sein. Vielleicht würde auch alles nicht mehr so lange dauern, wer konnte das zu dem Zeitpunkt schon wissen. Sie war noch nicht vor Friederikes Tisch aufgetaucht, da hörte sie diese schon laut lachen, und in das Lachen stimmte eine weitere Person ein. Es war Laura. Laura entdeckte Helene sofort, lief auf sie zu und umarmte sie.

»Die schöne Frau Dr. Blaha ist auch wieder aufgetaucht. Hallo, du Liebe, gehst du mit mir noch an die Bar auf einen starken Kaffee? Ich muss ja leider heute schon nach Hause, doch für einen Kaffeeplausch habe ich auf alle Fälle noch Zeit.«

»Ich hätte Lust auf einen Eiskaffee«, sprach Helene ihre plötzliche Eingebung laut aus.

»In zehn Minuten könnte ich auch zu euch kommen, meine Kollegin löst mich dann für eine Stunde ab.« Friederike leckte sich kurz die Lippen. »Helene, kannst du mir bitte auch einen Eiskaffee bestellen und dazu ein Glas Mineralwasser?«

»Wird gemacht, Frau Doktor, wenn du kommst, steht alles auf dem Tisch.« Helene hakte sich bei Laura unter. »Komm, Laura, wir machen es uns gemütlich.«

Der Eiskaffee brauchte in der Zubereitung etwas länger, und auch Friederike kam verspätet, doch genau richtig für ihr Getränk. So hatten Laura und Helene noch Zeit für eine kurze Plauderei zu zweit. Sie ließen die vergangene Veranstaltung Revue passieren, lobten dies und das, merkten ein paar Dinge kritisch an, waren sich aber insgesamt einig, dass das Seminar ein voller Erfolg gewesen sei.

»Wie wird es mit dir und Friederike nun weitergehen in der nächsten Zeit? Euer Zusammenleben in deiner Suite hat ja morgen ein Ende, so wie ich das mitbekommen habe.« Laura hatte das Thema wieder einmal ganz abrupt gewechselt.

»Darüber haben wir noch gar nicht gesprochen. Ehrlich, Laura, ich weiß es noch nicht.«

»Aber du musst doch eine Vorstellung davon haben. Ein paar Zukunftspläne.«

»Ich will mit ihr zusammen bleiben, auf alle Fälle. Nur über die Art und Weise bin ich mir selbst noch nicht im Klaren. Ich habe mir darüber noch keine Gedanken gemacht.« Sie hielt inne, und Laura sah sie liebevoll an. »Laura, alles ist so neu für mich. Die Liebe hat mich ja quasi überfallen, komplett überrascht.« Sie zuckte leicht mit den Achseln. »Nichts ist mehr so wie vorher.«

»Du darfst sie auf keinen Fall sausen lassen. Arbeite an der Beziehung. Überstürze nichts! Ihr seid so ein schönes, so ein wunderbares Paar, man kann die Zuneigung, die Liebe spüren, wenn man euch gemeinsam sieht.« Sie legte den Kopf zur Seite, wirkte ganz ernst, doch dann erhellte sich ihr Gesicht. »Das ist so«, fügte sie noch schnell an.

»So siehst du uns beide?« Helene konnte die Liebe zu Friederike nun beinahe körperlich spüren.

»Ja, genau, so sehe ich euch beide. Da kommt übrigens deine große Liebe. Sie ist einfach umwerfend.«

»Da stimme ich dir zu.« Helene wandte ihren Blick auf Friederike, die sie nun erreicht hatte und ihr einen sanften Kuss auf den Mund drückte.

»Ist mein Eiskaffee in der Zwischenzeit vollständig aufgetaut?«

»Der ist ganz frisch, erst knapp eine Minute da. Die Zubereitung hat sich verzögert.«

»Perfektes Hotel«, Friederike schmunzelte, »offenbar haben sie gewusst oder gespürt, dass sich meine Kollegin verspäten würde.«

Die drei Frauen tratschten eine gute Stunde lang miteinander, und Friederike hätte beinahe die Zeit übersehen, sollte sie doch ihre Kollegin wieder ablösen, die ihren Zug erreichen musste und vom Hotelshuttle nach St. Veit an der Glan gebracht werden sollte.

Kurz bevor Friederike wieder ins Foyer gehen musste – sie wollte sich eben von Laura verabschieden –, kam diese mit einer Idee, die von Helene und Friederike am Ende mit Freude aufgenommen wurde: »Mein Mann Hans und ich haben über die kommenden Pfingstfeiertage einen Kurzkultururlaub in Prag geplant. Die Kinder werden für die paar Tage von der Schwiegermutter übernommen, und wir beide haben endlich wieder einmal gemeinsam frei.« Sie hob theatralisch die Hände gen Himmel. Dann fuhr sie ruhig fort: »Wir haben ausgemacht, mit dem Auto hinzufahren, und in Prag haben wir dann eine große Altbauwohnung auf der Malá Strana zur Verfügung, keine zehn Gehminuten von der Karlsbrücke entfernt. Die Wohnung gehört Pavel, einem Kollegen aus Tschechien, der mit Hans seit einem guten Jahr zusammenarbeitet. Sie steht noch für zwei Monate frei, dann, so glaube ich, wird sie von einem Neffen bezogen werden. Was sagt ihr dazu?« Laura hatte sogar zwei Bilder der Wohnung in der Handtasche. Sie war geschmackvoll eingerichtet und riesig. »Wie wär's damit?«, schloss Laura ihre kurzen Ausführungen.

»Wie wäre was?« Friederike hatte nicht ganz verstanden.

»Meinst du, wir sollten uns anschließen?«, fragte Helene nach.

»Ja, sicher meine ich das.« Laura sah erwartungsvoll von Helene zu Friederike. »Also, was ist?«

»Was sagt euer Kollege Pavel dazu, wenn du noch Leute mitnimmst? Ist ihm das auch recht?« Helene war sich nicht ganz sicher, was sie von der Sache halten sollte, wenngleich ihr ein Ausflug ins nahe Prag, das sie erst einmal, und das vor Jahren, besucht hatte, schon gefallen könnte.

»Pavel hat mir selbst gesagt, dass wir nicht alleine fahren müssten, als er mir neulich die Bilder gegeben hat. Man sieht ja nicht viel außer der Einrichtung, und da hat er mir kurz einen Grundriss aufgezeichnet. Er ist einfach so gestrickt. Es macht ihm offenbar große Freude, wenn wir die Wohnung ausnutzen, und er dürfte auch sehr stolz darauf sein, so ein Juwel zu besitzen und es auch für solche Gelegenheiten anbieten zu können. Jedenfalls könnten nach seinem Dafürhalten gut drei Pärchen Platz finden.«

»Und Hans, dein Mann?« Auch Friederike hatte kurz Zweifel. »Möchte er nicht mit dir allein in Prag sein?«

»Es war seine Idee, muss ich ehrlicherweise zugeben. Ich habe mit ihm ja öfters telefoniert in den vergangenen Tagen, und, das muss ich auch zugeben, ich hab ihm lang und breit erzählt von euch beiden Hübschen, von euch Verliebten.«

»Also, ich muss jetzt wieder zurück zum Empfang, aber sollte es möglich sein«, sie sah Helene an, »und vor allem, wenn du es auch möchtest, Helene, würde es mich schon freuen, nach Prag zu fahren. Ich komme ja viel herum in Europa, ihr wisst das ja, aber in Prag war ich in meinem Leben noch nie.«

»Ich auch erst einmal.« Helene war jetzt Feuer und Flamme. »Meine Tschechischkenntnisse sind zwar bescheiden, aber ein wenig werden sie uns sicher helfen. Beim Einkaufen und so weiter. Also ich finde die Idee auch hervorragend. Pojedeme do Prahy!«

Friederike schüttelte kurz den Kopf und blickte Helene liebevoll an. »Was das auch immer bedeuten soll … Es wäre jedenfalls nicht schlecht, meine Liebe, wenn du mit Laura noch ein paar Details besprechen könntest. Ich muss jetzt wirklich gehen.« Sie umarmte Laura und drückte ihr zwei Küsse auf die Wangen. »Dann sehen wir einander also zu Pfingsten.«

Laura berichtete Helene von dem losen Kulturprogramm, das sie und Hans für die Tage bereits zusammengestellt hätten, erzählte noch, dass im Parterre des Wohnhauses ein kleines Lebensmittelgeschäft untergebracht sei, das auch an Sonn- und Feiertagen für einige Stunden geöffnet hätte, dass also auch alles an Grundnahrungsmitteln leicht zu bekommen sein würde. Und sie fügte ebenfalls an, dass sie nicht vorhätte, die beiden Turteltäubchen, so nannte sie Helene und Friederike nun mit einem Schmunzeln, zu irgendetwas zu zwingen. Sie könnten sich ihr Programm auch selbst gestalten, wenn sie das möchten.

So setzte sich die Plauderei noch ein wenig fort. Laura erzählte von Hans, ihrem Mann, den Helene ja bloß dem Namen nach und vom Foto mit den Kindern kannte, und schilderte blumig, wie sie sich kennengelernt hätten und dass es zu Beginn viele Streitereien gegeben hätte.

»Streiten können wir heute auch hin und wieder, dass die Fetzen fliegen«, Laura machte eine ausladende Geste, »doch das ist immer sehr lustvoll und meistens schön. Zumindest die Versöhnung danach.«

»So kenne ich dich gar nicht, Laura. Du bist doch gar nicht streitsüchtig.«

»Na, Helene, ich glaub auch nicht, dass ich besonders aus bin auf Streit, aber ich vermeide auch keinen. So ein Gewitter kann verdammt reinigend sein. Hans und mir tut es halt manchmal ganz gut.«

»Mir ist das fremd. Ganz fremd.« Helene sah in die Ferne. »Ganz fremd.«

»Tu nicht so, Helene, ich kann mich noch genau erinnern, dass du in der Arbeit auch nicht immer gerade ein Lämmlein gewesen bist. Da hast du doch auch das eine oder andere Mal ordentlich aufgedreht.«

»Das stimmt schon, das war aber auch etwas anderes. Da musste ich schon einmal meinen Standpunkt durchsetzen, aber privat … privat habe ich in meinem Leben noch nie gestritten. Ich hatte nie Auseinandersetzungen.« Wieder schweifte ihr Blick ab in die Ferne. »Ist das nicht seltsam? Ich wüsste auch gar nicht, damit umzugehen. Ich könnte das nicht.«

»Gutes und schönes Streiten ist eine Kunst.«

»Wie du das sagst!«

»Weil es wahr ist. Wenn Hans und ich uns streiten, werden wir nie verletzend, untergriffig, gemein. Niemals würden wir den anderen bloßstellen, niemals. Es geht da um die Sache, um Standpunkte, um Meinungen, da können wir schon einmal ordentlich aufeinanderprallen.«

»Und wie endet das dann?«

»Das ist verschieden. Manchmal schmollen wir eine Zeit lang, manchmal gibt es gleich eine Lösung, manchmal landen wir gleich im Bett oder so.«

»Im Bett oder so? Was ist oder so?«

»Ach, Helene, ich will dir da keine Details erzählen, aber es kann so unglaublich erotisch sein, dass wir manchmal einfach über uns herfallen.«

»Ihr beide sitzt noch immer beieinander!« Friederike war wieder an sie herangetreten. »Es ist halb sechs. Man glaubt es kaum, was ihr für Tratschweiber seid.«

»Halb sechs?« Laura schaute erstaunt auf ihre Armbanduhr. »Mein Gott, ich muss wirklich weiter, sonst komme ich nie nach Hause.« Sie umarmte Helene und Friederike, zahlte rasch die Zeche von der Bar und machte sich auf den Weg.

Als Laura fort war, setzte sich Friederike zu Helene und atmete kräftig durch. »So, ich bin fertig. Ich habe schon alles im Auto verstaut. Die Arbeit wird uns also nicht mehr aufhalten.« Sie winkte den Barkeeper herbei, bestellte ein Glas Mineralwasser und wandte sich wieder Helene zu. »Habt ihr die ganze Zeit über Prag gesprochen?«

»Ach nein! Laura hat mir von Hans erzählt und wie sie ihn wirklich kennengelernt hat. Ich bin schon neugierig auf diesen Hans. Da muss es schon manchmal heiß hergehen in dieser Beziehung. Sie dürften sich gelegentlich ganz arg in die Haare bekommen und dann wieder auf intensive Art ihre Versöhnung feiern. Es wird kein Streit vermieden, so ungefähr hat es Laura ausgedrückt.«

»Ich bin kein Streittyp, wenn man das so sagen kann«, Friederike sah Helene liebevoll an, »ich löse Probleme lieber auf friedliche, einvernehmliche Art.«

»Ich auch. Allerdings bewundere ich manchmal Leute, die so alles aus sich herauslassen können.«

»Diese Leute verletzen dann auch oft. Das geht meistens mit Narben einher.«

»Das ist eben die Kunst. Und das hat Laura mir auch gesagt. Sie und Hans würden manchmal ordentlich streiten, dabei aber nicht verletzend, untergriffig oder bloßstellend sein. Das hat dann schon etwas an sich. Meinst du nicht?«

»Doch, das hat was. Gute Streitkultur kann man so etwas nennen.« Friederike machte eine Pause und sah Helene dann tief in die Augen. »Werden wir uns auch einmal streiten, dass die Mauern wackeln?«

»Mauern wackeln, Fetzen fliegen, du und Laura, ihr habt wirklich blumige Vergleiche parat, wenn es ums Streiten geht. Ich kenne so etwas nicht. Nicht aus dem Privatleben. Ehrlich gesagt müsste ich das erst lernen, und ich weiß gar nicht, ob ich das überhaupt will.«

»Na, es steht zurzeit auch gar kein Streit bei uns an. So wie ich das sehe, wird das auch in absehbarer Zeit so bleiben.«

»Das glaube ich auch.« Helene beugte sich zu Friederike und küsste sanft ihre Wange.

Friederike umfasste Helene an den Schultern und zog sie fest an sich. »Was machen wir mit dem angebrochenen Abend?«

»Wie wäre es mit ein paar Längen im Schwimmbad? So richtig auspowern? Anschließend einen Sprung in die Sauna und ein kleines, spätes Abendessen?«
»Gute Idee, meine Liebe! Ich denke, wir müssen über das Abendprogramm nicht streiten. Was meinst du?« Sie lachte und drückte Helene noch fester an sich. Diese genoss die Nähe und sog genussvoll den zarten Duft, der von Friederike ausging, ein.

Zehn Minuten später sprangen sie bereits in das Fünfundzwanzigmeterbecken. Eine gute halbe Stunde gaben sie, was sie zu geben hatten, ehe sie sich erschöpft in die Arme nahmen. Eine Zeit lang dümpelten sie noch im Becken herum. Dann gab Friederike das Zeichen zum Aufbruch, und sie machten sich auf in die Saunalandschaft. Nach ein paar erholsamen Stunden und etlichen Saunagängen nahmen sie ein kurzes Abendessen ein und brachen dann bald auf in Helenes Suite. Sie waren beide erschöpft. Kurz danach schliefen sie eng aneinander geschmiegt ein.

Rückkehr nach Wien   Samstag, 20. April

Die Abreise am Samstag gestaltete sich äußerst zügig. Nach einem kurzen Frühstück hatten sie ihre Sachen in Friederikes Auto gepackt und waren losgefahren. Die Neumarkter Gegend lag bereits hinter ihnen, und sie fuhren bei Unzmarkt durchs Murtal. Helene erinnerte sich an die Ankunft hier vor nun beinahe zwei Wochen. Es war ein anderes Leben gewesen. Tatsächlich ein anderes Leben. Sie erinnerte sich an das Gefühl der Enge, das sie beim Aussteigen aus dem Zug ergriffen und sie erst nach der Überquerung des Perchauer Sattels im Neumarkter Becken losgelassen hatte. Nun verspürte sie keinerlei Beklemmung, nein, die Gegend schien ihr ganz hübsch, wenn auch ein wenig eintönig.

Sie wandte sich Friederike zu, die konzentriert am Steuer saß. Die Straße war in nicht besonders gutem Zustand, der Lkw-Verkehr unglaublich stark, und bis zur Autobahn, die bei Judenburg begann, waren es noch einige Kilometer. Helene fuhr Friederike über das Haar, das zu einem strengen Zopf gebändigt war, wie ihn Helene in der Zwischenzeit so lieben gelernt hatte. Friederike legte ihrerseits ihre rechte Hand auf Helenes Oberschenkel, fand den Rocksaum, schob diesen sanft nach oben und streichelte zärtlich über Helenes nackte Haut. Es war ein warmer Tag, sonnig, frühsommerlich, und Helene hatte auf Strümpfe verzichtet, was Friederike nun gut zu gefallen schien. Sie schwiegen für einen längeren Zeitraum. Friederike nahm hin und wieder, wenn sie die Gangschaltung betätigen musste, ihre Hand von Helenes Oberschenkel, legte sie aber immer sogleich wieder zurück.

Als sie in der Nähe von Knittelfeld waren, brach Friederike das Schweigen. »Helene, wenn du beim Seitenfenster hinaussiehst, vielleicht etwas nach hinten, wirst du den Zirbitzkogel, beinahe die ganzen Seetaler Alpen nochmals sehen.«

Helene drehte sich zur Seite und genoss nochmals die Aussicht. »Er ist sehr schön, aber von der Vorderseite, also von der Neumarkter Seite, ist er noch schöner.«

»Hah! Vorderseite! Das finde ich amüsant, dass du das so siehst. Weißt du, dass es da zwei unüberbrückbare Ansichtsunterschiede zwischen den Leuten aus der Neumarkter Gegend und denen aus der Judenburger Gegend gibt, was nun die Vorderseite des Berges sei? Ich finde, das ist eine typisch steirische Sturkopfangelegenheit. Jedenfalls ist das immer nur eine Sache des Standpunktes.«

»Sturkopfangelegenheit, das klingt gut, darunter kann ich mir etwas vorstellen. Sind die Leute hier alle so stur?«

»Wir Kärntner empfinden das so. Ist natürlich auch nur ein Vorurteil, aber eines, das fest in mir verankert ist.«

»Du bist doch gar nicht so voller Vorurteile, Friederike.«

»Danke, dass du mich verteidigst, aber ich bin auch nicht frei von solchen festgefahrenen Ansichten, besonders, wenn sie aus der Jugend rühren und man dann später eigentlich gar nichts mehr damit zu tun hat. Das bleibt verwurzelt.«

»Da hast du wohl recht. Mir ging es früher auch so mit den Tschechen. Die waren in meiner Familie im Waldviertel, woher ich stamme, immer irgendwie ein Feindbild, und das war in mir auch so eingebrannt, bis ich begonnen habe, Tschechisch zu lernen, und da hat sich das plötzlich völlig aufgelöst.«

Das Gespräch nahm nun kein Ende mehr, wechselte von lockerer Plauderei bis hin zu philosophischen Betrachtungen, und ehe die beiden Frauen sich's versahen, näherten sie sich der Wiener Stadtgrenze.

»Wie geht es denn nun mit uns weiter, Friederike?« Helene sprach die Frage ganz unumwunden und locker aus. Es würde in der Zukunft der beiden eine wichtige und oft gestellte Frage werden, doch zu diesem Zeitpunkt ahnten sie das noch nicht wirklich.

»Wir lassen unsere Beziehung langsam wachsen. Das ist mein Vorschlag, das habe ich ja auch schon anklingen lassen. Was meinst du?«

»Dem kann ich mich nur anschließen.«

»Und ich möchte, dass wir unsere Beziehung offen leben, nicht als Geheimnis.«

»Auch dem kann ich mich nur anschließen, aber da bitte ich dich doch, mir Zeit zu geben, es meinen Verwandten und Bekannten und auch meinen Kollegen beizubringen. Da muss ich mir selbst noch eine Strategie zusammenbasteln, wie ich das am besten angehen werde.« Sie machte eine Pause. »Vor allem bei meinen Kindern kann ich mir noch nicht ganz vorstellen, wie ich das anstellen soll.«

»Das kann ich verstehen. Lass dir Zeit. Ich dränge dich nicht. Für dich ist die Situation ja ganz neu, nicht so für mich.«

»Danke.«

»Ich hoffe, du hast nichts dagegen, wenn ich es meinen Freunden, Freundinnen und Verwandten, so viele habe ich ja nicht mehr, schon sage, dass ich wieder, was heißt wieder, dass ich meine große Liebe gefunden habe.«

Helene warf Friederike ein Lächeln zu. »Ist das so?«

»Das weißt du doch.«

»Ich höre es aber so gerne.«

»Ja, es ist so.«

Kurz herrschte Schweigen. »Darf ich das also kundtun?«

»Entschuldige, Friederike, natürlich darfst du das, es ist mir nur recht.«

Wieder herrschte Schweigen, und dieses brach Friederike erst kurz bevor sie Helenes Wohnung erreicht hatten. »Ich lasse dich zu Hause einfach einmal raus, dann fahre ich kurz in die Firma und anschließend zu mir nach Hause. Ich werfe die Waschmaschine an, und dann habe ich wieder Zeit für dich. Wollen wir uns irgendwo treffen, oder wäre es dir recht, wenn ich dich zu einem Abendessen bei mir einlade?«

»Wie wäre es mit einer Kombination aus beidem? Wir treffen uns auf einen kleinen Stadtbummel, das Wetter dazu ist einfach einladend,

und anschließend kochen wir gemeinsam etwas bei dir. Hast du überhaupt etwas zum Kochen zu Hause?«
»Das lass nur meine Sorge sein. Aber einverstanden. Wir machen es so, wie du es gesagt hast.«

Ein paar Stunden später schlenderten die beiden Frauen gemütlich Hand in Hand durch die Wiener Innenstadt. Die Tage am Land waren sehr schön gewesen, doch die Stadt hatte ihren eigenen Reiz, und der schien Helene heute noch viel größer zu sein als in all den vergangenen Jahren. Sie drückte Friederikes Hand ganz fest, und ihre Geliebte lächelte ihr zu. Sie glitten auf derselben Welle dahin, das spürten sie ganz genau.

Einige Biergärten hatten bereits geöffnet, die ungewöhnlich laue Luft lud auch zum Verweilen im Freien ein, was viele Touristen und auch Einheimische nutzten. Es war kaum irgendwo ein freier Platz zu finden, doch in einem der ganz besonders schönen Biergärten bemerkte Friederike, wie sich eben ein älteres Ehepaar erhob und ein Platz frei wurde. Sie stürmte hin, und ein junger Mann, der ebenso wie sie den Platz erspäht hatte, ließ ihr den Vortritt, obwohl er ein klein wenig früher dran war. Seine Freundin blickte enttäuscht drein, sodass Helene, der die hübsche Blondine leid tat, den beiden anbot, einen vierten Sessel zu suchen und sich doch mit Friederike und ihr den Tisch zu teilen. Das Pärchen nahm das Angebot mit Freude an. Die blonde junge Dame bedankte sich überschwänglich, und an ihrer Sprache war zu hören, dass sie aus dem Südwesten Deutschlands kommen musste.

Helene bemerkte dies sofort. »Sie sprechen einen Dialekt wie der Mann meiner Cousine, und die beiden leben in der Stadt der Bächle, in Freiburg.«

»Wir sind aus Freiburg, das haben Sie richtig gehört. Also, ich muss schon sagen, Hut ab, dass Sie das gleich erkannt haben.« Der junge Mann war ganz begeistert. »Danke, dass Sie uns an Ihrem Tisch Platz nehmen lassen. Es ist so schön hier, so eine wunderbare Aussicht, so viel Leben.«

»Bei so einem Tag wie heute ist es auch nicht verwunderlich, dass man um den Platz kämpfen muss«, fügte seine Begleiterin hinzu.

»Ganz ehrlich«, Friederike neigte sich zu dem jungen Mann, »Sie waren ja vor mir beim Tisch, und wären Sie nicht so freundlich gewesen, ihn mir zu überlassen, so hätten Sie ihn jetzt allein.«

»Aber das konnte ich doch nicht tun ...«
»Weil Sie ganz offenbar ein sehr höflicher Mensch sind. Danke nochmals.«

Der junge Mann war ein wenig verlegen, und so ergriff seine Begleiterin das Wort. Sie gab sich begeistert von Wien und seinem Umland, erzählte voller Freude, was sie schon alles gesehen, welches Kulturprogramm sie bereits absolviert hätten und was in den nächsten Tagen noch so auf dem Programm stand.

»Wir sind nämlich hier auf unserer Hochzeitsreise, müssen Sie wissen. Vierzehn Tage Wien. Es ist so wunderbar, und das Wetter hat es so gut mit uns gemeint.«

»Sie sind auf Hochzeitsreise?« Helene sprang sofort auf das Thema an. Sie war irgendwie sensibilisiert auf Verliebtheit, auf Liebende, auf glückliche Paare, auf all das, es machte ihr solche Freude, andere Menschen glücklich zu sehen. Was gab es denn Schöneres?

»Ja, sind wir.« Der junge Mann hatte seine Worte wiedergefunden und sah seine Frau verliebt an. »Wissen Sie, ich habe hier in Wien zwei Semester lang studiert und da meine Liebe zu dieser Stadt entwickelt. Und die wollte ich meiner Kathrin unbedingt einmal zeigen. Es wird hier so viel geboten. Die Schönheit der Stadt, das Kulturangebot, das herrliche Essen, der gute Wein, die netten Menschen, so wie Sie. Wir genießen es einfach, hier zu sein.«

»Apropos Wein«, Friederike winkte nach der Kellnerin, die auch schon auf dem Weg zu ihnen war, »dürfen wir Sie auf ein Glas Wein einladen?«

»Wie kommen wir zu dem Vergnügen?« Der junge Mann gab sich ein wenig erstaunt.

»Weil es *uns* einfach ein Vergnügen ist. Nicht wahr, Helene?« Friederike hatte Helene beobachtet, wie sie auf das Wort »Hochzeitsreise« reagiert hatte. Am liebsten wäre sie aufgestanden und hätte Helene niedergeküsst, einfach niedergeküsst, sie war so verliebt wie noch nie, und sie spürte sofort, was in Helene vor sich ging.

Die vier einigten sich rasch auf einen weißen Spritzer mit Aperol. Man prostete sich zu, und aus der von Helene und Friederike geplanten kurzen Pause wurde ein langes, gemütliches Beisammensitzen mit den Gästen aus Deutschland.

Sehr spät am Abend machten sie sich dann schließlich auf den Weg in Friederikes Wohnung. Sie hatten nichts gegessen, im Gegensatz zu dem jungen Pärchen, das sich jeweils eine Kleinigkeit bestellt hatte. Die Kleinigkeiten hatten sich als Riesenportionen herausgestellt, die beinahe nicht zu bewältigen waren. Helene hatte einen Riesenhunger bekommen, als sie die beiden mit Genuss essen sah. Friederike hatte ihr dann vorgeschlagen, doch auch etwas zu bestellen, doch sie hatte abgelehnt. Zu sehr freute sie sich darauf, mit Friederike gemeinsam in der ihr noch unbekannten Wohnung zu kochen.

Und nun war es so weit. Friederike sperrte die riesige Eingangstür zu ihrer Altbauwohnung auf. Sie hatte sich bis zu diesem Zeitpunkt eher bedeckt gehalten, was ihre Wohnung anging. Sie hatte lediglich gemeint, dass sie sehr gemütlich sei und eine wunderbare Terrasse besäße, uneingesehen von den Nachbarn und mit sehr schöner Aussicht über die Stadt. Von dieser Terrasse sollte Helene an diesem Abend nicht viel mitbekommen, doch vom Rest der Wohnung umso mehr: Sie hatte große und die für Wiener Altbauwohnungen typischen hohen Räume. Eingerichtet war sie ungewöhnlich altmodisch und dadurch unglaublich gemütlich. Hier war nichts künstlich zusammengestellt, nein, es war irgendwie gewachsen. Offenbar waren ererbte oder sonst wie erworbene Möbel nach und nach in die Wohnung gelangt, hatten ihre Aufgabe übernommen und passten sich harmonisch ins Gesamtbild. Und dieses Gesamtbild wurde durch die zahllosen Bilder, die an der Wand hingen, vervollständigt. Es waren verschiedenste Künstler, die hier vertreten waren, doch ein Künstler dominierte unübersehbar. Und das war Karl Korab. Helene erkannte seine Werke sofort. Immerhin hatte sie selbst einige Bilder dieses Künstlers zu Hause bei sich, und dann war er wie sie selbst aus dem Waldviertel in Niederösterreich. Ihre Tante sammelte seit vielen Jahren seine Bilder, und hin und wieder schenkte sie Helene ein Bild. Das war eine ihrer unerklärlichen Launen. Wenn sie sich das einbildete, beschenkte sie einen mit einem Korab. Die Bilder waren dann immer genau ausgewählt, niemals würde sie das dem Zufall überlassen. Nur, ihre Überlegungen waren niemals zu durchschauen, wie sie überhaupt eine undurchschaubare Person war, was ihr das Leben nicht gerade erleichtert hatte.

»Du bist ja eine Kunstsammlerin, Friederike! Woher hast du diese vielen schönen Bilder von Karl Korab?«

»Einiges davon ist selbst gekauft, das Übrige ist geerbt. Meine Großmutter hat sich immer für Bilder interessiert und früh begonnen, das eine oder andere zu kaufen, wenn sie sich eines leisten konnte. Sie kam nicht gerade aus betuchten Verhältnissen, hat sich das alles mehr oder minder vom Mund abgespart.«

»Und du hast das alles geerbt.«

»Es gab einen echten Eklat bei der Testamentseröffnung. Niemand hatte damit gerechnet, dass alle Bilder mir zukommen würden. Ich habe dann auch einiges weitergegeben, um des lieben Friedens willen.« Friederike sah Helene mit bedauerndem Ausdruck ins Gesicht. »Du weißt ja, dass ich auch nicht so ein Streittyp bin, das haben wir ja bereits besprochen.«

Sie führte Helene durch die Wohnung, zeigte ihr alle Räume, warf sie im Schlafzimmer gleich einmal aufs riesige, weiche Doppelbett, zog sie aber sofort wieder hoch und mit sich in die Küche.

»Ich habe solch einen Bärenhunger.« Helenes Stimme klang schon ein wenig kläglich.

»Wir werden auch nicht mehr groß aufkochen, wir werden nur mehr alles auftragen. Es gibt ein kaltes Abendessen mit verschiedenen herrlichen Schinkensorten, mit ausgesuchten Käsespezialitäten und so weiter und so fort. Komm, meine Liebe, hilf mir.«

Fünfzehn Minuten später saßen sie am großen Esstisch und ließen sich die köstlichen Dinge schmecken. Helene fühlte sich so wohl, wünschte sich, die Zeit würde stillstehen. Der Rotwein, den Friederike kredenzt hatte, tat bald seine Wirkung, und die beiden Frauen verfielen immer mehr in eine tiefe Müdigkeit, die sie bald lähmte. Friederike raffte sich dann irgendwann auf, nahm Helene an der Hand und führte sie ins Bad. Nach einer kurzen Katzenwäsche und einem kräftigen Zähneputzen ließ sich Helene aufs Bett fallen. Friederike zog sie sanft aus, küsste sie ebenso sanft, was sie mit wohligem Stöhnen quittierte. Gleich war sie eingeschlafen, und Friederike deckte sie nur mehr zu.

Lange Zeit saß Friederike neben ihrer schlafenden Geliebten. Sie betrachtete sie zärtlich, strich ihr von Zeit zu Zeit durch das Haar. *Mein Gott, ich liebe dich so sehr. Dass du mir über den Weg gelaufen bist, was war das für ein Glück. Diese Liebe, die von dir ausgeht, so groß, so groß.* Tränen der Rührung flossen ungehindert über Friederikes Wangen. Von all dem bekam Helene nichts mit, sie schlief tief und fest und war weit weg im Land der Träume.

Drittes Kapitel

Wien *April, Mai*

Zärtlichkeiten bestimmten das Aufwachen am Sonntag. Helene, kaum munter, umschlang Friederike, die wiederum ihre Liebste mit Küssen bedeckte. Das ging eine Weile so, bis Hunger und das unstillbare Verlangen nach einer Tasse Kaffee beide in die Küche trieb. Sie bereiteten sich ein kleines Frühstück, und bald hatte Helene wieder die Bilder an der Wand im Visier. Irgendwann stand sie mit voller Kaffeetasse vor einem Gemälde, und Friederike gesellte sich zu ihr. Helene schilderte ihre Eindrücke, war ganz vertieft in das Kunstwerk. Friederike schmunzelte erst noch ein wenig, als sie Helene so konzentriert vor dem Bild stehen sah. Doch bald war sie von den Gedanken und den Überlegungen Helenes zu dem Werk ganz fasziniert und begann sich rege daran zu beteiligen.

So ging das stundenlang weiter. Nicht immer waren sie sich dabei einig, was in den so unterschiedlich gestalteten Werken zu sehen wäre, doch weder Friederike noch Helene hatte es nur einmal versucht, die andere aus ihrer Ansicht zu reißen, krampfhaft umzustimmen oder den eigenen Standpunkt als den besseren darzustellen. Eine beträchtliche Zahl von Friederikes Kunstwerken wurde zerpflückt und besprochen. Unbemerkt und ungewollt war eine unbeschreibliche Intimität entstanden, ihre von Verliebtheit geprägte Beziehung hatte an Tiefe gewonnen, ohne dass es ihnen selbst überhaupt bewusst geworden wäre.

Um die späte Mittagszeit setzten sie sich erschöpft wieder an den Frühstückstisch, den sie einfach vergessen hatten. Sie überlegten kurz, noch einen weiteren Kaffee zu trinken, ließen es aber dann sein und beschlossen, wieder in die Stadt zu wandern, sich einen schönen Biergarten zu suchen – das Wetter war für die Jahreszeit auch an diesem Sonntag viel zu warm – und sich etwas Gutes zu Gemüte zu führen.

Helene war schnell im Bad verschwunden. Eine Zahnbürste hatte sie immer dabei, doch schnell wurde ihr klar, dass sie sonst nichts bei sich hatte. An frische Wäsche, Wasch- oder Schminkutensilien hatte sie überhaupt nicht gedacht. So stand sie etwas ratlos im Bad, als auch schon Friederike in der Tür auftauchte.

»Helene, meine Liebe, du wirst vermutlich ein paar Dinge brauchen. Shampoos, Duschgels, vielleicht auch ein Parfum, das alles findest du im hohen schmalen Kasten in der Ecke, Badetücher habe ich dir schon bereitgelegt.«

Helene öffnete den Kasten, ebenfalls ein Relikt aus vergangenen Zeiten, doch unglaublich praktisch eingeteilt. Fächer in unterschiedlicher Höhe, mehrere Laden, ebenfalls unterschiedlich hoch, insgesamt ein ungewöhnliches Modell. »Darf ich da drinnen ein wenig herumkramen?« Helene war sich nicht ganz sicher, ob Friederike das auch recht sein würde. »Ich finde den Schrank so schön, er macht mich einfach neugierig.«

»Du darfst nicht nur alles durchsuchen und durchstöbern, du darfst auch alles verwenden, was du entdeckst. Wie gesagt, du findest eine Vielzahl von verschiedenen Shampoos und alles mögliche Weitere.«

»Und was ist das? Darf ich das auch verwenden?« Helene hatte die oberste Lade des Kastens geöffnet und war auf einen kunstvoll gestalteten Glasdildo gestoßen. Eigenartig gekrümmt, seltsam handlich, Helene völlig fremd, jedenfalls ein Ding, wie sie es noch nie zuvor gesehen, geschweige denn in der Hand gehalten hatte.

»Meine Güte, Helene, du hast ja wirklich einen Griff fürs Wesentliche.« Friederike lachte laut auf, als sie Helene mit dem Glaskunstwerk in der Hand vor sich stehen sah. »Das ist mein Lieblingsspielzeug für die Dusche. Du darfst ihn gerne probieren. Oder soll ich dir dabei helfen und dir eine kurze Einführung in die Verwendung geben?«

»Ja, Friederike, eine kleine Einführung«, Helene lächelte ganz verschmitzt, »so eine kleine Einführung wäre vielleicht nicht schlecht, damit ich auch ganz sicher alles richtig mache.«

Friederike war nun ganz nahe an Helene herangetreten, hatte ihr das Stück aus der Hand genommen und ihn ganz forsch zwischen die Beine gedrückt. »Die Dame wünscht also eine kurze oder längere Einführung. Das wird sich doch machen lassen.« Sie öffnete die große Glastür der Duschkabine und ließ das Wasser laufen. »Komm, wir sollten jetzt duschen gehen, sonst wird das nie etwas mit unserem Mittagessen.«

Ein wenig später standen Helene und Friederike gemeinsam in der großen Duschkabine. Sie ließen sich das Wasser über Kopf und Körper laufen, seiften einander sorgfältig ein, massierten Shampoo in die Haare, und von Minute zu Minute steigerte sich dabei eine unglaubliche Lust, einander zu berühren, zu umsorgen, zu spüren. Nur der Glasdildo lag immer noch unbenutzt in der Ablage. Helene fühlte mehr und mehr Hitze in sich aufsteigen. Trotz Kühlung durch die Brause. Eine Hitze, die nichts, aber gar nichts mit der Dusche zu tun hatte.

»Kannst du? Können wir …?«, flüsterte Helene in Friederikes Ohr.

»Was sollten wir jetzt können? Hmh? Was ist es, was du möchtest? Und möchtest du es jetzt?«

»Ja.«

»Was möchtest du denn genau?«

»Ich möchte, dass du … du weißt genau, was ich mir jetzt wünsche.«

»Nein, Helene, was du jetzt willst, musst du mir ganz genau sagen, dann werden wir sehen, ob ich dir deinen Wunsch auch erfüllen kann.«

»Friederike!«

»Ja, meine Liebe. Kannst du es mir sagen?«

»Bitte, Friederike, nimm das Glasding und mach das, was du damit bei dir selbst schon gemacht hast. Bitte lass es mich spüren. Zeig mir, wie man es verwendet. Bitte.«

»Lehn dich an die Wand und stell ein Bein auf die Stufe am Rand.« Friederike hatte den Dildo nun in der Hand, ließ ihn über ihren eigenen Bauch nach unten gleiten, besann sich kurz der lustvollen Momente, die er ihr selbst schon bereitet hatte, ehe sie ihn um Helenes Bauchnabel streichen ließ. »So, jetzt werde ich dir zeigen, wie ich das Stück gerne bei mir selbst verwende, wenn ich mir etwas wirklich Gutes tun will.«

Sanft ließ sie den Glasdildo in ihre völlig erregte Geliebte gleiten. Seine Krümmung ließ ihn Helene an den empfindlichsten Stellen fühlen. Es war ein unglaubliches Gefühl. Friederike bewegte ihn geschickt und flink, offenbar wusste sie damit wirklich perfekt umzugehen. In Helene entwickelten sich unbeschreibliche Gefühle, so hatte sie Erregung noch nie wahrgenommen. Das hatte mit einem gewöhnlichen Penis überhaupt nichts zu tun. Das Ding war nicht größer, eher zarter, kleiner als ein natürlicher Phallus, das wusste Helene ganz genau, es war die ungewöhnliche Form, und es waren die Bewegungen, die Friederike damit auszuführen wusste, die Helene ganz rasch an ihren Gipfel der Lust herankommen ließ, der dann gar nicht enden wollte, ließ doch Friederike von ihrem kunstvollen Spiel einfach nicht ab. Erst als Helene beinahe zu Boden ging, sich nicht mehr halten konnte, beendete Friederike das Spiel.

Das heiße Wasser floss noch immer über die beiden Frauen. Helene hatte Friederike fest umarmt, küsste sie wild, griff ihr forsch zwischen die Beine, revanchierte sich fiebrig für die unglaubliche Lust, die ihr bereitet worden war. Das war zu viel für Friederike. Aufgeheizt, wie sie war, von all dem, was da in der Dusche unter dem Prasseln des heißen Wassers so geschehen war, ließ sie sich an Helenes Schulter fallen, ließ sich treiben und kam mit einem lauten Schrei.

Aus einem Mittagessen war jedenfalls nichts geworden, aber ein frühes Abendessen stillte den Hunger der beiden in einem schattigen Gastgarten, den Helene vorgeschlagen hatte. Sie kannte das Restaurant nur deshalb, weil ihre Kinder davon so geschwärmt hatten. Die waren dort zu einer Geburtstagsfeier einer Freundin aus Gymnasiumszeiten eingeladen gewesen und hatten nicht nur die Örtlichkeit, sondern auch die Küche gelobt. Schon lange hatte Helene vorgehabt, Maria und Martin dorthin einzuladen, doch sie waren in den vergangenen Monaten nie dazu gekommen. Immer war bei Maria etwas dazwischengekommen, ganz kurzfristig, völlig unvorhergesehen, wie überhaupt ihre Tochter für Helene immer schwerer zum Greifen war. Eine junge Erwachsene eben. So erklärte sich Helene jedenfalls die Situation.
»Wie bist du denn auf diesen schönen Biergarten gekommen?«, fragte Friederike. »Ich bin schon oft daran vorbeigegangen, ohne ihn zu bemerken.«
»Meine Kinder haben mir so davon vorgeschwärmt.« Helene hob den Aperitif, der gerade serviert worden war, und prostete Friederike zu. »Das Essen soll vorzüglich sein, auch wenn die Speisekarte wohl eher klein ist.«
»Lieber eine kleine Karte mit ausgewählten guten Speisen als so ein durchschnittliches Vielerlei.« Friederike tippte mit dem Finger auf die aufgeschlagene Seite. »Und ich habe auch schon was gefunden.«

»Ich auch. Jedenfalls bin ich schon neugierig auf das Essen, und vor allem habe ich einen ordentlichen Hunger.«

»Helene, ich bin schon neugierig auf deine Kinder.« Friederike machte eine kurze Pause und fixierte ihr Gegenüber. »Du sagst immer *Kinder*. Doch eigentlich sind es ja keine Kinder mehr. Es sind doch Erwachsene, so alt wie Karo und Anni, die wir im Hotel kennengelernt haben, und die hatten gar nichts Kindliches mehr an sich.«

»Wie alt sie auch sind, Maria und Martin werden immer meine Kinder bleiben, das kann ich nicht ablegen. Natürlich behandle ich sie nicht mehr wie solche, ich hab sie wirklich erwachsen und selbstständig werden lassen, und darauf bin ich auch stolz, doch meine Kinder bleiben sie dennoch.«

»Du hast mir noch keine Bilder von ihnen gezeigt.«

»Ich habe nie welche bei mir. Nie. Findest du das schlimm?«

»Nein, eigentlich nicht. Aber auch nicht ganz typisch für eine stolze Mutter.«

»Ja, ich bin wirklich unglaublich stolz auf sie. Aber ich führe sie niemals vor, es würde mir im Traum nicht einfallen, mit ihnen zu prahlen. So bin ich nicht. Ich liebe beide über alles. Das ist mit nichts zu vergleichen und steht übrigens auch gar nicht in Konkurrenz zu meiner Liebe zu dir. Das ist etwas ganz anderes.« Sie schwieg kurz, lächelte plötzlich und sah in eine weite Ferne. »Etwas völlig anderes.«

Zufrieden verließen sie das Restaurant. Es war schon dunkel, dennoch beschlossen sie, den Heimweg zu Fuß anzutreten. Die Luft war frisch geworden, aber auch trocken, und der ganz leichte Wind tat gut auf der Haut. Sie schmiegten sich eng aneinander, schlenderten durch die Gassen und genossen den letzten Tag, bevor der Alltag sie wieder einholen sollte. Ein Alltag, den die beiden nicht beziehungsweise noch nicht kannten, von dem sie auch keine Vorstellung hatten.

Als sie in der Nähe von Friederikes Wohnung gelangt waren, stellte Friederike die für die Zukunft bestimmende Frage: »Helene, wie geht es denn jetzt eigentlich weiter?«

Helene erläuterte daraufhin in klarer Weise, wie sie sich die Zeit bis zum Ausflug nach Prag zu Pfingsten vorstellte. Sie wollte Friederike so oft wie möglich sehen, aber noch nicht endgültig mit ihr zusammenziehen. Das wollte sie erst dann überlegen, wenn sie einen Weg gefunden hatte, sich zu outen, wie sie es selbst formulierte. Und das würde vermutlich doch noch eine Weile dauern. Vor allem in Bezug auf ihre Kinder wusste sie nicht, wie diese reagieren würden. Martin wäre sicher das kleinere Problem, aber Maria, ihre so introvertierte Maria, bereitete ihr in den letzten Monaten zunehmend Sorgen. Sie hatte das Gefühl, nicht zu ihr durchdringen zu können, das Gefühl, dass da irgendetwas nicht ganz in Ordnung war. Auch Martin war ihr diesbezüglich leider keine große Hilfe, da er sein eigenes Leben lebte, seine Schwester zwar über alles liebte, selbst jedoch den Eindruck nicht loswurde, dass da etwas wäre, was seine Schwester belastete.

Nach Helenes Ausführungen waren sie wieder in Friederikes Wohnung gelangt. Sie öffneten eine Flasche Rotwein und setzten sich an den Couchtisch, um die Tage bis Pfingsten einzuteilen. Helene war erstaunt, dass Friederike einen Taschenkalender aus ihrer Handtasche hervorzauberte, dachte sie doch, sie selbst wäre die Einzige in dieser Zeit, die ihre Termine in einem dünnen Taschenkalender verwaltete. Der von Friederike war zwar um einiges dicker und offenbar sehr oft verwendet, aber eben auch kein elektronisches Wunderwerk der heutigen Zeit.

»Du hast ja einen ganz gewöhnlichen Kalender. Warum verwendest du so etwas Altmodisches? Ist das nicht unpraktisch?«

Friederike schmunzelte, zeigte bloß mit ihrem Bleistift, den sie schon in der Hand hatte, auf Helenes Kalender und setzte dann einen fragenden Blick auf.

»Ich habe ja im Gegensatz zu dir kaum Termine, die ich wahrnehmen muss. Ich bin ja fast wie beamtet, habe beinahe das ganze Jahr über den gleichen Wochenplan. Da reicht es, wenn ich einen Taschenkalender verwende, den ich noch dazu jedes Jahr von der Gewerkschaftsvertreterin geschenkt bekomme.«

»Und ist der nicht ungemein praktisch?«

»Ja, ist er. Den habe ich immer zur Hand, und er ist wirklich übersichtlich.«

»Siehst du. So geht es mir auch. Ehrlich, ich habe alles probiert, was es so an modernen Dingen gibt: Laptop, Handy, kleine Taschencomputer, alles. Aber immer wieder bin ich auf meinen Taschenkalender zurückgekommen. Ich werde deswegen auch von meinen Kollegen belächelt, doch das trage ich mit Fassung.«

»In manchen Belangen sind wir altmodisch, finde ich, Friederike. Ist das nicht schrecklich?«

»Was ist daran schrecklich? Willst du mit deinen Kindern konkurrieren? Willst du unbedingt alle Moden mitmachen, noch immer eine Jugendliche sein? Doch sicher nicht. Oder?«

»Ach Gott! Zwei reife Frauen. Völlig abgeklärt. Über den Dingen stehend.«

»Helene!«, Friederike sah sie liebevoll an, »so ist das doch nicht. Wir sind doch nicht abgeklärt, stehen auch nicht über den Dingen. Nein, wir haben doch noch viel Feuer in uns. Wenn ich bedenke, wie wir uns in wenigen Tagen aufeinander eingelassen haben, was wir an Liebe und Lust gegeben und genommen haben, welche neuen Erfahrungen wir zugelassen haben, dann hat das doch nichts mit Abgeklärtheit zu tun. Nur bei einer Sache gebe ich dir recht: Eine gewisse Reife ist uns sicher nicht abzusprechen. Und das ist auch gut so.«

Helene klapperte mit ihrem Kugelschreiber auf dem Taschenkalender herum und sah Friederike unverwandt an. »Warum bist du mir nicht schon vor vielen Jahren begegnet? Warum?«

»Das habe ich mich in den letzten Tagen auch schon des Öfteren gefragt.« Sie sah Helene mit ihren wunderbar blauen Augen an, und ein unbeschreibliches Gefühl der Liebe durchströmte ihren Körper. *Kann ich mich jetzt noch lange um Termine kümmern?* Das fragte sie sich, doch die Antwort nahm ihr Helene gleich ab.

»Wir sollten jetzt vielleicht doch unsere Kalender benutzen und einmal sehen, wie die Zeit bis Pfingsten verplant ist.«

»Ja, ja, du hast recht. Sehen wir einmal, was es so an Fixpunkten gibt.«

Dass Friederike am Ende der kommenden Woche für drei Tage nach Feldkirch in Vorarlberg musste, hatte kurz an Helenes Herz genagt, doch das hatte sich in dem Augenblick gelegt, in dem Friederike erklärt hatte, wie sie sich die darauffolgenden Tage vorstellen würde. Sie gingen alles durch und kamen bald zu dem Schluss, dass es gar nicht so viele Tage geben würde, an denen sie sich nicht sehen konnten.

»Was meinst du, Friederike, sollte ich meiner Kollegin die Karten für die beiden Konzerte abnehmen, die ich für sie und für mich besorgt habe? Wäre das etwas für dich, mich dorthin zu begleiten?«

»Natürlich wäre das wunderbar. Aber was wird deine Kollegin dazu sagen, wenn du ihre Karten so einfach mir gibst?«

»Ich frage sie vorher natürlich. Keine Angst. Wie ich sie kenne, wird das kein Problem darstellen. Und eines sage ich dir: Die Konzerte werden fantastisch sein – und noch viel besser, wenn du neben mir sitzt.«

Sie verschoben oder modifizierten noch das eine oder andere und waren mit dem Ergebnis am Ende recht zufrieden. Voll berufstätige Frauen in so unterschiedlichen Berufen haben es nun einmal nicht leicht, alles unter einen Hut zu bringen.

Die Kalender waren wieder zugeklappt und in den Handtaschen verschwunden. Schweigsam saßen sich Helene und Friederike gegenüber.

»Ich werde jetzt nach Hause fahren«, brach Helene dieses Schweigen, »ich trinke noch das Glas Wein aus, dann bestelle ich mir ein Taxi und bin dahin. Ich denke, es ist Zeit.«

»Möchtest du nicht noch einmal mit mir schlafen, bevor du aufbrichst?«

»Ich werde später fahren«, war Helenes einfache Antwort. Sie schenkte sich noch etwas Wein ein und prostete Friederike zu.

»Du bist leicht zu etwas zu überreden.« Friederike prostete Helene nun ebenfalls zu.

»Das hängt nur vom Angebot ab. Und das konnte ich eben nicht ausschlagen.«

Um fünf Uhr läutete der Wecker. So früh musste Helene schließlich aufstehen, um noch rechtzeitig nach Hause zu kommen, sich frische Kleidung zu besorgen und dann rechtzeitig im Dienst zu erscheinen. Sie hatte bereits vor drei Wochen mit einer Kollegin ausgemacht, dass sie sich an diesem Montag um sieben Uhr treffen wollten, um endlich ein Projekt in Angriff zu nehmen, welches das Institut betraf und beiden Frauen ordentlich im Magen lag. Es gab jetzt einfach keine Ausrede mehr, also wälzte sich Helene sofort aus dem Bett und war auch schon auf dem Weg ins Bad. Frisch geduscht kam sie kurze Zeit später in die Küche. Ihr stand der Sinn nach Kaffee, und der Wunsch ging rascher in Erfüllung, als sie sich das hätte vorstellen können.

Friederike war offenbar gleich nach ihr aufgestanden und hatte ein kleines, aber feines Frühstück für sie beide hergerichtet. Der Kaffee duftete, Weißbrot stand frisch aufgebacken auf dem Tisch, dazu Butter und zwei Sorten Marmelade.

»Du hättest nicht aufstehen müssen. Warum bist du nicht einfach im Bett geblieben und hast weitergeschlafen? Es ist ja noch nicht einmal halb sechs.«

»Ich leg mich ja auch noch einmal hin. Aber glaubst du im Ernst, ich hätte dich so allein aufstehen lassen? Ein gemeinsames Frühstück ist doch das Mindeste, was ich mit dir heute am Morgen machen kann. Wir sehen uns außerdem erst am späten Abend.«

»Also siebzehn Uhr dreißig ist nicht unbedingt später Abend. Aber lang wird die Zeit schon werden bis dahin.«

»Ich hätte dich gerne den ganzen Tag bei mir. Kann ich dich nicht dazu verführen?« Friederike öffnete wie zufällig ein wenig ihr silbergraues Seidennegligé, das sie sich übergeworfen hatte, und zeigte ebenso wie zufällig ein wenig nackte Haut.

»Danke für die wunderbare Aussicht, besser gesagt, Einsicht, Friederike. Jetzt geht es aber wirklich nicht mehr, dass ich noch länger bleibe.«

Friederike schloss ihr Negligé, zog einen Schmollmund und fragte mit gespielt weinerlicher Stimme: »Kann es sein, dass du mich nicht mehr liebst?«

»Das wird es wohl sein. Wie könnte ich dich denn sonst so einfach verlassen?«

In dem Augenblick, als sie die Wohnung verließ, wurde Helene bewusst, dass nun irgendwie ein Kapitel in der Beziehung mit Friederike abgeschlossen war. Mit dem Frühstück hatte es sein Ende gefunden, das Kapitel, das in dem Augenblick begonnen hatte, als Helene in das Foyer des Hotels in der Neumarkter Gegend getreten war und Friederikes Rücken hinter dem Empfangstisch betrachtet hatte. *War das nicht vor einer Ewigkeit gewesen?*

Der Donnerstag, der fünfundzwanzigste April, war der Tag, an dem sich Helene das erste Mal von Friederike für den für sie unglaublich lang erscheinenden Zeitraum von drei Tagen verabschieden musste. Friederike hatte einen Platz im Autozug nach Feldkirch in Vorarlberg gebucht. Das Fahrzeug war schon verladen, und sie hatte im Abteil Platz genommen. Sie war sehr zeitig dran gewesen, sodass sie um dreiviertel sieben in der Früh auf die Rampe gefahren war. Nun war sie vollkommen allein im Abteil und, wie es schien, vollkommen allein im Waggon. Sie bezweifelte auch, dass sich das ändern würde. Ein paarmal hatte sie diesen Zug schon genommen, um in die Ostschweiz zu gelangen, jedes Mal hatte sie das Abteil nahezu allein für sich gehabt. Kurz überlegte sie, ob sie ihren Laptop herausholen sollte, um die Vorbereitungen für die Veranstaltung abzuschließen. Viel war da nicht mehr zu machen. Die Tagung wurde von einer chirurgischen Fachgesellschaft veranstaltet, und die Universität, für die Friederike arbeitete, war eingeladen worden, sich zu präsentieren. Vor allem war man neugierig auf die Seminare, die nun bereits europaweit liefen. Es waren hauptsächlich intensive Trainingseinheiten für Ärzte aus diversen Fachrichtungen, die bereits mitten in der Routine steckten und die man damit auf den neuesten Stand des Wissens bringen wollte. Dabei ging es nicht bloß um theoretisches Wissen, sondern um praktische Fertigkeiten. Das Prinzip war dabei beinahe immer dasselbe: Spezialisten wurden eingeladen, durch manchmal kontroverse Impulsreferate eine lebhafte Diskussion in Gang zu setzen und dann einen fruchtbaren Erfahrungsaustausch in die Wege zu leiten. Mit von der Partie waren immer auch Studenten der Universität, Studenten in höheren Semestern, meist sehr fortgeschritten in der Ausbildung, die wirklich davon profitieren konnten. Für die Fachgesellschaft schien das Konzept sehr reizvoll zu sein, man wollte daher auch für sich in naher Zukunft so eine Veranstaltung ins Leben rufen. Friederikes Aufgabe würde es sein, den Boden dafür aufzubereiten, und darin war sie bereits sehr erfahren. Schon hatte sie ihre Laptoptasche geöffnet, als sie für den Moment jede Lust auf Arbeit verlor.

Ihre Gedanken wanderten zu Helene. Sie hatten sich am Vorabend voneinander verabschiedet, und Helene hatte dabei geweint. Sie hatte es unterdrücken wollen, doch als ihr Friederike mit dem kleinen Finger sanft über die bebenden Lippen strich, konnte sie sich nicht mehr zurückhalten. Es war kein hysterisches oder verzweifeltes Weinen gewesen, nein, es war einfach ein Ausdruck dafür, dass ihr die Trennung sehr schwerfiel. Seit dem Tag, an dem sie sich kennengelernt hatten, hatten sie sich jeden Tag gesehen. Ihr Blick glitt aus dem Fenster auf den grauen Bahnsteig, und sie rief sich noch einmal den Vorabend ins Gedächtnis.

Helene hatte ihr beim Packen geholfen. Eigentlich wollte sie nach Vorarlberg viel weniger mitnehmen, doch Helene legte das eine oder andere Stück noch zum Koffer. Vor allem die neu erworbene Unterwäsche aus Klagenfurt hatte sie ihr vollständig hinzugefügt und auch streng den Auftrag erteilt, sie zu tragen und dabei an sie, Helene, zu denken. Das fand Friederike eine gute Idee, das würde sie mit Freude machen. Alles in allem war dieses Kofferpacken das Amüsanteste, das Friederike je hinter sich gebracht hatte. Wie Teenager alberten sie am Ende herum, fielen immer wieder übereinander her. In der Zeit hätte Friederike fünfmal ihren Koffer packen können.

»Danke, dass du mir so konstruktiv beim Packen geholfen hast.« Friederike lag ausgestreckt auf dem Bett, Helene auf ihr und knabberte dabei sanft an ihrem Ohrläppchen.

»Konstruktiv!« Helene lachte. Und »konstruktiv« wurde die Vokabel des frühen Abends. Flink packte Helene Friederike, fixierte ihren Oberkörper und zwang ihre Beine mit den ihren weit auseinander.

Friederike wehrte sich, musste aber feststellen, dass sie in eine ausweglose Lage geraten war. »Hiilfe, Hiiiilfe! Hiiiiiiilfe!«, flüsterte sie und lachte, dass ihre Bauchmuskeln bebten.

»Jetzt hilft einmal gar nichts. Ich habe keinen konstruktiven Vorschlag zu machen, wie du deine Situation verbessern könntest.« Helene hatte nun eine Hand frei und schob Friederikes String beiseite, sodass deren Mitte nun nackt und offen für die sanft streichelnde Hand war. Langsam fuhr sie mit den Fingern die zarte Haut entlang, hin und her, hin und her, dann tauchte sie in die Hitze ein.

»Hiiiiiilfe!«, kam es wieder flüsternd von Friederike.

»Konstruktiv wäre es vermutlich, dich loszulassen, doch ich habe andere Ideen.«

Friederike lachte nun nicht mehr. Sie hatte versucht, sich gegen die Eindringlinge zu wehren, vergebens. Es hatte sie dermaßen erregt, dass sie nun vor Lust bebte. Helene war dies nicht entgangen, sie wusste nun ganz genau, was sich in Friederike zusammenbraute. Das kannte sie nun schon sehr gut. Und kurz bevor es so weit war, dass Friederike von einer Welle der Lust fortgespült werden konnte, zog sie die Hand weg, setzte sich auf und meinte knapp:

»Also: Wie kann ich dir noch konstruktiv beiseite stehen beim Zusammenräumen und Packen?«

»Helene, du quälst mich!«

»Ich? Wieso? Ich will dir bloß helfen.«

»Konstruktiv ist das jetzt aber nicht.« Das hatte Friederike erst ganz ernst gesagt, prustete aber gleich los. Sie stürzte sich auf Helene, die aufs Bett fiel, und es kam zu einer Rauferei, die damit endete, dass Friederike nun Helene im Griff hatte. Die strampelte zwar noch immer und atmete schwer, doch jetzt war es Friederike, die sich über Helene hermachen konnte. Langsam knöpfte sie ihr die Bluse auf, versuchte, den BH zu öffnen, was nicht gelang, denn dazu hätte sie den Griff lockern müssen. Also zog sie die Körbchen nach unten und befreite so die Brüste aus ihrer Gefangenschaft.

»Du solltest weiter zusammenräumen, Friederike, ich helfe dir dabei, konstruktiv, wenn du das willst.«

»Konstruktiv werde ich dich jetzt bearbeiten, meine Liebe, das kann ich dir versprechen.« Sie beugte sich über eine Brustwarze und biss erst ganz sanft, dann immer fester in sie hinein, bis Helene ein zischendes Seufzen entfuhr. Friederikes Hand war zum Reißverschluss von Helenes Rock gelangt, öffnete ihn und glitt in ihn hinein. »Ah, die Dame trägt heute die neuen Strumpfhalter, die sie sich in Klagenfurt zugelegt hat. Ist ja neckisch. Wie tragen sie sich denn?«

Helene wollte gerade antworten, als sie Friederikes Zähne wieder an ihrer Brustwarze spürte. Ganz sanft, doch immer wieder mit der Intention zuzubeißen. Und jedes Zubeißen, obwohl ganz zärtlich, ließ Helene einen Schub ungemeinen Lustgefühls spüren, sodass sie bald meinte, unter Friederike zu zerfließen. »Beiß mich, bitte, beiß mich. Fest. Ah!«

Friederike ließ ihre Hand von den Strumpfhaltern unter das Höschen wandern, drückte kurz auf die Klitoris, ließ Helene, die sich schon lange nicht mehr wehrte, unvermutet los, sprang aus dem Bett und stand mit gespieltem Ernst vor ihr. »Glaubst du, dass ich in Vorarlberg ein Schuhputzzeug brauchen werde?«

Helene lag völlig aufgelöst da, sie atmete schwer. »Du kannst doch nicht ...«

»Doch! Ich kann jetzt weiter zusammenräumen. Und du solltest jetzt auch etwas Konstruktives dazu beitragen.«

Helenes Lebensgeister waren wieder erwacht, sie umarmte Friederike und küsste sie. »So. War das nun schon ein wirklich konstruktiver Kuss, oder nicht?«, fragte sie anschließend lächelnd.

»Vermutlich der erste konstruktive Kuss, den ich jemals im Leben bekommen habe.«

Helene entledigte sich ihrer Bluse, ließ ihre Brüste wieder in den Körbchen ihres BH verschwinden und auch den geöffneten Rock zu Boden fallen. »So, jetzt werde ich dir wirklich helfen.«

»Wirklich?« Friederike hatte ihren Kopf zur Seite gelegt, betrachtete ihre schöne Geliebte. »Glaubst du, dass wir konstruktiv etwas weiterbringen, wenn du so angezogen, oder soll ich sagen, ausgezogen vor mir stehst?«

»Und ob, Frau Doktor!«

Tatsächlich gelang es ihnen, rasch alles auf die Reihe zu bringen. Helene schloss noch eben den Reißverschluss des Koffers, dann setzte sie sich auf die Bettkante, Friederike neben sie.

»Danke, Helene, jetzt haben wir es wirklich noch geschafft, konstruktiv zu sein.«

Helene umarmte Friederike, ließ sich mit ihr gemeinsam auf das Bett fallen. »Dann können wir ja dort weitermachen, wo wir unterbrochen worden sind.«

Friederike saß lächelnd noch immer ganz allein im Abteil, als ihr das alles wieder in den Sinn kam. Ganz real spürte sie plötzlich alle Stellen ihrer Haut, die von Helene am Vorabend so lange liebkost, geküsst, gebissen und was sonst noch immer worden waren. Sie erschrak, als die Abteiltür aufgerissen wurde.

Helene stand in der Tür. »Ich fahre nicht mit, Friederike, das geht leider nicht. Aber ich konnte mir die Zeit für einen Abschiedskuss nehmen. Das habe ich mir nicht entgehen lassen. Der Wiener Westbahnhof ist ja nicht weit entfernt von meinem Institut.« Sie hatte sich neben Friederike fallen gelassen und küsste sie leidenschaftlich.

Friederike hätte beinahe gejauchzt vor Freude, doch das Jauchzen wurde von dem Kuss erstickt. Sie löste sich langsam aus der Umarmung. »Ist das schön, dich hier zu sehen. Es ist noch eine halbe Stunde bis zur Abfahrt. Bleibst du so lange bei mir?«

»Bis zur letzten Minute. Du siehst wunderbar aus. Geht es dir gut?«

»Danke, Helene, es geht mir ausgezeichnet. Die Überraschung ist dir gelungen. Wie hast du mich gleich finden können?«

»Gleich finden können! Das ist der sechste Waggon, den ich durchstreift habe. Weißt du, dass außer dir gerade einmal fünf Leute in den sechs Waggons gewesen sind? Noch nicht allzu voll, der Zug.« Helene schmiegte sich an Friederike und strahlte sie mit einem sonnigen Lächeln an.

Sie unterhielten sich, bis Helene meinte, sie sollte jetzt raus aus dem Zug, wollte sie nicht bis Linz als blinder Passagier mitfahren müssen. Diesmal gab es einen Abschied ohne Tränen, stattdessen mit frohem Gelächter und wildem Winken, als der Zug aus dem Bahnsteig glitt. Fünf Minuten später gab Friederikes Handy einen Signalton von sich, der eine SMS ankündigte. Friederike blickte ohne große Erwartungen auf das Display. »Bist du schon angekommen? Du fehlst mir!«

Rasch antwortete sie: »Wäre schon gerne angekommen. Du fehlst mir auch.«

Und so flogen die SMS hin und her, bis Friederike am Nachmittag mit ihrem Fahrzeug in Feldkirch von der Rampe fuhr und eine halbe Stunde später in ihrem Hotel ankam. Ihr Zimmer war wunderschön, groß und modern eingerichtet. Es hatte zwei große Betten, es wäre also wirklich genug Platz für Helene gewesen, doch die war weit weg. Sie griff zum Handy, und diesmal würde sie keine SMS schreiben, diesmal wollte sie Helene wirklich hören.

»Bist du gut angekommen?«, waren die ersten Worte, mit denen Helene Friederike überfiel. Helene hatte Friederikes Telefonnummer einen eigenen, romantischen Klingelton zugeordnet, sodass sofort klar war, wer anrief, wenn diese Melodie erklang.

»Ja. Bin ich. Ich habe ein wunderschönes Zimmer mit zwei riesigen Betten. Du hättest wirklich genug Platz bei mir.«

»Ein einzelnes schmales Bett würde mir schon reichen.«

Friederike lächelte, stellte sich bildlich vor, wie Helene ausgestreckt auf einem der Betten lag und sie sich langsam auf sie sinken ließ.

»Friederike? Bist du noch da?«

»Ja, ja. Ich habe mir nur gerade vorgestellt, dass du auf einem der Betten liegen würdest.«

»Geht leider nicht.«

»Ja, geht nicht. Wie sieht dein Plan für den restlichen Tag aus?«

»Ich habe noch keine konkreten Vorstellungen. Vermutlich werde ich meine Mutter anrufen. Ich möchte sie wieder einmal sehen. Ich weiß nicht wieso, aber irgendwie habe ich das Bedürfnis danach.«

»Genieße den Abend auf alle Fälle.«

»Wird gemacht, Frau Doktor. Das gilt aber auch für dich. Wir telefonieren später, zumindest aber gibt es eine SMS oder eine E-Mail.«

Sie plauderten noch ein wenig, schickten sich Tausende Küsse und beendeten schließlich das Gespräch.

Helene wählte anschließend sofort die Nummer ihrer Mutter.

»Zuhan«, vernahm sie nach kurzem Klingeln die vertraute Stimme.

»Hallo, liebe Mutter! Helene am Apparat.«

»Heli! Wie geht es dir? Schön, von dir zu hören.«

»Ja, ich freu mich auch, dich zu hören. Können wir uns in den nächsten Tagen einmal sehen? Ich habe große Lust darauf.«

»Puh! In den nächsten Tagen sieht es nicht sehr gut aus. Da bin ich ziemlich ausgebucht. Aber heute geht es. Ja, heute. Das ist es. Ich denke schon den ganze Tag darüber nach, wer mich in die Oper begleiten könnte.«

»Oper?« Helene klang wenig begeistert. »Oper ist nicht gerade das, wonach mir der Sinn steht. Ehrlich. Was wird denn gegeben? Und wo gehst du hin?«

»Staatsoper. Rossini. L'italiana in Algeri.«

»Kenne ich nicht.« Helene kramte in ihrem Gedächtnis, doch sie hatte keine Assoziation mit dem Titel. Von Rossini kannte sie nur den Barbier von Sevilla. Den hatte sie im Gymnasium über sich ergehen lassen müssen, und dieser Event war im Musikunterricht bis zum Erbrechen vorbereitet worden. Das hatte ihr jegliche Lust an Oper genommen. Helene schätzte indes sehr Rossinis Ouvertüren. Für sie waren das Stimmungsaufheller.

»Ich kenne die Oper auch nicht. Tante Wilhelmine aus Pressbaum hat mir ihre Abokarten gegeben. Sie kann die Vorstellung heute nicht besuchen, Geburtstagsfeier oder so was, also hab ich ihr die Karten abgenommen. Allein möchte ich nicht hingehen, aber wenn du mich begleitest, hätten wir doch schön Gelegenheit, miteinander zu plaudern.«

Helene dachte kurz nach. So schlecht war die Idee nicht. Sie wäre sicher den ganzen Abend über abgelenkt und hätte nicht viel Zeit, an Friederike zu denken. »Ich bin dabei.« Der Entschluss war schnell gefasst. »Wollen wir uns schon vor der Vorstellung in einem Café treffen oder erst in der Oper?«

»In der Oper. Wir sehen uns im Foyer. Nach der Oper gehen wir essen. Ich lade dich ein, Heli.« Heli durfte nur ihre Mutter zu ihr sagen. Nur sie hatte das Privileg. Niemand dürfte es wagen, ihren schönen Namen zu deformieren. Leni, Lene, Heli und so weiter, das war praktisch allen untersagt. Außer ihrer Mutter. Die hatte sie schon seit Babyzeiten Heli genannt und niemals daran gedacht, das zu ändern.

»Muss ich mich da besonders herausputzen?«

»Heli! Zieh an, was du willst. Komm halt nicht gerade im Nachthemd oder im Bikini.«

Helene musste lachen. Sie besprach mit ihrer Mutter noch die letzten Einzelheiten, ehe sie auflegte.

Plötzlich freute sie sich sehr auf den völlig unerwartet in Aussicht stehenden Opernabend.

Helene traf ihre Mutter im Foyer. Sie war elegant gekleidet, trug ihren Lieblingsschmuck und sah für ihr Alter einfach umwerfend aus.

»Heli! Wie siehst du denn aus!«

Helene erschrak. Sie sah an sich hinunter. Was war denn falsch?

»Hallo Mutter. Was ist? Was passt nicht?«

»Gar nichts passt nicht. Du siehst fantastisch aus. So hübsch, so entspannt warst du schon seit Jahren nicht mehr.« Sie umarmte ihre Tochter. »Das macht die Liebe. Ich freue mich so für dich, dass du endlich das für dich gefunden hast, was dir entspricht.«

Helene nahm ihre Mutter fest in die Arme und küsste ihre Wange.

»Danke, dass du das so siehst. Das ist nicht selbstverständlich.«

»Enkel hast du mir ja schon geschenkt. Das ist doch immer das Problem Nummer eins bei Leuten, deren Kinder ein Leben führen wollen, welches das wohl ausschließen lässt.«

»Glaubst du?« Helene war sich da nicht so sicher.

»Glaub ich nicht. Natürlich sind es Vorurteile. Nur, weißt du, ich habe meine Vorurteile schon seit Längerem abgebaut, und daran warst du nicht ganz unbeteiligt.«

»Ich?«

»Ja, du. Als ich begonnen habe, mich für, sagen wir, jüngere Männer zu interessieren, kurzfristige Techtelmechtel einzugehen, da habe ich immer Angst gehabt, dass du mir die Hölle heiß machen wirst, wenn du es mitbekommst. Doch das war nicht so. Du hast dich nicht eingemischt, nicht einmal den Moralfinger gehoben. Dich hat das nur einmal mehr, einmal weniger interessiert. Offenbar hast du akzeptiert, dass deine Mutter eine erwachsene Frau ist.«

»Na, manchmal habe ich mir schon meinen Teil gedacht ...«

»Aber du hast das nicht aufdringlich oder besserwisserisch auf mich abgeladen.«

»Du bist ja meine Mutter.«

»Hast du eine Ahnung, wie es da so mancher Freundin von mir mit ihren Töchtern und Söhnen geht. Das ist nicht selten die reine Bevormundung, die da versucht wird.« Sie seufzte, musterte Helene nochmals von oben bis unten. »Du bist eine verdammt attraktive Frau geworden, verdammt attraktiv. Ich bin stolz auf dich.«

»Mama!«

»Mama hast du mich schon dreißig Jahre nicht mehr genannt. Das darfst du gerne weiterhin tun.« Sie lächelte. »Komm, wir haben noch Zeit, jetzt trinken wir an der Bar noch ein Glas Weißwein, und dann geht es los.«

Der Applaus nach der Vorstellung wollte nicht enden. Untypisch für eine Repertoirevorstellung, wie Helenes Mutter erklärte. Aber nicht erstaunlich bei der Qualität. »Weltklasse«, hatte die ältere Dame neben Helene gemeint, als der Vorhang fiel. Die Inszenierung, nicht mehr ganz neu, aber äußerst liebevoll, die Sänger, was die Stimmen anbelangte, in Hochform, und in Bezug auf das Schauspielerische in bester Spiellaune. Alles in allem tat es Helene leid, dass die Vorstellung schon zu Ende war, und noch mehr tat ihr leid, dass Friederike nicht hatte dabei sein können.

Helene und ihre Mutter waren bis zum letzten Vorhang geblieben und waren auch bei den Letzten, die das Opernhaus verließen. Helene hatte sich bei ihrer Mutter eingehakt und folgte ihr, ohne weiter zu fragen, wohin sie geführt wurde. Eine knappe halbe Stunde waren sie gemütlich unterwegs gewesen, hatten sich noch immer nicht von der Aufführung lösen können und schwelgten in Einzelheiten, die ihnen so besonders in Erinnerung geblieben waren. Helenes Mutter blieb unerwartet vor einem unscheinbaren Gasthaus stehen und zeigte auf die Tür.

»Da sind wir. Ich habe einen Tisch für zwei reservieren lassen.«

»Hier muss man einen Tisch reservieren lassen? Um die Tageszeit?« Helene war ein wenig skeptisch.

Hinter der eher tristen Fassade sah die Sache aber gleich ganz anders aus. Es handelte sich um ein kleines, aber sehr feines Restaurant, das dann auch von den Speisen her keinen Wunsch offenlassen sollte.

Helenes Mutter konnte schon beim Aperitif ihre Neugier nicht mehr bezähmen. Sie löcherte Helene mit Fragen, wollte alles genau wissen. Helene musste Friederike bis ins letzte Detail beschreiben. Ausführlichst musste sie schildern, wie sie sich kennengelernt, wie sie sich angenähert hatten, wie es dann gewesen war, als sie spürte, sich verliebt zu haben.

»Mama, du bist so neugierig. Fehlt bloß noch, dass du mich fragst, wie es ist, mit einer Frau zu schlafen.«

»Das wollte ich gerade eben tun. Wie ist es, mit einer Frau zu schlafen?«

»Ma...« Helene war erst einmal entsetzt, dass ihre Mutter sie so etwas wirklich fragen konnte. Doch dann entspannte sie sich, lächelte, sah in eine weite Ferne. »Herrlich. Einfach herrlich. Einfach wunderschön.«

Helenes Mutter sah ihre Tochter mit unverhohlener Zuneigung an. »Einfach wunderschön. So wie du das sagst, muss es wohl so sein. Mein Gott, ist das schön, dass du endlich dein Glück gefunden hast.«

Helene hatte das Gefühl, ihrer Mutter, zu der sie seit der Geburt ihrer Kinder ohnehin ein ungewöhnlich gutes Verhältnis hatte, noch nie so nah gewesen zu sein. Das Gespräch wanderte zwischen zahlreichen Themen hin und her, und irgendwann streifte es auch Helenes Kinder.

»Martin ist so ein lieber Zeitgenosse, er ruft mich jeden zweiten Tag kurz an, erkundigt sich nach meinem Befinden und fragt, ob ich etwas brauche. Maria ist da etwas anders. Früher hat sie sich auch regelmäßig bei mir gemeldet. Jetzt ist das umgekehrt. Ich, die alte Großmutter, rufe meine Enkeltochter regelmäßig an, um mich nach ihrem Wohlbefinden zu erkundigen. Sie freut sich ganz offenbar darüber, doch ich kann mich des Eindrucks nicht erwehren, dass sie nicht mehr so sehr Wert darauf legt, mit mir in Kontakt zu treten. Sie ist so erwachsen. Unglaublich. Sie erinnert mich sehr an dich, als du schwanger warst in dem Alter. Das hat dich damals auch so unglaublich schnell richtig erwachsen werden lassen. Glaubst du, dass sie schwanger ist?«

»Wie kommst du denn auf diese absurde Idee?«

»Liebe Heli, was ist daran absurd?«

Helene lachte laut auf. »Stimmt. Das geht schneller, als man denkt.

Ich erinnere mich eigentlich recht gut an die Situation vor zwei Jahrzehnten.«

»Hast du den beiden schon von der Neuigkeit berichtet?«

»Von welcher Neuigkeit?«

»Heli, von der Neuigkeit, dass du eine Frau liebst, mit einer Frau zusammen bist.«

»Nein, natürlich nicht. Entschuldige, dass ich nicht gleich verstanden habe, was du gemeint hast.«

»Natürlich nicht.« Helenes Mutter war plötzlich nachdenklich. »Du wirst das aber irgendwann kundtun müssen. Ewig kann das ja kein Geheimnis bleiben. Vielleicht will Friederike auch einmal ganz offiziell mit dir zusammenleben. Spätestens dann wird es sich nicht mehr vermeiden lassen, dass du es auch den Kindern sagst.«

»Das weiß ich. Friederike hat mich auch schon darauf angesprochen, sie drängt mich aber nicht. Ich weiß nicht, wie ich das anstellen soll.« Sie schwieg einen Augenblick. »Es ist so seltsam, Mama, aber ich hatte keine Sekunde ein Problem damit, es dir zu sagen, doch wenn ich daran denke, es Martin oder Maria zu sagen, verlässt mich der Mut sofort. Ich kann es mir einfach nicht vorstellen.«

»Und warum ist das so schwer für dich?«

Helene atmete kräftig durch. »Ich fürchte, dass das Bild der Familie, das ich für die beiden aufgebaut habe, vor allem nach Florians Tod, für sie zusammenbrechen wird.«

»Welches Bild? Das Bild der keuschen Witwe, die fern von Begierden nur für ihre Kinder lebt? Das Bild haben die beiden doch gar nicht von dir.«

»Ich glaube, dass gerade da mein Problem liegt. Ich weiß nämlich nicht mehr ganz genau, welches Bild die beiden von mir, von unserer kleinen Familie haben. Ich spüre aber, dass da etwas im Wandel ist, und ich will eben nichts zerstören mit so einer … so einer …«

»Neuigkeit«, kam ihr ihre Mutter zu Hilfe.

»Neuigkeit, Wendung, wie auch immer«, setzte Helene fort.

»Heli, ein wenig kann ich dich verstehen. Du solltest vielleicht wirklich behutsam vorgehen, vor allem wegen Maria, und du solltest eine gute Gelegenheit abwarten. Überleg dir schon einmal, wie du es ihnen sagen wirst, und vielleicht ergibt sich irgendwann die günstige Situation, dass du es anbringen kannst. Du hast ja schon immer ein gutes

Gespür für besondere Situationen gehabt. Das wird dich sicher nicht verlassen haben.«

»So habe ich mir das auch selbst schon vorgestellt. Ich glaube auch, dass sich irgendwann eine gute Gelegenheit ergeben wird, und dann werde ich alles offen auf den Tisch legen. Bei gutem Wind wird das dann auch gut ankommen, da bin ich sicher.«

»Von mir erfährt niemand etwas.«

»Darum würde ich dich auch wirklich bitten, Mama.« Helene lächelte und sah ihre Mutter an. *So eine jugendliche Großmutter, so eine jugendliche Großmutter möchte ich auch einmal sein,* kam ihr in den Sinn.

Einer Unmenge an Telefonaten, E-Mails und SMS war es zu verdanken, dass die Tage bis Friederikes Rückkehr für Helene viel, viel schneller vorübergingen, als sie es sich hätte vorstellen können. Nun stand sie schon am Bahnsteig, sah den Zug langsam einfahren und schließlich mit einem lauten Quietschen stehen bleiben. Die Türen öffneten sich, und als Erste stieg Friederike aus. Helene hatte sie sofort bemerkt und stürmte los. Dabei rannte sie einen jungen Mann um, der eben auch aus dem Zug gesprungen war. Sie entschuldigte sich kurz, er lächelte bloß milde, und sie lief weiter, weiter in Friederikes Arme. Endlich hatte sie sie wieder. Ein wunderbares Gefühl.

Es war halb elf am Abend. Und da Samstag war, konnten sie den Abend noch lange ausdehnen.

»Was willst du heute noch machen, Friederike?«, wollte Helene dann auch wissen, als sie beide im Auto saßen und aus dem Bahnhofsgelände fuhren.

»Nur nach Hause. In die Dusche. Einen gemütlichen Abend mit dir verbringen. Ausruhen.«

»Hast du Hunger?«

»Ich habe schon im Speisewagen etwas gegessen.«

»Ich bin auch nicht hungrig. Gegen ein gutes Glas Wein bei Kerzenlicht und guter Musik hätte ich aber nichts einzuwenden.«

»Ja … das klingt verlockend.« Friederike nickte zustimmend und ließ ihre Hand vom Schalthebel auf Helenes Oberschenkel gleiten. Das kannte Helene bereits. Und da sie sich vorstellen konnte, was Friederike so im Sinn haben könnte, zog sie ihren langen, bis knapp an die Knöchel reichenden Rock über ihre Knie hinauf.

Friederikes Hand wanderte auch gleich unter den Rock. Bei der nächsten roten Ampel beugte sie sich rasch zu Helene und gab ihr einen Kuss auf die Wange. Dann setzte sich der Verkehr wieder in Gang, und die Hand war gleich wieder unter Helenes Rock verschwunden. Das Spiel wiederholte sich einige Male, bis sie endlich einen Parkplatz vor Friederikes Haus angesteuert hatten. Helene, die selbst nur eine kleine Tasche mit den nötigsten Utensilien, Reservewäsche und Kosmetika bei sich hatte, half Friederike dabei, Koffer und Taschen ins Haus zu befördern. Wenige Minuten später prasselte schon das heiße Wasser der Dusche auf Friederikes Rücken.

Währenddessen hatte Helene eine Flasche Rotwein geöffnet, zwei Gläser gefüllt und einige Kerzen angezündet. Aus ihrer Tasche zauberte sie zwei CDs hervor. Eine mit Max Bruchs erstem Violinkonzert in einer besonders schönen Aufnahme, wie sie selbst fand, und die zweite mit Gitarrenmusik. Eine Uralt-CD ihres verstorbenen Mannes Florian war ihr neulich in die Hände gefallen. Das Concerto de Aranjuez von Joaquín Rodrigo und einiges andere war da zu hören. Sie fand, dass das irgendwie gut zu Friederike und ihr passen würde. Sie legte die CD ein, ließ sich auf dem Sofa nieder und blickte in das Kerzenlicht. Bald versank sie in der schönen Musik, sah durch die Flamme der Kerze in eine weite Ferne und war glücklich. Einfach glücklich.

Sie hatte lange nicht bemerkt, dass Friederike gekommen war und sie schon mehrere Minuten betrachtete. Kurz erschrak sie, als Friederike sie dann doch ansprach. »Was ist das für eine schöne Musik? Irgendwie kommt sie mir bekannt vor. Ich hab sie schon einmal gehört. Vor langer Zeit.«

»Gefällt dir das Stück?« Helene fühlte sich bestätigt, empfand es nun noch deutlicher, dass die Musik zu ihnen beiden passen würde. »Das ist das Concerto de Aranjuez von Joaquín Rodrigo. Florian hat es so geliebt, und mir ist neulich die CD untergekommen. Da dachte ich mir, ich nehme sie mit zu dir.«

Friederike nickte mit dem Kopf. »Ja, jetzt weiß ich es wieder. Ich glaube, meine Eltern hatten eine Schallplatte davon. Meine Mutter hat sie ab und zu angehört.« Sie setzte sich auf die Couch neben Helene, ihr Seidennegligé ging dabei auf, und Helene entging es nicht, dass sie darunter nackt war. Friederike knotete den Gürtel notdürftig wieder zu und griff nach dem Glas. Sie wollte Helene schon zuprosten, als sie das Glas wieder sinken ließ. »Willst du dich nicht auch ausziehen? Oder etwas Bequemeres anziehen?«

»Gute Idee. Darf ich mir den kurzen schwarzen Seidenmantel nehmen, der hinter der Tür im Bad hängt?«

»Gerne. Soll ich ihn dir holen?«

»Nein, ich mach das schon.« Helene war aufgesprungen, im Bad verschwunden, hatte Rock und Pullover abgestreift, die Unterwäsche jedoch anbehalten und war in den luftigen weiten Seidenmantel geschlüpft. So war sie wieder bei Friederike aufgetaucht. »Der Mantel ist ja federleicht und wunderschön, wenn man ihn trägt.«

»Er passt dir auch ausgezeichnet.« Jetzt griff Friederike wieder zu ihrem Glas, prostete Helene zu und meinte mit einem Seufzer: »Bin ich froh, dass ich wieder bei dir sein kann.«

Untermalt von der wunderbaren Musik, schilderte Friederike in ihrer unnachahmlich blumigen Art ihre Reise nach Vorarlberg. Es war ein voller Erfolg gewesen, man hatte ein Konzept für eine neue Veranstaltung, wie sie den Leuten von der chirurgischen Fachgesellschaft vorschwebte, erarbeiten können. Sie erzählte ebenfalls, wie sie als Frau auch ein wenig seltsam von den Vorarlbergern behandelt worden sei. Immer wieder wurde sie nach ihrem Mann gefragt. Wo der denn sei. Wann er zur Abendveranstaltung nachkommen würde und vieles andere mehr. Doch die Fragen waren gar nicht das Ungewöhnliche gewesen. Es waren die Reaktionen auf die Antwort, dass es da gar keinen Mann gäbe. Das konnten sie einfach nicht verstehen und ihr Unverständnis hierüber auch nicht verbergen. Alles in allem sei das für sie aber sehr amüsant gewesen und nicht unangenehm. Sie wäre auf so etwas bereits vorbereitet gewesen. Nicht das erste Mal hätte sie das im westlichsten Bundesland Österreichs so erlebt. Das Bild der Frau würde dort nur sehr langsam erneuert werden können.

Sehr spät in der Nacht hatten sie sich dann ins Bett begeben. Friederike hatte es sich nicht nehmen lassen, Helene endgültig zu entkleiden. Das hatte sie mit solcher Behutsamkeit und mit so viel Sanftheit getan, dass Helene anschließend gleich über sie hergefallen war. Nach einem ausgiebigen Liebesspiel sanken die beiden Frauen eng umschlungen in einen tiefen, traumlosen Schlaf.

Viertes Kapitel

Freitag vor Pfingsten 17. Mai

Helene sperrte die Haustür auf und ließ Friederike den Vortritt. Diese war mit den Einkaufstaschen bepackt, und der Tragegurt ihrer Handtasche war auf den Oberarm gerutscht. Sie musste schnell alles loswerden, sonst würde ihr Top mit den Spaghettiträgern auch rutschen und sie halbnackt dastehen. Helene war ihr aber zuvorgekommen. Schnell hatte sie reagiert, ihre eigenen Taschen auf den Boden gestellt und Friederikes Handtasche wieder dort hingehängt, wo sie hingehörte, nämlich auf die Schulter. Friederike drückte ihr dafür ein Küsschen auf die Lippen und sah sie dann fragend an.

»Wo geht es zum Lift? Der Eingangsbereich in diesem Haus ist ja riesig.«

»Da vorne rechts.« Helene ging voraus und war bereits beim Aufzug angelangt. Es war das erste Mal, dass Friederike dieses Haus betrat. Sie hatte Helene zwar schon ein paarmal hierher gebracht, doch nie war sie mit ihr hereingekommen. Der Lift brachte sie langsam in das Geschoss von Helenes Wohnung. Kaum ausgestiegen, standen sie vor Helenes Wohnungstür.

»Na, jetzt sehe ich endlich, wo und wie du wohnst.«

Helene wollte eben den Schlüssel in das Schloss stecken, hielt dann aber inne und drehte sich zu Friederike um. »Seltsam. Seltsam, dass wir das jetzt erst schaffen. Warum ist das so?«

»Helene, das weißt du so gut wie ich. Das hängt damit zusammen, dass du noch nicht bereit bist, unsere Beziehung offen vor deinen Kindern zu präsentieren … zu leben.«

Helene fühlte einen unbestimmten Schmerz in ihrer Brust, als sie Friederikes Worte vernahm. Sie hatte recht. Das war ihr klar. Dennoch. Es hatte schon so viele Gelegenheiten gegeben wie die heutige. Ihre Kinder waren gemeinsam in das Waldviertel zu ihrer Großtante gefahren, der Schwester von Helenes Vater. Dort, auf dem alten, schönen Bauernhof, ließen sie sich manchmal einige Tage verwöhnen. Tante Mili war selbst kinderlos, nicht mehr die Jüngste, hatte den Hof aber noch voll im Griff. Dabei halfen ihr zwei Männer aus dem Ort, die jeweils selbst eine kleine Landwirtschaft bewirtschafteten, sonst aber gemeinsam mit Mili werkten. Die drei waren ein eingespieltes Team, man half sich gegenseitig, hatte den Maschinenpark aufeinander abgestimmt, und alle hatten so ihre Vorzüge, die von den anderen geschätzt wurden. In der Nachbarschaft hatte man diese Art der Zusammenarbeit lange mit Kopfschütteln bedacht. So ein Team hatte es in der Gegend noch nie gegeben, das würde niemals funktionieren. Doch es klappte seit Jahren vorzüglich und war in der Zwischenzeit von mehreren Nachbarn kopiert worden, manchmal mit Erfolg, manchmal ohne. Belächelt wurden die drei um Tante Mili indes schon lange nicht mehr. Dorthin waren Maria und Martin am späten Vormittag gefahren. Sie sollten erst am Dienstag nach Pfingsten wieder zurückkommen, so hatten sie es zumindest vor. Der Dienstag nach Pfingsten war noch vorlesungsfrei, und der Wetterbericht für die kommenden Tage im ganzen mitteleuropäischen Raum sagte störungsfreies, wenn auch nicht allzu warmes Wetter voraus.

Die jungen Leute waren jedenfalls nicht in ihren Wohnungen im selben Haus, konnten daher auch nicht ungebeten in Helenes Wohnung auftauchen. Das hatte Helene Friederike so klipp und klar erklärt und nicht verhehlt, dass ihr ein Zusammentreffen in dieser Konstellation noch zu früh war.

Friederike hatte dies mit ein wenig Traurigkeit zur Kenntnis genommen. Sie übte sich aber diesbezüglich weiter in Zurückhaltung und Geduld. Sie hatte sich fest vorgenommen, Helene nicht unter Druck zu setzen. Sie spürte aber sehr wohl, dass die ganze Sache für Helene immer mehr zum Problem wurde, je länger sich alles hinauszögerte. Jetzt, als sie vor der Tür von Helenes Wohnung standen, war das alles aber irgendwie nebensächlich. Friederike war nur mehr neugierig auf die Wohnung, die ihr Helene ja schon grob geschildert hatte, die sie sich in ihrer Dimension jedoch noch nicht vorstellen konnte. Wie sollten hinter der ein wenig unscheinbar wirkenden Eingangstür zweihundertneun Quadratmeter Wohnfläche verborgen sein, zuzüglich einer knapp hundert Quadratmeter großen Terrasse?

Helene öffnete nun die Tür, und Friederike betrat das Paradies. So hatte sie es jedenfalls auf den ersten Blick empfunden, und dieser Eindruck baute sich auch später immer wieder in ihr auf, wenn sie dieses Domizil betrat.

Die Großzügigkeit war bereits im Eingangsbereich zu spüren und zog sich durch alle Räume. Große, helle Räume. Die Wohnung war wunderbar gegliedert, war wunderbar eingerichtet, geschmackvoll und gemütlich, und wunderbar war die Aussicht aus den riesigen Fenstern.

»Mir fehlen die Worte. Helene, was hast du da für ein Juwel von Wohnung. Das ist ja unglaublich! Nie würde man vermuten, dass sich in diesem Haus solche Wohnungen befinden.«

»Die Wohnungen meiner Kinder sind um keinen Deut schlechter. Mein Schwiegervater hat Unsummen für die beiden investiert. Du kennst ja die Geschichte.«

Ohne eine eigentliche Wohnungsführung geplant zu haben, waren die beiden Frauen durch alle Räume gewandert und schließlich durch das Schlafzimmer ins größere der beiden Bäder gelangt. Eigentlich war das ein weiterer Wohnraum. Das Zentrum bildete eine frei stehende Badewanne, an den Wänden waren geschickt teilweise voneinander abgetrennte Bereiche mit Waschbecken, Dusche und einigen anderen Dingen zu finden. Eine Kommode mit einer großen Musikanlage und zahlreichen CDs fehlte ebenso wenig wie ein eleganter Wäscheschrank. Eine Tür führte in das abgetrennte WC. Das dritte, das Friederike gezählt hatte.

»Hier lässt es sich leben. Ich finde, meine Wohnung ist schon ein Schmuckstück, doch mit der hier kommt sie nicht mit.«

»Übertreib nicht. Deine Wohnung ist ein Traum. Ich bin so gerne dort. Komm. Ich muss dir das Schlafzimmer näher vorführen.« Sie zog Friederike wieder aus dem Bad ins benachbarte Schlafzimmer. »Das ist mein Schmuckkästchen. Mein Technik- und Musiktempel. Mein Refugium für viele Jahre.« Sie zeigte mit ausgestreckten Händen langsam durch den Raum.

Friederike fiel vor allem das riesige Bett auf. Daneben waren zwei Lehnsessel zu finden, zwischen ihnen ein Tischchen, auf dem CDs und Bücher irgendwie schlampig aufgetürmt waren. Sonst fand sich an der Wand eine lange Kommode mit einer weiteren Musikanlage, offenbar noch größer als die im Bad, und sie erblickte zahllose CDs. Neben der Kommode stand ein kleiner Schreibtisch, auf dem sie einen Computer mit einem ungewöhnlich großen Flachbildschirm registrierte. Sie konnte schnell erkennen, dass der Computer ebenfalls mit der Musikanlage in Verbindung stand. Im Gegensatz zu den anderen Räumen, die in puristischem Weiß gehalten waren, waren die Wände hier mit einer wunderbaren strukturierten Stofftapete bezogen, jede Wand in einer anderen Farbe, die Farben miteinander harmonierend und in den schweren, bis zum Boden reichenden Vorhängen wieder erscheinend. Sicherlich hatte hier ein Innendesigner seine Hand im Spiel gehabt.

Helene zog Friederike mit sich auf das Bett, angelte nach einer Fernbedienung und schaltete damit die Musikanlage ein. Im Nu erfüllte ein Klang den Raum in einer Qualität, dass man meinen könnte, sich in einem Studio oder in einem Konzertsaal zu befinden. Eine Streicherserenade von Dvořák war zu hören, beinahe zu spüren, obgleich die Lautstärke offenbar eher gedrosselt war.

»Verstehst du jetzt meine Liebe zur Musik? Da kann man schon wirklich etwas hören, Unterschiede heraushören, vergleichen, vor allem aber genießen.«

Friederike nickte nur. Sie lauschte der Musik, die sie selbst schon so oft gehört hatte, doch noch nie in solcher Qualität. »Was sagst du zu dieser Aufnahme?«, wollte sie von Helene wissen.

Helene antwortete nicht, stattdessen schwang sie sich aus dem Bett, holte eine weitere CD aus einem Stapel und legte sie in ein zweites CD-Laufwerk. Ein Druck auf den Knopf der Fernbedienung genügte, und schon hörte man wieder Musik, irgendwie anders, doch ganz offensichtlich dasselbe Musikstück. »Hörst du den Unterschied? Hörst du ihn?« Helene hatte sich wieder zu Friederike auf das Bett fallen lassen.

»Ja, da ist etwas anders, etwas, das die beiden Aufnahmen unterscheiden lässt.«

»Einmal wird auf der zweiten Aufnahme viel, viel schneller gespielt und außerdem viel härter. Auf der ersten CD«, sie drückte wieder einen Knopf, »wird viel weicher gespielt, fließender. Hörst du das?«

Friederike staunte über Helene. Sie konnte das gut nachvollziehen. »Woher hast du das Wissen, Helene? Hast du Musik studiert?«

»Keine Spur. Nein, alles, was ich über Musik weiß, na ja, fast alles, habe ich mir selbst hier in diesem Raum, natürlich auch im benachbarten Bad, angeeignet.«

»Man kann doch nicht im eigenen Schlafzimmer das Wesen von Musik erkennen. Oder im Bad.«

»Doch, wenn man viele Jahre damit zubringt. Viele freie Vormittage an Wochenenden dafür verwendet. Dann kann man schon ein wenig Gefühl für Musik entwickeln.«

»Ein wenig Gefühl. Du untertreibst ein wenig, wenn ich das richtig sehe. Deine Musiksammlung ist ja enorm. Wo bekommt man diese klassischen Werke überhaupt? In gewöhnlichen Plattenläden findet man das ja nicht.«

»Das ist nicht gesagt. Immer wieder finde ich auch außergewöhnliche Aufnahmen in Elektromärkten oder ähnlichen Geschäften. Ich bin mir zwar sicher, dass die Leute, die das ins Sortiment stellen, vermutlich selbst nicht ganz genau wissen, was sie da haben und was sie da ins Regal stellen. Du hast aber natürlich recht, man bekommt das meiste nur über das Internet, und dieses Angebot nutze ich weidlich aus. Dafür habe ich schon viel Geld ausgegeben. Meine CD-Sammlung ist übrigens noch deutlich größer als das, was du hier siehst. Die ist teilweise gut versteckt in den Wohnzimmerschränken.«

Friederike war aufgestanden und musterte die zahlreichen CD-Hüllen, die auf der Kommode lagen. Plötzlich griff sie nach einer und hielt sie hoch. »Ich dachte, du machst dir nichts aus Opern. Ziehst du nicht Instrumentalmusik dem Gesang vor?«

Helene sah sofort, was Friederike in der Hand hielt. Es war eine Aufnahme von Rossinis L'italiana in Algeri. Sie hatte sie gekauft, da sie von der Aufführung in der Wiener Staatsoper so begeistert gewesen war, dass sie meinte, sie müsste dieser Musik doch auch auf ihre Weise auf den Grund gehen. Einige Male hatte sie schon Ausschnitte gehört und analysiert. Immer mehr wuchs ihre Begeisterung dafür. »Die Aufführung war einfach wunderbar, und ich wollte das Werk nur ein wenig für mich nacharbeiten.«

»Nacharbeiten? Was für ein Ausdruck für Musik. Und was sagst du nach getaner Arbeit dazu?«

»Ich fürchte, ich könnte süchtig danach werden.« Helene lachte. »Ich bin so froh, dass du mich so ablenken kannst, sonst würde ich mich vermutlich zurzeit nur mehr in Opernmusik vergraben.«

»Kannst du mich ein wenig mitnehmen in deine Welt der Musik?«
Friederike fragte ein wenig zögernd. Sie war sich nicht sicher, ob Helene ihr in diese ihre Welt so einfach Eintritt gewähren würde.
»Aber natürlich. Nichts würde ich lieber machen, als mein Faible zu teilen. Bei dir weiß ich auch, dass dich das wirklich interessieren würde und dass du das nicht nur mir zuliebe machen würdest. Noch schöner wird es sein, wenn wir dann auch gemeinsam singen. Vergiss nicht, dass wir vorhaben, gemeinsam in einem Chor zu singen.«
»Der Chor! Ja, natürlich. Das habe ich nicht vergessen. Ich hoffe, dass sich das bald ergibt.« Sie ließ sich auf das Bett nieder und drückte Helene einen Kuss auf die Wange. »Ich hoffe, ich werde dir eine ebenbürtige Musikpartnerin sein können.«
»Im Chor?«
»Doch nicht im Chor. Hier. Wenn wir uns in Zukunft gemeinsam der Musik widmen werden.«
»Ebenbürtig? Friederike, das ist doch kein Wettbewerb. Da geht es doch ums gemeinsame Genießen. Ich stelle auch gar keinen Anspruch dahingehend, mit meinen Einstellungen zu verschiedenen Werken oder unterschiedlichen Aufnahmen davon richtig zu liegen. Ich denke, dazu müsste man schon wirklich Musik studiert haben. Mir geht es um das eigene Empfinden, um meinen Geschmack. Zugegeben, den habe ich natürlich mit den Jahren ziemlich schärfen können.« Helene war bei den letzten Worten aufgestanden, zog Friederike mit sich hoch und ging mit ihr Hand in Hand in die Küche.

»Was möchtest du trinken, Friederike?«
»Ein Glas Rotwein. Ich möchte mit dir anstoßen.«
»Dann zeig ich dir gleich, wo sich der Rotwein bei mir versteckt hält.« Helene nahm Friederike an der Hand und führte sie in einen kleinen Raum, der sich an die Küche anschloss und offenbar so eine Art Vorratskammer, Rumpelkammer, Weindepot und noch mehr zu sein schien.
»Wie viele Räume gibt es hier denn noch zu entdecken?«
Helene lächelte. »Wenn ich mich nicht irre, so war es das. Das ist aber ohne Gewähr. Ich hab nicht so genau aufgepasst, wo wir überall waren. Wenn du Lust hast, kannst du aber gerne nochmals alles durchstreifen, und ich bereite uns währenddessen ein Abendessen zu.«

Sie nahm Friederike in den Arm, lehnte sich dann zurück und legte die Arme auf ihre Schultern. »Du darfst alles erkunden, in jede Lade blicken, meine Geheimnisse ergründen.«

»Hast du denn welche?«

»Jeder hat welche. Vielleicht keine dunklen, aber irgendwelche hat jeder, und sei es nur ein Faible für übergroße Schlafmützen.«

»Jetzt machst du mich neugierig. Die Schlafmützen waren ja symbolisch gemeint, nehme ich an. Aber was sind deine Schlafmützen, von denen ich noch nichts weiß?« Friederike kicherte. »Eine Bierdeckelsammlung vielleicht. Oder ein Schrank voll mit gestohlenen Hotelhandtüchern aus aller Welt. Komm, stoßen wir an, und dann werde ich deine Wohnung wirklich noch ein wenig durchforsten.«

Helene reichte Friederike das Glas Rotwein, erhob ihres, und sie stießen sanft an. »Prost, meine liebste Friederike. Es ist wunderbar, dich hier zu haben.« Sie tranken einen Schluck, dann begann Friederike ihren Erkundungsrundgang durch die Wohnung.

Zunächst wählte sie nochmals den gleichen Weg, wie sie ihn bereits mit Helene genommen hatte. Diesmal achtete sie aber auf ganz andere Dinge. Nun erst fiel ihr auf, dass die Fenster ungewöhnlich groß waren und eine herrliche Aussicht auf die Stadt boten. Die Nachbarhäuser waren alle so weit entfernt, dass sie nirgends die Aussicht verstellen konnten. Das war in Wien nicht so selbstverständlich. Ihre Blicke schweiften auf die Bilder an den Wänden. Helene besaß offenbar nicht so viele wie sie selbst, doch konnten sich die Werke durchaus sehen lassen. Die Aufteilung der Bilder war sehr liebevoll geschehen, da hatte sich jemand etwas dabei gedacht. Sie streifte weiter umher und gelangte in Helenes Ankleideraum, eigentlich war es ein größerer begehbarer Schrank, Friederike konnte sich nicht vorstellen, dass Helene sich dort wirklich an- oder auszog. Die übergroßen Schlafmützen, von denen Helene gesprochen hatte, kamen ihr in den Sinn, und sie konnte nun die Neugier nicht mehr bezähmen und öffnete die erste Lade im Wandschrank. BHs über BHs waren dort zu finden, sehr sorgsam geordnet, in einer Weise zusammengelegt, wie sie es selbst noch nie gemacht hatte. Sie musste schmunzeln. Jeder hat eben so seine Gewohnheiten, und die Art, einen BH zu verstauen, ist offenbar individuell sehr verschieden. Die nächste Lade enthielt Höschen, fein säuberlich gestapelt und in farblich abgestimmten Stapeln zusammengefasst. Unter den Höschen fand sich eine Lade, die nur sehr wenig enthielt. Es waren die Strumpfhalter, die sie gemeinsam in Klagenfurt erstanden hatten. Auch diese waren ordentlich aufgelegt und hatten auch bereits eine eigene große Lade. *Da muss man irgendwann noch für Nachschub sorgen,* dachte Friederike und wollte die Lade eben wieder schließen, als sie erschrak. Helene stand unmittelbar neben ihr und sah sie verliebt an.

»Entschuldige, ich wollte dich nicht erschrecken, sondern nur sehen, ob du wirklich ein wenig in meinen Sachen stöberst. Ich finde es toll, dass du das tust. Vor dir habe ich nichts zu verbergen. Meine Laden stehen dir alle offen. Ich weiß, dass ist nicht jedermanns Sache. Viele Menschen wollen das nicht. Sie fühlen sich dadurch in ihrer Intimität gestört. Meine Art von Intimität liegt aber ganz woanders.«

»Wo, Helene, möchtest du nicht in deiner Intimität gestört werden?« Friederike war jetzt hellhörig geworden.

»So konkret kann ich dir das gar nicht sagen. Natürlich habe ich ein Gefühl der Intimität, was meinen Körper anbelangt, meine Weiblichkeit, meine Geschlechtlichkeit.« Sie machte eine Pause, griff in die offene Lade und holte einen schönen weißen Hüfthalter heraus. »Nicht für jedermann würde ich mich in diesem sexy Stück präsentieren, doch wenn es jemand zufällig an mir sehen würde, so könnte mich das nicht stören. Nein, in der Intimität gestört würde ich mich fühlen, wenn man meine persönlichen Gedanken, Gefühle, Interpretationen von Musikstücken öffentlich kundtun, vor Dritten diskutieren würde, davon ohne mein Wissen irgendjemandem erzählen würde. Klingt komisch. Oder?«

»Ich glaube, ich weiß, was du meinst.«

»Mich würde es kaum stören, wenn du jemandem erzählst, dass ich ab und zu gerne masturbiere, aber ich würde es schwer aushalten, wenn du jemandem erzählst, dass ich finde, dass Ithzak Perlmann die ›Vier Jahreszeiten‹ von Vivaldi viel zu vordergründig virtuos spielt und damit das Stück beinahe ruiniert.« Sie sah Friederike mit gerunzelter Stirn an. Die Stirne glättete sich aber bald wieder, und ein Lachen umspielte ihren Mund. »Ich bin verrückt. Nicht wahr?«

»Du bist verrückt. Wirklich verrückt. Doch das ist ein Zug, der dich noch viel interessanter und anziehender macht. Und wenn ich so darüber nachdenke, so kann ich dir gut folgen. Ich zum Beispiel erzähle

nicht gleich jedem, dass ich an Gott glaube. Meine Gedanken zum Universum gehören mir. Ich erzähle davon nur ausgewählten Personen.«
»Siehst du. Das hast du noch nicht einmal mir erzählt. Ich freue mich schon darauf, wenn du mir deine Sicht des Universums darlegst. Es wird sicher einen verregneten Sonntag im Bett brauchen, dass du mir das alles erklären kannst.«
»Ja, das werde ich tun. Und du wirst mir dann dein Bild der Welt schildern. Das möchte ich genauso gerne kennenlernen.« Friederike nahm Helene den Hüfthalter aus der Hand, hielt ihn an Helenes Taille, lächelte kurz. »Ein schönes Stück, es passt so gut zu dir.« Sie nahm ihn wieder weg, legte ihn in die Lade und schloss sie. »Wie sieht es mit dem Essen aus?«
»Um Gottes willen. Das habe ich ganz vergessen. Das Gemüse ist sicher schon weichgekocht.« Helene stürmte in die Küche, und Friederike folgte ihr.
Auf dem Herd stand eine Kasserolle mit Reis und daneben eine mit Gemüse. Das Wasser im Gemüsetopf war schon größtenteils verdampft, und Helene nahm das Gemüse schnell vom Herd. Sie kostete davon und stellte beruhigt fest, dass nichts schiefgegangen war. Neben dem Herd lagen bereits Fleischstücke auf einem Teller bereit. Ausgelöste Hühnerkeulen, wie Friederike erfreut feststellte. Das war etwas für sie. Helene hatte sie offenbar bereits mariniert, und sie warteten nur mehr darauf, in die Pfanne gelegt zu werden. So geschah es, und wenige Augenblicke später saßen die beiden Frauen das erste Mal gemeinsam in Helenes Wohnung beim Essen.
Später, bei einer Tasse Kaffee, waren sie dann erstmals an diesem Tag auf das Thema des Wochenendes zu sprechen gekommen. Auf ihre gemeinsame Reise nach Prag. Beide hatten sich gemeinsam gut vorbereitet, waren auch per E-Mail in ständigem Kontakt mit Laura gewesen, die sich mit ihrem Freund an den Planungen lebhaft beteiligt hatte. Es war ihnen gelungen, Karten für ein Konzert in einer Kirche zu bekommen. Und der Wetterbericht war ja nicht nur für das niederösterreichische Waldviertel, in dem sich Helenes Kinder aufhielten, vom Feinsten, auch im angrenzenden Böhmen sollte es das ganze Pfingstwochenende strahlend schön werden. Die vier Reisenden hatten daher beschlossen, sich möglichst viel im Freien aufzuhalten und nur ausgesuchte Sehenswürdigkeiten von innen zu betrachten.

»Die pulsierende Stadt genießen, das werden wir machen«, so hatte es Friederike ausgedrückt.

Am kommenden Morgen sollten sie bereits sehr früh am Bahnhof sein, um miteinander nach Linz zu fahren. Vom Bahnhof in Linz würden sie von Laura und Hans abgeholt werden und gemeinsam mit dem Auto Prag ansteuern. Gepackt hatten sie alles, und so waren sie auch auf die Idee gekommen, dass Friederike die Nacht gleich in Helenes Wohnung verbringen sollte, damit sie nach einem kleinen Frühstück gemeinsam zum Westbahnhof gelangen konnten.

Der Abend gehörte nun auf alle Fälle ihnen beiden. Sie saßen gemütlich beieinander, hatten irgendwann noch eine weitere Flasche Rotwein geköpft und sich zum wiederholten Mal zugeprostet. Friederike fragte sich schon langsam, ob der Weinkonsum nicht doch bereits ein grenzwertiges Maß erreicht hätte, doch der gute Tropfen ließ sie die Frage gleich wieder vergessen. Helene holte aus einem kleinen Regal neben der Couch ihr Tschechischlehrbuch hervor und wollte es eigentlich nur durchblättern. Doch das ließ Friederike nicht zu, und so wurde es noch ein langer »Tschechischabend«.

»Helene, du musst mir unbedingt noch ein wenig Tschechisch beibringen, wenn wir morgen schon nach Prag fahren.«

»Puh, Friederike. Wie stellst du dir das vor? Ich bin ja selbst nicht besonders beschlagen in der tschechischen Sprache.«

»Ein paar Basics. Das würde schon reichen.«

»Zahlen von eins bis zwanzig? Guten Tag und Auf Wiedersehen? Was kostet das Eis, der Wein, das Bier? So etwas stellst du dir vor?«

»Ja, so ungefähr. Ich möchte auch sagen können, dass ich verliebt bin.«

»Jsem zamilovaná.«

»Bitte?«

»Ich bin verliebt. Das heißt: Jsem zamilovaná.«

»Genau. So etwas kannst du mir beibringen. Und die Zahlen natürlich auch, und vielleicht auch noch die Farben.«

»Jeden, tva, tři, čtyři, pět, šest, sedm, osm, devět, deset.«

»Das waren die Zahlen von eins bis zehn. Stimmt's, oder habe ich recht?«

»Tři sta třicet tři.«

»Dideldumdei.« Friederike lachte. »Was hast du eben gesagt?«

»Dreihundertdreiunddreißig, tři sta třicet tři. Klingt schwierig, oder?«

»Dieser seltsame Laut. Diese Mischung aus rollendem R und dem Sch, das scheint nicht einfach auszusprechen zu sein.«

»Probier es doch einmal.« Helene schien richtig Luft zu holen. »Tři, čtyři.«

»Tschi, Tschtiri.«

»Nicht so. Man spricht es anders aus. Ich zeig dir einen Trick.« Helene kniete sich vor Friederike und schaute ihr ins Gesicht. »So. Es gibt zwei Methoden, um zum Ziel zu gelangen. Du nimmst auf alle Fälle deine Hände, ballst sie zu Fäusten, und dann legst du die Fäuste locker auf deine Wangen. Jetzt beginnst du ein lang gezogenes rollendes R zu sprechen und drückst gleichzeitig langsam mit den Fäusten gegen deine Backen. Gleich wirst du merken, dass sich ein Sch-Laut in das rollende R hineinmischt. Und wenn du das hast, weißt du, wie ein Tscheche den Laut bildet. Du kannst aber auch einen lang gezogenen Sch-Laut sprechen und gegen die Wangen drücken, dann mischt sich automatisch ein R-Laut dazu, und du kommst wieder auf den gewünschten Laut.« Helene ließ ein rollendes R erklingen, drückte zu, und der Ř-Laut erklang.

»Das muss ich auch versuchen.« Friederike war auf den Geschmack gekommen. Schon saß sie vor Helene mit den Fäusten an ihren Wangen und probierte den neuen Laut aus. Er gelang ihr auf Anhieb, und sie hatte sofort ein Gefühl dafür, wie sie ihn auch ohne Fäuste an den Wangen formen konnte. Die Sache gefiel ihr, und sie schwelgte in den neu gewonnenen Fertigkeiten. Mit dem Zahlwort vierhundertvierundvierzig, auf Tschechisch čtyři sta čtyřicet čtyři, hatte sie ihre besondere Freude. Immer wieder sprach sie es aus, und Helene konnte nur begeistert nicken, als sie ihre Geliebte das so flüssig aussprechen hörte. Das wiederum beflügelte sie, Friederike noch das eine oder andere beizubringen. Erst sehr spät in der Nacht fielen sie übermüdet ins Bett.

»Dobrou noc.«

»Dobrou noc.«

Sie schmiegten sich aneinander, Friederike überhäufte Helene noch mit Küssen. Alles, was sie treffen konnte, wurde mit Küsschen bedeckt. »Danke, dass du so viel Geduld mit mir aufgebracht hast, was das Tschechische anbelangt. Es hat mir so viel Spaß gemacht.«

»Und mir erst, Friederike. Du bist die Erste, mit der ich das ein wenig teilen kann. Sonst haben alle, mit denen ich über mein Tschechischlernen gesprochen habe, lediglich mit Unverständnis und Kopfschütteln reagiert. Immer wieder wurde ich gefragt, warum ich nicht gleich Russisch lerne. Aber schau einmal auf die Landkarte. Wo ist Russland, und wo ist Tschechien? In Tschechien bist du in kürzester Zeit, nach Russland ist es ein weiter Weg. Außerdem hatte ich keine Lust, zusätzlich auch noch eine neue Schrift zu lernen.«

»Ich wollte dich das eigentlich auch schon fragen. Aber das, was du gesagt hast, leuchtet ein.« Sie warf sich auf Helene und nahm deren Kopf in ihre Hände. »Könntest du dir vorstellen, dass wir in Zukunft gemeinsam Tschechisch lernen? Oder bin ich als Anfängerin nur ein Klotz an deinem ›Tschechischbein‹? Was meinst du?« Sie strich nun zärtlich durch Helenes Haar.

»Nur zu. Aber ich sage dir gleich eines: Bis du so weit bist, wie ich zurzeit bin, wird noch eine Menge Wasser die Moldau hinunterfließen. Vltava heißt der Fluss übrigens auf Tschechisch.«

»Ich werde mich bemühen.« Friederike konnte nicht genug bekommen von dem herrlichen Duft, den Helene verströmte. »Mhm, Helene, du bist so feminin, du riechst so weiblich, du bist einfach herrlich.«

»Friederike. Was sagst du da schon wieder.« Jetzt gab sich auch Helene Friederike hin. Sie streichelte sanft über Friederikes Rücken, knetete deren Po und spürte die weiche Haut ihrer Geliebten. So ging das eine Weile, bis sie schließlich einschliefen. Aneinander geschmiegt. Einfach so.

Pfingstmontag   *20. Mai*

Eine leichte kühle Brise wehte über dem Linzer Bahnhof. Die Sterne glitzerten, und der Halbmond stand hoch am Himmel. Helene wunderte sich über die ausgezeichnete Sicht auf die Gestirne. Es war offenbar die ungewöhnlich trockene Luft, die das möglich machte. Sie hakte sich fester bei Friederike unter, die neben ihr stand und irgendetwas in ihrer Tasche suchte.

»Tam je krasný měsíc.«
»Wir sind wieder in Österreich, Helene.«

»Ja, aber schau, wie schön der Mond am Himmel steht.«
Friederike, die ihren Lippenbalsam gesucht, gefunden und auch schon aufgetragen hatte, ließ ihren Blick nun ebenfalls auf die Sterne und den Mond wandern. »Da funkelt es heute aber besonders schön.«
»Es ist ungewöhnlich, dass man das so gut sieht in einer Stadt. Vielleicht deswegen, weil das Bahnhofsgelände doch weniger verbaut ist und weniger Streulicht die Sicht behindert.«
Friederike hatte ihren Blick wieder von den Sternen abgewandt und auf Helenes schlanken Hals gerichtet. Sie näherte sich ganz langsam an und küsste ihn sanft. »Danke für das schöne Wochenende. Ich glaube, ich habe mich noch nie in meinem Leben so wohlgefühlt bei so einem kurzen Städteurlaub.«
Friederikes Kuss ließ Helenes Blick auch wieder in das Gesicht ihrer Liebsten wandern. »Mir geht es genauso. Vielleicht hat auch die schöne Wohnung dazu beigetragen. Die hat das Ganze so wunderbar vervollständigt. Ein Hotelzimmer, wie schön es auch immer gewesen wäre, hätte nicht besser ins ganze Ambiente gepasst. Und dann das malerische ruhige Viertel auf der Kleinseite, malá strana, das klingt so schön auf Tschechisch. Nicht wahr?«
»Malá strana. Ja. Prag ist wirklich eine wunderbare Stadt.«
»Friederike, ich bin noch immer begeistert, was du alles zu erzählen wusstest über die Stadt. Ich könnte dir noch lange zuhören bei deinen Schilderungen.« Sie lachte kurz auf. »Na ja, dir kann ich ja immer zuhören, das weißt du ohnehin. Aber wie Laura und vor allem Hans an deinen Lippen gehangen sind, das war für mich manchmal zum Schmunzeln. Erst dachte ich, du hast dein Wissen aus dem Reiseführer, doch dann, als ich einmal etwas nachlesen wollte, habe ich bemerkt, dass das gar nicht aufgeführt war.«
»Mich hat das schon immer interessiert. Bereits im Gymnasium, war ich begeistert, wenn im Geschichts- oder Geografieunterricht von Städten wie Prag oder Budapest oder wie auch immer die Rede war. Meine Schulkollegen haben das Interesse damals als total durchgeknallt empfunden. Genau so haben sie es bezeichnet. ›Friedl, du mit deinem Städtewahn, du bist ja völlig durchgeknallt‹, hat mir unser Klassenprimus, ein kleiner Typ mit Pickelgesicht, mit Kopfschütteln an den Kopf geworfen. Er selbst war auch an so vielen Dingen interessiert, doch bei dem Kapitel ist nicht einmal er mit mir mitgekommen.

Auch heute interessieren mich Städte noch immer, nur hat sich das doch einigermaßen normalisiert.«

»Hängen geblieben ist dabei aber reichlich.«

»Mit deinen Musikkenntnissen kann sich das vermutlich in keiner Weise messen.«

»Da bin ich mir nicht ganz sicher. Meine Musik ist doch hauptsächlich eine Gefühls- und Gespürsache, du hingegen weißt wirklich etwas, das scheint Hand und Fuß zu haben.«

»Sicher lässt sich das nicht vergleichen. Schön finde ich, dass wir beide uns in so vielen Dingen ergänzen. Findest du nicht auch?«

»Ja, das ist mir bald aufgefallen.« Helene zwickte Friederike fest in die Seite. »Und am meisten fällt mir das im Bett auf. Ich finde, da ergänzen wir uns am allerbesten.«

Friederike, die mit einem Satz von Helene weggesprungen war, als sie so unerwartet gekniffen wurde, schüttelte den Kopf. »Du bist eine sexbesessene Frau. Darf ich dir das so sagen?«

Helene zuckte belustigt die Achseln. »Du darfst. So anders als ich bist du aber auch nicht.« Sie ging einen Schritt auf Friederike zu und küsste sie sanft.

Friederike erwiderte den Kuss leidenschaftlich und nahm Helene fest in den Arm. Lichter einer Lokomotive erschienen und wurden schnell größer. Ihr Zug fuhr endlich ein. Mit großer Verspätung, aber das war beiden Frauen an diesem Tag völlig egal. Sie hatten ihre Platzkarten, wussten durch den Wagenstandsanzeiger, wo sie einsteigen mussten, und das Leuchten des Mondes und der Sterne hatte alles in ein romantisches Licht getaucht, sogar hier am äußersten Ende des Bahnsteiges, der hier schon gar kein eigenes Dach und keine eigene Beleuchtung mehr besaß.

Der Zug war zum Bersten voll, und so brauchten die beiden einige Minuten, bis sie ihr Abteil erreichten. Ihre Plätze waren von Studenten belegt, die aber ohne Murren aufstanden und sich sogar noch freundlich grüßend verabschiedeten und das Abteil verließen. Helene und Friederike saßen sich gegenüber und plauderten. Sie ließen nochmals die Reise Revue passieren, unterhielten sich über Hans und Laura und stellten einhellig fest, dass sie sich nicht vorstellen konnten, dass Laura und Hans streiten könnten, dass die Fetzen fliegen, wie Laura das einst so blumig ausgedrückt hatte.

Im Nu war Wien erreicht, und sie stiegen bereits in Hütteldorf aus, da das günstiger für beide war, um nach Hause zu kommen. Sie schlenderten zum Taxistandplatz und schwiegen das erste Mal seit längerer Zeit. Friederike blieb plötzlich stehen, und auch Helene hielt inne. Sie blickte Friederike fragend an.

»Helene, ich freue mich auf die Zeit, wenn wir uns nicht mehr bei einem Taxistandplatz voneinander verabschieden müssen, um in unsere eigenen Wohnungen zu gelangen.«

»Meinst du, wir sollten zusammenziehen?« Helene war erstaunt. Diese Möglichkeit hatte sie bis zu diesem Zeitpunkt noch nie ins Auge gefasst. Warum eigentlich nicht? Es war doch naheliegend.

»Wenn alles einmal geordnet ist, dann ja. Oder möchtest du das nicht? Hast du Angst um deine Unabhängigkeit?«

»Nein, gar nicht. Ich habe nur noch nicht konkret darüber nachgedacht. Wo ziehen wir dann gemeinsam ein?«

Friederike strahlte plötzlich. Sie war sich nicht so sicher gewesen, ob Helene wirklich bereit sein würde, mit ihr zusammenzuziehen. Sie war das Alleinsein doch schon sehr gewöhnt, seit ihr Mann gestorben war. »Du kannst es dir also grundsätzlich schon vorstellen.«

»Ja. Ich weiß nur nicht, ob ich bei dir einziehen soll, oder ob du in meine Wohnung kommst.«

»Helene, meine Wohnung ist zwar wirklich schön, doch deine ist noch viel zauberhafter, und vor allem ist sie viel größer. Meine vielen Bilder hätten sicher auch noch Platz, und am Mobiliar hänge ich nicht. Also, wenn es nach mir geht, komme ich eines Tages zu dir.«

»Wirklich?« Helene war erfreut und erstaunt zugleich. Friederikes schnelle Entscheidung, im gegebenen Fall ihre Wohnung aufzugeben und zu ihr zu ziehen, war erstaunlich, damit hätte sie nicht gerechnet. Gleichzeitig verspürte sie das erste Mal, seit sie aus Wien abgefahren waren, wieder den unbestimmten Schmerz in ihrem Bauch, wenn sie daran dachte, dass sie sich irgendwann offen zu ihren lesbischen Neigungen, ihrer Homosexualität würde bekennen müssen. Vor Fremden oder einfachen Bekannten hatte sie überhaupt kein Problem damit, in der Arbeit schien es ihr auch keines mehr zu sein. Überhaupt nicht. Es waren nur ihre Kinder, die es als eine unüberwindliche Barriere zu einem geordneten Zusammenleben erscheinen ließen. Wie sollte sie das bloß angehen?

Friederike hatte bemerkt, dass Helene irgendwie in Gedanken versunken war, und sie konnte sich vorstellen, dass der Gedanke, offen mit ihr in einer lesbischen Beziehung zu leben, sich erst festsetzen musste und auch, dass Helene noch immer daran zu arbeiten hatte, sich eine Strategie für ihr Outing zu entwickeln. Drängen wollte sie sie dabei nicht, doch dass es irgendwann so weit sein müsste, das war klar. Ewig konnte es zwischen ihnen beiden keine geheime Beziehung bleiben. Das hatte sie sich selbst fest versprochen. Das wäre dann irgendwie eine Lüge, die sie zu leben nicht bereit war. Ganz sicher nicht. »Helene?«

Helene zuckte zusammen. »Ja?«

»Wir sollten nun nach Hause fahren. Ich möchte mich gleich hier von dir verabschieden. Wir sehen uns ja schon morgen am Abend wieder. Es ist also nicht einmal ein ganzer Tag, dass wir uns nicht sehen.«

»Ja, ja, du hast recht. Ich liebe dich, Friederike. Es war so schön in Prag. Wir werden das sicher wiederholen. Du hast über die Stadt sicherlich noch viel zu berichten. Jetzt wünsche ich dir auf alle Fälle eine gute Nacht. Denk an mich.«

»Und du, denk auch an mich, meine Liebe. Ich freu mich schon auf morgen.« Sanft küssten sie einander und machten sich auf den Weg zu den Taxis.

Friederike warf ihre Koffer in den Wagen und wollte schon einsteigen, als der Taxifahrer fragte: »Haben die Damen so einen entgegengesetzten Weg, dass sie zwei Wägen brauchen, oder soll ich erst eine Destination und dann die andere ansteuern?«

»Nein, sie haben recht. Wir können tatsächlich ein Stück gemeinsam fahren.« Friederike zeigte auf Helenes Gepäck, das sogleich vom Taxifahrer ins Auto geladen wurde. Die Frauen saßen bald schweigend auf dem Rücksitz und hielten sich an den Händen fest.

Fünftes Kapitel

Wien   Donnerstag, 6. Juni

Gute zwei Wochen waren seit Pfingsten vergangen. Friederike und Helene hatten es beinahe jeden Tag geschafft, zumindest ein, zwei Stunden miteinander zu verbringen. Von Konzertbesuchen angefangen über Spaziergänge durch die Wiener Innenstadt bis hin zu Stunden zärtlicher, manchmal auch wilder Zweisamkeit. Viele Stunden konnten sie auch nur plaudern, sich über den Beruf austauschen, die politische Lage erörtern, dabei war es aber vor allem die Kultur- und Gesellschaftspolitik, die sie beide interessierte. Dabei wurde ihnen erstmals bewusst, dass sie zwar eher konservativ eingestellt waren, in Wahrheit aber durchaus als Emanzen durchgehen konnten. Mit einer männerdominierten Welt konnten sie nichts anfangen. Gleichberechtigung war ihnen ein tiefes Anliegen. Gleichzeitig lehnten sie beide Auswüchse ab, die für sie einfach seltsam wirkten, wenngleich deren Entstehung durchaus verständlich war. Helene fand Entwicklungen in der Schriftsprache, wie das sogenannte Binnen-I, nur lächerlich und meinte, dass solche Auswüchse einer echten Gleichberechtigung nur schaden würden. Das Mischwort ÄrztInnen, mit dem sie im Dienst nun schon beinahe jeden Tag konfrontiert war, kostete sie zwar nur ein Lächeln, doch sie fand, dass diese Kreationen eher Zeichen eines scheinbar übergroßen Zeitdrucks der heutigen Zeit wären als ein Zeichen einer Gleichberechtigung. Wenn man Ärztinnen und Ärzte ansprechen, meinen, bezeichnen oder was auch immer wollte, so sollte man das auch so tun: Ärztinnen und Ärzte und nicht ÄrztInnen. Friederike konnte dem nur beipflichten und war seltsam berührt, dass solche Regeln sogar durch den Gesetzgeber forciert würden. Der falsche Ansatz, wie sie fand, zumindest so lange, wie die Schere bei den Einkommen von Männern und Frauen noch immer so groß war, und Frauen, die sich entschlossen, in jungen Jahren Mütter zu werden, praktisch von allen Karriereleitern gestoßen wurden.

Waren die beiden bei gesellschaftspolitischen Dingen oft einer Meinung, gestaltete sich dies in Bezug auf die Kulturpolitik ganz anders. Helene war der Meinung, der Kultur- und Kunstbetrieb müsse durch die öffentliche Hand so stark wie nur möglich gefördert werden, und eine breite Öffentlichkeit solle Zugang dazu haben. Friederike stimmte hinsichtlich des Zugangs zu, sah den Aspekt mit der Förderung durch die Öffentlichkeit aber anders. Bei solchen und ähnlichen Themen entbrannten hitzige Debatten, die von Fall zu Fall auch einmal in einem heißen Liebesspiel im Bett endeten.

Nicht so hitzig, doch wesentlich bedeutender für beide und in keiner Weise erbaulich verliefen Diskussionen über die weitere Entwicklung ihrer Beziehung. Zwar betonte Friederike immer wieder, nicht drängen zu wollen, doch schon diese Beteuerungen setzten Helene unter Druck. Wenn sie alleine zu Hause im Bett lag, sehnsüchtig an Friederike dachte, so legte sich bereits seit Pfingsten stets ein Schatten über diese Gedanken. Und dieser Schatten verhüllte manchmal die Sehnsucht zur Gänze. Helene versuchte, ihn abzuschütteln, nahm sich vor, einen Termin für ihr Outing festzulegen und Friederike das so bald wie möglich wissen zu lassen. Doch jedes Mal, wenn sie sich im Kopf einen Termin zurechtgelegt hatte, verließ sie der Mut, und sie verschob die Entscheidung erneut. Das hinterließ in ihr dann einen unangenehmen Beigeschmack, der das Glücksgefühl der letzten Wochen in einer Weise beeinträchtigte, dass es für sie körperlich fühlbar wurde.

An diesem Tag sollte es keine Schatten geben. Helene hatte sich fest vorgenommen, einen wunderbaren Nachmittag und auch einen wunderbaren Abend zu verbringen. Nur der Tag selbst sollte heute zählen, nichts sonst. Sie konnte das Institut bereits eineinhalb Stunden früher verlassen, als sie es geplant hatte. Ein technischer Defekt hatte es dem medizinisch-technischen Personal unmöglich gemacht, an diesem Tag Präparate zu liefern. Eigentlich sollte Helene in Arbeit, sprich in Präparaten, untergehen, so wie in der gynäkologischen Abteilung in den letzten Tagen operiert worden war. Und da die meisten Fälle eher knifflig waren, musste sie sie selbst übernehmen und konnte sie nicht ihren zwei Ärzten in Ausbildung überlassen. In dieser Liga spielten die beiden noch nicht, wenngleich sie bereits einige Erfahrung gesammelt hatten und Fertigkeiten besaßen, über die selbst Helene manchmal erstaunt war. Jedenfalls war das technische Problem in der Zwischenzeit behoben worden, und so war klar, dass es am kommenden Tag, an dem ihr alle Schnittpräparate geliefert werden sollten, wohl ohne Überstunden bis weit in den Abend nicht gehen würde.

So hatte sie bereits früh, als die kleine Katastrophe bekannt geworden war, Friederike angerufen und mit ihr ein Treffen in der Wiener Innenstadt in einer Konditorei ausgemacht. Friederike hatte bis zwei Uhr eine Veranstaltung in einem Innenstadthotel zu betreuen, dann aber den gesamten Nachmittag und Abend frei, und das konnten sie ausnutzen, gemeinsam die Zeit zu verbringen.

Friederike hatte es sich bereits an einem Tisch bequem gemacht und blätterte in einer Illustrierten. Sie bemerkte Helene erst, als diese direkt neben ihr stand und ihr einen zarten Kuss auf die Wange hauchte. Helene nahm gegenüber von Friederike Platz und sah kurz forschend auf den Tisch.

»Hast du dir schon etwas Gutes gegönnt?« Ein kleiner Kuchenteller, auf dem lediglich ein paar Brösel zu sehen waren, war das Indiz dafür, dass nicht nur die Tasse Tee Friederike die Wartezeit verschönert hatte.

»Ein Mohnkipferl.« Sie lächelte. »Es war nicht so gut wie eines von dir, aber dennoch war es ausgezeichnet. Ich werde mir gleich noch ein zweites bestellen. Du hast mich in den letzten Wochen süchtig gemacht nach Mohnmehlspeisen.«

»Mohnkipferl! Das klingt gut. Das bestelle ich mir auch, dazu eine Melange.«

Eine junge Kellnerin war zu ihnen getreten, hatte die Bestellung aufgenommen und war in wenigen Minuten bereits wieder am Tisch mit Mohnkipferln und der gewünschten Melange.

Sogleich entspann sich eine Plauderei über dies und das, sodass sie erst spät aus der Konditorei aufbrachen. Sie flanierten durch die Einkaufsstraßen, es war ein wunderbarer Tag dafür. Strahlend blauer Himmel, nicht allzu heiß, ein leichter Nordwind sorgte für Kühlung – so konnte man angenehm unterwegs sein. Helene und Friederike hatten nicht vor, sich etwas zu kaufen, betraten aber trotzdem das eine oder andere Geschäft, probierten Schuhe, Röcke und manch anderes. Bei einem Hut wäre Helene dann fast schwach geworden, er war einfach extravagant gestylt, doch als sie sich überlegte, zu welcher Gelegenheit sie ihn tragen würde können, fiel ihr nichts ein, sodass sie ihn doch schweren Herzens im Laden zurückließ. Ein Besuch in einem Luxussupermarkt, bei dem sie sich die Zutaten für das gemeinsame Abendessen besorgten, schloss den Einkaufsbummel ab.

Friederike hatte vorgeschlagen, am Abend zu kochen, nichts Außergewöhnliches, etwas Italienisches, auf Nudelbasis, mit frischen Kräutern, sie würde improvisieren. Helene wusste, dass sie sich diesbezüglich voll auf Friederike würde verlassen können, kaum jemand konnte besser beim Kochen improvisieren und dabei so schöne Geschichten erzählen wie ihre Geliebte.

Sie hatten den ganzen gemeinsamen Nachmittag und den frühen Abend in lockerer und liebevoller Atmosphäre verbracht, kaum aber waren sie in Friederikes Wohnung angelangt, spürte Helene eine Spannung in der Luft liegen. Es war zwar ganz offensichtlich, dass sich Friederike bemühte, eine angenehme Stimmung zu schaffen, doch war nicht zu übersehen, dass sie die meiste Zeit mit ernstem Gesicht in der Küche werkte und für ihre Verhältnisse ein wenig wortkarg war.

Als sie Helene ein Glas Rotwein kredenzte, sprach sie es dann aus, was wie eine dunkle Wolke über ihnen hing: »Weißt du nun schon, wie es weitergehen soll mit uns, oder besser gesagt, hast du schon eine Entscheidung getroffen, wie wir es nun schon ein paarmal besprochen haben?«

Helene seufzte. »Friederike, müssen wir das heute diskutieren? Können wir uns nicht einfach einen schönen Abend machen?«

»Wir müssen nicht, mein Liebling, aber irgendwann, das weißt du, musst du dich entscheiden. Mir ist klar, dass ich mich wiederhole, aber mir ist es eben wichtig zu wissen, ob du unsere Verbindung auch nach außen hin offen leben willst oder eben nicht. Für ein Versteckspiel, das weißt du ja auch, bin ich auf Dauer nicht zu haben. Das kann ich nur eine Zeit lang ertragen, aber irgendwann nicht mehr, und ich glaube, es würde unsere wunderschöne Beziehung auf Dauer auch zerstören. Das will ich schon gar nicht.« Sie machte eine Pause, sah Helene an, die mit steinerner Miene zugehört hatte. »Na, komm, jetzt genießen wir den guten Rotwein. Prost, meine Liebe.«

Sie stießen an, Helenes Züge hatten sich entspannt, sie lächelte sogar wieder ein wenig. Vom Abendessen hatte sich Helene nicht zu viel versprochen. Es wurde zum erwarteten Genuss. Wieder einmal war sie erstaunt, mit welch einfachen Mitteln Friederike etwas auf den Tisch zaubern konnte. Zudem war es wunderbar, dass Friederike blumig von ihren ersten Urlauben in Italien als Kind erzählte, vor allem wie sie ihre Probleme mit Spaghetti schilderte, war einfach umwerfend.

Lange saßen sie gemütlich am Tisch, auch als sie mit dem Essen schon fertig waren. Dann aber räumte Friederike den Tisch ab, und schon lag wieder die Spannung von vorhin in der Luft, Helene konnte sich zumindest des Eindrucks nicht erwehren

Nachdem Geschirr und Besteck verräumt waren und der Tisch wieder in Ordnung gebracht war, trug Friederike eine Schüssel selbst gemachter Cantuccini auf und öffnete dazu eine Flasche Welschriesling Auslese aus dem Burgenland. Der süße Wein und die wunderbar dazu passenden Cantuccini ließen das Gespräch kurz versiegen, und als sie es wieder aufnahmen, kam Friederike sofort wieder auf das Thema ihrer Beziehung zurück: *Wie geht es weiter mit uns?* Sie ging dabei vorerst äußerst behutsam vor, doch dann rückte sie mit einer Sache heraus, die Helene den Atem verschlug.

»Du weißt, Helene, ich habe dir versprochen, dich nicht zu drängen, dir Zeit zu lassen bei deinen Entscheidungen, doch es hat sich heute am Vormittag etwas für mich aufgetan, von dem ich dir eigentlich schon erzählen wollte, aber ehrlicherweise habe ich bislang nicht den passenden Zeitpunkt dazu gefunden.«

Helene wurde hellhörig. »Wovon sprichst du?«

»Ich habe heute das Angebot bekommen, die Stelle einer Verwaltungsleiterin in einem Forschungsinstitut unserer Universität zu übernehmen.«

»Das ist ja wunderbar. Was spricht denn dagegen?«

»Das Institut ist in Frankreich, besser gesagt in der Nähe von Dijon in Burgund.«

Helene wollte gerade in eines der Cantuccini beißen, ließ es aber sein und starrte Friederike ein wenig ungläubig an. »Was? Du willst nach Frankreich gehen? Ist das zeitlich begrenzt, oder bedeutet das, dass du auswanderst?«

»Ich hätte drei Monate Probezeit. Währenddessen könnte ich jederzeit ohne Angabe von Gründen wieder zurück in meinen alten Job, aber eigentlich ist das schon eine Dauerstelle.« Friederike sah Helene mit ihren blauen Augen ernst ins Gesicht, wobei Helene auch etwas Traurigkeit in ihrem Blick wahrnehmen konnte.

Helene wusste nicht sicher, ob das ernst gemeint war oder bloß ein böser Scherz. »Willst du das wirklich machen?« Leichte Panik schwang in ihrer Stimme mit.

Friederike sagte zunächst gar nichts, sah durch ihr Weinglas und spielte mit einem abgebrochenen Cantuccinikrümel, den sie vor sich auf dem Tisch entdeckt hatte. Doch dann antwortete sie ganz leise, ohne ihren Blick zu heben: »Das ist es ja. Natürlich würde ich das gerne machen, es ist eine ganz tolle Chance für mich, selbstständig zu arbeiten, ein riesiges Budget zu verwalten und nicht mehr ständig herumreisen zu müssen, endlich sesshaft zu werden. Andererseits ...«

»Wie andererseits?« Helenes Stimme klang schrill.

»Andererseits würde ich unsere Beziehung niemals für so eine Stelle aufgeben, wenn alles geklärt ist und wir offen als Paar leben können.«

Stille trat ein, Helene spürte das Pochen ihres Herzens bis in den Hals, es rauschte in ihren Ohren. »Friederike, das klingt ein wenig nach Druck, ich will nicht sagen Erpressung.« Sie atmete tief durch und ließ den Blick über Friederike schweifen. Wie schön sie wieder war, doch so ernst, irgendwie fremd. Panik schnürte ihr den Hals zu und ließ sie nach Atem ringen. Heiser fuhr sie fort: »Du weißt, ich schaff das noch nicht, mich vor meinen Kindern zu outen. Ich schaff es einfach nicht. Ich kann es mir einfach nicht vorstellen.« Sie spielte mit den Fingern am Stiel ihres Weinglases herum und atmete hörbar durch. »Bis wann musst du dich denn entscheiden?«

»Ich habe eine Woche Zeit.«

»Eine Woche!? Das ist ja eine Zumutung, nicht nur für mich, sondern auch für dich.«

»Für mich ist es keine Zumutung, Helene, aber ich sehe, für dich ist es wirklich eine.« Sie machte eine Pause, räusperte sich. »Ich für meinen Teil habe bereits eine Entscheidung gefällt.«

»Und die wäre?« Helene klang alarmiert.

»Wenn du dich für uns entscheidest, sage ich ab, sonst sage ich am nächsten Mittwoch zu.«

Aus Helenes Gesicht wich alles Blut. Sie saß kreidebleich da. »Tut mir leid, Friederike, da kann ich nicht mit. Erst sagst du, du willst mich nicht drängen, gleich darauf bekomme ich ein Ultimatum gestellt ... und was für eines.« Sie schüttelte den Kopf. »Tut mir leid, ich kann da wirklich nicht mit.«

Ein langes Schweigen trat ein. Friederike sah mit bedauerndem Blick in Helenes Gesicht, die wiederum blickte durch ihr Weinglas in eine weite, unbestimmte Ferne.

Eine gute halbe Stunde oder, wie es schien, eine kleine Ewigkeit war vergangen, bis Helene leise und beinahe tonlos die Stille durchbrach. »Ich denke, ich sollte jetzt nach Hause gehen.« Sie erhob sich langsam.

»Willst du wirklich gehen? Jetzt?« Friederikes Frage klang traurig und ein wenig flehentlich.

»Ja, ich sollte jetzt gehen.« Helene stellte nun mit versteinerter Miene ihr halbvolles Glas behutsam auf dem Tisch ab und machte sich ganz langsam auf in den Vorraum.

Friederike folgte ihr auf dem Fuß. »Bitte, bleib doch bei mir, bitte.«

»Das kann ich jetzt nicht, sei mir nicht böse.« Helene war in ihre Schuhe geschlüpft, hatte ihre Handtasche geschnappt und schon die Wohnungstür geöffnet.

Dort erwischte sie Friederike und packte sie am Arm. »Bitte bleib, geh doch nicht so.«

»Also, wenn du nach Frankreich ziehen möchtest, so will ich dich nicht aufhalten.«

»Das ist doch nicht so. Ich muss bloß Entscheidungen treffen in der nächsten Zeit, und dafür brauche ich auch dich. Du musst mir dabei helfen. Bitte!«

»Jetzt kann ich das nicht.«

»Dann sag es mir, sobald du es kannst, oder ruf mich einfach an, jederzeit, wie auch immer, melde dich, so schnell wie möglich. Bitte, Helene.«

Helene drehte sich zu Friederike um, die wieder einen Schritt zurück in die Wohnung gemacht hatte, versuchte, ein Lächeln aufzusetzen, was gänzlich misslang, hauchte Friederike einen sanften Kuss auf die Wange und zog leise die Tür hinter sich zu.

Gleichzeitig stieg ein Gefühl der Eiseskälte von ihren Beinen nach oben über den ganzen Körper und umfing sie wie ein Kokon. Sie hätte schreien können und weinen, doch nichts brach aus ihr hervor. Wie in sich eingeschlossen, gefangen, war sie innerlich erstarrt. Das war es wohl gewesen, das Glück. Sie hatte es nicht halten können, war nicht in der Lage gewesen, über ihren Schatten zu springen. Alles war tot, alles vorbei.

Wie sie es geschafft hatte, die Straßenbahn zu ihrem Wohnhaus zu erreichen, konnte sie gar nicht mehr sagen, sie war plötzlich in der Tram gesessen und musste schon wieder aussteigen, ihre Haltestelle war bereits angekündigt. Sie erreichte ihre Wohnung, schlüpfte im Flur aus den Schuhen und warf sich bekleidet aufs Bett. Lange lag sie unbewegt auf dem Rücken und starrte an die Decke. Sie konnte nichts denken, gar nichts, war einfach blockiert. Stunden später erlöste sie der Schlaf aus der Starre, der Qual.

Am nächsten Morgen war sie in derselben Stellung, in der sie eingeschlafen war, wie gerädert aufgewacht. Ein Blick auf die Kleidung bestätigte ihr sofort, dass das alles kein böser Traum gewesen war, was noch immer in ihrem Kopf herumgeisterte.

Eine tiefe Traurigkeit umfing sie, und eine Leere, die ihr aus vergangener Zeit wohl bekannt war und die sie nur in den letzten Wochen des Glücks so ganz aus sich hatte verbannen können. Langsam erhob sie sich, schlüpfte umständlich aus Rock und Bluse, ließ die Unterwäsche achtlos auf den Boden fallen und bewegte sich langsam ins Bad. In der Dusche ließ sie sich heißes Wasser über den Körper laufen, das machte sie zwar munter, die innere Eiseskälte vermochte es indes nicht zu lösen. Es war aus. Das spürte sie. Nie wieder würde das etwas werden. Zwischen ihnen stand etwas, das sie nicht wegbewegen konnte. Und doch fühlte sie so viel Liebe für Friederike. So viel Liebe. Doch dieses Fühlen tat bloß weh. In ihr baute sich kein Ärger auf, kein Gefühl der Aversion oder gar des Hasses. Die Liebe war nicht tot, nur die Beziehung. Für die sah sie keine Zukunft.

Helene machte sich auf in die Arbeit, wo sie wie eine Maschine ihre Pflicht verrichtete. In Wahrheit war es an diesem Tag eine Wohltat für sie, so mit Arbeit überhäuft zu sein. Das lenkte sie ab, und es gelang ihr für einige Stunden, die Gedanken an Friederike auszublenden. Die kehrten erst bei der Fahrt nach Hause wieder zurück, und das mit einer Wucht, die Helene den Atem raubte.

In den kommenden Tagen spielte Helene immer wieder mit dem Gedanken, sich bei Friederike zu melden, sie zumindest anzurufen. Doch sie brachte es nicht fertig. Was hätte sie auch sagen sollen? *Alles Gute in Frankreich!* Alles andere wäre undenkbar. Wie etwa: *Liebe Friederike, ich habe es mir überlegt. Ich habe heute schon meinen*

Kindern gesagt, dass ich eine Lesbe bin, und die finden das cool. Du kannst also ruhig bei mir bleiben und Frankreich sausen lassen.

So verging Tag um Tag ohne Kontakt zu ihrer Liebe. Auch Friederike rührte sich nicht. Das Wochenende entwickelte sich für Helene zu einem blanken Horror. Sie verbrachte die meiste Zeit im Bett, immer hatte sie ihr Handy bei sich. Es könnte ja irgendwer anrufen. Doch nicht ein Anruf kam an diesen Tagen, niemand rief an, schon gar nicht Friederike. Helene konnte nicht einmal Musik hören. Sie konnte sich auf nichts konzentrieren, hatte keinen Appetit, keine Lust auf irgendetwas.

Dann kam der ominöse Mittwoch, an dem Friederike ihrer Universität hinsichtlich ihrer Entscheidung Bescheid geben wollte. Den ganzen Tag saß Helene wie auf Kohlen. Sie wartete sehnsüchtig auf einen Anruf, einen Anruf von Friederike, die ihr mitteilte, dass sie sich fürs Hierbleiben entschieden hätte und einfach auf Helene warten würde, bis diese so weit wäre für eine Entscheidung. Jedes Mal, wenn das Telefon läutete, riss sie den Hörer von der Gabel und war dann schrecklich enttäuscht, wenn es bloß ein Kollege war, der Auskunft über irgendeinen Fall benötigte.

Am Abend lag sie wieder bekleidet auf ihrem Bett, und wie schon vor Tagen starrte sie an die Decke, bis der Schlaf sie in eine traumlose Ruhe entführte.

Vom darauffolgenden Tag an zwang sich Helene, wieder den alten Alltag, den vor der Zeit mit Friederike, aufzunehmen. So schlecht war der doch gar nicht gewesen. Die Unabhängigkeit hatte ja auch etwas für sich …

Sechstes Kapitel

Anreise nach Burgund — erste Tage in Burgund   *Mittwoch, 17. Juli bis Samstag, 21. Juli*

Helene hatte sich in ihr voll bepacktes Auto gesetzt und war losgefahren. Es war der Beginn ihres Urlaubs. Eine wahrlich weite Reise stand ihr bevor. Die sollte sie nach Burgund führen. Ausgerechnet nach Burgund, dort, wo Friederike jetzt ihre Zelte aufgeschlagen hatte, in Beaune, etwas südlich von Dijon.

Sie hatte tatsächlich die Stelle der Verwaltungsleiterin des kleinen, aber exquisiten Forschungsinstituts der Universität übernommen, für die sie ja bereits viele Jahre in diversen organisatorischen Funktionen tätig gewesen war, hauptsächlich als Mädchen für alles bei Seminaren, Kongressen und vielen anderen Gelegenheiten. Friederike war einfach abgereist, so wie es Helene befürchtet hatte. Ohne weitere Rückmeldung oder gar Abschied. Sie hatte nichts mehr von sich hören lassen, seit Helene ihre Wohnung verlassen hatte. Offenbar war mit dem Wechsel des Jobs alles sehr schnell über die Bühne gegangen. Helene wusste ganz genau, dass es an ihr selbst gelegen wäre, Kontakt zu Friederike aufzunehmen, aber sie hatte es nicht getan, war einfach unfähig dazu gewesen, stand sich selbst im Weg wie ein unüberbrückbares Hindernis. Lediglich eine automatische E-Mail an eine große Liste von Empfängern, auf der Helene eher zufällig auch angeführt war, hatte sie überhaupt darüber informiert. Daher wusste sie auch von der Adresse des Instituts in Beaune, einer Stadt, von der sie im Leben noch nichts gehört hatte, auch nicht in ihrem Französischunterricht, und immerhin war Französisch ihre erste lebende Fremdsprache, und nicht Englisch, wie das heutzutage so üblich war.

Helene war sich jetzt, als sie im Auto saß und mit gemütlichen hundertzwanzig Stundenkilometern auf einer halbleeren Autotobahn dahinfuhr, noch gar nicht im Klaren darüber, ob sie Friederike überhaupt aufsuchen würde. Diese Entscheidung hatte sie sich noch nicht abgerungen. Dafür hatte sie nun auch knapp drei Wochen Zeit. Es war Juli, Hochsommer, und sie wollte Burgund immer schon kennenlernen, vor allem seit einer ihrer Kollegen, eigentlich ihr Lieblingskollege, ihr so ausführlich von seiner Reise in die Region erzählt hatte. Das war schon lange her, weit vor der Zeit, als Friederike in ihr Leben getreten war. Doch die automatische E-Mail hatte ihr die Schilderungen wieder in Erinnerung gerufen. Erzählungen über die Landschaft, die kulturellen Besonderheiten, die kulinarischen Köstlichkeiten und über vieles mehr. Er hatte ihr auch schon damals empfohlen, sich nicht in einem Hotel einzuquartieren, sondern eine Wohnung oder ein kleines Häuschen zu mieten, am besten in einem kleinen Dorf, das verkehrsmäßig günstig gelegen wäre, sollte es sie auch einmal in diese wunderbare Gegend ziehen.

Helene war sofort auf die Idee gekommen, den nächsten Urlaub, und der stand bereits bevor, in Frankreich, besser gesagt eben in Burgund zu verbringen. Ebenso rasch verwarf sie den Gedanken wieder, um ihn auch sofort nochmals ins Auge zu fassen. Bei jedem Gedanken an die Reise hatte sie Friederikes Gesicht vor Augen, ihr rotes Haar, ihre milchweiße Haut, ihre neckischen Sommersprossen. Sie versuchte vergebens, das auszublenden, und irgendwann ließ sie es einfach zu. Ab diesem Zeitpunkt hatte sie es leichter, und sie konnte tatsächlich konkret mit den Vorbereitungen beginnen.

Punkt eins dieser Vorbereitungen war die Suche nach einem passenden Quartier. Ein kleine Ferienwohnung oder ein kleines Häuschen am Lande, das klang doch gut. Dort würde sie ungestört sein, ihre Ausflüge planen, Musik hören und lesen können. Ja, endlich wieder lesen. Seit sie Friederike kennengelernt hatte, hatte sie nicht oft ihre Nase in Bücher gesteckt, gerade mal ihr Lieblingsbuch hatte sie regelmäßig ein wenig quergelesen. »Marie anderswie« kannte sie nun eigentlich schon auswendig, doch immer wieder las sie gerne das eine oder andere Kapitel. Es ließ immer ein wenig die Sonne den Horizont hochkommen, doch aufgehen konnte es sie auch nicht lassen.

Also am besten doch ein kleines Haus, war sie sich bald im Klaren. So etwas hatte sie auch relativ rasch im Internet gefunden, trotz der sehr späten Suche. Weshalb nur war die Nachfrage nach dem Haus nicht so groß? Was gab es für einen Haken? Helmut, ihr Kollege mit

Burgund-Erfahrung, hatte sofort die passenden Erklärungen parat. »Du suchst für Juli, das geht. Für August wärst du chancenlos. Die Gegend in Burgund ist nicht das Ziel des durchschnittlichen Touristen, der Erholung und etwas Unterhaltung sucht. Erholung kannst du dort natürlich finden, für Unterhaltung musst du selbst sorgen.«

Die Entscheidung war nach zwei Tagen Suche gefallen: ein kleines Haus in Missery, einer kleinen Ortschaft, etwa fünfzig Kilometer westlich von Dijon. Es hätte auch Häuser in der Nähe von Beaune gegeben, eines in Nuits-Saint Georges, knapp nördlich von Beaune, das wäre sogar billiger und ein wenig besser ausgestattet gewesen, Helene war sich aber nicht sicher, so nahe bei Friederike sein zu wollen und sie dann eventuell gar nicht zu sehen. Ob sie das aushalten könnte, war ihr nicht ganz klar, überzeugt war sie davon jedenfalls nicht.

Punkt zwei der Überlegungen betraf die Anreise: Erst hatte sie nach Basel fliegen, ein Mietauto nehmen und ein, zwei Tage nach Freiburg im Breisgau fahren wollen, um ihre Cousine Ulrike zu besuchen. Bald hatte sie umdisponiert, da die Flüge in der Ferienzeit dermaßen überteuert waren und auch das Mietauto nicht gerade zum Nulltarif zu bekommen war. Daher hatte sie beschlossen, gleich mit dem Auto nach Freiburg zu fahren, um dort zumindest eine Pause einzulegen und zu übernachten. Ulrike fand diese Idee ausgezeichnet und sagte Helene auch gleich unumwunden, dass sie nicht unglücklich wäre, könnte Helene für sie ein wenig Speditionsdienste verrichten, da sie einiges von ihrer Zweitwohnung in Wien nach Freiburg zu transportieren hätte. Da war es ein guter Nebeneffekt gewesen, dass Helene mit ihrem großen, nun ziemlich vollgestopften Van unterwegs war.

Nach zehn Stunden Fahrt, Helene hatte ausgiebige Pausen eingelegt, war sie in der Stadt der Bächle eingelangt. Ihre Cousine wohnte in einem großen, alten Haus, nicht weit vom Zentrum entfernt. In kürzester Zeit hatten sie das Auto geleert, alles verstaut, und bald saßen sie am Münsterplatz in der Wärme des Abends beim ersten Weißbier. Das erste Mal, seit sie sich von Friederike getrennt hatte, war ein wenig von dem Gefühl der Enge in der Brust von ihr gewichen. Ulrike und ihr Mann Jörg, ein waschechter Freiburger, unterhielten sie mit amüsanten Geschichten, die sie für den Abend alles vergessen ließen. Ulrike hatte auch noch Karten für eine Freilichtaufführung eines Theaterstücks unweit des Münsterplatzes ergattert, und diese Vorstellung war der krönende Abschluss des Tages. Das Stück war gut, und die jungen Schauspieler gaben, was sie zu geben hatten. Ein abschließendes letztes Weißbier rundete die Sache schließlich ab, ehe alle drei müde in ihre Betten fielen.

Die gute Stimmung hielt auch am nächsten Morgen noch an, doch als Helene die Grenze zu Frankreich passierte, die alten, verlassenen Grenzeinrichtungen zu Gesicht bekam, da war die aufkeimende Urlaubsstimmung wieder wie weggeblasen, und sie fragte sich, was sie hier in Frankreich überhaupt wollte. Diese Frage beantwortete sich aber durch einen großen Schmerz in Brust und Bauch sofort von selbst. Sie wollte lediglich Friederike sehen, Friederike hören, ja hören, eine Geschichte von ihr erzählt bekommen. Sie spüren, riechen, nie mehr loslassen. Doch daraus würde vermutlich nichts werden. Wie auch. Es hatte sich ja nichts geändert seit dem Augenblick, als sie sich getrennt hatten. Sie war sich sicher, auch jetzt nicht offen zu ihrer Beziehung stehen zu können. Vor Fremden, vor ihren Kollegen im Institut oder vor Freunden, ja, das wäre schon machbar, vor ihrer Mutter ohnehin, die wusste ohnehin als Einzige Bescheid. Doch vor ihren Kindern, da war sie sich uneingeschränkt sicher, konnte sie es nicht, vor allem nicht vor Maria. Was würde die wohl sagen? Wie würde sie reagieren?

Darüber hinaus waren die Voraussetzungen für ein Zusammensein nun ja auch nicht mehr gegeben. Friederike war jetzt eine Französin, na ja, eine Kärntnerin würde sie wohl ihr Leben lang bleiben, aber die Verbindung zu Wien hatte sie abgebrochen.

Nicht einmal hatte sie von Friederike gehört seit dem Abend, als sie ihr einen flüchtigen Kuss auf die Wange gedrückt hatte, aus der Wohnung getreten war und die Tür leise hinter sich zugezogen hatte. Damals hatte sie gespürt, dass es keine Zukunft für sie geben würde. Nicht eine Träne war seither über ihre Wange gelaufen, wenn auch der Schmerz nahezu unerträglich war. Alles in ihr war wieder eingefroren. Die Lust auf Sex war wie weggeblasen, Gefühle der Erregung waren versiegt, einfach weg, Fröhlichkeit in die weite Vergangenheit gerückt, wenn diese Vergangenheit auch erst vor einigen Wochen Gegenwart gewesen war.

Als Helene an Besançon vorbeifuhr, fasste sie es kurz ins Auge, einfach wieder umzudrehen und heimzufahren. Doch das schlug sie sich gleich wieder aus dem Kopf. Burgund wollte sie ja wirklich sehen und vielleicht einmal kurz Kontakt zu Friederike aufnehmen, wer konnte das schon wissen.

Das Haus in Missery, das sie ein paar Stunden später erreichte, war viel schöner, als sie es sich vorgestellt hatte. Es war zwar klein, jedoch sehr liebevoll eingerichtet, hatte ein gemütliches Wohnzimmer mit einer angeschlossenen Küche, ein freundliches Bad und ein großes Schlafzimmer. *Da hätte Friederike auch wunderbar Platz*, kam es Helene in dem Augenblick, in dem sie es sah, in den Sinn. Der Hausbesitzer, Monsieur Champard, ein älterer, freundlicher Mann mit einer beinahe erloschenen Gitane im Mundwinkel, wie es Helene schon bei so vielen Franzosen aufgefallen war, erläuterte mit Stolz alle technischen Finessen, die das Haus zu bieten hatte, zeigte ihr Gas- und Wasserhahn, nebenbei erklärte er Helene noch, wo sie einkaufen könnte, nämlich nicht in Missery, das besaß nicht einmal mehr eine Boulangerie, pries die Landschaft der Gegend und die landwirtschaftlichen Produkte, all das in einem flotten Französisch, das keine Rücksicht darauf nahm, dass es sich dabei für Helene um eine Fremdsprache handelte.

Ein Blick auf die Uhr sagte ihr auch, dass sie sich besser beeilen sollte, wollte sie am Abend nicht vor leerem Kühlschrank und leerem Vorratsschrank sitzen. Eile war indes nicht angebracht, der Supermarkt im nächsten Städtchen schloss erst knapp vor Mitternacht, auch am Wochenende, das war gut zu wissen, konnte sich doch auch einmal spät am Abend noch Lust auf etwas Frisches entwickeln.

Die Traurigkeit, die sie am Abend erfasste, als sie allein vor köstlichen Pasteten, einem wunderbaren Baguette und einem Glas Rotwein am Esstisch Platz genommen hatte, nahm ihr beinahe den Atem, auf alle Fälle den Appetit, sie rührte die Sachen kaum an, lediglich das frische Brot aß sie automatisch. Sie hätte weinen können, doch nicht eine Träne fand den Weg aus ihren Augen. So legte sie sich nach einer ausgedehnten Dusche ins Bett, hatte ihren iPod in Betrieb genommen und hörte Beethovens Tripple-Konzert. Sie hatte ihre Landkarte ausgebreitet, ihre Reiseführer aufgeblättert und den Ausflug für den kommenden Tag geplant. Es sollte nach Norden gehen, nach Auxerre, weit weg von Friederike.

Der Ausflug nach Auxerre war dann auch ein bemerkenswertes Erlebnis gewesen. Helene hatte Autobahnen gänzlich vermeiden können und auf engen, kurvenreichen Straßen durch kleine Dörfer und malerische Städtchen ihr Ziel erreicht. Staunen ließ sie der Umstand, dass sie zwar Tausende Kühe, jedoch keinen einzigen Weinstock zu sehen bekam. Damit hatte sie nicht gerechnet. Später sollte sie erfahren, dass das Weinanbaugebiet in Burgund gemessen an der Gesamtfläche einen lediglich sehr kleinen Teil des Landes bildete. Und noch etwas fiel auf: zahlreiche verfallene oder verfallende Gebäude, einzeln am Land stehend oder in den Dörfern, bei nur einem einzigen Neubau, der ihr auf der gesamten Strecke untergekommen war. Auxerre wieder schien ihr eine vitale Stadt zu sein, das pure Leben, mit vielen Sehenswürdigkeiten und einer malerischen Lage an der Yonne. Das Mittagessen in einem kleinen Restaurant war ein Erlebnis für sich gewesen, nicht nur wegen des ausgezeichneten, wenn auch ungemein teuren Menüs, sondern auch wegen der Chefin des Hauses, die sich, als Helene bezahlen wollte – sie war der letzte Gast um die Mittagszeit gewesen –, zu ihr gesetzt und eine nette, lockere Plauderei begonnen hatte. Helene erfuhr so manches über die Stadt, das wohl in keinem Reiseführer zu finden gewesen wäre.

Erst spät am Abend fiel sie in ihr Bett. Vorher hatte sie noch ein paar Bissen Käse und Brot zu sich genommen, und auch noch ein Glas Rotwein und dann noch ein zweites. Möglicherweise war es dieses zweite Glas vom herrlichen Burgunder gewesen, das in ihr den Entschluss reifen ließ, den kommenden Tag in Beaune zu verbringen.

Schnell war sie eingeschlafen, es war ein traumloser Schlaf, und Helene konnte es kaum glauben, dass es bereits halb acht war, als sie aufwachte. Die Sonne warf einen Strahl durch einen Spalt des Vorhangs, den sie nur schlampig zugezogen hatte, und dieser traf Helene mitten im Gesicht.

Helene verzichtete auf ein Frühstück, das würde sie in Beaune nachholen, nahm sich aber die Zeit für einen längeren Aufenthalt in ihrem Badezimmer. Sorgsam wusch sie ihre Haare, brauchte lange in der Dusche, um alles auf die Reihe zu bringen, bis alles zu ihrer Zufriedenheit war. Sie suchte sich ein wunderschönes Sommerkleid aus, eigentlich ein wenig zu elegant für einen Ausflug, aber es war auch bequem und für die zu erwartende Hitze wie geschaffen. So saß sie dann im Auto und war unterwegs. Diesmal nahm sie die Autobahn. Beaune war im nicht allzu dichten Verkehr des Freitagvormittags schnell erreicht.

Das Hôtel-Dieu, die bekannteste Sehenswürdigkeit von Beaune, ein wunderbar erhaltenes Hospital aus dem Mittelalter, wollte sie gleich als Erstes besuchen, hatte aber bei einem kleinen Frühstück auf der Straße bemerkt, dass sie sich unmittelbar neben dem Eingang des Weinmuseums befand, sodass sie dies vorzog und erst einige Zeit später, vollgestopft mit Wissen über Weinbau im Allgemeinen und über den Weinbau in Burgund im Besonderen, in Richtung des weltberühmten alten Hospitals unterwegs war.

Es war knapp vor Mittag, und sie stand gerade vor dem Eingang zum Hôtel-Dieu, als sie wie in Trance ihr Handy aus der Tasche zog und die Nummer wählte, die sie bereits in Wien herausgesucht und eingespeichert hatte. Es waren vier Nummern im Internet zu finden gewesen, und Helene hatte die ausgewählt, die mit »Directrice« bezeichnet gewesen war. War Friederike nicht die Verwaltungsdirektorin? Und wenn es nicht ihre Nummer wäre, so würde man ihr sicher weiterhelfen können.

Es läutete eine Zeit lang, Helene fürchtete schon, dass freitags um die Mittagszeit niemand mehr im Institut sein würde. Ob sie nochmals den Mut aufbringen würde, einen Anruf zu wagen?

Doch dann wurde das Telefonat angenommen: »Bureau de la directrice.«

»Ah … Bon jour, Madame, est-ce que …«

»Helene?«

»Friederike?«

»Mein Gott, du hast angerufen.« Ein langes Schweigen trat ein. Helene hörte Friederike atmen. Dieses Atmen löste plötzlich alle Schranken, die Enge in der Brust und alle Schmerzen.

»Friederike.«

»Helene. Wie geht es dir, meine Liebe?«

Meine Liebe! Meine Liebe! Sie sagt meine Liebe! »Gut, wenn ich dich höre«, ließ sie sich tonlos vernehmen. »Und wie geht es dir?«

»Nicht besonders gut.« Friederike schluckte hörbar. »Ich habe Sehnsucht und Heimweh.«

»Sehnsucht? Wonach?«

»Das fragst mich ausgerechnet du?«

»Ich … ich möchte dich sehen.«

»Das möchte ich auch. Was würde ich dafür geben, bei dir zu sein.«

»Hast du Zeit?«

»Hab ich, ich wollte gerade ins Wochenende … Von wo rufst du an, Helene?«

»Ich stehe vor dem Hôtel-Dieu in Beaune.«

»Wo bist du? Vor dem Hôtel-Dieu? Hier in der Stadt?«

»Ja.«

»Bleib dort! Ich bin in zwei Minuten bei dir.« Friederike warf den Hörer auf die Gabel, ließ alles liegen und stehen, schlüpfte nur noch in ihre Schuhe, die sie sich schon bereitgestellt hatte, und eilte los.

Sie sah Helene schon von Weitem. *Wie hübsch sie doch ist, wie wunderbar sie doch in dem Kleid aussieht!* Helene drehte sich nun in ihre Richtung, erkannte Friederike im selben Augenblick. Sie stürmte los und fiel ihr in die Arme.

»Friederike, meine Friederike, meine Friederike«, sie küsste sie überall im Gesicht, und nun war der Damm gebrochen. Dicke Tränen flossen über ihre Wangen.

Friederike war sprachlos, sie erwiderte Helenes Küsse, und auch ihr flossen Tränen in Strömen über die Wangen. Viele Minuten verharrten sie so, nahmen sich immer fester in die Arme, bis sich ihre Lippen fanden und sie sich leidenschaftlich küssten, das erste Mal nach einer Ewigkeit.

Helene löste sich sanft aus dem Kuss, lehnte sich ein wenig zurück und sah Friederike in die verweinten blauen Augen. »Friederike, ich habe mich entschlossen, ich habe die Entscheidung endgültig getroffen, wie auch immer es mit uns weitergeht, ob wir nun ein Paar werden oder nicht, ich werde offen zu allem stehen, auch vor meinen Kindern. Ich will es so.« Sie machte eine Pause, ihr Gesicht war ganz ernst, ihre Mundwinkel zuckten. »Ich liebe dich, Friederike, so sehr. Es bereitet mir Schmerzen, wenn ich von dir getrennt bin und nicht weiß, ob und wann ich dich wieder sehen kann. Richtige Schmerzen.« Wieder liefen Tränen über ihre Wangen, sie lehnte sich an Friederikes Schulter und weinte bitterlich.

Ein junger Mann, der die Szene auf offener Straße beobachtet hatte, trat näher und fragte nach, ob sie irgendetwas benötigen würden. Friederike wischte sich ein paar Tränen von den Wangen, bedankte sich für das Angebot und meinte nur, dass jetzt keine Hilfe mehr nötig wäre, nun wäre alles wieder im Lot. Der Bursche schien verstanden zu haben, lächelte sie an, wünschte alles Gute und vor allem einen schönen Sommertag und setzte seinen Weg fort. Langsam beruhigte sich auch Helene. Erstmals, seit sie sich in die Arme gefallen waren, konnte sie wieder lächeln.

»Wie geht es denn jetzt weiter?«

»Ja, Helene, das ist die Frage, die wir uns am häufigsten stellen, nicht wahr? Aber jetzt weiß ich eine Antwort darauf.« Sie küsste Helene sanft auf die Stirn. »Erst einmal werden wir das Wochenende gemeinsam verbringen, und da werden wir in Ruhe alle nötigen Entscheidungen für unsere Zukunft treffen.« Sie machte eine Pause und hatte plötzlich einen verliebten, aber auch verletzlichen Ausdruck im Gesicht. »Ich kann dir versprechen, dass ich alles für unsere Liebe tun werde, wirklich alles.«

Nochmals küssten sie sich sanft, dann ließen sie voneinander ab und nahmen sich an der Hand. Sie marschierten los, eigentlich ohne Ziel, da blieb Friederike auch schon wieder stehen. »Hast du das Hôtel-Dieu nun eigentlich schon besichtigt?«

»Nein, habe ich nicht. Ich … ich wollte es gerade, da habe ich versucht, dich anzurufen, ich dachte, das Wochenende naht, und vielleicht bist du schon unterwegs.«

»Fünf Minuten später wäre ich das sicher auch schon gewesen, ich wollte auch gar nicht mehr abheben, aber weil es nicht aufgehört hat zu läuten, bin ich dann doch rangegangen. Hätte ja etwas Wichtiges sein können – und das war es dann ja auch.« Sie machte eine kurze Pause. »Es war wirklich etwas Wichtiges, das Wichtigste. So! Gehen wir! Du bekommst jetzt von mir eine Privatführung durch das Hôtel-Dieu. Bei solchen Führungen bin ich schon recht versiert, es ist nicht das erste Mal, dass ich das mache, bloß mit so viel Freude wie jetzt war ich noch nie bei der Sache.«

Helene genoss die Führung, sie begleitete Friederike ein wenig wie in Trance. Die drückte ihr bei jeder Gelegenheit ein Küsschen auf Wangen, Nase, Stirn und Mund und sah sie dabei so verliebt an, dass Helene nur so das Herz aufging. Alles in allem war das Hôtel-Dieu eine wunderbare Sehenswürdigkeit.

Das war Helenes und Friederikes einhellige Ansicht, als sie später Hand in Hand durch die Stadt auf dem Weg zu Helenes Auto wanderten. Helene hatte Friederike von ihrem Haus in Missery erzählt, und rasch hatten sie beschlossen, das Wochenende dort zu verbringen. Dass Helenes Urlaub gerade erst begonnen hatte und insgesamt gute zwei Wochen dauern sollte, war für Friederike wie Ostern und Weihnachten gleichzeitig. Sie würde sich sicher einige Tage freinehmen können, jedoch nicht die ganze Zeit. Helene hatte damit keinerlei Probleme, sie hatte ja ursprünglich vorgehabt, die gesamte Zeit allein zu verbringen. Hatte sie das wirklich? Oder war im Unterbewussten alles schon seinen Weg gegangen, der nun zu diesem Ergebnis geführt hatte?

Am späteren Abend, es begann bereits zu dämmern, erreichten sie Missery. Friederike kannte Burgund schon einigermaßen, in diese Gegend hatte es sie jedoch noch nie verschlagen. Man kam auch nicht zufällig nach Missery, entweder man hatte dort etwas zu tun, oder man fuhr daran vorbei. Das Haus war in der kleinen Ortschaft gleich erreicht.

Ein paar Minuten später betraten die beiden Frauen das Haus, und Friederike war im Nu verzaubert. Das Flair, das von diesem Domizil ausging, faszinierte sie unverzüglich. Sie machte sich auch gleich auf eine kleine Erkundungstour, während Helene den Kühlschrank füllte.

»Wow!«, hörte es Helene aus dem oberen Stockwerk rufen. »Was ist denn das für ein Schlafzimmer? Und was ist denn das für ein Bett? Das ist ja Erotik pur.«

Helene war ihr nun gefolgt und schaute durch die Tür ins Schlafzimmer, auf dessen Bett Friederike ausgestreckt auf dem Rücken lag. Der Rock war ihr hochgerutscht und entblößte ihre hellhäutigen Oberschenkel beinahe zur Gänze. Da konnte Helene Friederike nur mehr zustimmen, was die Erotik des Raumes betraf. Überhaupt fühlte sie nun wieder Erotik in sich. Lust baute sich in ihr auf. Mit einem Lächeln stürzte sie sich auf ihre Friederike, wälzte sich mit ihr im breiten Bett umher und zog sie schließlich auf sich. Sie ließ ihre Hände unter den nun knapp über den Po gerutschten Rock gleiten und massierte die muskulösen, von ihr so geliebten Pobacken. »Ich liebe dich so sehr. Habe ich das heute schon erwähnt?« Sie kicherte und knetete den Po noch ein wenig fester.

»Was hat dir mein Po getan, dass du ihn so malträtieren musst? Na warte!« Friederike begann, Helene leicht, aber doch bestimmt in die Rippen zu kneifen, etwas, das Helene, die unheimlich kitzlig war, völlig aus dem Häuschen brachte. Eine Rauferei entwickelte sich, die damit endete, dass Friederike Helenes Slip beiseiteschob und begann, die samtweiche Vulva ihrer Geliebten sanft zu liebkosen. Im Augenblick war jeder Widerstand und jede Rauflust in Helene erloschen, und sie gab sich den sanft kreisenden, zärtlich streichelnden und dann fordernd eindringenden Fingern hin. Friederike verwöhnte Helene auf unnachahmlich zärtliche Art. Sie hatte sie und sich bald ausgezogen, und so konnten sie sich aneinander schmiegen, einander spüren und berühren.

Missery *Samstag, 20. Juli*

Friederike strich sanft mit dem Rücken ihrer Finger über Helenes Wange. Es war bereits neun Uhr vorbei, und es kündigte sich ein strahlender Sommertag an. Friederike hatte bereits einen Blick ins Freie geworfen. Schon jetzt in der Früh war die Quecksilbersäule des Thermometers an der Terrassentür im Schatten auf über zwanzig Grad Celsius geklettert, und am Himmel war keine Wolke zu sehen. Kein Windhauch war zu spüren. Das Dorf lag in völliger Stille. Auf der Weide neben dem Haus lag eine kleine Herde für die Gegend typischer Charolais-Rinder in Ruhe beim Wiederkäuen. Friederike fühlte ein tiefes Gefühl der Zufriedenheit und des Glücks in sich hochsteigen. Die Lust auf einen guten Kaffee trieb sie in die Küche, wo sie mit Freude feststellte, dass Helene nicht auf ihre kleine Espressomaschine verzichtet hatte. Aus der großen, voll mit Kaffeekapseln gefüllten Schüssel, die gleich daneben stand, holte sie sich ihre Lieblingssorte heraus, brachte die Maschine in Gang und hielt ein paar Minuten darauf schon eine Tasse herrlich duftenden Kaffees in Händen. Sie sah sich um, die Küche hatte sie am Vortag gar nicht richtig zu Gesicht bekommen. Eine liebevoll zusammengestellte Einrichtung und die ganz offensichtlich von Helene hergestellte Ordnung mit fein säuberlich verstauten Essensvorräten ließen in Friederike den Wunsch hochkommen, hier aufzukochen. Vielleicht würde sich das noch ergeben, wer konnte das schon wissen.

Leise schlich sie sich wieder ins Schlafzimmer. Helene schlief noch immer tief und fest. Langsam ließ sie sich zu ihr ins Bett gleiten. Helene drehte sich zu ihr, wurde aber offenbar nicht wach. Die Decke war ein wenig verrutscht und ließ Helenes rechte Brust hervorschauen. Die dunkelbraune Brustwarze stand keck vor, sodass Friederike gleich wieder Lust verspürte, dort fortzusetzen, wo sie am Tag davor beim Einschlafen aufgehört hatte, nämlich Helenes Brüste zu liebkosen und zu küssen. Das ließ sie allerdings sein, stattdessen betrachtete sie Helenes hübsches, entspanntes Gesicht und strich über die weiche Haut auf den Wangen, ehe sie ihren Blick wieder auf Helenes süße Brust gleiten ließ, wo er dann hängen blieb.

Sie lächelte und konnte ihr Glück gar nicht fassen. Vor vierundzwanzig Stunden hätte sie nicht im Traum daran gedacht, in Missery, sie hatte den Namen des Ortes niemals zuvor gehört, aufzuwachen. Und das neben Helene, die ihr in den letzten Wochen so abgegangen war, dass ihre Gedanken nur mehr darum gekreist waren, wie sie die Situation wieder ins Lot bringen könnte.

Die Mitarbeiter im Institut in Beaune hatten sie so offen empfangen und auch so viel Verständnis für ihre Situation gezeigt, dass sie alles hatte leichter ertragen können. Und Monique Ellis, die Leiterin der Botanikabteilung, eine dunkelhäutige Schönheit, deren Eltern vor Jahrzehnten aus Westafrika eingewandert waren, hatte ihr Problem gleich durchschaut. Sie hatte Friederike zum Essen zu sich nach Hause eingeladen und ihr auf den Kopf zugesagt, dass man Liebeskummer aus ihrem Gesicht lesen könnte. Diese offene Art hatte Friederike dazu gebracht, ganz ohne Hemmungen mit Monique über Helene und ihre nicht mehr bestehende Beziehung zu sprechen, sich auch einmal auszuweinen. Monique lebte selbst in einer komplizierten Fernbeziehung. Ihr Mann Robert, ein Engländer, den sie während ihres Studiums in Deutschland kennengelernt hatte, war wieder nach England gegangen, er hatte einen Lehrauftrag an einer Universität im Südwesten, in Bristol, angenommen, und so bekamen sie sich nur selten zu Gesicht. Monique musste immer mehr feststellen, dass die regelmäßigen Telefonate kürzer wurden und sie sich immer weniger interessante Dinge zu berichten hatten. Das erfüllte sie mit einem zunehmenden Gefühl der Panik. Sie war daher froh, dass auch sie in Friederike eine Gesprächspartnerin gefunden hatte, mit der sie sich über solche Dinge austauschen konnte.

Am kommenden Wochenende war Monique von ihrem Mann zu

einem Kurzurlaub in Hamburg eingeladen worden. Würde das ihre Beziehung wieder in die richtige Richtung lenken?

Helene hatte nun die Augen geöffnet und betrachtete ihrerseits Friederike, die neben ihr lehnte, ihre Wange sanft streichelte und mit verliebtem Blick ihre Brust betrachtete, was ihr bereits beim Erwachen wieder ein angenehmes Gefühl im Bauch bescherte.

»Guten Morgen, meine Liebe, bist du schon lange munter?«

Friederike drückte ihr ein Küsschen auf die Stirn. »Guten Morgen. Ja, ich bin schon länger wach, ich habe bereits einen Blick nach draußen geworfen und mir einen Kaffee gemacht. Soll ich dir auch eine Tasse ans Bett bringen?«

Helene streckte sich, was ihren Oberkörper weiter entblößte. »Könntest du das machen? Das wäre fein. Ich versuche dafür in der Zwischenzeit, richtig munter zu werden.«

Friederike strich nun sanft mit ihrem Zeigefinger über Helenes Brustwarzen, die sogleich auf die Berührung reagierten. »Ich sollte gleich gehen und dir deinen Kaffee besorgen, sonst ist es möglicherweise zu spät, und du bekommst erst um die Mittagszeit einen. Das wäre dir nicht recht, oder?« Sie wartete nicht auf Antwort, erhob sich und war schon auf dem Weg. Ein paar Minuten später betrat sie mit zwei Tassen Kaffee erneut das Schlafzimmer. Auf dem Tablett, das sie zum Transportieren verwendete, fanden sich zudem zwei große Stücke von dem Kuchen, den sie am Vortag in einer Boulangerie erstanden hatten. »Bitte, gnädige Frau, hier habe ich ein kleines Frühstück für Sie.«

»Danke, Fräulein. Ein sehr schönes kleines Frühstück. Überaus gelungen. Das wird sich im Trinkgeld niederschlagen. Bitte, holen Sie sich es ab, wann immer Sie wollen.«

Das ließ sich Friederike nicht zweimal sagen. Sie stellte das Tablett ab, ließ sich auf Helene gleiten, umarmte sie und küsste sanft ihren Hals. So verharrte sie eine Weile. »Helene, du duftest so wunderbar. Dein Duft ist mir so abgegangen. Weißt du, es ist für mich ganz etwas Besonderes, in der Nacht kurz aufzuwachen, dich leise neben mir atmen zu hören, mich ein wenig zu dir zu beugen und deinen Duft zu genießen. Dann wieder weiterzuschlafen und neben dir am Morgen aufzuwachen.«

Helene hielt sie ganz fest umarmt, Tränen liefen über ihre Wangen. Sie schwieg, doch ihr Blick sagte alles.

Friederike setzte sich abrupt auf. »Dein Kaffee wird kalt, meine Liebe. Schön genug bist du schon, da musst du nicht mehr mit kaltem Kaffee nachhelfen.«

Helene zog sie wieder zu sich. »Findest du? Für dich werde ich doch gerne noch ein wenig schöner, da kann ein Versuch mit kaltem Kaffee doch nicht schaden.«

»Muss zwar nicht sein, aber … ah …« Helene hatte ihre Hand in Friederikes Mitte gelegt und war forsch in sie eingedrungen. »… nicht aufhören! Nicht aufhören!« Sie stöhnte laut auf, und Helene bahnte sich ihren Weg zwischen Friederikes Beine, begann ein Küsschen nach dem anderen auf Beine, Bauch und dann auch in die Mitte zu hauchen, vergaß dabei aber nicht, weiter sanft Friederikes empfindlichste Stellen zu streicheln. Friederike zerfloss unter den Liebkosungen. Und als Helene ihre Zunge in das heiße Zentrum gleiten ließ, bauten sich langsam Gefühle der Wonne und der Lust auf, die Friederike wenig später hemmungslos durch das geöffnete Fenster des Schlafzimmers in die Stille des Samstagmorgens in Missery hinausschrie.

Helenes Kaffee war tatsächlich kalt geworden, als sie sich einige Zeit später an Friederike schmiegte, die nach einem ausgiebigen Liebesspiel ermattet und verschwitzt neben ihr lag. Aber auch ein kalter Kaffee kann ganz gut schmecken, und der Zweitkaffee, den sie danach in der Küche trank, war dafür ordentlich heiß. Sie saßen also, noch immer nackt, am Küchentisch, beide hatten nun eine Tasse Kaffee vor sich, und Friederike hatte sich auch ein Stück vom Kuchen genommen, der viel, viel besser schmeckte, als sie es erwartet hatte. Schweigend sahen sie sich an, bis Friederike ihren letzten Bissen hinuntergeschluckt hatte und plötzlich loslegte: »Ich will heute keinen Ausflug machen. Bleiben wir doch hier in Missery. Vielleicht kaufen wir noch etwas ein im Nachbarstädtchen. Was sagst du dazu? Sollen wir auf der Terrasse grillen? Am Nachmittag. Ich habe draußen einen ganz tollen Holzkohlengrill gesehen. Holzkohle könnten wir dann ja auch gleich aus dem Supermarkt mitnehmen. Gutes Fleisch und frisches Gemüse ist sicher zu bekommen. Ein guter Rotwein dazu. Und ein frisches Baguette.« Sie brach ab, sah Helene fragend an, die mit einem Lachen im Gesicht noch immer schwieg. »Na, was meinst du dazu?«

»Ehrlich, Friederike, an was ich heute nicht im Geringsten gedacht hatte, war ein Ausflug. Zumindest ein Ausflug, der über den Nachbarort hinausführt, denn einkaufen werden wir wirklich müssen. Und das mit dem Grillen ist eine tolle Idee.«

So setzten sie Friederikes Vorschlag dann in die Tat um. Lediglich eine gute Stunde waren sie im Nachbarstädtchen unterwegs, besorgten alles, was sie brauchten, erforschten dabei kleine Geschäfte, in denen offenbar die Einheimischen ihren Bedarf an Fleisch, Gemüse und Obst deckten – in einigen davon waren so viele Leute, dass Helene der Vergleich mit einer Sardinenbüchse in den Sinn kam. Sie ließen sich davon aber nicht abschrecken, ganz im Gegenteil, die dichten Menschenmengen galten doch als Garantie für tadellose Ware, und sie wurden nicht enttäuscht. Den Rest besorgten sie im Supermarkt und kehrten voll bepackt nach Missery zurück. Als die eingekauften Waren auf dem Küchentisch ausgelegt waren, stellten sie sich die Frage, wer das alles essen sollte.

Auch für diese Frage gab es am späten Nachmittag eine Antwort, als sie nach einem ausgiebigen Sonnenbad und genüsslichem Faulenzen den Holzkohlengrill anheizten. Monsieur Champard war mit seinem Hund am Gartenzaun vorbeigekommen und blieb für einen kleinen Smalltalk stehen. Mehr aus Höflichkeit lud ihn Helene zum Grillen ein. Wider Erwarten sagte er sofort zu und beeilte sich nur noch, seine Frau zu holen, die Helene noch gar nicht kannte, die sie noch gar nicht zu sehen bekommen hatte. Monsieur Champard, der nach Helenes Schätzung so etwa fünfundfünfzig Jahre alt war, rief gleich von außen durch das offene Fenster ins Haus zu seiner Frau, die lautstark antwortete. Kurz darauf war Monsieur Champard wieder zurück bei Helene und Friederike und meinte, dass er und seine Frau noch etwa eine halbe Stunde brauchen würden, dann aber auch ein paar Spezialitäten der Region mitbrächten.

Helene und Friederike hatten keine Eile, die Glut der Holzkohle würde sicher noch besser werden, und mit den Vorbereitungen waren sie auch noch nicht ganz fertig. Pünktlich eine halbe Stunde später standen Monsieur und Madame Champard vor der Gartentür. Friederike blieb beinahe die Luft weg, als sie Madame Champard zu Gesicht bekam: eine natürliche Schönheit, die man hier am Land, in der tiefsten Provinz, einfach nicht erwarten würde. Ein klein wenig größer als ihr Mann, sicher noch keine fünfzig, mit ebenmäßigen Zügen und einer Figur, die Helene, die nun auch aus der Küche auf die Terrasse gekommen war, ebenfalls leise durch die Zähne pfeifen ließ. Was aber alles übertraf, war die freundliche und fröhliche Ausstrahlung ihres Gesichts. Und diesem Eindruck, den sie gleich zu Anfang hinterlassen hatte, wurde Madame Champard den ganzen Abend über voll gerecht.

Aus der Idee, ein wenig zu grillen, wurde dann allerdings ein kleines Grillfest, als die Nachbarn der Champards auch noch dazustießen. Und aus dem Grillfest entstanden neue Freundschaften, darüber waren sich Helene und Friederike spät in der Nacht einig, als sie ein wenig angeheitert von dem herrlichen Rotwein, den Martine Plan-Ouates, besagte Nachbarin der Champards, mitgebracht hatte, im Bett lagen und noch ein wenig plauderten. Martines Mann Gregoire hatte bald das Kommando am Grill übernommen, was Helene und Friederike entlastet hatte und den Abend für beide erst wirklich zum Genuss werden ließ. Martine war vom Äußeren her irgendwie das Gegenteil ihrer Nachbarin Claire Champard: klein, rundlich, mit nicht zu übersehenden, aber auch nicht dramatischen Hautproblemen im Gesicht, und ganz offensichtlich war sie auch deutlich älter als Claire. Was die beiden aber gemeinsam hatten, waren ihre freundliche offene Art und ihr Humor.

Kurz waren die Champards und die Plan-Ouates irritiert, als Helene klarstellte, dass sie und Friederike keine Verwandten, Kolleginnen, oder Schulfreundinnen wären, sondern ein Paar, das in einer Liebesbeziehung zusammenlebe. Claire Champard hatte aber sofort die für Friederike und Helene richtigen Worte gefunden, es war das einzige Mal an diesem Abend, an dem sie tiefernst geworden war. Die anderen drei hatten zugestimmt, und so war es kein Problem, dass man bei Lesben zu Gast war. Das hieß aber nicht, dass es kein Thema gewesen wäre, und alle vier lauschten gespannt der Geschichte, die dazu geführt hatte, dass und schließlich wie Helene und Friederike am Vorabend in Missery gemeinsam in das Haus gekommen waren.

Nicht nur Freundschaften waren an diesem Abend geschlossen worden, auch der ganze restliche Aufenthalt von Helene in Burgund war dann davon betroffen. Bereits für den kommenden Tag hatten Friederike und Helene eine Einladung zum Abendessen bekommen, die sie nicht ausgeschlagen hatten. Dass wieder kein Ausflug auf dem Programm stehen würde, war ohnehin klar gewesen. Das Einzige, das feststand, war, dass man am Montag um sieben Uhr am Morgen am Flughafen in

Dijon sein musste. Da wäre Monique abzuholen, die von ihrem Kurzurlaub in Hamburg zurückkehren würde, und anschließend wollten sie gemeinsam nach Beaune fahren – Friederike, um zu arbeiten, und Helene, um sich weiter in der Stadt umzusehen oder, wenn sie davon genug hätte, in Friederikes Wohnung auszuruhen, bis sie gemeinsam mit Monique in Friederikes Stammlokal ein kleines Abendessen einnehmen wollten. Der ganze Sonntag indes gehörte ihnen, und sie hatten keinerlei Verpflichtungen – ein Umstand, der beiden Frauen großes Wohlbehagen bereitete, als sie nebeneinander nackt auf der Decke im großen Doppelbett lagen und sich an den Händen hielten.

Missery   *Sonntag, 21. Juli*

Am Sonntag war es Helene, die als Erste erwachte. Der Durst hatte sie in die Küche getrieben. Sie sehnte sich nach einem Glas kühlen Wassers. Als sie das Glas geleert hatte, bereitete sie sich einen Kaffee zu. Helene erschrak, als sie sich umdrehte und fast mit Friederike zusammenstieß. Sie war ganz lautlos in die Küche gekommen, stand nun lächelnd vor ihr und streckte sich.

»Guten Morgen, meine Liebe, ich wollte dich eben nicht erschrecken. Sehe ich so furchtbar aus heute Morgen, wie ein Gespenst oder eine Hexe?«

Helene kam auf sie zu und umarmte sie. »Guten Morgen, meine Lieblingshexe, nein, du siehst alles andere als furchtbar aus, aber ich hab dich einfach nicht kommen hören und bin erschrocken, als du so plötzlich vor mir standest.«

»Ja, so ist das bei mir: Ich erscheine, und dann bin ich einfach da.« Sie hatte einen verschmitzten Gesichtsausdruck angenommen und sah Helene ein wenig fordernd ins Gesicht.

»Ja, du bist einfach da, und so sollte es immer bleiben.« Helene legte ihren Kopf auf Friederikes Schultern. »Wir sollten heute wirklich darüber reden, wie es mit uns weitergehen soll, nämlich nicht nur in meinem Urlaub, sondern auch danach.«

»Du hast recht, das sollten wir tun. Und dazu nutzen wir gleich das Frühstück aus, auf das ich jetzt große Lust habe. Das viele Essen gestern am Abend hat mich ordentlich hungrig gemacht und mich zu dir in die Küche getrieben, nachdem ich wach geworden bin, weil ich gespürt habe, dass du nicht mehr neben mir liegst. Klingt irgendwie paradox, dass der Hunger am Morgen größer ist, wenn man am Vorabend viel gegessen hat, oder?«

»Ist es aber nicht. Der Blutzuckerspiegel sinkt einfach ein wenig tiefer in so einem Fall, und daher wachst du hungrig auf, ganz einfach erklärt.« Helene hatte sich aus der Umarmung gelöst und begonnen, Teller, Besteck und sonstige Utensilien auf den Tisch zu stellen. »Wir sollten nicht länger warten mit dem Frühstück, sonst verhungerst du mir noch.«

Friederike war von hinten an die in einem Küchenkästchen kramende, noch immer völlig nackte Helene herangetreten und hatte sie sanft umfasst. Sie ließ ihre Hände über Bauch, Brüste und Scham wandern. »Glaubst du wirklich, dass ich ganz dringend ein Frühstück brauche, oder hat es nicht doch noch Zeit?«

Helene drehte sich um und legte ihre Arme auf Friederikes Schultern. Sie musterte sie von oben bis unten und blieb dann an der hellen Haut der Brüste hängen. Dort war nicht eine einzige Sommersprosse. Der Blick ließ eine leichte Gänsehaut über Friederikes Haut wandern. Und auch auf die Brustwarzen übte er eine unübersehbare Wirkung aus. Helene konnte sich ein Schmunzeln nicht verkneifen. »Ich glaube, dir ist kalt, Friederike, du solltest dir jetzt etwas anziehen. Und bring mir bitte meinen Morgenmantel mit. Als Erstes gibt es tatsächlich Frühstück, dann sehen wir weiter.«

»Du bist aber streng!«

»Muss ich das bei dir nicht manchmal sein?«

»Ist das so?«

»Das ist so!« Helene griff Friederike unvermittelt an den Hüften und zog sie mit einem Ruck zu sich. »Manchmal brauchst du einfach eine strenge Hand. Ist das nicht so?«

Friederike, von dem kleinen Überfall vollkommen überrascht, nahm Helenes Hand und führte sie weiter in ihre eigene Mitte. »Da muss man sich fügen, was bleibt einem da schon übrig …« Sie stöhnte leise, drückte Helenes Hand fester an sich, ließ ihren Kopf auf Helenes Schultern fallen und gab sich den Berührungen hin.

Eine halbe Stunde später saßen sie schließlich tatsächlich bei einem ausgedehnten Frühstück. Friederike hatte sich zu Beginn ein Müsli zubereitet, das sie mit Genuss löffelte. Helene legte mit nicht so gesunder Kost los und öffnete gerade ihr zweites weiches Ei.

Sie hatten sich schon überlegt, das Frühstück nach draußen auf die Terrasse zu verlegen, blieben dann aber doch gleich am Tisch in der Küche, auch wenn der klein war, aber so musste nicht alles hinaus in die Hitze getragen werden, und außerdem wollten sie sich ja ungestört miteinander über ihre gemeinsame Zukunft unterhalten. Und ob die Champards oder die Plan-Ouates das zugelassen hätten, wenn sie die beiden Frauen wieder im Freien hätten sitzen sehen, war mehr als fraglich.

Friederike sah unvermittelt von ihrer Müslischüssel auf. »Also, Helene, wie stellst du dir die Zukunft mit mir vor?« Sie hielt ihren Löffel knapp über der Schüssel und schaute Helene erst lächelnd, dann aber ernst an.

»Ich will mit dir so oft schlafen, wie das nur möglich ist.« Helene sah nicht einmal auf, sondern bestrich weiter ihr Brot. »Also, so oft wie möglich.« Jetzt sah sie auf und blickte Friederike ins Gesicht. »Es ist mir ernst damit. Ich begehre dich so sehr wie noch niemanden zuvor. Das weißt du ja.« Sie machte eine kurze Pause, und Friederike verharrte noch immer in ihrer Position. »Aber es ist viel mehr als dieses unbändige Begehren, das ich in mir spüre. Es ist eine immense Zuneigung, wirkliche, große Liebe, das weiß ich jetzt auch, und das wusste ich eigentlich schon während des Seminars in Neumarkt, aber damals konnte ich es einfach nicht fassen. In den letzten Wochen ohne dich ist mir das sehr schmerzlich bewusst geworden. Und als ich dich vorgestern in Beaune in den Armen gehabt habe, da wurde mir auch klar, dass es nichts und niemanden gibt, der uns, wenn du das auch so willst, trennen kann.« Ein Lächeln breitete sich über ihr Gesicht aus, und sie biss genüsslich in ihr Brot. »Opravdová láska je jenom jedná, Frau Dr. Laska, so sagt das die Tschechin oder der Tscheche«, fügte sie mit vollem Mund hinzu.

»Heißt?« Friederike war noch immer völlig unbewegt geblieben.

»Heißt, dass es die wahre Liebe nur einmal gibt, Frau Dr. Liebe.«

»Vielleicht sollte ich doch auch noch Tschechisch lernen, wie wir das ja schon einmal erwägt haben.«

»Das solltest du. Es würde mir sehr viel Spaß machen, mit dir gemeinsam diese schöne Sprache zu erforschen.«

Friederike hatte sich nun entspannt, ihren Löffel wieder in die

Schüssel getaucht und fuhr fort, das Frühstück zu genießen. »Ich weiß nicht, ob ich es schaffe, so schnell wieder in Österreich zu sein. Man hat mir zwar zugesagt, dass ich in den ersten drei Monaten jederzeit zurück könne, vielleicht erinnerst du dich daran, ich habe dir seinerzeit davon erzählt.«

»Seinerzeit. Mein Gott, wie das klingt. Aber es stimmt. Wir kennen uns noch gar nicht so lange und haben schon viel an Vergangenheit vorzuweisen.« Helene lehnte sich zurück und sah zur Decke. »Wenn wir schon so viel Vergangenheit gemeinsam haben, wie viel Zukunft wird dann wohl noch vor uns liegen? Ich freue mich darauf.« Jetzt sah sie wieder Friederike in die Augen, die nun mit dem Löffel auf dem Tischtuch Kreise zog. »Weißt du, es ist mir klar, dass nicht immer die Sonne scheinen wird wie hier in diesen Tagen in Burgund, doch das schreckt mich nicht. Ich habe schon vieles überstanden, und es wird mir sicher gelingen, in Zukunft alle Probleme gemeinsam mit dir zu meistern. Und wenn du zum Beispiel nicht gleich wieder nach Wien zurückkehren kannst, so ist das vielleicht nicht ganz so toll, aushalten werde ich das aber alle Mal.«

»Ich möchte aber nicht wieder von dir getrennt sein«, warf Friederike ein, »ich weiß nicht, ob ich das aushalte.«

»Du wirst. Es ist doch ein großer Unterschied, wenn man nur örtlich getrennt ist, in Wahrheit aber zusammengehört und das auch weiß. Das lässt einen die Distanz ganz leicht ertragen.«

»Also ich habe die letzten Wochen hier nur sehr schwer ertragen, und da war ich mir auch sicher, dass wir beide zusammengehören.«

»Wirklich? Warst du dir da ganz sicher?«

»Ja, ganz sicher. Ich habe das immer gespürt. Und ich hatte so ein schlechtes Gewissen, weil ich so einfach aus Wien geflüchtet bin, abgereist auf eine Art und Weise, die für dich eigentlich eine Zumutung gewesen sein muss. Helene, dafür schäme ich mich so.«

Helene starrte Friederike entgeistert an. Dann senkte sie den Kopf. »Friederike, mag sein, dass, von außen betrachtet, deine Abreise ein wenig unüberlegt und übereilt vonstatten gegangen ist. Aber ist es nicht so, dass es in Wahrheit genau das Richtige gewesen ist? Könnten wir vielleicht sonst nicht so miteinander sprechen, wie wir das eben tun? Und vermutlich wäre vieles unerledigt mitgeschleppt worden, das irgendwann unsere Beziehung, unsere Liebe beschädigt hätte.«

»Kannst du das so sehen?«

»Ich sehe es wirklich so. Es war heilsam für mich. Und im Unterbewusstsein hat es mich hierher zu dir gezogen. Unwiderstehlich. Wenn du wüsstest, was ich nach außen hin für Gründe gefunden habe, um in Burgund Urlaub zu machen. Dabei musste ich immer an dich denken, konnte die Gedanken oft gar nicht ausblenden. Nur wusste ich nicht, und ich denke, das war mir nicht einmal im Unterbewusstsein klar, ob ich den Mut finden würde, Kontakt mit dir aufzunehmen.«

»Den hattest du aber.«

»Frag mich nicht, wie es mir ging, als das Telefon in eurem Institut geläutet hat und erst mal niemand abhob. Da hatte ich einfach nicht den Mut, wieder aufzulegen, und in den wenigen Momenten, bis du abgehoben hast, hat sich in mir eine Verzweiflung aufgebaut, die ich in den nächsten Jahren nicht wieder fühlen möchte.«

»Ich habe jeden am Telefon erwartet in diesem Augenblick, nur nicht dich. Oft hatte ich gehofft, du wärst am Telefon, wenn es geläutet hat, doch nicht in diesem Augenblick. Ich habe dich sofort an der Stimme erkannt, du mich aber nicht.« Friederike lächelte jetzt übers ganze Gesicht, und ihre blauen Augen strahlten.

»Ja, ja, das ist wahr. Ich war so froh, dass irgendjemand abgehoben hat, dem ich vielleicht auch nur eine Nachricht hinterlassen hätte können. Denn in dem Augenblick war mir bewusst, warum ich wirklich in Burgund war. Nicht der schönen Landschaft, des herrlichen Weins oder der Sehenswürdigkeiten wegen. Ich war nur deinetwegen hierhergekommen.«

Friederike war ernst geworden, doch ihre Augen strahlten noch immer. »Helene, willst du mich heiraten?«

»Wie, *heiraten?*«

»Na heiraten, oder wie man das eben nennt, in dem Land, in dem wir es tun werden, sei es hier in Frankreich oder in Österreich.«

»Heiraten? Heiraten! Meine Güte! Du machst mir einen Heiratsantrag? Ja! Ja! Sofort!« Helene war völlig aus dem Häuschen. »An so etwas habe ich noch nie gedacht. Das ist mir noch nie in den Sinn gekommen. Aber es geht. Da bin ich mir sicher. Das können wir machen. Wir werden das machen.« Sie tippte sich auf die Nase, ehe sie mit strahlendem Gesicht fortfuhr: »Hm, da weiß ich gerade einmal, dass es in Österreich eine gesetzliche Regelung dafür gibt, schon seit einiger Zeit, mehr nicht.«

»Also in Österreich heißt das offiziell ›eingetragene Partnerschaft gleichgeschlechtlicher Paare‹. Komplizierter Ausdruck, nicht wahr? Wie das in Frankreich ist, weiß ich selbst nicht, da habe ich mich noch nicht schlau gemacht, aber irgendeine Regelung wird es da wohl auch geben.«

Helene war ganz ernst geworden. »Friederike, wie man es nennt, ist mir eigentlich egal. Ich will es, wirklich, sofort, ich möchte dich heiraten.« Ein breites verschmitztes Lächeln wischte dann plötzlich den Ernst aus ihrem Gesicht. »Willst du auch Kinder mit mir haben?«

»Meinst du Maria und Martin, deine Zwillinge?«

»Aber nein, die sind doch erwachsen. Richtige gemeinsame Kinder. So mit Schwangerschaft, Geburt, Stillzeit, bis hin zur Matura, mit allem Drum und Dran, den vielen schrecklichen Schularbeiten und Tests, ausgeborgten und nicht zurückgebrachten Nagellacken, unabwendbarem Liebeskummer, Masern und Geburtstagspartys. Kannst du dir das vorstellen?«

»Ich als Mutter? Daran habe ich noch nie gedacht. Ehrlich. Ich kann mich in der Rolle selbst gar nicht sehen.« Friederike kratzte sich an der Schläfe. »Wenn man es aber so genau betrachtet, ist diese Vorstellung gar nicht die schlechteste. Helene, du setzt mir da einen Floh ins Ohr!«

»Na, siehst du. Du kannst dir das also vorstellen.«

»Du hast aber etwas ganz Essenzielles dabei vergessen: Es braucht dazu einen biologischen Vater.«

»Das stimmt, aber das Problem wird sich sicher lösen lassen, wenn wir es wollen. An einen konkreten Vater müssen wir im Augenblick gar nicht denken. Überhaupt fällen wir diesbezüglich heute sicher keine Entscheidungen. Die Frage aber ist: Lassen wir den Gedanken in uns überhaupt zu? Und wenn ja, so sollten wir ihn schön langsam reifen lassen. Solche Entscheidungen trifft man nicht spontan.«

»Wie du damals mit deinen Zwillingen.« Friederike war spontan lachend aufgestanden, um den Tisch gehuscht, hatte Helene zärtlich umarmt und sie mit Küssen überhäuft.

Helene zog sie zu sich herunter, sodass sie auf ihrem Schoß zu sitzen kam. »Ja, da hast du wohl recht. Ich bin wirklich ein Paradebeispiel für gezielte Familienplanung.« Sie lachten gemeinsam und nahmen einander fest in den Arm. So blieben sie lange wortlos sitzen.

»Ich mach mir noch einen Kaffee. Möchtest du auch noch einen?« Friederike hatte ihre Hände sanft auf Helenes Hals gelegt, fuhr ihr mit diesen langsam in den Nacken, um ihn liebevoll zu kraulen.

Helene durchzuckten Blitze und kleine Stromstöße im ganzen Körper. Ihr Nacken, ihre wohl verwundbarste Stelle, ließ sie so schnell schwach werden, wenn man sie verwöhnte, kraulte, wie es Friederike gerade tat. Doch die wartete tatsächlich noch immer auf Antwort. »Äh, einen Kaffee«, hauchte Helene, »nein danke, keinen Kaffee mehr.« Sie genoss die Liebkosungen in ihrem Nacken.

»Was möchtest du denn?« Friederike lächelte sie an und machte keine Anstalten, mit ihrer Massage aufzuhören.

»Wie ... wie wär's mit einem Crémant? Ja, ein Glas Crémant, das wäre jetzt fein.« Eine ungemeine Erregung erfasste Helene, floss durch den Körper, ließ sie nicht los. Sie stöhnte ganz leise.

»Wirklich? Jetzt schon Alkohol? So früh am Vormittag?« Wie um ihre Frage zu untermalen, hatte sie die Behandlung von Helenes Nacken intensiviert.

Helene war das nun einfach zu viel. Sie packte Friederikes Kopf und küsste sie stürmisch, von Lust gepackt, hörte erst auf, als Friederike sich sanft von ihr löste.

»Was war denn das für ein Überfall?« Friederike saß noch immer auf Helenes Schoß, nun ein wenig atemlos und auch erregt, die helle Haut gerötet und mit einem Blick voll tiefer Zuneigung und Liebe. »Möchtest du nun wirklich einen Crémant? Es müsste tatsächlich noch einer eingekühlt sein. Die Plan-Ouates haben gestern ja drei Flaschen mitgebracht, und wir haben, soweit ich weiß, nur eine geleert.«

Helene nickte nur, Friederike hatte sich erhoben und war auch gleich wieder mit Flasche und Gläsern zurück. Sie setzte sich wieder auf Helenes Schoß, ließ den Korken knallen und schenkte ein.

»Auf dich, meine Liebe!

»Auf uns, Friederike!«

So blieben sie noch lange beieinander am Frühstückstisch sitzen und aßen sogar noch einmal. Friederike holte mal dies, mal das, doch immer nahm sie wieder auf Helenes Schoß Platz. Aß selbst ein Stück Käse, fütterte Helene damit, holte später noch die zweite Flasche Crémant, die zwar geöffnet, doch nicht mehr geleert worden war. Sie hatten so viel zu besprechen, zu überlegen und zu beschließen, dass es

Mittag war, als sich Friederike schließlich von ihrem bequemen Platz auf Helenes Schoß erhob und sich, nachdem sie noch rasch die Küche aufgeräumt hatten, mit Helene in die Liegestühle auf der Terrasse fallen ließ.

Schnell hatten sie bemerkt, dass es doch möglich war, vor Blicken geschützt auf der Terrasse in der Sonne liegen zu können. Das nutzten sie aus und waren aus ihren Kleidern geschlüpft.

Helene musste Friederike von oben bis unten mit Sonnencreme versehen, eine Tätigkeit, die ihr nun so gar nicht unangenehm war. Als sie sich schließlich ruhig auf den Liegen platziert hatten, war Friederike nochmals kurz zu ihrer Handtasche gehuscht, kam dann zu Helene und setzte sich an die Kante der Liege.

Sie streichelte ihr sanft über die Haare. »Komm, Helene, ich hab da noch eine Kleinigkeit für dich. Ich weiß, du magst das.«

Helene sah sie kurz fragend an. »Was hast du da?«

»Spreize ein wenig die Beine, meine Liebe.«

Helene sah Friederike nur in die Augen, tat aber wie ihr geheißen. Bald spürte sie, wie Friederikes Finger ihre Schamlippen teilten.

»So, nicht erschrecken«, flüsterte Friederike. Mit leichtem Druck glitt die erste Kugel in Helenes Vagina, die zweite gleich nach. »So, sie sind schon in dir. Ich befreie dich von ihnen, wenn ich denke, dass die Zeit dafür gekommen ist.«

Helene hatte leicht gestöhnt, als die Kugeln in sie eindrangen. Sie erinnerte sich kurz an den Tag in Klagenfurt, an das Erlebnis im Dessousladen, das Probieren und Posieren, das alles kam ihr wieder in den Sinn, und auch die Überraschung, als sie die Glasvitrine mit dem Spielzeug für Frauen bemerkt hatte. Die Kugeln waren ihr ja gleich aufgefallen, doch es war ihr damals noch peinlich gewesen, sie auch zu kaufen. Wie groß war die Freude gewesen, als sie und Friederike im Hotel ihre Dessous auspackten und in jeder Tasche ein kleines Geschenk beigefügt war: »Liebeskugeln«.

Helene hatte ihre Hand an die Vulva geführt und begonnen, sich sanft zu streicheln. Es dauerte nicht lange, und sie entbrannte vor Lust. Die Kugeln in ihrem Inneren trugen das ihre dazu bei. Kurz darauf stöhnte Helene laut auf, gab sich völlig ihren Gefühlen hin.

Friederike liebte es, ihre Helene so zu sehen. Zu sehen, wie sie Lust empfand, wie sie offen vor ihr aus sich herausging, hemmungslos war.

Dabei fühlte sie sich nie ausgeschlossen, sondern stets mit einbezogen. Sie umarmte Helene und küsste dann ihre Brüste, den Hals, um schließlich die Lippen zu finden und diese zärtlich zu umspielen, bis Helene sie öffnete und sie sanft zu einem Kuss empfing. Dann befreite sie ihre Geliebte von den Kugeln, die diese lediglich mit einem unwilligen Stöhnen aus sich herausgleiten ließ.

Sie lagen dann lange schweigend nebeneinander in ihren Liegen. Helene hatte Friederikes Hand genommen und war dann irgendwann eingeschlafen.

Mit einem Kuss weckte Friederike Helene wieder auf. Sie war nicht allzu lange in der Sonne geblieben. Seit ihrer Kindheit wusste sie, dass sie sich vor dem Sonnenlicht in Acht nehmen musste. Sie genoss es zwar, eine Zeit lang in der Hitze und der Helligkeit der Sonne zu verweilen, wanderte aber immer wieder rasch in den Schatten. So und mithilfe von reichlich Sonnencreme hatte sie nie einen Sonnenbrand bekommen, so lange sie zurückdenken konnte. Helene hatte einen viel dunkleren Hauttyp, sie war nie in der Form gefährdet wie Friederike, doch übertreiben sollte auch sie es nicht, und das war auch der Grund, warum sie sie nicht weiterschlafen ließ. Zeit bis zum Abendessen war noch genug, hungrig war sie nicht nach dem verlängerten Frühstück, doch der Durst meldete sich in der Hitze, und Helene musste es doch ähnlich gehen. Sie hatte eine Flasche Weißwein geöffnet und mit einer gut gekühlten Mineralwasserflasche mit auf die Terrasse gebracht. Dann holte sie noch schnell vier Weißweingläser – den guten Wein sollte man nicht mit Wasser mischen.

Helene war ihr dankbar. Dankbar dafür, dass sie sie geweckt hatte, ein Sonnenbrand wäre sonst wohl unvermeidlich gewesen, und dankbar für den kühlen Weißwein. Sie platzierten ihre Liegen in den Schatten, und Helene cremte Friederike mit einer duftenden Creme ein, die diese immer nach einem Sonnenbad auftrug. Friederike genoss die Berührungen, die forsch, aber nicht grob waren und die nichts ausließen. Dass sich Helene bei den Brüsten besonders viel Zeit ließ, war sicher ein reiner Zufall, oder doch nicht? Helene begann, die Brustwarzen, die schon deutlich emporragten, zu zwirbeln und erforschte dabei interessiert, wie sich diese auf die unterschiedlichen Berührungen hin verhielten. Friederike beobachtete diesen Forschungsdrang und machte keinerlei Anstalten, diesen zu stoppen, zu angenehm war das Ganze. Der Erfindungsreichtum, den Helene dabei an den Tag legte, war unerschöpflich. Das ging eine Ewigkeit so dahin, Friederike war bis zum Zerbersten aufgeladen, bis Helene, ohne ihr Tun zu unterbrechen, ein Thema anriss, das ihr offenbar einfach so eingefallen war.

»Wenn du bei mir eingezogen bist, werde ich dich auf unserer Terrasse auch öfters verwöhnen. Sie ist ganz und gar uneinsehbar. Da können wir aufführen, was wir wollen.«

Friederike wollte etwas antworten, es blieb aber bei einem leisen Seufzen. Helene nahm Friederikes Hand aus deren Mitte, wohin sie langsam gewandert war.

»Wer wird denn hier so unsittliche Dinge vollführen unter freiem Himmel? Tut man das? Das ist doch eigentlich meine Domäne. Oder nicht?«

»Helene, du hast es heraus, mich völlig wehrlos zu machen. Ich wollte von dir nur eingecremt werden.«

»Das habe ich doch auch gemacht.«

»Ja, du hast mich nur ... nur eingecremt.«

»Nur habe ich nicht gesagt.« Helene lächelte verschmitzt.

»Das mit dem Einziehen bei dir, ist das dein Ernst? Das ist dir wichtig, das beschäftigt dich. Stimmt's?« Friederike wechselte das Thema.

Helene sah Friederike weiter verschmitzt an. »Ich bin am Überlegen. Was könnte ich dir wohl für einen Raum überlassen, wenn du zu mir kommst? Die kleine Besenkammer neben dem Eingang? Nein, die ist zu finster, da fürchtest du dich.« Sie sah Friederike fordernd in die Augen. »Wie soll ich dich da unterbringen bei mir? Seit langer Zeit lebe ich allein und muss mit niemandem teilen. Also, ob ich mich daran noch werde gewöhnen können ...«

»Tja, dann wird es wohl nichts werden mit dem gemeinsamen Haushalt, mit dem gemeinsamen Aufwachen in der Früh, dem gemeinsamen Frühstück, dem gemeinsamen Kochen, Essen, Trinken, Genießen, dem gemeinsamen Lauschen wunderbarer Musik, dem gemeinsamen Schlafengehen und vor allem dem gemeinsamen Einschlafen.«

»Du meinst, wir könnten das alles in Zukunft gemeinsam machen? So im Alltag?«

»Wenn du mich zumindest in der Besenkammer einquartierst, könnte es so weit kommen. Ja.«

Helene fiel Friederike um den Hals. »Im Ernst, ich überlege, wie wir das wirklich machen werden. Meine Wohnung ist so groß, da haben wir zwei auf alle Fälle bestens Platz. Vieles werden wir gemeinsam nutzen, doch einen Rückzugsort, sprich ein eigenes Zimmer, wirst du schon brauchen. Du könntest Marias ehemaliges Zimmer haben, wenn du willst. Es ist nach dem Wohnzimmer das größte, schön hell und freundlich, und die Fenster gehen in den ruhigen Hof.« Sie sah Friederike verliebt an. »Wie auch immer, du wirst dir das selbst aussuchen können, das steht fest.«

»Ganz kann ich das noch nicht glauben. Es scheint mir ein wenig unwirklich, wenn ich daran denke, dass ich vor wenigen Tagen nur von dir geträumt habe und die Sehnsucht mich beinahe aufgefressen hätte.«

»Weißt du, Friederike, als meine Kinder in ihre Wohnungen gezogen sind, habe ich mich mit meinen Sachen langsam in den frei gewordenen Räumen ausgedehnt. Ich wollte die Leere, die ich in mir spürte, nicht auch noch sehen müssen. Schon damals habe ich mir insgeheim gewünscht, dass ich mich irgendwann einmal zurückziehen muss, weil jemand Ansprüche anmelden könnte. So lange habe ich darauf gewartet, und nun sind diese Hoffnungen drauf und dran, erfüllt zu werden.«

»Warum sind deine Kinder eigentlich ausgezogen aus der gemeinsamen Wohnung? Wäre es nicht vernünftiger gewesen, zu bleiben und die beiden anderen Wohnungen zu vermieten? Da hätte man doch einiges damit verdienen können, und Platz genug für drei wäre immer noch gewesen.«

Helene nickte und lächelte. »Wenn man so wunderbare Wohnungen zur Verfügung hat, vom Großvater alles bezahlt, die laufenden Kosten ebenfalls alle für Jahre schon im Voraus gedeckt, was glaubst du wohl, wie sich junge Leute entscheiden? Noch dazu kann man den Hunger bei der Mutter stillen, es sind ja bloß zwei Stockwerke, die man überwinden muss. Und bei einem abgerissenen Knopf ist es dasselbe. Stell dir dann aber vor, Musik nach eigenem Geschmack zu hören, in einer Lautstärke, die Mitbewohner nur mehr schwer tolerieren können, Partys steigen zu lassen oder mit irgendjemandem völlig ungestört im Bett zu knutschen, was würdest du dann wohl vorziehen?«

Friederike hatte eine Flasche Mineralwasser in der Hand, konnte sie aber nicht öffnen, sie war so fest verschlossen, da rührte sich gar nichts. Helene nahm sie ihr wortlos aus der Hand, öffnete sie mit einem Griff und gab die Flasche wieder kommentarlos zurück. »Danke.« Friederike schenkte sich und Helene ein und reichte ihrer Liebsten das volle Glas. »Meinst du, dass Maria und Martin vielleicht sogar daran gedacht haben könnten, dass auch du wieder mehr Freiheiten genießen könntest, wenn sie nicht mehr bei dir wohnen?«

»Sie haben das angedeutet. Stimmt. Bei unserem großen Auszugsessen, das wir gemeinsam feierlich zelebriert haben, hat Maria angedeutet, dass nun ja einer neuen Beziehung nichts mehr im Wege stehen würde. Martin hatte nur zustimmend genickt, doch als ich gleich abgeblockt und klargestellt habe, dass da wohl nichts laufen würde, war das Thema auch wieder beendet.«

Friederike nickte und sah sich in ihrer Vermutung bestätigt. »Dachte ich's mir doch.« Sie machte eine kurze Pause und sah Helene plötzlich fragend an: »Wie willst du es den beiden nun eigentlich konkret beibringen, dass wir beide ein Paar sind und dass wir gemeinsam in deiner Wohnung leben werden?«

Helene richtete sich auf, saß nun kerzengerade auf ihrer Liege. »Das weiß ich ganz genau. Da gibt es zwei Szenarien. Wenn du schnell wieder nach Wien kommen kannst, also in den nächsten drei, vier Wochen, dann möchte ich euch alle bei einem gemeinsamen Essen bekannt machen, und dabei sollten auch etwaige Freunde und Freundinnen mit von der Partie sein, wenn die Beziehungen etwas Ernstes darstellen. Das müssen sie dann selbst überdenken. Und so werde ich es den beiden sagen.«

»Das heißt, ich darf auch dabei sein. Oder? Es ist ja etwas Ernstes zwischen uns.«

Helene gab Friederike einen festen Klaps auf den Oberschenkel, sodass diese aufschrie und einen roten Fleck bekam. »Ja, du darfst ausnahmsweise auch dabei sein. Aber nur, wenn du dich ordentlich benimmst. Ist dir das klar?«

»Völlig klar.«

Helene atmete kräftig durch. »So, das ist Szenario Nummer eins. Nummer zwei, oder soll ich besser sagen Plan B, schaut folgendermaßen aus: Deine Rückkehr verzögert sich, da man dich aus Frankreich nicht so einfach wieder ziehen lässt. Wenn das so ist, wird es eine Einladung geben, die ähnlich aussehen wird, bloß ohne dich und auch ohne Anhang meiner Kinder. So habe ich es beschlossen. Und egal, welches Szenario eintreten wird: Ich werde nicht um den heißen Brei herumreden. Nein, es wird sofort Klartext geredet. Ich kann mir nun auch gar nicht mehr vorstellen, dass die beiden irgendetwas dagegen sagen werden.«

»Weil du dir nun offenbar selbst im Klaren über uns bist. Das ist es, und das war es, Helene. Du selbst bist dir noch im Weg gestanden in den letzten Wochen, bis wir uns vor dem Hôtel-Dieu wieder in die Arme gefallen sind, nicht deine Kinder. Die Kinder waren nur das fassbare Symbol für die Schwelle, die es für dich zu überschreiten galt. Ist es nicht so?«

Helene sah Friederike völlig entgeistert an. »Jetzt, wo du es sagst, könntest du schon recht damit haben. Ich habe mich nämlich in den letzten beiden Tagen selbst gefragt, warum ich nun gar keine Angst mehr vor der Zusammenkunft habe, mich eigentlich richtig darauf freue, denn es ist wirklich Zeit, dass du meine Kinder kennenlernst.«

»Und ich freue mich erst darauf, das kannst du dir gar nicht vorstellen.«

Helene spürte eine Freude, ein Glücksgefühl in sich hochsteigen, das sie plötzlich jauchzen ließ. Gleich hatte sie sich wieder im Griff, beugte sich zu Friederike und küsste ihre Stirn. »Ich liebe dich.«

Friederike umfing ihre Liebste und küsste sie auf Nasenspitze und Stirn. »Und ich liebe dich.«

Schweigsam verbrachten sie die nächste Zeit, bis ein Rufen am Gartentor die Ruhe beendete. Alain Champard stand vor der Tür. Er begrüßte Helene und Friederike überschwänglich und lud die beiden Frauen zu einer Partie Boules ein. Gregoire Plan-Ouates hatte ihn geschickt. Martine wäre bereits bei den Vorbereitungen zum Abendessen, hätte die Männer aber nun aus der Küche hinausgeworfen und ließe sich nur von Claire helfen. Da wären sie auf die Idee gekommen, man könnte das schöne Wetter doch auch einmal für eine Partie Boules nutzen, wenn sie wüssten, was er meinte. Friederike war gleich Feuer und Flamme, sah Helene kurz in die Augen und merkte gleich, dass da auch ein Feuer entfacht worden war. Sie stimmten sofort zu, machten aber auch klar, dass sie unbedingt als Damenteam gegen die zwei

Herrn antreten wollten. Alain lehnte erst ab, meinte, das wäre doch ein wenig zu schwierig für die Damen, gegen zwei alte Franzosen, so drückte er sich aus, anzutreten. Die doch, wie allgemein bekannt, seit ihrer Kindheit nichts anderes getan hätten, als dem Boules-Spiel zu frönen. Das kostete Helene wiederum nur ein Lachen. Sie war schon oft in Frankreich gewesen. Bereits als Schülerin, und sie war gefürchtet gewesen als Naturtalent, was das Spiel mit den silbernen schweren Kugeln betraf. Widerstrebend hatte Alain also doch zugestimmt, und schon eine halbe Stunde später hatte der Wettkampf begonnen. Für das Equipment sorgte Gregoire, und bei ihm im Innenhof des Anwesens – die Plan-Ouates waren Großbauern – war eigens ein Platz fürs Boules-Spiel angelegt. Es ging gleich ordentlich zur Sache. Anfangs lief alles nach Plan für die beiden stolzen Franzosen, und Helene hörte Alain Gregoire kurz zuflüstern, ob man die Mannschaften nicht doch anders zusammenstellen sollte, indes ging es in der gleichen Besetzung weiter, und bald wendete sich das Blatt zugunsten der Frauen. Friederike lief zu einer Hochform auf, die sie selbst nicht für möglich gehalten hätte, und Helenes Naturtalent kam voll zur Geltung. Alain und Gregoire konnten es gar nicht glauben, wollten es einfach nicht wahrhaben, dass da zwei Frauen aus Österreich daherkamen – was für eine inferiore Konstellation eigentlich, wenn man das Boules-Spiel von der Papierform her betrachtete – und sie einfach fertigmachten. Claire und Martine waren auch aus der Küche getreten, hatten jeweils ein Glas Crémant in der Hand und feuerten Helene und Friederike an. Niemals hätten ihre Männer mit ihnen oder gar gegen sie gespielt. Unmöglich. Ja, daran zu denken war bereits unmöglich. Und so genossen sie es, zu sehen, wie sich ihre Männer mühten, wie sie es nur konnten, und dennoch nicht erfolgreich waren. Alain war sich sicher, und das gab er bald laut kund, dass die beiden vermutlich irgendwelche Profis wären, das aber geflissentlich verschwiegen hätten, damit sie am Stolz der Franzosen kratzen könnten. Auf den Hinweis, dass Helene und Friederike noch nie gemeinsam gespielt hätten, hatte er zwar keine Antwort, vermutete jedoch, dass sie dann eben in getrennten Clubs spielen würden. Gregoire, der nur sah, dass sich die beiden Frauen wacker schlugen, fragte sich hingegen insgeheim, ob nicht die eigenen Frauen vielleicht auch würdige Gegnerinnen sein könnten, sprach dies aber nicht laut aus. Zu viel sollte man nicht herumrühren am guten alten Boules-Spiel, und eingefahrene Rituale müssten ja nicht gleich hinweggefegt werden. Im Laufe der Zeit erholten sich die Männer wieder ein wenig, und es wurde ein ausgeglichenes Match auf recht hohem Niveau.

Später dann rief Martine zu Tisch. Das Spiel war damit zu Ende, ein herrlicher gemeinsamer Abend unter Freunden hatte hingegen eben erst begonnen.

Beaune *Montag, 22. Juli, und Dienstag, 23. Juli*

Friederike schüttelte und rüttelte Helene, ehe sie diese wach bekam. Es brauchte schon ein paar Minuten, bis sie die Augen öffnete und ungläubig in Friederikes lachendes Gesicht sah. Die hatte den Wecker schon ein wenig früher läuten lassen, als das hätte sein müssen. Sie ahnte bereits, dass Helene eine Zeit lang benötigen würde, sich aus dem Bett zu bewegen. Zudem hatte sie sich ja vorgenommen, wenn es möglich wäre, ein kleines Liebesspiel zum Wochenstart zu initiieren. Sie wollte dies mit einer Tasse duftenden Kaffees einleiten. Das brachte sie nun an Helenes Bett, die die Augen mit Mühe, aber doch geöffnet hielt und einen wohligen Laut von sich gab, als der wunderbare Duft in ihre Nase stieg. Friederike hatte auch ihren eigenen Kaffee mitgebracht und setzte sich neben Helene auf die Bettkante.

Mehr musste Friederike auch nicht tun, was das In-die-Gänge-Bringen des Liebesspiels anbelangte. Helene gab knurrende Töne von sich, und ihre Hand landete auf Friederikes Oberschenkel, von wo aus sie das übrige Terrain eroberte.

Eine halbe Stunde größter Zärtlichkeit war vergangen, ehe sie, munter und bereit aufzustehen, aus dem Bett sprangen und ins Bad huschten.

Helene und Friederike waren so schnell fertig, dass sie sich vor der Abfahrt noch eine weitere schnelle Tasse Kaffee gönnten. Helene hatte noch den Geruch davon in der Nase, als sie auf dem Beifahrersitz saß und Friederike den Wagen startete.

Die Dämmerung tauchte die Landschaft in ein ungewöhnliches Licht. Die Konturen der Weiden kamen viel deutlicher hervor als am Tag. Und die hellen Rinder, die in kleinen Gruppen zusammenlagen oder auch schon beieinanderstanden, stachen durch ihre helle Farbe deutlich hervor.

»Die Kühe sind überbelichtet«, entfuhr es Helene.

Friederike lachte laut auf. »Du hast es auf den Punkt gebracht. Ich weiß, was du meinst. Sie stechen einfach hervor bei diesem Licht. Das erscheint irgendwie unwirklich, findest du nicht auch?«

»Ich weiß nicht, ob die Landschaft furchteinflößend wirkt oder friedlich. Eher friedlich. Mit jeder Minute wird es aber schon heller.«

»Und frischer.«

»Ja, frisch. Von der Hitze ist noch nichts zu spüren. Die wird aber schon noch kommen.« Helene wandte sich nun Friederike zu und musterte ihr Profil. Die roten Haare waren heute offenbar nicht zu bändigen gewesen. Friederike hatte sie hochgesteckt, doch die eine oder andere Strähne hatte sich selbstständig gemacht und schaute störrisch dort hin, wohin sie wollte. Diesen Eindruck gewann Helene zumindest. Langsam strich sie mit ihrem Finger über die lose Strähne. »Du bist so schön, Friederike.«

»Übertreib nicht. Aber danke fürs Kompliment. Bist selbst wunderschön.« Kurz schaute sie zu Helene, ehe sie ihre Aufmerksamkeit wieder der Straße zuwandte. »Weißt du, irgendwie habe ich das Gefühl, dass meine Schönheit bereits im Schwinden ist.«

Helene sah sie belustigt an. »Woran kannst du das erkennen?«

»Ich habe nicht mehr so eine glatte Haut wie früher. Und mehr Sommersprossen. Meine helle Haut neigt dazu, Sommersprossen zu entwickeln.«

»Epheliden.«

»Bitte?«

»Epheliden sind Sommersprossen. Kanntest du den Ausdruck nicht?«

»Noch nie gehört. Und dabei habe ich ja genug Epheliden. Stimmt's? Epheliden war der Ausdruck?«

»Ja genau. Ist auch völlig unwichtig, wie deine Sommersprossen heißen. Ich finde sie hübsch. Eigentlich sexy. Sie passen zu dir, zu deinen roten Haaren. Das gehört zusammen. Du hast ein wunderbar harmonisches Aussehen.«

»Findest du?«

»Ja, das finde ich. Alles passt zusammen. Nichts wirkt künstlich. Natürlich bist du kein Püppchen.«

»Nein, ein Püppchen bin ich nun wirklich nicht.«

»Nein, das bist du nicht. Es stimmt, du hast schon die eine oder andere zarte Furche, die da zu spüren ist.« Sie fuhr ihr langsam über die Wange. »Du bist keine zwanzig mehr, da darf man schon ein kleines Fältchen oder eine sanfte Furche sehen. Eine vollkommen glatte Haut würde da überhaupt nicht mehr passen und eigentlich sogar stören.«

»Eine glatte Haut würde stören? Das habe ich noch nie von jemandem gehört. Alle Frauen wollen eine glatte Haut.«

»Das ist doch gar nicht wahr. Nur die Kosmetikindustrie versucht uns das einzureden. Versteh mich nicht falsch. Ich kann das gut nachvollziehen, dass eine Frau, die etwas auf sich hält, sich pflegt. Das gilt natürlich auch für Männer. Nur über gewisse Dinge kann man nicht hinwegsehen, und manches kann man nicht ignorieren. Und das Altern ist so etwas. Das gehört eben nun einmal zum Leben. Und Altern heißt nicht nur, das Greisenalter zu erreichen. Altern und Reifen beginnt schon in der Jugend. Mit fünfzehn sehen Menschen nicht aus wie zwanzig und schon gar nicht wie vierzig. Doch sollte man auch mit vierzig nicht wie fünfzehn aussehen, das würde doch nicht der Realität entsprechen.«

»Manche junge Frau mit achtzehn sieht durchaus aus wie dreißig oder fünfunddreißig, und da fragt man sich dann schon, wie die wirklich mit fünfunddreißig aussehen wird.«

»Das hab ich mich auch schon des Öfteren gefragt. Wie auch immer. Ich denke, es kommt auf den Gesamteindruck an, den ein Mensch hinterlässt. Der ergibt einen schönen oder eben keinen schönen Anblick. Und du, Friederike, bietest einen wunderschönen Anblick.«

»Verliebte Henne. Du bist eine verliebte Henne. Du siehst das mit der rosaroten Brille.« Friederike legte ihre Hand auf Helenes Oberschenkel.

»Nein, das sehe ich nicht mit der rosaroten Brille. Für mich ist es einfach wahr. Du bist wunderschön. Keine fade Schönheit aus einer Modezeitschrift, nein, so eine bist du nicht, du bist eine Schönheit mit Charakter.«

»Ehrlich, Helene, so sehe ich dich auch. Du hast auch Charakter. Bei dir ist auch alles stimmig. Und dann kommt noch etwas dazu.« Friederike schwieg.

»Was?« Helene wollte nun wissen, was da noch dazukam. Sie war neugierig geworden.

»Ja, da kommt noch etwas dazu.«

Helene stöhnte leise und lachte. »Du kannst nicht mit Ja antworten, wenn ich dich frage, was denn dazukommt.«

»Dazu kommt«, sie machte nochmals eine kurze Pause, »dazu kommt, dass du die Frau mit der stärksten erotischen Ausstrahlung bist, die ich je in meinem Leben gesehen habe. Eigentlich bist du Erotik pur. Ich denke, ich werde in Zukunft auch gut aufpassen müssen, dass nicht jemand versucht, dich mir wegzuschnappen. Denn das könnte ich nur allzu gut verstehen.«

»Ich sehe mich überhaupt nicht als erotische Person, Friederike. Und die Gefahr, dass man mir deswegen die Tür einrennt, die ist minimal. Bevor ich dich kennengelernt habe, war ich ein wandelndes Anti-Erotikum, denke ich zumindest.«

»Ein Anti-Erotikum! Was für ein Wort! Und noch dazu für dich.« Friederike schüttelte den Kopf, konzentrierte sich aber weiter auf den Straßenverkehr. »Du hast vielleicht deine Erotik ruhen lassen in dieser Zeit. Seltsamerweise hat sich niemand gefunden, der den Schatz heben konnte. Das mag schon so sein. Dennoch, in dem Augenblick, in dem ich dich das erste Mal gesehen habe, im Foyer des Hotels in der Steiermark, da habe ich es schon gefühlt.« Sie machte eine Pause. »Gewusst habe ich es damals noch nicht, das ist wahr, doch ich habe es gespürt. An das erinnere ich mich ganz genau, und das ist die Wahrheit.«

»Und was ist so erotisch an mir?« Helene wollte es nun von Friederike hören.

»Es ist der Gesamteindruck, den du bei mir hinterlässt. Da ist natürlich dein Aussehen, das einfach harmonisch wirkt, feminin und anziehend. Du erscheinst niemals abweisend, das ist etwas ganz Besonderes an dir. Auch wenn du mit fremden Leuten umgehst, dann bist du niemals kühl und herablassend, das beobachte ich bereits die ganze Zeit. Und dann kommt dazu, wie du reagierst. Wie du reagierst auf Gespräche, auf Berührungen, auf Andeutungen. Das macht dich ungemein sexy. Nicht zu vergessen natürlich, wie du es beherrscht, mich zu berühren und dich von mir berühren zu lassen. Der Gipfel des Ganzen ist jedoch, wie offen du damit umgehst, vor mir Lust zu genießen und zuzulassen, sogar dir selbst Lust zu verschaffen.« Sie massierte ganz fest Helenes Oberschenkel. »Wenn ich mir das so durch den Kopf gehen lasse, würde ich gerne den nächsten Parkplatz ansteuern und mit dir schlafen.«

»Nichts gibt es jetzt!« Helene schaute belustigt, aber dennoch ungemein verliebt auf die schöne Frau auf dem Fahrersitz. »Wir müssen zum Flughafen, um Monique abzuholen. Das schaffen wir nie, wenn wir auf dumme Ideen kommen.«

»Das ist aber keine dumme Idee …«

»Friederike!«

»Okay.«

Nur wenige Augenblicke herrschte Stille, dann kam das Gespräch auf Monique. »Wie sieht Monique eigentlich aus?«, wollte Helene wissen, in erster Linie, damit sie wusste, nach wem sie eigentlich Ausschau halten musste am Flughafen, dann aber auch, weil sie neugierig war.

»Sie ist eine exotische Schönheit«, lautete Friederikes Antwort.

»Sehr aufschlussreich. Schon wieder eine schöne Frau also.«

»Ja, sie ist auf ihre Art eine schöne Frau. Wie hast du das so treffend gesagt: Der Gesamteindruck muss stimmen, es muss alles irgendwie zusammenpassen.«

»Und wie würdest du sie beschreiben? Groß, klein, hell, dunkel, dünn, dick?«

»Sie ist groß, dünn und schwarz. Richtig schwarz. Hat wunderbare warme Augen und beinahe immer ein bezauberndes Lächeln auf den Lippen, auch wenn ihr das in der letzten Zeit manchmal vergangen ist. Leider.«

»Findest du sie erotisch?«

»Ja, sehr.«

Helene war erstaunt. »Beherrscht sie es auch so gut, sich von dir berühren zu lassen wie ich?«

Friederike stöhnte kurz auf, schaute mit einem Lachen im Gesicht kurz zu Helene und schüttelte den Kopf. »Sicher.«

»Dann bin ich ja froh.«

»Ich auch.« Friederike ließ ihre Hand vom Oberschenkel nun unter den Minirock wandern, den Helene trug. »Wir haben im Institut nichts anderes zu tun gehabt in den letzten Wochen, als miteinander zu schlafen. Hatte ich das nicht erwähnt?«

Helene öffnete ihre Beine, der Rock rutschte hoch, und Friederikes Hand hatte nun freien Zugang zu Helenes Mitte. Beinahe freien Zugang. Der String blockierte noch etwas, und das blieb auch erst einmal so.« »Und beim Autofahren? Hast du das auch immer so gemacht wie jetzt?«

Friederike antwortete nicht, trat auf die Bremse, fuhr rechts auf einen kleinen Parkplatz, der umgeben von alten Bäumen für nicht mehr als fünf Autos Platz bot, und hielt an. Sie sagte auch jetzt noch nichts, machte aber den Gurt los und beugte sich zu Helene. Der String war schon beiseitegeschoben, sanft streichelte sie Helenes Klit und sah sie mit ernstem Blick an. »So haben wir das immer gemacht. Immer, wenn wir unterwegs waren. Ist das gut so? Oder nicht, meine Liebe?« Sie küsste Helene sanft und lang, und irgendwann stieß Helene einen kurzen, aber intensiven Schrei in den nicht enden wollenden Kuss aus.

Friederike setzte sich wieder auf, schnallte sich an und startete den Motor. »Wir wollten ja auf keine dummen Gedanken kommen, sonst muss Monique vielleicht noch auf uns warten.« Sie drehte sich nochmals zu Helene um. »Wäre aber gar nicht so schlimm. Ein paar Minuten warten, das ist doch keine Zumutung, noch dazu, wenn es einen triftigen Grund fürs Zuspätkommen gibt.«

Helene hatte sich wieder im Griff und lachte. »Ja, ja, wenn es einen triftigen Grund gibt, dann kann man jemanden schon ein wenig warten lassen.«

Nachdem die beiden Damen den Parkplatz wieder verlassen hatten, ging es auf einer engen, kurvenreichen Straße weiter, und Helene war sich nicht ganz sicher, ob dies wohl der richtige Weg in Richtung Flughafen war. Friederike schien sich ihrer Sache aber sicher zu sein, und so sagte Helene nichts, machte auch nicht den Vorschlag, das Navigationssystem einzuschalten, sondern ließ sich einfach dahinfahren und genoss das Zusammensein. Tatsächlich war der Flughafen schneller erreicht, als es sich Helene hätte vorstellen können.

Der Flughafen selbst war äußerst bescheiden konzipiert. Gerade einmal ein Terminal war vorhanden, alles war klein, die Gefahr des Sich-Verirrens war nicht wirklich gegeben.

»Hier landen Flugzeuge aus Hamburg?«, wollte Helene neugierig wissen. Sie konnte sich das nicht vorstellen.

»Üblicherweise nicht. Monique ist in einer Chartermaschine mitgekommen. Das hat alles Robert, Moniques Mann, organisiert. War Zeit, dass die beiden sich wieder einmal sehen konnten. Die haben wirklich ordentlich Beziehungsprobleme. Meiner Meinung nach ist da nicht mehr viel zu retten. Aber wer weiß. Wir werden auf jeden Fall bald erfahren, was es an Neuigkeiten gibt.«

So bald erfuhren sie es dann aber doch nicht. Schlechtes Wetter über Norddeutschland hatte den Abflug verzögert. Beinahe eine Stunde hatte das Flugzeug Verspätung. Friederike rief im Institut an, um ihr verspätetes Kommen mitzuteilen, da erst merkte sie, dass Monique ihr eine SMS geschrieben hatte, in der sie ihr bereits vor zwei Stunden von der Verspätung berichtet und ihr mitgeteilt hatte, dass sie gar nicht auf den Flughafen kommen sollte. Friederike überlegte kurz, dass es schön gewesen wäre, mit Helene noch ein wenig länger im Bett liegen bleiben zu können.

Doch dazu war der Zug schon abgefahren, und sie war jetzt eigentlich froh darüber. Nun war Zeit für ein ausgiebiges Telefonat mit ihrem Chef, »Chief«, wie sie ihn nannte, ihrem Oberboss in der Verwaltungszentrale in Düsseldorf, wo alle administrativen Fäden der Uni zusammenliefen und wo man über alle Personalangelegenheiten, über jede außertourliche Veranstaltung, kurz gesagt über alles, was nicht das Fachliche anging, Bescheid wusste und wo auch die Entscheidungen getroffen wurden. Friederike setzte sich direkt neben Helene hin – sie hatten einen ruhigen und gar nicht so unbequemen Platz gefunden –, wählte die Nummer, fasste Helenes Hand und drückte sie fest an sich. Helene wusste erst gar nicht, wen Friederike da anrufen wollte. Sie hielt das nahe Beieinandersitzen und das Halten der Hand für nichts Ungewöhnliches. Doch als sich auf der anderen Seite der Leitung jemand meldete und Friederike Helenes Hand beinahe zerquetschte, wusste diese, dass es sich doch um etwas Wichtiges handeln müsste.

»Guten Tag, Herr Dr. Norden, Laska am Apparat ...«

Das Gespräch dauerte genau eine dreiviertel Stunde. Dann war fix, dass Friederike in vier Wochen wieder nach Österreich zurückkehren konnte, so wie es ursprünglich auch ausgemacht gewesen war. Doch sie hatte einen anderen Aufgabenbereich übertragen bekommen, praktisch mit ähnlichen Kompetenzen wie in Beaune, indes diesmal in St. Pölten in Niederösterreich. Dort war ein ähnliches Institut im Aufbau, und sie würde wieder die Verwaltung übernehmen können. Der Unterschied war bloß der, und darauf machte sie ihr Chef aufmerksam, dass dort noch gar nichts laufen würde, also alles erst in die

Gänge gebracht werden müsste und dass dies mit viel Zeitaufwand, viel mehr Zeitaufwand verbunden sein würde.

»Es wird mühevoller und zeitaufwendiger werden als in Beaune, wo alles ohnehin gut läuft.« Das waren seine letzten Worte. Beinahe die letzten Worte, bevor er sich verabschiedete. »Es ist nicht Frankreich, das sie wieder nach Österreich treibt, es ist die Liebe, die sie wieder dorthin zieht. Hab ich recht?«

Friederike wurde knallrot, das entging Helene nicht, und sie drückte sich fest an ihre Liebste. »Sie haben recht. Die Liebe, meine Liebe, meine ganz große Liebe zieht mich wieder zurück in den Osten.«

Nach einer kurzen Verabschiedung legte Friederike auf. »Geschafft!«, entfuhr es ihr. »Es ist geschafft. Ich komme wieder nach Österreich. In vier Wochen.«

Helene wurde schwindlig, sie konnte es nicht fassen. Insgeheim hatte sie befürchtet, dass sich Friederikes Rückkehr über ein halbes bis ganzes Jahr hinziehen könnte. Mit so einer schnellen Rückkehr hatte sie nicht gerechnet, das hatte sie nicht zu hoffen gewagt. »In vier Wochen? Ich kann es nicht glauben, das ist ja wie im Traum.«

»Mit dem alten Job wird es aber nichts mehr.«

»Hab ich da beim Telefonat etwas nicht mitbekommen? Hast du gekündigt oder so etwas?«

Friederike schaute Helene stolz an. »Nein, meine Liebe, ich bekomme nahezu den gleichen Posten wie hier in Frankreich, nur dass er in St. Pölten in Niederösterreich sein wird, in einem Institut, das eben erst errichtet wird und das ich dann verwaltungstechnisch übernehmen und aufbauen werde.« Sie hielt kurz inne. »Es wird immens viel Arbeit auf mich zukommen.« Etwas verunsichert sah sie Helene an. »Stört dich das?«

»Was sollte mich stören, Friederike? Dass du viel Arbeit hast? Nein, nicht wirklich. Ich werde schon darauf achten, dass du dich nicht übernimmst. Da kannst du sicher sein. Das merke ich sofort. Dann werde ich dich bremsen. Aber sonst … sonst freue ich mich für dich, dass du so eine Aufgabe übertragen bekommst. Ich denke, das wird eine ordentliche Herausforderung werden.«

»Das Fahren nach St. Pölten wird auch nicht immer gerade ein Honigschlecken sein.«

»Davor brauchst du dich auch nicht zu fürchten. Überlege einmal:

Meine, besser gesagt unsere Wohnung ...«, Helene sprang auf, wie von der Tarantel gestochen, »... ja, ja, es wird unsere, unsere und nochmals unsere Wohnung sein!« Sie schrie es voller Freude heraus, stürzte sich auf Friederike und umarmte sie stürmisch. »Es wird unsere Wohnung sein, Friederike.«

»Wenn du es so willst und nichts dagegen hast, dass ich zu dir ziehe, so wird es unsere Wohnung sein. Ich komme auf alle Fälle gerne zu dir und werde bei dir bleiben.« Sie küsste Helene sanft auf den Mund. »Habe ich dir heute schon gesagt, dass ich dich liebe? Wenn nicht, so hole ich es nach: Ich liebe dich, Helene.« Sie gab ihr noch einen sanften Kuss, diesmal auf die Nasenspitze. »Was sollte ich mir überlegen? Du hast einen Satz begonnen, ihn aber nicht beendet.«

»Ja, ja, es fällt mir schon wieder ein. Es geht um das Fahren nach St. Pölten. Dabei darfst du nicht vergessen, dass unsere Wohnung nahe dem westlichen Stadtrand liegt, eigentlich ideal für Fahrten in den Westen. Und was du auch nicht außer Acht lassen sollst, ist, dass du immer gegen den Strom des Hauptverkehrs schwimmst. In der Früh, wenn die meisten Leute nach Wien strömen, fährst du raus, am Abend, wenn alle heimkehren in die Umgebung von Wien, fährst du wieder in die Stadt zurück.«

»So habe ich das noch gar nicht betrachtet«, erwiderte Friederike überrascht.

Es entspann sich eine freudig erregte Plauderei, in der die beiden Frauen bereits einige Pläne schmiedeten. So verging die Zeit bis Moniques Ankunft wie im Flug.

Die Landung des Flugzeugs wurde per Lautsprecher bestätigt. Kurz darauf öffneten sich die Tore, und die Passagiere strömten auch schon in den Ankunftsbereich, wo Helene und Friederike warteten.

Monique kam so ziemlich als Letzte durch das Tor. Helene war vorgewarnt, doch damit hatte sie nicht gerechnet. Eine dunkelhäutige große Frau, viel größer als erwartet, kam winkend auf sie zu. Ein sonniges Lächeln im Gesicht. Sie zog einen knallblauen Koffer hinter sich her, und in der anderen Hand hatte sie eine knallgelbe Jacke, mit der sie noch immer winkte. Friederike und Helene gingen ihr entgegen, und Friederike umarmte sie kurz, aber innig.

Monique musterte Friederike von oben bis unten. »Wie siehst du denn aus?«, fragte sie in makellosem Deutsch. »So gut hast du noch nie ausgesehen!« Sie wandte sich an Helene, hielt ihr die Hand hin. »Das liegt sicher an Ihnen. Sie sind Helene, nicht wahr? Darf ich mich vorstellen: Monique Ellis.«

Helene ergriff Moniques Hand und schüttelte sie kräftig. »Helene Blaha. Es freut mich, Sie kennenzulernen. Woher wussten Sie, wer ich bin?«

Monique lachte, und ihre Augen leuchteten warm. Davon hatte Friederike schon gesprochen. »Das war jetzt zwar eine riesige Überraschung für mich, aber es war nicht schwer, das zu kombinieren. Erstens kenne ich Ihr Gesicht von ein paar Bildern, die mir Friederike gezeigt hat, die hat sie nämlich auf ihrem Handy gespeichert. Wussten Sie das?« Sie sah Helene kurz forschend an, fuhr dann aber wieder fort: »Zweitens hätte ich Sie auch erkannt, ohne je ein Foto von Ihnen zu Gesicht bekommen zu haben. Friederikes Strahlen im Gesicht kann nur einen Grund haben, und der ist, dass ihre über alles geliebte Helene wieder bei ihr ist. Sie haben ja keine Ahnung, wie sie gelitten hat unter der Trennung – und was ich mir da alles habe anhören müssen. Aber ich darf nicht ungerecht sein. Umgekehrt war es ebenso. Sie war in der letzten Zeit auch mein Kummerkasten.« Sie zwinkerte Friederike zu. »Zwei Kummerkästen haben sich da gefunden in Beaune, nicht wahr?«

»Woher kommt es, dass Sie so gut Deutsch sprechen?«

»Ich habe drei Jahre in Deutschland studiert. Dort habe ich meinen Mann kennengelernt. Er ist Engländer, daher auch mein englischer Name. Er kann übrigens nicht einmal ein Bier bestellen auf Deutsch, was ich in den letzten Tagen wieder beobachten konnte. Jeder spricht mit ihm sofort Englisch, ich übrigens auch, und so musste und muss er sich niemals anstrengen, die Sprache zu lernen. Und außerdem ist er stinkfaul.« Sie wandte sich an Friederike. »Stimmt der Ausdruck stinkfaul?« Sie gab sich gleich selbst die Antwort. »Ja, genau, mein Mann ist stinkfaul.« Ihre Miene verdüsterte sich ein wenig.

Friederike bemerkte das sogleich. »Wie geht es euch denn miteinander, Monique? Hat sich etwas getan in Richtung Verbesserung?«

Monique seufzte. »Ich habe leider keinen wirklichen Grund zum Strahlen. Du wirst also mein Kummerkasten bleiben müssen.« Sie sah Helene kurz an. »Lange wird das nicht mehr gehen, fürchte ich. Es zieht dich wieder zurück nach Wien, das ist doch klar.«

»Und das ist seit einer halben Stunde auch schon fix. In vier Wochen bin ich weg.«

»Nein, das darf nicht wahr sein!«, entfuhr es Monique. »Du kannst mich doch hier nicht einfach in Beaune sitzenlassen. Was mache ich nur ohne dich?« Sie atmete kräftig durch und beugte sich ein wenig zu Helene hinunter. »Wie sagt man so schön: des einen Freud, des anderen Leid.«

»Ich möchte nur einigermaßen so gut Französisch sprechen wie Sie Deutsch.«

»Und ich wäre gerne nur halb so glücklich, wie ihr beide aussieht.« Monique zerrte an ihrem Koffer und setzte sich in Bewegung. »Kommt, fahren wir nach Hause zu mir. Wir müssen ja heute noch ins Institut, doch vorher trinken wir gemeinsam noch einen Kaffee, und ich brauche eine Dusche. Weit ist es ja nicht bis Beaune, aber ein wenig will ich gleich erfahren, wie sich das bei euch so ergeben hat in den letzten Tagen, und«, sie sah Friederike ein wenig vorwurfsvoll an, »von dir möchte ich wissen, ob du mir in den letzten Tagen vor meinem Flug etwas verheimlicht hast.«

»Hat sie nicht«, warf Helene ein, »sie wusste von gar nichts. Sie wusste nicht einmal, dass ich in Burgund bin, bis ich sie am Freitag um die Mittagszeit im Institut angerufen habe.«

»Und da hast du sie erreicht? Ups. Ist es recht, dass wir Du zueinander sagen?«

Helene lächelte glücklich. Mit einem Mal hatte sie die Situation vor Augen, in der Friederike sie um das Du-Wort gebeten hatte. Nicht lang darauf hatten sie sich das erste Mal geküsst. Im Wald, in diesem wunderbaren Wald mit der herrlichen Aussicht auf den Greim, so hieß der Berg. »Ist mir sehr recht. Ich hoffe ja, dass wir Zeit finden werden, uns noch richtig kennenzulernen.«

»Die erste Gelegenheit wird das Abendessen heute sein.« Monique wandte sich an Friederike. »Ich hoffe, du hast das nicht vergessen. Oder habt ihr schon etwas anderes vor?«

»Es bleibt so, wie es abgemacht war, mit dem Unterschied, dass wir zu dritt sein werden.«

»Das ist wohl klar«, rief Monique aus, als sie gerade ihren schweren Koffer in den Kofferraum von Helenes Auto wuchtete, »und wir essen bei mir in der Wohnung. Wir brauchen heute Abend kein Restaurant.«

Friederike übernahm wie selbstverständlich wieder das Steuer, und schon ging es in Richtung Süden nach Beaune.

Moniques Wohnung war unerwartet klein. Lediglich die Wohnküche war geräumig, bot ausreichend Platz für etwa acht Leute, sonst jedoch hatte man kaum eine Möglichkeit, sich umzudrehen, ohne irgendwo anzustoßen. Über Stauraum verfügte sie jedoch reichlich. Das bemerkte Helene, als Monique im Wohnzimmer erschien, nackt, lediglich ein Handtuch wie einen Turban auf dem Kopf. Sie war wirklich eine exotische Schönheit, da konnte Helene Friederike nur zustimmen. Die Figur makellos, die Haut schwarz, lediglich ihre Hände und Fußsohlen boten ein wenig hellere Haut. Im Bauchnabel trug sie einen goldenen Ring mit einem funkelnden Stein, der auf der dunklen Haut schön zur Geltung kam. Mit Nacktheit schien sie kein Problem zu haben. Aus einem riesigen Wandschrank – er beinhaltete vermutlich den Großteil von Moniques Garderobe – holte sie sich frische Wäsche und ein kurzes Sommerkleid, schon war sie wieder verschwunden, um gleich angezogen wieder aufzutauchen. Friederike hatte sich in der Zwischenzeit an der Kaffeemaschine betätigt, ein herrlicher Duft breitete sich von dort aus und erfüllte die ganze Wohnung. Helene konnte sich schon gut ausmalen, wie das Abendessen hier ausfallen würde. Heimelig, gemütlich, auf jeden Fall so, dass man nicht mehr nach Hause gehen wollte.

Ursprünglich hatten Monique und Friederike ja vorgehabt, in ein Restaurant zu gehen, doch Monique war durch nichts davon abzubringen, für das wieder vereinte Liebespaar zu kochen. Sie hatte gleich entschieden, was es geben sollte, ließ es die beiden aber nicht wissen. Sie wollte auch alleine einkaufen gehen, dann aber würde sie gerne Unterstützung beim Kochen haben, denn das wäre viel, viel lustiger, als allein in der Küche stehen zu müssen.

Moniques Ankunft veränderte Helenes Urlaub ein weiteres Mal. Beim ersten gemeinsamen Abendessen war Helene Monique so ans Herz gewachsen, dass sie spontan beschlossen hatte, sich ein paar Tage freizunehmen, um diese gemeinsam mit Friederikes Liebsten zu verbringen. Friederike selbst war das nun nicht möglich, da ihre bevorstehende Rückkehr nach Österreich Vorbereitungen nötig werden ließ, die man einfach nicht auf die lange Bank schieben konnte. Helene nahm dies ohne Groll zur Kenntnis, Friederike selbst hatte hingegen so ihre Probleme damit. Erst als Monique ihr Vorhaben erläuterte, Helene damit eine Art »Sonderbetreuung« in Aussicht hatte, entspannte sich Friederike wieder. Darüber hinaus gelang es den drei Frauen aber bestens, jede freie Minute von Friederike gemeinsam zu verbringen.

Letztlich empfand es am Ende der kurzen gemeinsamen Woche nicht nur Helene als Wohltat, mit Monique eine tolle Urlaubsbegleitung gefunden zu haben, sondern auch Monique. In Helene hatte sie eine wunderbare Zuhörerin gefunden, der sie ihre private Situation minuziös schildern konnte, ohne dass Desinteresse oder Ablehnung zu spüren gewesen war. Natürlich konnte Helene Moniques Beziehung zu ihrem Ehemann nicht kitten oder gar retten, Monique wollte am Ende des Zusammenseins indes auf keinen Fall mehr Helenes warmherzige Stellungnahmen und Ratschläge dazu missen. In den wenigen Tagen waren sie richtige Freundinnen geworden. Friederike beobachtete dies mit von Tag zu Tag zunehmender Freude.

Und so neigte sich Helenes Urlaub in Burgund dem Ende zu. Niemals hätte sich Helene den Verlauf ihrer Sommerferien so ausmalen können, als sie schweren Herzens in Wien in ihr vollgepacktes Auto gestiegen war, um in den Westen Europas aufzubrechen.

Siebtes Kapitel

Freiburg im Breisgau — Hinterzarten im Schwarzwald
Freitag, 2. August, bis Sonntag, 4. August

Helene wachte früh auf, denn wieder hatte ein Sonnenstrahl durch den schlampig zugezogenen Vorhang in ihr Bett, besser gesagt genau in ihr Gesicht gefunden. Sie war gut ausgeruht und blickte zu Friederike, die tief und fest neben ihr schlief. Ein Lächeln huschte über Helenes Gesicht. Eigentlich sollte sie ein wenig traurig sein, war es doch der Tag ihrer Rückreise nach Wien. Doch Traurigkeit stellte sich in keiner Weise bei ihr ein. Eher ein Gefühl der freudigen Erwartung. Sicher, der Abschied von Friederike würde nicht ganz leicht werden. Doch bis dahin war ja noch Zeit. Um etwa acht Uhr wollten sie im Auto sitzen und nach Freiburg fahren. Das war das erste Etappenziel. Helene hatte am Vortag bei ihrer Cousine Ulrike angerufen, ob es für sie recht wäre, wenn sie nicht allein käme, sondern auch ihre liebe Friederike mitbringen könnte.

Ulrike hatte sich riesig über die Idee gefreut. Sofort hatte sie richtig kombiniert, Helene hatte ja Andeutungen gemacht bei ihrem Kurzaufenthalt in Freiburg bei der Anreise nach Burgund. Sie hatte nicht nachgehakt, denn Helene schien ihr zu verwundet zu diesem Zeitpunkt. Nicht einmal den Umstand, dass es sich um eine Frau handelte, die Helene in diese Grabesstimmung gebracht hatte, hatte sie zu einem Diskussionsthema gemacht. Ulrike war auch nicht so gestrickt, dass sie alles durchkauen und ausdiskutieren musste, aber sie war ungemein feinsinnig, was Stimmungslagen bei Freunden, Bekannten und Verwandten anbelangte. So hatte sie auch gleich mit ihrem Mann Jörg, dem die seelische Verfassung Helenes auch nicht entgangen war, beschlossen, dass sie nur versuchen wollten, Helenes Laune zu heben, ohne tiefgründig zu analysieren oder grundlegende Ratschläge und Lösungsansätze anzubieten.

Ulrike und Jörg ließen es sich nicht nehmen, ein kleines Programm für den Samstag zusammenzustellen. Nachdem eine rasch über Westeuropa hinweggezogene Kaltfront vor ein paar Tagen für Regen und etwas Abkühlung gesorgt hatte, waren mit einem neuen Hochdruckgebiet, noch kräftiger und stabiler als das der letzten vierzehn Tage, das Schönwetter und vor allem die Hitze mit voller Wucht wiedergekehrt. Seit sich der Regen verzogen hatte, war nicht eine Wolke mehr am Himmel erschienen, es war schon etwas ungewöhnlich, wie Helene und Friederike fanden. Für den Aufenthalt in Freiburg war es aber das Beste, was ihnen passieren konnte.

Ulrike hatte bereits für Freitag einen Plan entwickelt, den hatte Helene aber definitiv abgelehnt. Das Einzige, was sie wollte, war, mit Ulrike, Jörg und Friederike am Abend am Münsterplatz zu sitzen und ein Weißbier zu trinken, dann ein zweites, anschließend ein drittes, und wenn es die Hitze erforderlich machen sollte, ein viertes. Nichts anderes. Natürlich wäre auch ein schönes Essen recht.

Ulrike hatte diesem konstruktiven Vorschlag außer einem breiten Lächeln am Telefon nichts entgegenzusetzen. Für den Samstag war aber ein Ausflug in den Schwarzwald geplant. In Hinterzarten, einem wirklich wunderbaren Flecken im Schwarzwald, nicht einmal dreißig Kilometer von Freiburg entfernt, besaß Jörg ein großes Haus mit mehreren Wohnungen, die er vermietet hatte. Eine Wohnung mit einem schönen großen Garten war im vergangenen Herbst frei geworden, und da hatten er und Ulrike beschlossen, sie für sich selbst zu nutzen. Oft waren sie noch nicht dazu gekommen, seit sie renoviert worden war, und so kam ihnen die Idee, mit Helene und Friederike eine kleine, sehr kleine Einweihungsparty zu viert zu feiern. Die Hitze würde in Hinterzarten bei Weitem nicht so schlimm sein wie in Freiburg selbst, und für ausreichend Weißbier würde gesorgt sein. Das hatte zumindest Jörg hoch und heilig versprochen.

Mit diesen Gedanken an Freiburg lag Helene nun wach neben der noch friedlich ruhenden Friederike. Helene konnte nicht umhin, ihre Liebste sanft über die Wange zu streicheln. *Diese weiche Haut, der helle Teint, dein Duft, du bist so wunderbar!* Diese Worte rief sie in Gedanken. Sie fühlte sich so angezogen von Friederike, und sie so bei sich zu haben, verschaffte ihr einfach ein wunderbares Glücksgefühl.

Ein Blick auf die Uhr zeigte, dass es gerade einmal sieben Uhr war.

Eile war nicht geboten. Am Vortag hatten sie gemeinsam mit Monique noch das Haus in Schuss gebracht, hatten es mit Alain Champard durchgesehen. Er war zufrieden mit allem, nahm die drei Damen gleich zu sich mit auf einen Abschiedstrunk, zu dem auch die Plan-Ouates nach der Arbeit noch dazustießen. Es wurde noch ein lustiges Beisammensein mit wunderbarer Bewirtung. Claire hatte ursprünglich gar nichts für ein Essen geplant gehabt, dann aber improvisiert und ein kaltes Buffet herbeigezaubert, das sich sehen und vor allem schmecken ließ. Claire war dann auch die Erste, die sich verabschieden musste, gefolgt von Monique, die noch etwas zu erledigen hatte.

Helene und Friederike waren bis Mitternacht bei Alain Champard geblieben. Kurz vor dem Abschied zückten alle ihre Terminkalender, und sie legten grob fest, dass man sich im September wiedersehen sollte. Ein Österreich-Urlaub wäre einmal etwas ganz Neues. Das stellten auch die Plan-Ouates fest, vor allem Martine war gleich Feuer und Flamme. Sie hatte sofort gute Ideen, und Helene war erstaunt, wie gut Martine Österreich kennen musste, dass sie überhaupt so detailliert Pläne schmieden konnte.

»Ich habe im Geografieunterricht immer sehr gut aufgepasst«, lautete deren einzige Antwort. Alain, der sie gut kannte, ergänzte dann flüsternd, dass sie seit Jahren virtuell die ganze Welt bereisen würde. Das Internet wäre ihr Transportmittel: schnell, zuverlässig, immer verfügbar, mit kostenloser Stornomöglichkeit bei allzu großer Müdigkeit.

Die Lust auf einen Kaffee trieb Helene irgendwann doch aus dem Bett. Sie versuchte, dies so lautlos wie möglich zu bewerkstelligen, doch Friederike entging es nicht, dass Helene nicht mehr da war. Sie konnte das ganz offenbar fühlen. Sie schlug die Augen auf und sah, wie Helene leise aus dem Bett glitt.

»Kannst du mir auch eine Tasse Kaffee bringen? Bitte.«

»Guten Morgen, Friederike. Das mache ich doch gerne. Ich wollte dich noch nicht wecken, aber wenn du wach bist, so ist das auch recht. Hetzen müssen wir nicht. Wir haben ausreichend Zeit für ein abschließendes Frühstück.«

»Darf ich noch ein paar Minuten liegen bleiben?« Friederike hatte sich ihrer Decke entledigt und lag nun splitternackt auf dem Bett. Ausgestreckt auf dem Rücken, die Beine weit gespreizt, die Arme hinter dem Kopf verschränkt. Helene hätte beinahe den Kaffee vergessen und sich auf Friederike gestürzt, doch deren kurz angeführte Bitte »Mit viel Milch bitte, wenn es möglich ist« ließ Helene doch in die Küche wandern und die Kaffeemaschine starten.

Dann verlief alles etwas verzögert, denn Helene konnte Friederikes aufreizende Haltung im Bett nicht ignorieren, als sie mit den vollen Kaffeetassen wieder aus der Küche zurückkam, also begann das eigentliche Frühstück später als geplant. Später kam dann auch noch Martine Plan-Ouates mit einem frischen Baguette und herrlicher frischer Butter. Es gab noch einige Kleinigkeiten, die die Abfahrt ein wenig verzögerten, doch es gab keinen Grund für Hektik oder Eile. Das Einzige, das warten musste, war das Weißbier am Münsterplatz in Freiburg.

Die Begrüßung in Freiburg gestaltete sich überaus herzlich. Helene hatte ein wenig ein mulmiges Gefühl, als sie bei Mulhouse die Grenze überquerten. Am Telefon hatte ja alles wunderbar geklungen. Doch würde das alles auch so ungezwungen weitergehen, wenn man sich gegenüberstand? Die lesbische Cousine mit ihrer Liebsten, wäre das so einfach zu akzeptieren, oder war da doch eine Barriere, die es erst zu überwinden galt?

Keine ihrer Befürchtungen erwies sich letztendlich als gerechtfertigt. Ulrike und Jörg nahmen Friederike dermaßen herzlich in Empfang, dass es Helene ganz warm ums Herz wurde.

In der großen Wohnung in Freiburg blieben sie dann aber nicht lange. Gerade einmal ihr Gepäck brachten sie in das Gästezimmer, sprangen gemeinsam in die große, moderne Dusche und waren auch schon bereit für den kurzen Marsch auf den Münsterplatz. Jörg drängte bereits ein wenig, sein Verlangen nach Weißbier bei der Hitze musste gestillt werden. Am Münsterplatz angekommen, sah Helene bald schwarz, was einen Platz in einem Biergarten anbelangte. Massen von Leuten drängten sich dort auf der Suche nach einem freien Tisch. Bei der Hitze gut verständlich. Warum sollten nur die vier um Helene auf diese Idee gekommen sein? Jörg schien das alles aber »kalt« zu lassen – ein nicht ganz passender Ausdruck für den Abend. Er steuerte zielsicher auf einen Gastgarten zu.

»Ah, Jörg, bin ich froh, dass ihr da seid, lange hätte ich den Tisch nicht mehr freihalten können. Man hätte mich gelyncht, sicher spätestens in fünf Minuten.«

»Danke, Werner, ich habe versucht, zu Hause eine wenig Gas zu geben, aber bei drei Frauen ist man beinahe chancenlos. Erst als ich meinen großen Weißbierdurst kundgetan habe, kam Bewegung in die Gruppe.«

Werner, ein Koloss von einem Mann, den man sicher nicht so leicht lynchen konnte, stand nun erwartungsvoll vor dem Tisch, an dem die vier nun Platz genommen hatten. »Also viermal Weißbier, wie ich das so sehe. Oder sollte ich gleich ein fünftes als Reserve mitbringen?«

»Vier reichen für den Anfang«, antwortete Ulrike, »und viermal Flammkuchen. Wir haben auch Hunger.«

»Flammkuchen ist gut, aber keine präzise Bestellung, wir haben viererlei Sorten …«

»Dann passt das ja für uns vier. Vier verschiedene Flammkuchen.«

»Das ist ein Wort. Viermal Weißbier, viermal diverse Flammkuchen.« Werner, der Koloss, war schon verschwunden.

»Wann hast du reserviert, Jörg?«

»Heute beim Einkaufen im Supermarkt.«

»Wie?«

»Werner war im Supermarkt einkaufen wie ich. Da hab ich das mit ihm ausgemacht. War doch eine gute Idee, oder?«

»War es!« Helene hatte eben erst wahrgenommen, wie wunderbar der Platz im Gastgarten war. Mit schöner Aussicht, guter Sitzgelegenheit und so lieber Begleitung.

»Woher kennst du denn den Kellner, diesen Werner, den hünenhaften Typen?«

»Vom Gastgarten hier natürlich.«

Ulrike lächelte schelmisch »Ach so. Und warum kenne ich ihn nicht? Bist du so oft ohne mich hier auf ein Weißbier?«

»Auf ein Mineralwasser, liebe Ulrike. In der letzten Zeit ist das hier der Treffpunkt für geschäftliche Besprechungen geworden.«

»Mineralwasser. Geschäftliche Besprechungen. Ja, ja.«

»Es ist aber so.«

Ulrike sah zwinkernd zu Friederike und Helene. »Geschäftliche Besprechungen, meinetwegen. Mineralwasser, niemals. Ich kenne seine Geschäftspartner. Für die ist Mineralwasser hochtoxisch, damit würden sie nie in Berührung kommen wollen.«

»Also gut, ein Bier trinken wir hier schon hin und wieder.«

Ulrike sah Jörg nun liebevoll an. »Ist auch recht so. Es sei euch von Herzen gegönnt. Und wenn als Nebeneffekt für uns heute am Abend ein wunderbarer Sitzplatz ohne Warterei dabei herauskommt, so ist das ja auch nicht zu verachten.«

Werner, der Hüne, war mit einem Tablett erschienen, das er behände zu balancieren wusste. Darauf vier Weißbier und ein Weinkühler, den er sogleich abstellte. »Das Weißbier ist hier.«

»Wir haben keinen Wein bestellt.« Ulrike deutete auf den Weinkühler.

»Ist bloß das Reservebier. Das soll doch nicht warm werden.«

»Das ist jetzt aber nicht dein Ernst, oder?« Jörg schaute Werner entgeistert an.

»Das Reservebier geht aufs Haus«, lautete Werners lapidare Antwort, und schon war er wieder unterwegs.

Helene griff dann bereits nach wenigen Minuten zum Reservebier. Sie hatte von der Hitze, die noch immer die ganze Stadt im Griff hielt, unglaublichen Durst. Außerdem fand sie das Weißbier, das hier kredenzt wurde, einfach wunderbar süffig. So schnell würde sie davon nicht genug bekommen. Die Flammkuchen hatten nicht lange auf sich warten lassen, schon waren sie halb aufgegessen und das Bier, abgesehen vom Reservebier, ausgetrunken. Die Schärfe und deftige Würzung der Flammkuchen ließ nun gemeinsam mit der Hitze den Bedarf an Weißbier beinahe exponentiell ansteigen, und Werner war schon am Austeilen der zweiten Runde.

Der zügig getrunkene Alkohol war den vieren am Tisch bald zu Kopf gestiegen, sie kicherten und blödelten am Tisch herum.

Auch als das Thema auf an sich gar nicht so banale Themen kam, blieb die Stimmung überaus locker. Ulrike mit ihrer direkten Art musterte Friederike irgendwann genauer. »Eigentlich bist du eine wunderschöne Frau, Friederike«, legte sie plötzlich los. »Ihr seid also ein lesbisches Liebespaar«, schob sie sogleich hinterher.

»Kann man durchaus so sagen«, antwortete Friederike mit einem Stück Flammkuchen im Mund.

»Eigentlich gefallen mir Frauen auch besser als Männer.«

Jörg schaute Ulrike verdattert an. »Bitte?«

»Ist doch wahr«, legte Ulrike noch eins drauf, »Frauen sind in Wahrheit viel attraktiver als Männer und im Ganzen einfach schöner und eleganter, von anderen Qualitäten möchte ich gar nicht sprechen.«

Jörg zog eine Braue hoch. »Hab ich da etwas nicht mitbekommen? Irgendetwas versäumt?«

Helene war ebenfalls verwirrt. So hatte sie ihre Cousine noch nie sprechen hören. »Wie meinst du das?«

»Wie ich es sage, Helene.« Sie sah nun zu Jörg, fasste nach seiner Hand und streichelte sie sanft. »Na, ich steh schon auf Männer, was heißt auf Männer, ich steh auf meinen Jörg. Das ist mein Mann, und den möchte ich gegen niemanden tauschen. Aber sonst«, sie machte eine kurze Pause, »aber sonst sind doch neunzig Prozent aller Frauen viel attraktiver als alle übrigen Männer.«

Auch Friederike war neugierig geworden. »Wie, attraktiver? Nur so vom Aussehen, von ihrem Verhalten her oder auch sexuell attraktiver?«

»Alles zusammen.« Die Antwort kam spontan und klar.

»Meine Frau ist eine verkappte Lesbe«, Jörg schüttelte den Kopf, »darauf wäre ich nie gekommen.« Er sah von einer Frau in der Runde zur nächsten und fuhr dann bestimmt fort: »Wenn ich hier eine Frau wäre, wären wir schon vier Lesben.«

»Ja, Jörg, das nehme ich dir ab, so wie du zu Frauen stehst.« Ulrike erhob ihr beinahe wieder geleertes Glas und prostete den anderen zu: »Auf uns echte, beinahe und verhinderte Lesben.«

Alle ließen ihre Gläsern aneinander stoßen und tranken einen großen Schluck.

Helene wollte nun mehr wissen. »Ulrike, sei ehrlich, hast du dir wirklich irgendwann einmal Gedanken gemacht, du könntest lesbisch sein?«

»Ja, schon«, wieder kam die Antwort ohne Zögern. »Als Studentin war ich drauf und dran, ein Verhältnis mit einer jungen Kollegin zu beginnen. Ihre dominante Art war aber gar nichts für mich, das habe ich nicht ausgehalten. Und dann ergaben sich keine Gelegenheiten mehr für mich. Also diesbezüglich keine Gelegenheiten. Ich glaube nicht, dass in meinem Bekanntenkreis Lesben dicht gesät waren. Ehrlicherweise muss ich sagen, dass ihr beide das erste echte Lesbenpaar seid, das ich überhaupt je kennengelernt habe. Seltsam, nicht?«

Jörg nickte. »Ich kenne … kannte bis jetzt auch keine Lesben. Wir haben zwar zwei schwule Pärchen in unserem Bekannten- und Freundeskreis, übrigens ganz reizende Leute, aber keine Lesben ...«

»Seit wann, Helene, ist es dir klar, dass du dich zum weiblichen Geschlecht hingezogen fühlst?«, unterbrach Ulrike ihren Mann.

»Seit mehreren Wochen, noch nicht einmal mehreren Monaten.«

»Du warst für mich ja immer der Inbegriff einer Ehefrau und Mutter, später der einer ehrwürdigen Witwe, wenn man das so sagen kann. Dabei schlummerte in dir etwas ganz anderes.«

»Schlummern ist der richtige Ausdruck«, warf Helene ein.

»Als du deine Zwillinge bekommen und gleich geheiratet hast, da dachte ich mir: Das Leben für Helene ist nun vorbei. Ehrlich. Ich war damals ja so etwa vierzehn, fünfzehn und hatte genau diesen Gedanken. Jetzt sehe ich aber, dass von ›vorbei‹ keine Rede sein kann, ganz im Gegenteil, so wie es aussieht, beginnt eine neue Phase. Noch dazu hast du den Vorteil, dass deine Kinder aus dem Haus sind, zumindest sind sie aus dem Ärgsten heraus.«

»Vielleicht wollen wir gemeinsam auch noch Kinder«, entfuhr es Friederike.

Ulrike staunte. »Ja, wirklich? Das wollt ihr euch gemeinsam antun? Das ist aber eine Aufgabe.«

Helene lachte laut auf. »Da sagst du etwas Wahres. Wie du weißt, habe ich ja Erfahrung darin.«

»Wollt ihr in Zukunft überhaupt zusammen wohnen?« Jörg war auch wieder beim Gespräch dabei.

»Sicher!«, kam es gleichzeitig aus Friederikes und Helenes Mund.

»Das könnte ich nicht«, entfuhr es Jörg spontan. »Würde ich eine Zeit lang alleine leben müssen, so könnte ich mich sicher nicht mehr auf einen Mitbewohner einlassen. Einen Mitbewohner mit Eigenleben. Nein, das wäre unvorstellbar.«

»Nicht nur das wollen wir, Jörg«, gab Friederike zurück, »wir wollen auch heiraten. Ganz sicher, nicht wahr, Helene?

»Ganz sicher.«

»Nicht einmal wir haben einen Trauschein, und wir leben schon so viele Jahre zusammen«, konterte Jörg, »dennoch fühlen wir uns als Mann und Frau.«

»Wir werden aber heiraten«, insistierte Helene. »Ich denke aber nicht, dass das so sein muss. In Wirklichkeit muss das jede oder jeder für sich und mit seinem Partner oder seiner Partnerin ausmachen. Wir jedoch wissen es für uns, und wir werden das auch durchziehen.«

»Dürfen wir eure Trauzeugen sein? Ich gehe so gerne auf Hochzeiten, ich finde das so schön.« Ulrikes Ton hatte eine sentimentale Klangfarbe dazubekommen, die Jörg ungläubig in ihr Gesicht schauen ließ. »Schau nicht so, Jörg. Du weißt das ganz genau, dass mir das gefällt. Ich finde, das Wort Hochzeit drückt es perfekt aus: Es ist die hohe Zeit für ein Paar.«

»Ulrike!« Jörg gab sich entsetzt. »Möchtest du mich vielleicht auch noch heiraten?« Er warf die Frage einfach nur so nach.

»Für mein Leben gern.«

Jetzt war Jörg sprachlos. Gott sei Dank kam Werner an den Tisch und fragte nach weiteren Wünschen. Jörg wollte auch antworten, den Mund brachte er auch auf, Worte allerdings kamen keine heraus.

Friederike übernahm das Bestellen. »Vier weitere Weißbier, wir müssen auf eine geplante Doppelhochzeit anstoßen.«

Das hätte sie lieber nicht sagen sollen. Es war das Thema des restlichen Abends. Ulrike verlor sich in Spekulationen, Details und Fantasien. Friederike war erstaunt, welche Persönlichkeit da nun zum Vorschein kam. Romantisch. Herzlich. Zerbrechlich. Weich. Schwer verliebt in ihren Jörg und vieles mehr. Die raue Schale, die sie sonst zu umgeben schien, war für den Rest des Abends weggeblasen. Und Jörg ging ein Licht auf, das ihm so vermutlich in den kommenden Jahren nicht aufgegangen wäre. Am Ende des Abends war dann bei den Frauen immer noch alles in der Theorie geblieben, nicht so bei Jörg. Er sagte zwar nichts, wusste aber ganz genau, dass es in den nächsten fünf, sechs Monaten eine Hochzeit geben würde. Ob eine Einzelhochzeit mit seiner Ulrike oder doch in Kombination mit den verliebten Frauen hier am Tisch, das war ihm eigentlich völlig egal.

Als sie sich spät alle leicht schwankend erhoben, war ihnen klar, dass sie so nun nicht ins Bett gehen sollten. Helene schlug vor, den Tag mit einem Spaziergang durch die nächtliche Stadt ausklingen zu lassen, und dieser Vorschlag wurde von allen mit Freude akzeptiert.

Als sie ins Bett fielen, schien es, als wäre Friederike auf der Stelle eingeschlafen. Helene lag noch wach und dachte über den schönen Abend nach, über die Gespräche und über das viele Gelächter, das es dann auch noch auf dem Spaziergang gegeben hatte. Gedankenverloren streichelte sie Friederike. Sie fuhr die Schultern entlang, gelangte auf die Brust, fand die Brustwarze, die gleich auf die Liebkosung reagierte, wie Helene das so gerne mochte und wie sie es immer erregte. Sie führte die andere Hand in ihre Mitte und begann ganz sanft, sich zu streicheln.

»Masturbierst du schon wieder? Darf ich dir dabei helfen?«, kam es flüsternd von Friederike.

»Immer.« Helene gluckste. »Ich dachte, du schläfst.«

»Man hat mich am Einschlafen gehindert. Irgendwer hat meine Brust in Beschlag genommen.«

»Ich dachte, du merkst das gar nicht mehr.«

»Ich bin ja nicht bewusstlos, und schon gar nicht gefühllos.«

»Verzeih.«

»Was?«

»Dass ich dich nicht habe in Ruhe schlafen lassen.«

»Gibt Schlimmeres.« Friederike hatte sich nun aufgerichtet und ließ ihren Blick über die nackte Geliebte schweifen, die mit ihren Fingern nun den Bauchnabel erreicht hatte. »Meine Frau«, entfuhr es ihr, »du bist meine Frau, und ich bin so stolz darauf, dass ich es nicht mit Worten fassen kann.« Ein Kuss beendete jedes Gespräch, und erst viel später, als sie sich verschwitzt, ermattet, wieder vollkommen nüchtern und vor allem tief befriedigt auf ihre Betten fallen ließen, waren »Gute Nacht, schlaf gut« die einzigen Worte, die noch zu vernehmen waren.

Der Tag in Hinterzarten war wie ein krönender Abschluss für Helenes Urlaub. Der Garten, der an Jörgs Wohnung angeschlossen war, bezauberte durch seine ungemein fantasievolle Architektur. Gruppen von Büschen teilten den Garten in viele kleine Untereinheiten, die für sich selbst gesehen immer in sich geschlossen und einem Thema gewidmet waren. Einmal waren es Rosen, einmal waren es Funkien, ein anderes Mal waren es Taglilien, die einen Teil des Gartens bestimmten.

Der Garten lud alles in allem einfach zum Verweilen ein. Hier fühlte man sich nicht bemüßigt, irgendwelche Aktivitäten zu entfalten. Nur hier sein und ruhen war durchaus genug. Das spürte Friederike sofort, als sie sich in einen der zahlreichen Liegestühle, die an speziellen Stellen verteilt waren, niederließ und durchatmete. Es war nun Zeit, einmal nichts zu tun. Selbst das Buch, das sie schon aus der Tasche gezogen hatte, würde nicht geöffnet werden. Liegen, schauen, plaudern, vielleicht in der Hitze immer auch ein wenig trinken, sonst aber nichts. Das würde reichen. Helene und Ulrike hatten sich auch bereits ausgestreckt, lediglich Jörg stand noch ein wenig unentschlossen herum. Er wirkte an diesem Tag etwas schweigsam und in sich gekehrt, für die Frauen nicht ganz verständlich, doch in ihm arbeitete noch immer der Vorabend. Er legte sich nun so hin, dass sein Blick auf Ulrike fiel, die sich bis auf ein Bikinihöschen entkleidet hatte und ihre makellos braune Haut einem weiteren Sonnenbad aussetzte, ganz offensichtlich nicht das erste in dieser Sommersaison.

Später verschwand Jörg kommentarlos in der Küche und erschien erst wieder, als er die drei Frauen zum Essen in einen schattigen Holzpavillon rief. Er hatte ganz schön aufgekocht. Italienisch, nicht ganz ohne Aufwand, doch darüber machte er kein Aufheben. Er freute sich dann aber sehr, sehen zu können, dass alles bis auf den kleinsten Krümel aufgegessen worden war.

Nach dem Essen wanderten alle in den Schatten, die Unterhaltung versiegte und wich einem ausgiebigen Nachmittagsschlaf.

Als die drei Frauen erwachten – das passierte beinahe gleichzeitig, und das hatte auch seinen Grund –, hatte Jörg gerade den Kaffee serviert. Der Duft des Kaffees hatte eben auch als Wecker fungiert. Ulrike war ganz hingerissen von der liebevollen Art, mit der sie heute von Jörg betreut wurde. Sie konnte nicht ahnen, dass das in Zukunft viel öfter der Fall sein würde als zuvor. Es war dem Vorabend und den dort geführten Gesprächen geschuldet, die das bewerkstelligt hatten. Jörg war eben ein Licht aufgegangen.

Alle vier trennten sich am Abend schweren Herzens von dem Garten, und erst die Aussicht, dass sie möglicherweise noch ein Weißbier am Münsterplatz trinken würden, ließ die Stimmung merklich steigen. Der Abend verlief dann ähnlich dem vergangenen, und zum Abschluss unternahmen sie erneut einen Spaziergang. Viel früher fielen alle ins Bett, das Nichtstun war anstrengender gewesen als angenommen, und außerdem wollte Helene für die Fahrt nach Wien gut ausgeschlafen sein. Sie hatte noch mit Maria telefoniert, ihr die vermutliche Ankunftszeit mitgeteilt und erfahren, dass es gar nichts Neues zu berichten gab. Ganz konnte Helene das nicht glauben, in Marias Tonfall schwang etwas mit, das sie daran zweifeln ließ, wenn sie auch nicht genau sagen konnte, weshalb das so war.

Nun war der Augenblick gekommen. Ulrike und Jörg hatten sich bereits verabschiedet und waren zurück in die Wohnung gegangen. Sie wollten Helene und Friederike auch eine Zeit zum Abschiednehmen geben und dabei nicht stören. Nur kurz wurde es Helene ein wenig mulmig, und ihre Mundwinkel zuckten. Dies bemerkte Friederike sogleich, sie lächelte sanft, und schon entspannte sich Helene wieder. Die Trennung fiel nun gar nicht schwer. Das Gefühl, nur für ganz beschränkte Zeit nicht beieinander sein zu können, aber jederzeit die Möglichkeit zu haben, über SMS, Telefon oder E-Mail in Kontakt treten zu können, war so beruhigend, dass Helene nach einem wunderbar innigen Kuss in ihr Auto sprang, den Motor startete und losfuhr. Eine Stunde später saß Friederike ihrerseits in Jörgs Auto und wurde von diesem nach Basel zum Bahnhof gebracht. Er hatte sich das nicht nehmen lassen, Friederike hätte sonst am Bahnhof beinahe zwei Stunden auf den Zug nach Dijon warten müssen.

Helene war bereits sehr weit gekommen, als sie von Friederike eine SMS erhielt, in der sie mitteilte, dass sie von Monique in Dijon am Bahnhof abgeholt worden wäre und mit dieser bei einem Glas Rotwein in ihrer Wohnung säße.

Achtes Kapitel

Wien *Montag, 19. August*

Am frühen Morgen läutete Helenes Handy. Der Rufton war jener von Friederike. Allein ihr war dieser spezielle Ton zugeordnet. Helene hatte eben müde zugesehen, wie die Espressomaschine den frischen Kaffee in die Tasse presste. Um diese Zeit hatte Friederike noch nie angerufen, da musste etwas Besonderes vorliegen. *Hoffentlich ist nichts Schlimmes passiert*, schoss es Helene sofort durch den Kopf. Doch es war nichts Schlimmes geschehen. Ganz im Gegenteil. Friederike hatte gleich beim Aufstehen bemerkt, dass eine E-Mail von ihrem »Chief« aus Düsseldorf eingelangt war. Er hatte grünes Licht für Friederikes Rückkehr nach Wien ab Mittwoch, den 21. August, gegeben. Das kam nun doch schneller als erwartet. Offensichtlich hatte in Frankreich alles reibungslos geklappt, seit Friederike angekündigt hatte, ihre Zelte dort wieder abbrechen zu wollen.

Und so war es auch, ein Nachfolger war schnell gefunden worden, erklärte Friederike am Telefon.

»Keine Minute bleibe ich länger hier, Helene. Nicht dass ich es nicht mehr aushalte, nein, so ist es gar nicht. Aber die Sehnsucht nach dir treibt mich in Richtung Osten, und außerdem will ich es nicht riskieren, dass irgendetwas auftaucht, das meine Rückkehr verzögern könnte. Bin ich einmal bei dir, so kann man mich immer noch am Telefon erreichen. Das wird auch sicher so sein, das ist ja klar. Ich bleibe ja sozusagen in der Firma.«

Helene fühlte eine unbändige Freude in sich hochsteigen. »Friederike, komm! Komm, sobald du kannst. Ich freue mich so auf dich. Natürlich sollst du nichts überstürzen. Die Wohnung will ja auch erst zurückgegeben werden.«

»Nein, Helene, das ist alles bereits erledigt.«

»Wie, erledigt?«

»Ich habe alles erledigt, was es an privaten Dingen zu erledigen gab. Die Wohnung ist zurückgegeben ...«

»Schläfst du zurzeit unter der Brücke, Friederike? Oder in einem Hotel?«

»Bei Monique.«

»Bei Monique in der Sardinendose?«

Friederike prustete los. »Ja, das trifft es genau. Gemeinsam im Bad zu sein, ist physikalisch nicht möglich.«

»Ich kenne die Wohnung. Schläfst du oberhalb oder unterhalb von Monique?« Helene kicherte. »Oder gar mit Monique?« Ihr Kichern wurde lauter.

»Deine Gedanken kreisen wohl immer um dasselbe, Helene. Du bist ein richtiges Sexmonster.«

»Ich doch nicht.« Beide lachten.

»Aber im Ernst, Helene«, Friederike hatte sich wieder gefasst, »ich habe alles gepackt und schon viel mit einer Spedition nach Wien transportieren lassen. Die Sachen sind schon unterwegs.« Sie seufzte kurz. »Bin ich froh, dass ich meine Wohnung noch nicht vermietet habe, so kann ich sie als Abstellraum verwenden, bis ich wirklich bei dir einziehen kann.«

»Du kannst bei mir am Samstag einziehen. Nein, Friederike, du *wirst* bei mir am Samstag einziehen. Genau so werden wir das durchziehen. Am Sonntag werden wir einiges zu tun haben, das kann ich dir jetzt schon versprechen. Ich hoffe, meine Kinder werden uns helfen.« Sie machte eine Pause. »So sie nicht der Schock arbeitsunfähig macht.«

»Glaubst du das denn?« Friederike klang ein wenig verunsichert. Kamen da wieder Dinge hoch, die man bereits für überwunden geglaubt hatte?

»Ich weiß es nicht. Am Samstag werden die jungen Leute jedenfalls informiert, das ist fix. Wie sie reagieren, das weiß ich natürlich nicht. Woher auch. Ich bin jedenfalls schon neugierig.« Helene hatte das alles mit fester, überzeugter Stimme gesagt, und das beruhigte Friederike ungemein.

»Ich bin am Mittwoch am frühen Morgen unterwegs. Hoffentlich hört das Regenwetter bis dahin auf. Es ist sonst so mühsam, so weit zu fahren.«

Helene erkundigte sich noch kurz nach Monique. Friederike hatte nichts Gutes zu berichten. Einerseits war sie wirklich traurig, dass Friederike so schnell abreisen würde, andererseits war ihre Ehe knapp vor dem endgültigen Ende.

»Sie tut mir so leid, Friederike. Sie ist so ein lieber Mensch. Wir dürfen sie nicht aus den Augen verlieren.«

»Das werden wir sicher nicht. Ich habe mir das schon fest vorgenommen.«

Eine Stunde später kam Helene gut gelaunt ins Institut. Viel Arbeit wartete dort auf sie. Von einem Sommerloch war kaum etwas zu spüren. Üblicherweise war im August nicht viel zu tun. Nachdem aber die Jahrhunderthitze gebrochen war und Regenwetter dominierte, fanden doch wieder mehr Leute ins Krankenhaus und ließen sich operieren. Termine waren zurzeit genug frei, und die Chirurgen und Gynäkologen arbeiteten, so viel sie konnten. Die Präparate landeten, wie es sich gehörte und wie es vom Gesetzgeber vorgesehen war, natürlich bei den Pathologen, die das alles bearbeiten mussten. Das wäre alles nicht so schlimm gewesen, doch die Urlaubszeit hatte die Belegschaft dezimiert, und eine Kollegin war zusätzlich wegen einer Verletzung ausgefallen. Jetzt fehlte sie an allen Ecken und Enden. Helene musste einmal da und einmal dort einspringen. Ihre eigene Arbeit ging ihr hingegen so rasch von der Hand, dass sie um die späte Mittagszeit die Hallen der Arbeit verlassen konnte.

Zu Hause wartete bereits Martin. Er hatte versprochen, ihr am Nachmittag bei Arbeiten in der Wohnung zu helfen. Viele Kleinigkeiten standen an. Fenstergriffe waren locker, die Schrauben mussten angezogen werden. Drei Glühbirnen, die ganz schlecht zu erreichen waren, mussten ausgetauscht werden, und vor allem gab es Probleme mit dem Abfluss im Bad. Martin hatte sich von einem Freund eine Metallspirale für diese Zwecke geliehen und war damit gleich erfolgreich ans Werk gegangen. Das Problem war damit gelöst, es war für Helene das größte Anliegen an Martin gewesen, da sie nicht wollte, dass Friederike, wenn sie hier bald einziehen sollte, gleich mit schlecht funktionierenden Abflüssen konfrontiert sein würde. Martin war flink bei der Sache, und es machte ihm offenbar großen Spaß, den Hausmeister für seine Mutter spielen zu dürfen.

Zwischendurch machten sie eine Kaffeepause, bei der sie ein wenig über Maria sprachen.

»Siehst du deine Schwester oft?«

»Seit einigen Wochen nicht so häufig«, erklärte er postwendend.

»Warum nicht?«

Martin zuckte mit den Schultern. »Weiß nicht. Das hat sich irgendwie nicht so oft ergeben. Ich glaube, sie muss viel lernen. Ich übrigens auch. Im September und Oktober stehen Prüfungen an.«

»Aber ihr habt doch früher sehr viel Zeit zusammen verbracht.«

»Ja, schon.« Martin überlegte. »Hast recht. Früher haben wir immer versucht, gemeinsam irgendetwas zu unternehmen, auch wenn Prüfungen ins Haus standen. Ein wenig Zeit blieb immer dafür. Das hat nun irgendwie aufgehört.«

»Hat sie einen Freund?«

»Puh! Da waren drei junge Männer, Kollegen vom Studium, die ihr lange Zeit nachgelaufen sind. Das kann ich sogar als Bruder verstehen, sie sieht ja wirklich super aus, und in letzter Zeit noch besser. Sie wird immer attraktiver, so kommt es mir jedenfalls vor.«

»Das ist mir auch schon aufgefallen. Aber sie wirkt immer so ernst. Ich dringe nicht zu ihr durch. Früher, was heißt früher, bis vor einem halben Jahr noch habe ich immer über sie Bescheid gewusst. Da wäre ich auch nicht im Traum auf die Idee gekommen, dich über sie auszufragen.« Sie sah Martin mit hochgezogenen Augenbrauen an.

»Stimmt.« Er hatte auch die Stirn gerunzelt. »Da war ich schon eher zurückgezogen im Vergleich zu Maria. Oder?«

»Das sehe ich auch so. Auf der anderen Seite ...«, Helene machte eine Pause, »ich mache mir auch keine großen Sorgen um sie. Sie scheint brav zu studieren, macht Prüfungen und sieht immer besser aus. Da muss man als Mutter nicht immer über alles genauestens Bescheid wissen.«

»So ist's, Mütterlein!«

Helene hasste es, wenn Martin Mütterlein zu ihr sagte, daher kniff sie ihm auch in die Seite, was ihn aufspringen ließ, wobei er beinahe den Kaffee vom Tisch gestoßen hätte.

»Ach Gott, Mama, du weißt auch genau, wo mein wunder Punkt ist. Wie oft habe ich dir schon gesagt, du sollst mich nicht in die Seite kneifen.« Er lachte und setzte sich wieder hin.

»Entschuldige«, sagte Helene gedehnt, lächelte ihn schelmisch an und setzte nach: »Hast du eigentlich zurzeit eine Freundin?«

Martin wurde ganz kurz rot, versank aber sofort in ein verklärtes Lächeln. »Hab ich. Und es entwickelt sich gerade richtig gut.« Er blickte in die Ferne und war wieder rot geworden. Kurz schüttelte er den Kopf, den Gedanken dazu gab er aber nicht preis. »Vielleicht ist das auch ein Mitgrund, warum ich mich mit Maria in letzter Zeit nicht so oft treffe.

»Werde ich sie kennenlernen?«

»Sicher. In nächster Zeit.«

»Schön.« Helene war aufgestanden, und Friederikes Gesicht tauchte vor ihrem inneren Auge auf. »Schön«, wiederholte sie, doch das zweite »schön« bezog sich schon nicht mehr auf das Kennenlernen von Martins Freundin.

Martin und Helene werkten noch eine ganze Weile, ehe sie wirklich fertig waren. Nach der Kaffeepause kam sich Martin wie ein Müllmann vor. Entrümpelung war angesagt. Eine Tasche nach der anderen, voll mit alter Kleidung und alter Wäsche, wanderte ins Auto. Zweimal war er unterwegs zum Müllsammelplatz mit Gerümpel, das niemand mehr brauchte. Er hatte gar nicht gewusst, dass seine Mutter so viel altes Zeug bei sich in der Wohnung gelagert hatte. Doch besonders erstaunt war er auch nicht gewesen, da sie einfach unglaublich viel Platz hatte, enorm viel Stauraum besaß und als alleinstehende Frau nun auch nichts wegwerfen musste, was nicht wirklich schlecht werden konnte.

Als die Entrümpelung abgeschlossen war, schaute er sich zufrieden um. »Da haben wir heute aber ordentlich was geschafft. Sieht so aus, als wäre die halbe Wohnung leer. Du könntest fast einen Untermieter einziehen lassen.« Er lachte laut auf bei dem Gedanken, seine Mutter würde einen Untermieter bei sich haben. Er konnte sich niemanden vorstellen, der hier in ihrem Reich je würde einziehen können.

Helene lachte laut mit, die Sache mit dem Untermieter amüsierte sie. Dann hielt sie aber sogleich ihren Sohn an, mit dem Zubereiten des Abendessens zu beginnen. Immerhin wollte zum Essen ja auch Maria erscheinen, und da sollte alles bereit sein.

Martin trug den Salat auf und schenkte den Weißwein ein. Es war das erste Mal seit einigen Wochen, dass Helene, Maria und Martin Zeit für ein gemeinsames Abendessen gefunden hatten. Martin hatte etwas Wunderbares geschaffen. Das konnte er wirklich bestens. Er servierte gebratenen Lachs mit Safranpaprikasauce und bunten Bandnudeln. Grüner Salat komplettierte das Essen. Martin hatte dann doch rechtzeitig begonnen und gemütlich ohne Stress gekocht. Helene setzte sich an die Bar vor der Küche und sah ihrem Sohn bei der Arbeit zu. Ihr wurde warm ums Herz, als sie ihn da so werken sah. Wie geschickt er sich dabei anstellte. Von ihr hatte er das nicht gelernt, das hatte er sich alles in den letzten zwei Jahren selbst beigebracht. Seit er studierte, war es sein großes Ziel gewesen, neben der Ausbildung im Studium, die natürlich weit im Vordergrund stand, auch Wissen und Können in handwerklichen Dingen sowie in Dingen der Haushaltsführung zu sammeln. Er wolle sich gut allein versorgen können, so lautete stets sein Argument. Helene und Maria hatten in den letzten Monaten davon sehr profitiert, nahm er ihnen so doch viel Arbeit ab. Maria war da ganz anders, wie es schien. Ihre Wohnung war zwar immer gut in Schuss, sauber und aufgeräumt, aber von Kochorgien, wie sie bei Martin manchmal stattfanden, war keine Spur zu erkennen. Das, was ihr Bruder aber so produzierte, das genoss sie indes in vollen Zügen.

 Helene plauderte mit Martin über Studium, Arbeit, und irgendwann kamen sie auf die Tagespolitik zu sprechen. Das Essen war bereits beinahe fertig gewesen, als Maria endlich auftauchte. Sie schien ein wenig gehetzt zu sein, wusch rasch ihre Hände und setzte sich gleich an den Tisch. Das Essen war vorzüglich, und sie genossen das gemeinsame Mahl.

 Seit Maria angekommen war, hatte kaum jemand etwas gesprochen, und irgendwie hing eine seltsame Spannung in der Luft. Helene spürte dies, wusste aber nicht, weshalb das so war. Sie betrachtete Maria verstohlen. *Kind, du wirst immer hübscher*, schoss es ihr unvermittelt durch den Kopf. Doch sie bemerkte auch, dass Maria bedrückt war. Seit ein paar Monaten hatte sie den Draht zu ihrer Tochter verloren. Es war nicht von ihr ausgegangen, und sie hatte es sich so erklärt, dass es einfach ein natürlicher Prozess des Erwachsenwerdens war, dass Mütter nicht mehr alles über das Leben ihrer Töchter wissen. Ihr Blick streifte nun Martin, der mit Genuss sein selbst zubereitetes Mahl verschlang. Im Gegensatz zu seiner Schwester sah Martin völlig entspannt drein. Helene musste lächeln, und ihre Gedanken schweiften ab zu Friederike. Ein wohliger Schauer durchfuhr sie nur bei dem Gedanken an ihre Liebste. Die kommenden Abende würden wieder ihnen gehören. Spätestens am Donnerstag würde sie sie sehen. Das war fest ausgemacht. Sie hatte auch für Freitag bereits einen Tisch in ihrem Lieblingsrestaurant reserviert. Anschließend würden sie sich einen gemütlichen Abend bei Friederike machen. So eine Art Abschied aus Friederikes Wohnung. Helene musste lächeln, konnte sie sich doch schon ganz gut vorstellen, wie dieser Abschied aussehen würde. Bei dem bloßen Gedanken daran spürte sie ein jähes, unglaublich angenehmes Ziehen im Bauch.

»Ich möchte am kommenden Samstag etwas Wichtiges mit euch besprechen. Kommt bitte um sieben Uhr zum Abendessen.« Es war Helene einfach so herausgerutscht. In einem Befehlston, den sie in der Form gar nicht beabsichtigt hatte und der ihr eigentlich fremd war. Nicht einmal zu Zeiten, als Martin und Maria klein waren, hatte sie einen derartigen Ton angeschlagen. »Und eure Partnerinnen oder Partner, so es etwas Ernstes ist, ich habe da im Augenblick nicht wirklich eine Ahnung, wie es bei euch aussieht, sollten auch dabei sein. Wenn ihr das wollt.« Der Nachsatz klang etwas milder, eine richtige Widerrede schien der Ton aber auch nicht zu dulden.

Maria und Martin blickten erstaunt auf und musterten ihre Mutter neugierig. Da diese aber offenbar alles gesagt hatte, was es für diesen Augenblick zu sagen gab, fragten sie auch nicht weiter nach. Das Abendessen verlief dann doch recht entspannt, und die drei saßen noch gemeinsam ein wenig vor dem Fernsehgerät, bis Helene von Müdigkeit überwältigt eingeschlafen war und Maria sie sanft geweckt und ins Bett gebracht hatte.

Wien *Samstag, 24. August*

Die Zeit wollte und wollte nicht vergehen an diesem Samstag. Friederike war über Nacht bei Helene geblieben. Sie hatten mehrmals miteinander geschlafen, konnten einfach nicht genug voneinander bekommen. Um acht Uhr am Morgen war Friederike in die Küche gehuscht und hatte Helene einen Kaffee ans Bett gebracht. Den hatte sie dann aber erst viel später getrunken, da war er schon kalt gewesen. Friederike hatte sich mit der Tasse ans Bett gesetzt und Helene sanft das Haar gestreichelt. Helene war dadurch munter geworden, streckte sich und hatte sich dabei abgedeckt. Ihre Brüste lagen nun frei vor Friederike, und der dampfende Kaffee war vorerst vergessen. Erst knapp vor Mittag waren sie endlich aus dem Bett gekommen und hatten sich zu einem kleinen späten Frühstück an den Tisch gesetzt. Sie plauderten bereits eine Weile über dieses und jenes, bis Helene plötzlich ihre Teetasse sinken ließ und mit ernstem Blick in Friederikes wunderbar blaue Augen sah. »Meinst du, dass es wirklich eine gute Idee war, die beiden heute einzuladen?«

»Ganz sicher, Helene. Ganz sicher.« Friederike nahm Helenes Hand sanft in die ihre. »So eine Spontanentscheidung, wie du sie getroffen hast, ist oft wirklich das Beste, was man machen kann. Hab keine Angst.« Sie drückte Helenes Hand ganz fest. »Hab keine Angst, meine Liebe, es wird alles gut gehen, und ich bin ja bei dir.«

Helene seufzte hörbar. »Mit Martin wird es keine Probleme geben. Er ist so erwachsen geworden in den letzten Monaten. Und so verständnisvoll. Nein, bei ihm habe ich keine Bedenken. Es ist Maria, bei der ich nicht sicher bin, wie sie es aufnehmen wird, wenn sie erfährt, dass ihre Mutter nicht mehr allein lebt, mit einer Frau lebt«, sie machte eine Pause, »eine Lesbe ist.« Sie sah Friederike tief in die Augen. »Das ist für mich ja auch noch irgendwie neu, wenn auch wunderschön.« Sie strich sanft über Friederikes Wange, strahlte sie an. »Einfach wunderschön.«

Später hatten sie gemeinsam das Essen vorbereitet. Es sollte an diesem Abend bloß etwas Einfaches sein. Spaghetti carbonara. Wenig Arbeitsaufwand, dennoch bei allen beliebt. Und einen guten Rotwein dazu. Vielleicht würde man den brauchen. Helene wurde immer nervöser, je näher der Zeitpunkt rückte, an dem ihre Kinder kommen würden.

Um dreiviertel sieben läutete es an der Tür. Martin stand draußen. Er war nicht eingetreten, obgleich er einen Schlüssel besaß. Und er war nicht allein. Eine große, etwas mollige, aber äußerst attraktive junge Frau mit schwarzen Haaren und einem südländischen Flair stand neben ihm. Er stellte sie als seine Freundin Mara vor. Mara sei aus Kroatien und studiere gemeinsam mit ihm. Sie seien nun schon ein halbes Jahr zusammen, und es sei etwas Ernstes, wenn Helene das wissen wolle.

»Herzlich willkommen, Mara. Es freut mich, dich kennenzulernen. Ich möchte, dass wir Du zueinander sagen. Ich hoffe, das stört dich nicht.« Helene hatte Mara mehr oder minder überfallen, doch diese schien sich gar nicht daran zu stoßen, war offenbar eine selbstbewusste junge Frau und schüttelte Helene erfreut die Hand.

»Danke für die Einladung. Martin hat mir schon so viel von dir erzählt. Ich glaube, ich kenne dich schon ganz gut.«

»Na, da bin ich aber auch schon ein wenig neugierig«, entfuhr es Helene.

Helene führte die beiden in das Wohnzimmer, wo Friederike im großen gemütlichen Ohrensessel vor dem Kamin saß, und ließ gleich die Katze aus dem Sack.

»Lieber Martin, liebe Mara, darf ich euch meine Friederike vorstellen. Wir sind ein Paar. Ja, wir sind ein Paar und werden in Zukunft zusammenleben.«

Martin war stehen geblieben, sah nun seine Mutter ungläubig von der Seite an, ehe sich seine Miene mit einem Lächeln erhellte und er auf sie zuschritt. Er umarmte sie fest und drückte ihr einen Kuss auf die Wange. »Es freut mich so, dass du jemanden gefunden hast.« Er gab ihr sogleich noch einen Kuss auf die Wange. »Du glaubst ja gar nicht, wie sehr ich mir in den letzten Jahren gewünscht habe, dass du jemanden findest. Und, Mutter, wenn es eine Frau ist, die dich glücklich macht, so soll mir das recht sein. Hauptsache, du bist glücklich.« Er hatte sich aus der Umarmung gelöst und war forsch auf Friederike zugeschritten. »Martin Blaha. Es ist mir ein Vergnügen, Sie kennenzulernen.« Kräftig schüttelte er die dargebotene Hand. »Es freut mich wirklich.«

Helene war völlig perplex. So hatte sie sich Martins Reaktion nun doch nicht vorgestellt. Ihr Herz machte einen Sprung, und sie suchte Friederikes Blick, die ihr ein warmes Lächeln schenkte. Mara war im ersten Augenblick auch erstaunt gewesen. Sie hatte die Sache aber dann ganz locker genommen und sich gleich zu Friederike gesellt. Die beiden Frauen unterhielten sich gleich über die Blahas, Mutter und Sohn, und waren sich einig, dass das wirklich liebenswerte Menschen seien, soweit sie das bis jetzt beurteilen konnten. Helene hörte amüsiert, indes noch immer angespannt zu. Martin hatte sich um Getränke gekümmert, und so hielten alle vier bald einen Martini in der Hand und prosteten sich zu.

Es war nun knapp vor sieben Uhr, und von Maria war noch keine Spur zu sehen. Helenes Handy läutete. Es war ihre Tochter. Sie würden sich um eine halbe Stunde verspäten, aber sie würden sicher kommen.

Sie werden sicher kommen, ging es Helene durch den Kopf. Also war auch Maria nicht Single. Wie hatte das alles unbemerkt an ihr vorbeigehen können? Andererseits hatten ja auch ihre Kinder nichts von Friederike geahnt. Helene saß jetzt wie auf heißen Kohlen. Martin hatte die Neuigkeiten ja wunderbar aufgenommen, und seine Freundin Mara schien auch keinerlei Probleme mit der Situation zu haben. Wie aber würde Maria reagieren?

Endlich läutete die Türglocke. Helene stürmte zur Tür und riss sie auf. Davor stand Maria. Blass, mit ernstem Gesicht. Neben ihr eine kleine zarte, wunderschöne junge Frau, ebenfalls mit ernstem, angespanntem Gesicht.

»Wer ist das?«, entfuhr es Helene. Kein »Guten Abend«, kein »Willkommen«.

»Du hast doch gesagt, wir sollten unsere Partnerinnen mitbringen, wenn es etwas Ernstes ist«, presste Maria hervor. Das darauffolgende Schweigen schien eine Ewigkeit zu dauern. Marias Mundwinkel zuckten, ihre Lippen bebten. »Komm, Pia, wir gehen. Es war keine gute Idee.« Sie packte die zarte junge Dame, und schon stürzten die beiden die Treppe nach unten.

»Stehen bleiben!« Helene hatte geschrien. Und der Ton war der eines Befehls. Die jungen Frauen blieben tatsächlich wie vom Donner gerührt stehen, drehten sich um und sahen sich dem milde lächelnden Gesicht Helenes gegenüber, die ihnen auf die Stiege gefolgt war. Tränen flossen in Strömen über Marias Gesicht. Doch das ließ Helene vorerst außer Acht. Sie streckte ihrer Begleiterin die Hand entgegen.

»Ich bin Helene Blaha, Marias Mutter. Herzlich willkommen. Bitte, kommen Sie doch, treten Sie ein. Es freut mich, Ihre Bekanntschaft zu machen.« Jetzt wandte sie sich an ihre Tochter, nahm sie in den Arm und wischte sanft mit dem Daumen Tränen von den Wangen, die da noch immer hemmungslos flossen. »Maria, mein Schatz, nicht weinen. Komm, ich hab auch eine Überraschung für dich.« Sie führte Maria und Pia ins Wohnzimmer. Friederike, der das alles nicht entgangen war, und natürlich auch Mara und Martin standen dort aufgereiht nebeneinander.

Helene atmete kräftig durch, dann verkündete sie stolz und mit viel Liebe in der Stimme: »Maria, darf ich dir nun auch meine Lebenspartnerin, meine große Liebe, so kann ich das wohl sagen, vorstellen. Das ist meine Friederike.«

»Mama!« Maria sah nun Helene entgeistert an. »Mama, du und eine Frau?« Sie schüttelte den Kopf. »Und ich hatte in den letzten Monaten solch eine Angst vor deiner Reaktion, wenn ich dir Pia vorstellen sollte.«

»Maria, ich hatte nicht weniger Angst, es dir zu sagen. Ich weiß nicht warum, aber bei Martin habe ich mir nicht wirklich Sorgen gemacht, bei dir aber schon.«

Nachdem Friederike nun auch die beiden jungen Frauen herzlich begrüßt hatte, nahm Helene ihre Tochter nochmals in den Arm, und dicke Tränen flossen aus ihren Augen.

Maria hatte sich völlig entspannt und umarmte ihre Mutter so fest sie konnte.

Martin hatte für Maria und Pia schnell auch ein Glas Martini herbeigezaubert, drückte es ihnen in die Hand und hatte die übrigen Gläser wieder angefüllt.

»Prost!«, rief er laut. »Auf euch, meine Lieben, sollt ihr alle doch glücklich werden!« Er machte eine kurze Pause und legte seine Stirn in Falten. »Aber wie soll ich das aushalten in diesem Weiberhaufen?«

Mara war zu ihm getreten und hatte ihn an der Hüfte umfasst. »Ich werde dich schon dabei unterstützen, mein Lieber, keine Angst.«

Neuntes Kapitel

Neumarkt   *Donnerstag, 19. September, bis Montag, 23. September*

Eine bunte Gruppe stand gemeinsam an der Rezeption, um im Hotel einzuchecken, ganz in der Nähe von Neumarkt in Steiermark, am Fuße des Zirbitzkogels. Die Zimmer waren für fünf Tage reserviert worden.

Helene war diesmal nicht mit dem Zug von Wien in die Steiermark gefahren, nein, diesmal war sie mit Friederike gekommen, und in ihrem Auto waren noch Maria und Pia mitgefahren. Zwei richtige Turteltäubchen, wie Helene feststellte. Sie plauderten während der ganzen Fahrt, und die dauerte doch beinahe drei Stunden, die kurze Pause am Semmering eingerechnet. Helene hatte sich oft umgedreht zu ihrer Tochter und deren Liebe, und immer hielten sich die beiden an den Händen, warfen sich zärtliche Blicke zu und ab und zu auch einmal einen Kuss. Friederike beteiligte sich rege am Gespräch, war aber stets konzentriert am Steuer, doch hin und wieder betrachtete auch sie kurz im Rückspiegel das verliebte junge Paar, und ihr Herz ging auf vor Freude.

Was noch in ihrem Rückspiegel zu sehen war, waren die zwei Fahrzeuge, die ihr in konstantem Abstand folgten. Da war der übergroße Bus der Franzosen. Die Plan-Ouates hatten ihn schon für manche Urlaubsreise nach Spanien und Portugal verwendet, diesmal durfte er sie das erste Mal nach Österreich transportieren. Auf den Rücksitzen hatten es sich die Champards gemütlich gemacht. Den Abschluss des kleinen Konvois bildete Martin, der Pias knallroten Wagen lenkte. Mara saß entspannt neben ihm und informierte sich in einem Reiseführer ausführlich über Neumarkt und seine Umgebung, vor allem aber über den Zirbitzkogel, den sie auf alle Fälle besteigen wollten. Das war der vorgesehene Höhepunkt der kurzen Reise in die Neumarkter Gegend.

Die ganze Fahrt über hatte es geregnet, und von der Autobahn aus wirkten das Mürztal und später auch das Murtal trostlos. Helene kam ihre Fahrt mit dem Zug zum Seminar nach Neumarkt in den Sinn. Sie erinnerte sich gut an die Stimmung, die sie damals erfasst hatte, die tiefe Traurigkeit, als sie so allein und verlassen, ja verlassen, das war genau der richtige Ausdruck, in ihrem Waggon gesessen war. Das Gefühl des Alleinseins, des Verlassenseins war in den letzten Monaten vor der Fahrt nach Neumarkt immer öfter in ihr hochgekommen, nie sehr stark, doch immer so, dass es nicht zu ignorieren war. Niemals hätte sie sich vorstellen können, dass diese Fahrt mit dem Zug ihr Leben derart verändern würde. Alles war umgekrempelt worden, der Alltag ein anderer, neue Menschen waren in ihrem Leben aufgetaucht, doch nichts war zerstört, keine Ruinen waren hinterlassen worden. Es war zwar nicht ganz schmerzlos verlaufen, aber die Entwicklung schließlich nur positiv gewesen. Konnte man das so erwarten? War das so selbstverständlich gewesen? Nein, sicher nicht! Es waren doch glückliche Umstände, vor allem die, die zu ihrem Wiedersehen mit Friederike in Burgund und der damit verbundenen Bestätigung und Festigung ihrer großen Liebe geführt hatten. Bei diesem Gedanken fühlte sie eine unbändige Dankbarkeit in sich.

Und dann begann sie, allen davon zu erzählen. Ihrer Tochter, Pia und auch Friederike, die das schon oft gehört hatte, es aber immer wieder gerne vernahm. Blumig sprach sie von ihrem verschlissenen Koffer, der sie so in Gedanken gebracht hatte, von der Traurigkeit, vom Gefühl des Erstarrtseins, dann aber auch von der Ankunft in Unzmarkt und der Fahrt mit dem Kleinbus nach Neumarkt, vom Besserwerden des Wetters, vom Auftauchen des Zirbitzkogels, seinen sonnenbeleuchteten, mit Schnee bedeckten Abhängen und dann von ihrer Ankunft im Hotel, dem ersten Blick auf Friederikes Rücken und dem ersten Blick in ihre blauen Augen.

Maria, die nur andeutungsweise Bescheid wusste, war ganz gerührt. Diese Rührung war Pia nicht entgangen, und so saßen beide ergriffen am Rücksitz und hielten sich fest an den Händen.

Über dem Perchauer Sattel hatte das Regenwetter aufgehört, es war die bekannte Wetterscheide in dieser Region. Nebelschwaden zogen noch über die Wiesen, doch es leuchtete schon die Sonne durch eine lockere Wolkendecke.

Dann plötzlich war er zu sehen. Genau so, wie Helene ihn von ihrem ersten Tag in Erinnerung hatte, bloß ohne Schneefelder. Mit sonnendurchfluteten Abhängen in wunderbare Farben getaucht, stand er da wie seit Abertausenden Jahren: der Zirbitzkogel.

»Bitte, da links von uns, schaut euch das an. Das ist er, das ist der Zirbitzkogel, mein Berg, mein Lieblingsberg, mein Berg der Liebe!« Helene waren die Emotionen durchgegangen.

»Er ist wunderschön, dein Berg, unser Berg, du hast recht«, gab Friederike lächelnd zurück.

Maria, die sich über Pia gelehnt hatte, was dieser wiederum gar nicht unrecht war, konnte sie so doch ihren Schatz so intensiv spüren, meinte nur ein wenig enttäuscht: »Schön ist der Berg schon, aber ich habe ihn mir nach deinen Beschreibungen viel imposanter vorgestellt.«

»Er ist schön, aber er erdrückt nicht. Ist das nicht das Besondere an ihm?«, warf Pia ein. Sie nahm Marias Gesicht in ihre Hände und küsste sie. Das Gespräch über den Zirbitzkogel verstummte damit fürs Erste.

Nachdem im Hotel alle ihre Zimmer bezogen hatten, trafen sie sich an der Bar zu einer ersten kurzen Besprechung über das Programm, das sie absolvieren wollten. Es war nun schon später Nachmittag, und für diesen Tag war außer Erholung nichts mehr angesagt. Helene hatte bereits einen schönen Tisch im Restaurant für das Abendessen reserviert. Bis dahin waren aber noch knapp drei Stunden Zeit, die sie mit Friederike im Schwimmbad und anschließend im Saunabereich verbringen wollte. Claire Champard fand die Idee mit dem Schwimmbad ganz toll, alle anderen wollten sofort in den Wellnessbereich, den Friederike mit blumigen Worten auf Französisch und auf Deutsch beschrieb. Friederike und Helene hielten in diesem Kurzurlaub nicht nur die Organisation in Händen, sondern waren auch für die Kommunikation zuständig. Sie mussten die Dolmetschfunktion zwischen den Franzosen sowie Maria und Pia übernehmen, die beide zwar perfekt Englisch sprachen, aber lediglich ein paar Brocken Französisch, zu wenig für ein Gespräch. Englisch wiederum konnten die Franzosen nicht, oder wollten es nicht können, so ganz klar war das nicht zu erkennen. Es machte aber große Freude zu sehen, wie sich jeder bemühte, sich dem anderen verständlich zu machen, es wurde gestikuliert, gedeutet und hin und wieder einfach im Wörterbuch nachgesehen, was aber nicht immer zum gewünschten Ergebnis führte.

Nicht lange nach der ersten Lagebesprechung erschienen Friederike und Helene mit ihren Sportbadeanzügen im Hallenbad. Die Fünfundzwanzigmeterbahn war nahezu verwaist, wie üblich, lediglich eine Frau zog elegant durch das Wasser, was wiederum Helene an ihr erstes Zusammentreffen mit Friederike erinnerte. Diesmal war es aber Claire Champard, die schon einige Längen geschwommen war. Sie riss auch gleich die Arme hoch, als sie Helene und Friederike kommen sah, und war ganz behände aus dem Becken gesprungen, um die beiden willkommen zu heißen. Da war also noch eine Dame, die ganz offenbar eine Schwimmsportlervergangenheit aufzuweisen hatte. Und was für eine. Das erfuhren Helene und Friederike sogleich in einer kurzen, später in der Sauna in einer ausführlichen Schilderung. Sie war in Frankreich eine lokale Berühmtheit gewesen und gar drauf und dran, einmal zu den Olympischen Spielen zu fahren, die Qualifikation schaffte sie dann aber wegen einer Verletzung doch nicht. Und diese Schulterverletzung, beim Übersteigen eines Zaunes nach einem Fest im Dorf zugezogen, war auch der Hemmschuh für ihre weitere Karriere, die sie bald zugunsten der Lehrerausbildung aufgegeben hatte. In der Zwischenzeit war die Verletzung gänzlich ausgeheilt und nur mehr Erinnerung, wenn auch eine sehr bittere, wie Claire anschließend in der Sauna erzählte.

Sie zogen alle drei mit großer Freude durch das Wasser, und Claire zeigte gleich, dass ihre Lieblingsdisziplin das Rückenschwimmen war, nicht gerade etwas, womit Helene und Friederike mithalten konnten. Doch beim Delphinschwimmen sah es wieder anders aus, und so konnten sie alle mit Freude ihre Vorzüge auskosten. Einigermaßen erschöpft kamen sie im Saunabereich an, wo alle anderen bereits gut gelaunt im Ruheraum zusammensaßen. Der Ausdruck »Ruheraum« passte nicht mehr ganz, so, wie es da zuging. Da außer ihnen niemand da war, störte das auch nicht weiter, und die Sportschwimmerinnen wurden mit lautem Hallo begrüßt. Gleich war man auf dem Weg in die Sauna, und unter der Dusche musste Helene feststellen, dass sie wirklich nicht mehr über alles Bescheid wusste, was ihre Kinder anbelangte, geschweige denn, dass sie noch eine wirkliche Kontrolle über ihre Kinder, im Speziellen über ihre Tochter, hatte. Die war, wie in der Dusche gleich zu erkennen war, vom Hals abwärts frei von Haaren, komplett epiliert – nun, das war Helene selbst auch –, doch das war es nicht, nein, sie hatte eine kleine Rose über der rechten großen Schamlippe tätowiert, und ihre kleinen Schamlippen waren mit jeweils einem schönen Piercingring versehen. Ein hübscher Anblick, wie Helene fand. Pia, die nun auch daherkam, konnte mit den gleichen Verzierungen aufwarten. So war es also offenbar die Art bei den Jungen, ihre Verbundenheit auszudrücken.

»Bist du entsetzt, Mama, über das, was du da zu sehen bekommst?«, fragte Maria ein wenig verunsichert.

»Nein, nicht entsetzt, aber ein wenig erstaunt. Ich hätte das nicht erwartet. Früher hast du dich eher immer negativ über Tattoos geäußert, und jetzt das. Aber ehrlich, es sieht toll aus, und natürlich auch das von Pia, und ganz süß finde ich eure Ringe.«

»Wirklich, Mama? Du findest die süß? Und das Tattoo toll? Du kannst einen schon ordentlich überraschen mit deinen Reaktionen, ich weiß überhaupt nicht, warum ich dich so gar nicht richtig einschätzen kann.«

Helene beugte sich zu Maria und flüsterte ihr leise ins Ohr: »Ich habe regelmäßig heißen Sex mit Friederike, masturbiere auch gelegentlich, und es macht mir großen Spaß. Das muss außer dir und Friederike, von mir aus auch Pia, der wirst du das ohnehin sagen, niemand wissen. Schockiert dich das?« Sie lachte und nahm ihre Tochter in den Arm. »Keine Angst«, flüsterte sie weiter, »ich nehme keine Drogen und bin bei keiner Sekte. Aber ich bin auch keine vertrocknete Alte. Vielleicht nicht mehr. Ich denke, ich war wirklich auf dem Weg dahin, bevor ich Friederike kennengelernt habe. Warum solltest du mich daher auch anders einschätzen, als du es getan hast?« Sie lächelte und kniff Maria in die Wange. »So, jetzt geht es ab in die Hitze.«

Maria umarmte ihre Mutter und drückte ihr einen Kuss auf die Wange. »Ich bin wirklich froh, dass sich alles so entwickelt hat. Ich glaube, das hat mir mein Leben deutlich leichter gemacht.« Hand in Hand waren sie nun auf dem Weg in die Saunakammer, wo alle anderen bereits schwitzten und vor allem lautstark scherzten.

Nach dem Abendessen hatte Helene Ausdrucke von Voraussagen einiger Wetterdienste betreffend das Wetter in der Obersteiermark und im benachbarten Kärnten in den nächsten Tagen aus ihrer Tasche gezogen.

Die Wetterberichte stimmten weitgehend überein, und das verhieß nicht nur Sonnenschein. Die nächsten zwei Tage, also der Freitag und der Samstag, sollten eher regnerisch verlaufen, am Sonntag war schon Wetterbesserung angesagt, und am Montag ruhiges Hochdruckwetter mit strahlendem Sonnenschein, nahezu wolkenlosem Himmel und vor allem mit fantastischer Fernsicht. Sogleich beschlossen sie, die Besteigung des Zirbitzkogels auf den Montag zu verschieben, ursprünglich war dafür der Sonntag vorgesehen gewesen. Friederikes Cousin Alois, der aus St. Veit an der Glan zum Essen gekommen war und dem für die kommenden zwei Tage die Aufgabe eines Fremdenführers von Friederike einfach ohne große Diskussion aufgebrummt worden war, erläuterte ein wenig sein Programm. Sein Französisch war am Anfang ein wenig eingerostet, wie es schien, doch Friederike war sich sicher, dass seine Sprachkenntnisse früher größer waren als ihre eigenen, und es brauchte etwa eine Stunde, bis er wieder gut im Sprachfluss war. Er hatte keine großen Überraschungen für Helene und Friederike bereit. Sein Programm beschränkte sich auf Besuche der Städte Friesach und St. Veit, einen Ausflug in das Benediktinerstift St. Lambrecht in der Nähe von Murau und, sollte das Wetter besser sein als erwartet, einen Spaziergang auf die Burg Hochosterwitz unweit von St. Veit.

Die Champards und die Plan-Ouates, besser gesagt die Frauen der beiden Pärchen, Claire und Martine, waren überaus wissbegierig und sichtlich gut vorbereitet auf den Aufenthalt. Sie löcherten Alois den halben Abend mit Fragen über dies und das, und manchmal musste er zugeben, auch nicht alles zu wissen, einiges war ihm selbst völlig unbekannt, und so hatte er begonnen, sich Notizen zu machen. Das konnte ja noch recht mühsam werden für ihn. Doch in Wirklichkeit hatte ihm schon lange nichts so viel Freude bereitet als diese Franzosen, so typische Franzosen, wie er für sich immer wieder schmunzelnd feststellte, und natürlich auch die übrigen in der Gruppe durch seine Heimat zu führen und die schönen Dinge zu präsentieren, die es hier zweifellos gab.

Friederike und Helene übersetzten seine Ausführungen zurück ins Deutsche für die beiden jungen Pärchen, soweit dies notwendig war, doch irgendwann hatte Friederike dann begonnen, selbst zu erzählen, und alle hörten gespannt zu.

Helene entging es dabei nicht, dass vor allem Maria an Friederikes

Lippen hing und sich fasziniert den Geschichten und Schilderungen hingab. Sie hatte sich an ihre Pia geschmiegt, die ebenso mit Freude lauschte. Martin und Mara hingegen waren immer ein wenig hin und her gerissen zwischen Alois' »Einführungsvortrag« und Friederikes Erzählkunst.

Erst sehr spät fielen sie ins Bett, wurden doch noch zwei, drei Flaschen geöffnet und mit Genuss geleert.

Das Schlechtwetter hatte sich an den vergangenen Tagen einigermaßen in Grenzen gehalten, dem Kulturprogramm unter Leitung von Alois war also nichts im Wege gestanden. Am Sonntag war dann lediglich am Nachmittag ein Ausflug ins Benediktinerstift St. Lambrecht geplant, sodass Helene und Friederike spontan beschlossen, einen Spaziergang zu machen, und sie wussten sofort, wohin sie gehen wollten. Alle waren von ihnen eingeladen worden, die meisten waren aber zu müde, dachten schon an die Besteigung des Zirbitzkogels am kommenden Morgen, lediglich Maria und Pia wollten die beiden begleiten.

Es war für Helene dann eine ganz besonders wundervolle Sache, ihrer Tochter zu schildern, wie sie von Zuneigung und Liebe erfasst und beinahe gelähmt worden war. Es ihrer Tochter so ausführlich erzählen zu können, mit all den Gefühlen, gepackt in dem Augenblick, als Friederike ihre Hand genommen hatte. Der Geruch des Waldes, das Erreichen der Bank, sie ließ nichts aus, und alles kam nochmals zutage in ihr. Sie war glücklich wie nie zuvor in ihrem Leben.

Schließlich saßen sie zu viert auf der Bank mit der wunderbaren Aussicht auf das Neumarkter Becken und auf den Greim in der Ferne. Ein wenig Dunst hing noch über den Hügeln, doch der Himmel war bereits blau, und die Sonne leuchtete die Landschaft wunderschön aus.

»Opravdová láska je jenom jedná. Die wahre Liebe gibt es nur einmal«, Helene umarmte Friederike und küsste sie sanft auf die Wange.

»Mama, du und dein Tschechisch.«

Pia zog Maria zu sich und streichelte sanft über deren Rücken. »Helene, eure Geschichte ist so wunderschön, und ich kann mir das so gut vorstellen, wie es dir ergangen ist.« Sie schwieg kurz, ehe sie fortfuhr: »Wem die Liebe begegnet, der darf sie nicht ziehen lassen.« Nochmals hielt sie kurz inne. »Darf ich euch erzählen, wie Maria und ich zueinander gefunden haben?« Sie beugte sich mit fragender Miene nach vorne. »Aber ich muss euch warnen, das ist auch eine längere Geschichte.«

Maria nickte. »Das kann man wohl sagen. Ja, ja, eine längere Geschichte ist das.«

»Wir hören dir gerne zu«, ließ sich Friederike vernehmen.

Eine gute Stunde saßen die vier auf der Bank, die Blicke einmal auf das wunderbare Panorama, dann wieder auf die Liebsten gewandt. Die Sonne hatte sie genug gewärmt, und Pias Geschichte war auch so voller Wärme, wenn es auch am Anfang nicht unbedingt so ausgesehen hatte, dass Maria und Pia je wirklich ein Paar werden sollten. Es war doch sehr schwirig für sie, einen Weg zu finden, wie sie miteinander und mit ihren Gefühlen, vor allem aber mit der Entdeckung umgehen sollten, dass sie eine Frau liebten. Eine Frau! Beide hatten keinerlei Erfahrung in der lesbischen Liebe, genauer gesagt, sie hatten beide für ihr Alter nahezu keine Erfahrungen in der Liebe, auch nicht mit Männern. Das wussten sie zwar von sich selbst, nicht aber von der jeweils anderen, und das hatte die Sache zu Beginn nicht leichter gemacht. Doch dass sie lesbische Gefühle füreinander hegten, sich so stark voneinander angezogen fühlten, das war für sie bald Gewissheit. Dies war die erste Gewissheit, und an dieser hatten sie schon ordentlich zu arbeiten.

Ursprünglich hatten sie sich auf einer der zahlreichen Studentenpartys kennengelernt, die sie am Anfang des Studiums abgeklappert hatten, nur um einfach Anschluss zu finden. Sie waren dort mit männlichen Begleitern – es waren zwar nur Studienkollegen, doch immerhin Männer – angekommen und hatten sich die längste Zeit nicht einmal wahrgenommen. Doch dann hatte sie irgendein gemeinsamer Bekannter einander vorgestellt. Dies hatte es gebraucht, um ihnen die Augen zu öffnen. Fasziniert voneinander, hatten sie gemeinsam spät in der Nacht die Party verlassen, die restliche Nacht noch bis zur Sperrstunde in einem Lokal verbracht, waren richtig aufgekratzt durch den erwachenden Morgen spaziert, hatten miteinander und übereinander gesprochen, gescherzt und gelacht. Und sie hatten ausgemacht, sich am selben Tag wieder zu treffen.

Sie trafen sich dann jeden Tag, verbrachten jede freie Minute miteinander, doch keine wagte den ersten Schritt hin zu einem Zeichen der

Liebe. Man begrüßte sich mit einem Händeschütteln und verabschiedete sich später wieder auf die gleiche Weise. Alles andere außer dem Studium wurde in dieser Zeit ausgeblendet.

Geändert hatte sich die Situation erst bei einem gemeinsamen Mittagessen in Pias Wohnung, als eine Ungeschicklichkeit den Damm zum Brechen brachte. Pia war knapp vor dem Esstisch mit einem Teller Spaghetti bolognese fast zu Sturz gekommen, sie konnte sich zwar noch selbst auffangen, doch auf Marias Pullover war ein Spritzer der roten Sauce gelandet.

»Tut mir leid, Maria. Zieh den Pullover aus! Ich wasch ihn kurz im Waschbecken aus, du bekommst einen von mir in der Zwischenzeit.«

Maria hatte den Pulli ausgezogen und stand in Rock und BH vor Pia, die bereits den Ersatzpulli in der Hand hielt. In dem Augenblick war einer der BH-Träger auf Marias Oberarm gerutscht, und Pia hatte ihn zärtlich nach oben geschoben. Das war es dann gewesen. Die zärtliche Berührung ließ Maria alle Hemmungen vergessen, sie umarmte Pia stürmisch, und sie küssten sich, küssten sich immer wieder, und ließen den ganzen Tag nicht mehr voneinander ab.

»Das Essen haben wir jedenfalls kalt werden lassen«, sie wandte sich an Maria, »ich glaube, wir haben die Nudeln gar nicht gegessen, zumindest nicht an diesem Tag, und Maria hat den vorbereiteten Ersatzpullover nie angezogen ...«

»... das waren Tage. Mein Gott, bin ich heute froh, dass wir zu der Zeit keine Prüfungen absolvieren mussten, das wäre mit Sicherheit in die Hose gegangen, so beschäftigt, wie wir miteinander waren«, Maria hatte nun das Wort übernommen, setzte nahtlos die Geschichte fort und gab nun ihre Eindrücke wieder. Da kam auch das Problem aufs Tapet, das sie beide mit sich trugen, nämlich sich vor ihren Familien als Lesben outen zu müssen. Nächtelang hatten sie und Pia diskutiert, ob, wie, wann, in welchem Rahmen und so weiter sie es anstellen sollten. Die Angst im Bauch bei dem Gedanken, es der eigenen Mutter zu sagen, war zu einem zusätzlichen Bindeglied zwischen Pia und ihr geworden. Nur Pia hatte den Vorteil, dass sie es früher hinter sich gebracht hatte. Da war nämlich nichts geplant gewesen, als Pias Mutter spontan an der Wohnungstür geläutet, die beiden in ihren Nachthemden am Nachmittag angetroffen und sofort messerscharf ihre Schlüsse gezogen hatte. Nach einem kurzen Staunen hatte sie sich gefasst und sich, entgegen Pias Erwarten, zu einem Kaffee einladen lassen, bei dem sie Maria kennenlernen konnte.

Pia war sich bis heute nicht sicher, ob ihre Mutter die Situation nicht völlig anders bewertet hätte, wäre ihr Maria nicht von Anfang an so sympathisch gewesen und hätte sie sie nicht gleich ins Herz geschlossen. Sie konnte sich Maria offenbar auch nicht entziehen. Heutzutage war das sogar manchmal ein kleines Problem, wenn es Diskussionen gab und Pias Mutter fast immer Marias Partei ergriff, etwas, das Maria selbst nicht immer recht war.

Das Outing vor ihren Kommilitonen und Kommilitoninnen war eine äußerst seltsame Sache gewesen. Obgleich sie es ohnehin lediglich wenigen ausgewählten Freunden mitteilten, taten sich Abgründe auf, die sie so niemals erwartet hätten. Manche »Freunde« wandten sich indigniert von ihnen ab, als hätten sie eine ansteckende Krankheit, andere wieder waren nur neugierig, und dann gab es noch die Gruppe, die sich wirklich mit ihnen freute, ihre Beziehung förderte und ihnen Mut machte, sich durch andere nicht unterkriegen zu lassen. So hatte das Outing zu einer Neuordnung und eigentlich auch zu einer Auffrischung ihres Freundeskreises geführt, etwas, das sie im Nachhinein nicht übel gefunden hatten.

Friederike blickte dann irgendwann auf die Uhr und mahnte zum Aufbruch. Wollten sie nicht hetzen müssen, so müssten sie nun den Heimweg antreten, was sie dann auch beherzt taten.

Der Aufstieg zum Zirbitzkogel fand wie geplant am Montag statt. Bereits am Wochenende war das Wetter viel besser gewesen, als alle Wetterdienste von Wien bis Los Angeles – Helene hatte alle im Internet konsultiert, die sie nur finden konnte – es vorausgesagt hatten. Irgendwie hatten alle schon befürchtet, das mit dem schönen Wetter am Montag könnte genauso wenig stimmen wie das mit dem Schlechtwetter am Wochenende. Die Befürchtungen waren aber unbegründet gewesen. Wolkenloser Himmel tat sich auf, als sie in die Autos stiegen. Die Sterne funkelten noch, doch der Morgen war schon zu fühlen. Kalt war es geworden. Die klare Luft und der wolkenlose Himmel hatten dazu geführt, dass sich die Wärme des Tages in der Nacht in das Weltall verabschiedet hatte. Die Anfahrt zum Ausgangspunkt der Wanderung sollte nach der Landkarte, die sie noch am Abend betrachtet hatten, eigentlich in ein paar Minuten absolviert sein. Doch es sollte anders kommen. Der Weg führte sie in Richtung Hüttenberg bis nahe an die Kärntner Grenze. In Mühlen verließen sie die Hauptstraße und erreichten bald Jakobsberg. Doch von Jakobsberg zur Jakobsberger Tonnerhütte war es doch ein viel längerer Weg, als sich das Helene und Friederike vorgestellt hatten. Die Hütte lag auf sechzehnhundert Meter Seehöhe, knapp unter der Waldgrenze, und war der ideale Ausgangspunkt für die Wanderung auf den Zirbitzkogel. An Wochenenden war der Weg auf den Berg oft voller Leute. Auch an diesem Morgen war die Wandergesellschaft nicht allein am Berg. Am Parkplatz machten sich bereits einige Leute auf den Weg, hatten ihre Wanderschuhe an den Füßen und den Rucksack geschultert.

Das Morgengrauen wich einem wunderbaren Licht. In den Tälern waren noch Dunstschwaden zu erkennen, das Klagenfurter Becken, das sich weit im Süden vor ihnen ausbreitete, war wie von Watte erfüllt. Dort würde die Sonne wohl ein paar Stunden benötigen, bis sie sich durchsetzen könnte.

Eine gute Viertelstunde brauchte es, bis alle der Gruppe bereit zum Abmarsch waren. Alois, der sich verspätet hatte, war schließlich der Erste gewesen, der fertig war und auf die anderen wartete. Zu ihm gesellte sich Alain Champard, der wie beinahe immer und überall eine Gitane an seiner Lippe kleben hatte. Friederike, die das beobachtete, war sich nicht sicher, ob er sie auch angezündet hatte.

»Alain, tu fumes? Ici?«, wollte sie wissen.

»Non, je ne fume pas, mais sans cigarette …«, weiter kam er nicht mit seiner Erklärung, denn Alois rief zum Aufbruch. Friederike hatte Alain ohnehin schon verstanden. Rauchen würde er hier nicht in der Höhe, doch auf die Zigarette zu verzichten, das war nicht seine Art.

Bis zum Sonnenaufgang würde es noch eine Zeit lang dauern, indes waren viele Berge in der Nähe und in der Ferne schon in Sonnenlicht getaucht, und das gab ein wunderbares, mildes Licht. Es ging sogleich steil los. Man hätte die ersten Meter auch auf einem Weg gehen können, die deutlich sanftere Variante, doch von der wollte zu diesem Zeitpunkt niemand etwas wissen. Alle waren auf einen raschen Gipfelsieg aus, da waren Umwege noch nicht vorgesehen.

Als die Waldgrenze überschritten war, hatte sich nicht nur eine wunderschöne Aussicht in die Ferne aufgetan, auch der Zirbitzkogel, überhaupt die Seetaler Alpen zeigten sich in einer ungewöhnlichen Pracht. Das Ziel, der Gipfel des Zirbitzkogels, schien bereits zum Greifen nahe. Martine, die dies gleich registriert hatte, rief zur Eile. Sie war bereits so neugierig auf die Aussicht auf einen großen Teil der Ostalpen, die sich am Gipfel entfalten sollte, und sie war bestens darauf vorbereitet, sie freute sich darauf, allen anderen erklären zu dürfen, was es da zu bestaunen gab. Alois bremste die Gruppe gleich wieder ein, mahnte zu einem gemäßigten Tempo, denn er kannte diesen Weg bestens. Alles schien so nahe zu sein, so knapp beieinander zu liegen, doch nur dem Anschein nach. Die Seetaler Alpen gehörten nicht zu den gefährlichsten Bergen der Ostalpen, das war klar, doch unterschätzen sollte man sie auch nicht. Vor allem die Länge der Wege wurde manchmal falsch eingeschätzt, und bei einem raschen Schlechtwettereinbruch konnte das auch einmal fatal werden. Die Möglichkeit, sich zu verirren, war bei Nebel oder Wolken durchaus gegeben, und wenn hier auch keine steil abfallenden Wände die Bergwelt kennzeichneten, so gab es doch genug Möglichkeiten, irgendwo auszurutschen und sich zu verletzen.

Der Aufstieg zog sich daher auch länger hin als erwartet. Das lag aber nicht unbedingt am Berg allein, eher war das schon eine Sache der Wanderer selbst. Immer wieder legten sie eine Pause ein, blickten ergriffen in die Ferne und genossen das Dasein. Zumindest hatte Alois diesen Eindruck, und er schüttelte den Kopf über die Gruppe. So langsam war er noch nie den Zirbitzkogel hochgekrochen. Insgeheim war er sehr froh, dass man sich auf den ungewöhnlich frühen Abmarsch geeinigt hatte, so war das alles kein Problem. Doch er empfand es als ungeheuer mühsam.

Irgendwann war er kurz allein mit Friederike und Helene und machte seiner Ungeduld ein wenig Luft. »Liebe Cousine, ich bin noch nie so langsam auf den Zirbitzkogel gewandert wie heute. Was sagst du dazu?«

Friederike lachte laut auf. »Ich glaube, du wirst viel Geduld haben müssen. Das könnte noch ein wenig mühsamer werden, wenn wir in die Nähe des Gipfels kommen und die Flachlandburgunder der Höhe Tribut zollen müssen. Schau nur, Monsieur Champard hat seine Gitane bereits wieder in das Zigarettenetui gesteckt. Er kommt hier ohne aus, oder zumindest ist es ihm klar, dass es keine gute Idee wäre, hier zu rauchen.«

Alois nickte versonnen. »Vielleicht ist es gar keine schlechte Idee, dass wir hier so dahinschleichen, dann können sich die Flachländer ein wenig besser an die Höhe gewöhnen.« Jetzt, in dem Moment, als er dies ausgesprochen hatte, entspannte er sich und genoss den Aufstieg in vollen Zügen. Er konnte aber nicht umhin, die ihn umgebenden Personen genau zu beobachten. Es befanden sich darunter so unglaublich konträre Typen. Zwischen Marias Freundin Pia und dem gestandenen, nicht mehr ganz jungen Mann Gregoire Plan-Ouates schienen Welten zu liegen, doch die beiden hegten offenbar eine ganz besondere Sympathie füreinander, die nur einen Übersetzer, einen Dolmetscher brauchte, um gedeihen zu können. Da fand sich immer irgendwer, und wenn nicht, wurde gedeutet und gezeigt, gestikuliert und ganz langsam und deutlich in der eigenen Muttersprache gesprochen.

Und wenn man den Zirbitzkogel auch noch so langsam emporkriecht wie diese bunte Truppe, irgendwann erreichte sie letztendlich das Ziel. Von einigen anderen Wanderern und auch von einer kleinen weiteren Gruppe waren sie überholt worden, was aber niemanden gestört hatte. Nun, als sie den Gipfel erklommen hatten, dachte niemand mehr an den Aufstieg. Das Ziel war erreicht, und sie wurden für die Mühen großzügig belohnt.

Alle Wetterberichte hatten recht behalten. Nicht eine Wolke war am Himmel auszumachen, und der Horizont lag weit in der Ferne. Kein Windhauch war zu spüren, und die Fernsicht war so gut, dass die Kulisse, die sich ihnen erschloss, gar nicht echt wirkte, eher wie gemalt, künstlich, beinahe kitschig. Sie schwiegen ergriffen, einige von ihnen auch etwas entkräftet. Diesem Schweigen bereitete Martine ein Ende. Alle wurden zu ihr beordert, sie entwickelte dabei eine Autorität, die man ihr nicht zugetraut hätte, und sie begann mit ihrem Geografievortrag, auf den sie sich so gut vorbereitet hatte. Alois unterstützte sie dabei nach Kräften. So wurde es für alle weit mehr als ein schöner Eindruck. Sie konnten an Wissen wirklich etwas mitnehmen. Martine beschränkte sich nicht nur auf eine Aufzählung von Gipfeln der diversesten Bergketten, die in voller Pracht sichtbar waren, nein, sie stellte immer auch einen Bezug zu Städten und anderen geografischen Bezugspunkten dar, wusste über Entfernungen genauestens Bescheid, alles zusammen ergab einen hervorragenden Vortrag. Alois war erstaunt gewesen über die Fülle an Wissen, die sich da auftat. Besonders verwundert war er gewesen, dass sie das theoretisch Erlernte auch so gut in der Praxis wiedererkennen und zuordnen konnte. Alois selbst kannte sich bestens aus, hätte auch viel über das Panorama zu erzählen gewusst, doch die vielen Details, mit denen Martine nun glänzte, waren ihm auch nicht bekannt.

An den Vortrag schloss sich nahtlos eine Gipfeljause an. Wieder hatte Alois eine Erklärung mehr, warum der Aufstieg so langsam vonstatten gegangen war. Die Unmengen an Delikatessen, abgesehen von mehreren Flaschen Crémant, gut gekühlt durch Kühlbeutel, hatten die Rucksäcke schwer werden lassen. Nicht einmal Sektgläser fehlten, und auch sonst war alles dabei auf den knapp zweitausendvierhundert Metern des Zirbitzkogels.

Nach dem ausgiebigen Essen machte sich bei den meisten Müdigkeit breit, die noch ein wenig zum Verweilen einlud. Es drängte auch niemand nach Hause. So machten sie es sich bequem und genossen nur mehr den erreichten Gipfelsieg. Die Franzosen waren besonders stolz darauf. Noch nie waren sie in ihrem Leben auf einem ähnlich hohen Berg gewesen.

Helene hatte sich ein wenig abseits der Gruppe hingesetzt und blickte in die Ferne, dorthin, wo der Großglockner zu erblicken war, der höchste Berg Österreichs. Doch sie beachtete ihn nicht, im Augenblick achtete sie auf gar nichts. Ein unglaubliches Glücksgefühl durchströmte sie, riss sie mit sich fort. Das steigerte sich nochmals, als Friederike sich zu ihr gesellte, sich hinlegte und den Kopf in Helenes Schoß ruhen ließ. Sogleich erfasste Helene Friederikes Hand und streichelte sie sanft. Lange schwiegen sie, doch die intensive Berührung ihrer Hände, der feste Halt, den sie sich gaben, sagte mehr als alle Worte.

»Ich bin so glücklich wie noch nie in meinem Leben zuvor«, durchbrach Friederike das Schweigen.

Helene nickte erst nur, beinahe unsichtbar. »Ich auch«, ließ sie sich dann flüsternd vernehmen.

»Manchmal frage ich mich, wie ich das verdient habe.«

»Das habe ich mich auch schon gefragt.« Helene streichelte nun Friederikes Wange sanft mit ihrem Handrücken. »Aber weißt du, Friederike, es war ja nicht immer alles zum Besten in meinem Leben. Der große Schock, als ich Florian verloren habe, den kann ich heute noch in mir spüren, wenn ich daran zurückdenke, wenn auch nur mehr ganz schwach, seit ich dich kennengelernt habe.«

»Mein Leben hat sich so verändert, seit wir uns kennen. Was hat sich da alles getan in den letzten Wochen und Monaten, Helene, das hat es in der Form in den letzten Jahren zusammen nicht getan.«

Ein kurzes Schweigen unterbrach das Gespräch, Helene hatte aber nicht aufgehört, Friederikes Wange zu streicheln, und sie fühlte diese wunderbare Nähe, die sich zu Friederike entwickelt hatte, und sie genoss sie in vollen Zügen. Wieder rollte eine riesige Welle der Zuneigung und des Glücks über sie hinweg.

»Ich liebe dich, Helene«, flüsterte Friederike.

»Ich liebe dich, Friederike«, kam es ebenso flüsternd zurück.

Danksagung

Meiner lieben Familie, in erster Linie wieder meiner Frau Karin, danke ich für die weiterhin bestehende Engelsgeduld, die sie mit mir hat, wenn ich so manche Stunde vor dem Computer verbringe. Meinem Sohn Clemens, dem ich dieses Buch auch widme, gebührt besonderer Dank für seine kritische Stimme. Ich weiß nicht, ob ich es je geschafft hätte, so offen und kritisch mit meinem Vater zu sprechen, wie er dies mit mir kann.

Angela Braun, meine Lektorin, hat in bewährter Art und Weise Hand an das Manuskript angelegt. Ihr Hauptauftrag lag diesmal darin, das Manuskript auf ein richtiges Maß zu kürzen. Es ist ihr bestens gelungen. Danke! Und ich verrate ja nicht zu viel, wenn ich sage, dass sie, wieder zu meiner größten Zufriedenheit, bereits an meinem nächsten Buch werkt.

Auf keinem Fall darf hier in der Danksagung das Team von Buch&media, allen voran Alexander Strathern, fehlen. Herzlichen Dank für die wunderbare Betreuung, für die gute Zusammenarbeit. Es ist ein Vergnügen, so locker und konstruktiv zusammenarbeiten zu können. Das bereitet Vorfreude auf die kommenden Projekte.